神农架金鸡岩

陈应松 著

中国工人出版社

目录

马嘶岭血案

我就要死了。活着也就跟死了一样，脑壳瘪瘪的，像一个从石头缝里抠出来的红薯。头上现在我连摸也不敢摸，睡觉不是坐着就是俯卧着，九财叔那一斧头下去我就这个样子了，当梨树坪的两个老倌子把我从河里拉起来时，说，这是个人吗？这还是个人吗？可我还活着，我醒过来了，指着挑着担子往山上跑的九财叔说："他、他、他要抢我的东西！"我是指我们杀了七个人后抢来的财物，又给九财叔一个人抢走了。医生在给我撬起凹进去的颅骨时说："撬过来了反正还是得崩。"还有一个寡瘦的护士给我扎针时说："你还晓得怕疼，我的天，到时一枪下去，那么大的洞看你喊疼去。"我疼得天昏地暗，这不是报应吗？九财叔砸我，我砸了别人，别人都死了，我却疼痛地活着。

就这么等死的时候，前天老婆水香捎来了儿子的照片，一张嫩生生的照片，背景是红的，是在镇照相馆刘瘸子那儿照的。儿子在向我傻乎乎地笑着，咧着没齿的嘴巴，眼泡肿肿的，耳朵大大的，活脱脱一个水香，活脱脱一个我。

现在是深冬了，早上放风出去地上有凌。再有一个月我就要与这世界再见了。

今年的秋天，九财叔来找我，让我跟他一起去当挑夫。我当时想都没想，就答应了。一个月三百块钱呀，不少了！尽管是到很高很远的马嘶岭。

我记得那个秋天早晨的山路是多么安详，水香的声音在干爽暖和的山路上飘荡着，还带着一股子挥之不去的乳香，紧紧依着我的鼻翼。临走的那天晚上，我糊糊涂涂地就要爬水香了，水香说，别压坏娃子哦。我说不压，不压。我忍了几个月了，可这一走一两个月，我实在忍不住了。水香在下面说，别压坏娃子哦……那个早晨的山道上红叶似火，天空像一张豁然张开的大嘴，瓦蓝瓦蓝，温馨的风像狗毛一样骚扰着脸颊，水香的声音就在那儿荡漾着，像山岚一样娇软若无："别压坏娃子哦……"这声音只有我一个人能听见。我嗅吸着声音里的乳香，在前头快快地走着。我不想跟九财叔走一起。分别时，九财叔睁着那只没眼皮的右眼睛，瞪着我跟水香道："快点上路！"

九财叔也在死劲地嗅吸着，他是在嗅吸空气中霜打过的野柿子的甜味。我给站在石坡上的水香挥手，水香穿一身紧身红袄，肚子鼓鼓的。我在想，一个月三百块，这次去当挑夫，我是为水香挑的，为水香肚子里的娃儿挑的。

我们两天以后才到了马嘶岭。

马嘶岭是南山里面的野岭，燃烧得更加炽烈。茂密的冷杉林，鲜红的桦树，高挺的山毛榉，英气逼人的岩上松，还有那么多枫、栌、槭树和灌木的金黄色、喧红色，到处的秋花，野葱，兽迹，让人看得呆哑无言。五十多岁，戴着眼镜，头发爬顶的祝队长拿出一个仪器来，说："到了，是这儿。"另一个姓王的博士就拿出一张地图，指着说："正是这儿。"又问九财叔说："这是马嘶岭吗？"九财叔说不清，小王又问炊事员老麻，老麻也是我们当地人，他说这应该是马嘶岭，他说他听打猎的讲过，马嘶岭到处是野葱、野蒜，"这就是了"。他扯了一大把野葱，他说以后我们就有野葱吃了，特别好吃，用盐渍了最好吃。他掐着野葱的根须，一根根把它们分开，放到鼻子下闻闻，又让那些人闻。小杜就接过去闻了，她是踏勘队唯一的女娃子，她说："好香，好香。"

我们就这么住下来了。他们住一块。我们住一块的是三个人，炊事员老麻、九财叔和我。老麻后来嫌我们，住到厨房小棚里去了，在灶口柴窝里铺一床絮，比我们强多了。我们冷，头一夜就跟睡在冰岩上差不多。我一床被，九财叔一床絮，搭伙的。他的絮又破又烂又薄，怎么也隔不断冰冷的地气，第二天我去割了几捆巴茅垫在下面，才略微暖和些。我们的棚子是塑料纸的，而祝队长他们的是帆布的，还没有缝隙，完整的帐篷，像一个屋子，里面还有间隔，那女娃子小杜就睡在最里头。

刚开始我们知道他们是找矿的，第二天就得知他们是专来找金矿的，是为我们找金矿的。也许就是那个该死的"金"字，这黄灿灿的让人想到荣华富贵的"金"字，开始撩拨了我们。不对，应该是撩拨九财叔了，撩拨他心中早已枯死的那个欲望了。本来他都老了，虽说能挑个百八十斤儿的，但也常有蹒跚的样子了，眼睛也没什么神了，内心快坍熄了，只等哪一天一场大病，或是喝酒喝死，阎王爷安静地把他收去。

第二天就听到祝队长说："这就是我们的踏勘靶区。"他指着马嘶岭和岭下的马嘶河谷，声音洋溢着一种喜悦和轻松，好像来这里是玩耍的。其实这里荒无人烟，崇山峻岭，巨大的河谷吞噬着天空，马嘶河和雾渡河在这儿汇合，流淌着的河水在秋天通体泛红，好像一头巨蟒吐出的信子。我听见小杜那女娃子说：“好美呀，太美了。”还拿着一个很小的相机咔嚓咔嚓地给他们拍着照片，也让人给她拍。小杜这女娃子长得像山里的洋芋果，圆圆叽叽的，个头也不高，爱笑，爱唱歌，我就暗自给她取了个“洋芋果”的诨名。那个身子单薄的小谭长得像根蛾眉豆，他的刀条脸和身子，不是蛾眉豆是什么。我听见他们说着那周围的岩石，祝队长指着河谷说：“这就是开门金。”他比划说：“河流骤然变宽了，流速减慢了，上游带来的泥沙、砾石、砂金都沉积于此了，看见了吧，开门金！”他说了几遍开门金，说过去这儿因为没有人烟也没被开采，可能有小量开采，因为这周围是土匪窝子，没人敢来，就算淘出了金子，也会被抢被杀。

我的心那时有一种豁然开朗的感觉——开门金！我忽然对这些产生了兴趣，仿佛也成了他们中的一员，完全忘了我不过是他们的苦力和挑夫。祝队长是头儿，他总是站在中间，那几个人站在两旁，听他手拿着小锤敲打着岩石讲解，那个常在他手上的有数字跳闪的东西我也知道了它叫 GPS，卫星定位的。后来“洋芋果”小杜给我说它是用十二颗天上的卫星定位的，我们现在站在哪儿，经度多少，纬度多少，海拔多高，它一下就显示出来了。她说我们现在站的马嘶岭的海拔是三千四百零九米。我问她这个东西值多少钱，一头牛钱吧？她当即就哈哈大笑起来，把我笑毛了。可我之所以敢问她，是那天大家喝了点酒后我在他们的怂恿下唱了几支山歌子。她说我的山歌子唱得好，当即就把我的山歌录下来了。我知道那是录音机，可没见过那么小那么薄的录音机。我还问过她关于剥夷面的事。她指着祝队长指过的河谷对岸，高耸入云的一扇巨大石壁，光秃秃的。我只能隐约知道“剥夷”是怎么回事。剥夷面上，经她的指点，我似乎看到了一条石英矿脉，因为在夕阳里那儿闪着耀眼的光斑，还有云母。她说在它的顶上，也就是台面上的塔状熔岩，很好看吧，是一种碳酸盐岩。她说他们去看过了，那儿曾有炼过硝盐的痕迹，地图上有个地名叫晒盐坡，估计是那儿。她说你们这地方保存了第四纪冰川地貌，也就是七八十万年前的，那刃脊，冰斗，冰蚀槽谷，还有漂砾。“你看，”她指指河谷中那些巨型的石块说，“那些石头不是原本在此的，是从别处搬运来的，谁有这么大的力量？就是冰川，冰川就是神仙，力大无比。你看那三角面，很清晰的冰川流动时削磨的痕迹，把巨石从远处搬来了。”

她轻描淡写地给我说着这些，我却觉得她的话撼人心魄，在那个晴朗无风的傍晚，无数玄燕和蝙蝠滑翔的河谷上空，我听到了冰川轰隆隆运动的声响，而当时的山冈是寂静的，旷古的寂静，这女娃子的话让我热血沸腾，浮想联翩，仿佛眼际滚过了那个壮观的七八十万年前的场景。我真的佩服他们。这女娃子跟我和水香一般年纪。可我没读多少书，初中没读满就辍学了。我爹是个“八大脚”，八大脚就是抬死人的杠夫，他除了抬死人，挣几双草鞋钱，没屁的本事。

这天晚上，西南方的山坡上突然射出了一道强光，有如电焊的弧光，一直刺入云天，把周围的山坡、沟坎都照得如同白昼。那边帐篷就有人惊醒了，问是谁在照。大家都起来了。忽然那强光变成了两个光点，一上一下。大家以为是野兽，五六只手电筒一起射去，那光点一动不动，祝队长就叫大家操了家伙跑过去扑打，不见了影形，也没有什么野兽，遂回到帐篷。而这时那光点又只剩下一个了，在帐篷顶不远的崖上直射我们。

“这莫不是鬼么？”九财叔说。祝队长他们那一夜都没有睡着。早晨起来去山坡上查看，什么都没有。方圆百里无一个人，无村庄和电线，这么强的光是从哪儿来的呢，又是什么东西所为？这个问题困扰着我们，祝队长宽大家的心说，你们不要怕，长期在野外生存，什么神秘的事儿都有。这个地方，听说过怪事不少。九财叔坚持说是野鬼，还说是什么独眼鬼，见了我们这些人稀奇。他说南山里不仅有几丈高的红毛大野人，还有鬼市。你们不知道鬼市吧？有一年来南山采药的一群人，晚上在老林里看到了一条小街，好不热闹，什么京广杂货都有，买货卖货的人把衣裳都挤破了。几个采药人也去买了些东西，有买鞋子的，有买衣裳的，便宜得不得了。第二天早晨一看，鞋子变成了草鞋，衣裳变成了棕叶，店家找给他们的钱全变成了冥钱，再去找那条街，哪儿找去，莽莽森林，除了树还是树，什么都没有。做饭的老麻也附和道，他们隔壁村也有过怪树，有棵叫水洞瓜的树，是千年老树，从来只结籽不开花的，只要六月开花，这年必山洪暴发，开花的时候，树心里面就传出叮叮哐哐的锣鼓声，天一放亮就没了。说有个小娃子去上面掏鸟窝，掏出了三双草鞋云云。事情越说越玄乎了，说得大家脸色发白，倒抽冷气。祝队长就严厉制止道：“老官，老麻，你们不要在这儿瞎说了。老官，你要是信鬼，今晚你给我捉一个来，如果捉不到，你就走人。”

一开始祝队长就不喜欢九财叔，九财叔本来就不是一个讨人喜欢的人，所以祝队长就想赶他走，这是九财叔恨祝队长的始因。另外，那个一听九财叔说话，就从喉咙深处发出一种怪笑的姓王的博士也不喜欢九财叔。姓王的博士总是干干净净，头发方寸不乱，油水很厚的样子，不过他那个头就像个大田螺。他说："别吓唬我们了，我们这些人都是久经沙场的，别看你们经常在山里转悠，但也比不上我们在野外生活的人。"

九财叔没有捉到鬼，踏勘队就响起一片嘲笑之声。我们跟在他们屁股后面，挑着一两百斤的东西随行。我们挑夫挺苦，一天十块钱，赚得很难。挑着一两百斤的东西，翻山越坎，过河上坡，他们徒步都困难，更何况我们这些挑夫。一头是他们刻槽取样的石头，剥离的石头，一大块一大块的，就往我们箩筐里丢。有时候，扁担上肩，腰却挺不起来，咬着牙，腰椎一节一节地压趴了，人站起来了，腿都在哆嗦，心想，这就是命。担子的另一头有石头也有一些贵重的东西，那个像夜壶一样的家伙，是个什么水准仪。水准仪不止一台，有一台是日本的家伙。这些仪器常被分成几段拆卸后放进箱子里，再装入箩筐。祝队长虽然讨厌九财叔，可还是信任他的力气，认为让他多挑贵重的东西牢靠些。

两天后，祝队长和小谭去了一趟山外。为了防止野兽和坏人，他们上山来时配了一杆闪闪发亮的双筒猎枪，还给他们每人带来了一把跳刀，祝队长的绑腿里原来就插了一把美国猎刀，一尺多长，听他说，是一个外国同行送给他的。我慢慢才知道祝队长其实是去替他们领钱去的，还买烟买电池买扑克，给"洋芋果"小杜买来了许多糖果和女人用的东西。小杜把祝队长喊祝老师，小谭把他喊祝教授。听说祝队长是小杜的导师，小杜是他的研究生。小谭不是，只是祝队长手下的一名工作人员。他下山是去给他在乡下读书的妹子寄学费去的。我听小杜问他："寄了么？"他说寄了。这是与钱有关的事。每当这时，九财叔的耳朵就支棱得很长，好像是与自己有关的。他晚上愤愤不平地告诉我说：“他妈的那娃子一个月就能赚两千多块钱。”他说的是瘦小的小谭，我们都知道他是个山里娃子，与我们口音相近。我问那祝队长不更多？九财叔说，听说他有好几个金矿。我说他有金矿？九财叔说是人家的金矿，他会找金子，人家就拉他入伙，叫技术股，那金矿他还不占一份？这儿若找到了金矿，他又有了一份。听说他光乌龟车就有两部，有一部现在停在县城里，是他自己从省里开来的。我不知道九财叔是怎么知道的，你别看他平时闷声不响，瞪着一只永远也关闭不上的可怕的眼睛，可他知晓别人的事来，好像长了好几个耳朵。

祝队长回来说到那怪光的事，说调查了，周围没有做电焊的，说山下的人说了，南山山里是有一种奇怪的光，学大寨那会儿，山下一个村里有一块田也发出过怪光，也是贼亮贼亮的，像探照灯。他说是否与我们踏勘的岩层有某种关系，比如是一种石英，反射了太阳的光或者别的什么光，透明石英也就是水晶。离这里不远据说有几个水晶洞，而且可能还含磷。在那个剥夷面上，你们看见没有，有许多水晶亮点，在早晨尤其清楚，已经可以断定，这是石英脉型的金矿。那边的剥夷面，花岗闪长岩与石英闪长岩的身边，与金矿最密切，所以，这是金矿给我们的强烈信息。他转过头来对我跟九财叔说：“有了金矿，当地政府开始开采，你们这儿的经济就会大发展，农民就会富起来，公路就会修通，这儿，说不定你们说的那个鬼市就真变成了现实哟。”他对九财叔说：“你会顿顿有酒喝。”祝队长罕见地给他开了个玩笑。这种未来的憧憬把老麻说得一愣一愣的，老麻对我们说：“祝队长是给我们做好事来了。”

晚上他的菜做得格外有味，野葱拌上了更多的香油和野花椒，加上祝队长与小谭提回来的两瓶酒，我们一人分了一杯。九财叔和老麻看到酒，眼睛就放光，他们眼里充满了对祝队长的感激。上山来的这几天，我、九财叔和老麻，跟他们六个踏勘队的人是分开吃的。我知道他们的饭比我们好，每顿都有肉，做的时候我和九财叔就闻着香味，直咽口水。我想要是我们天天吃上他们那样的饭，也就等于做上了城里人，跟他们平起平坐了。

下山了，我那想做城里人的想法，让那一担沉沉的石头压得无影无踪。

我们要挑出他们取样的石头，到山下一个地方交给后勤分队，然后再挑回大米、面粉、菜、油盐。下山就是出山，得来去三四天。当你挑着那么沉重的石头走无穷无尽的石头时，你的心里就像压着一块石头，脚上绑着两块石头。石头缠上了你，百多里的路，峡谷，险峰，乱石滚滚的高地，龇牙咧嘴的悬崖，全是石头，石头，石头。我们上山时还行，与九财叔下去，两担石头，两个无声的人，走在茫茫的石头上，走在深深的石缝里。从出生以来，哪儿挑过这么沉重的东西呀，挑的是石头。九财叔也不吭声，我在苦巴巴地想着家里待产的老婆水香，欲哭无泪。我在想着人与人差别真是太大了，过去在家不觉得。原以为一个月三百块的工钱，是抱金娃儿呢，而人家小杜、小谭、王博士一月就能轻松拿好几千。我们村长听说一个月才拿一百五呢，大家还羡慕得要死。今年天干，庄稼没啥收成，羊也渴死了几只，收农特税的村长上了几次门，威胁我爹说，你不交税就不让你家媳妇生娃子。八大脚的我爹是横了，叫嚣说我倒要生生看，生下来你村长有种把他掐死。我挑了石头就能生娃子，我挑了石头就能给家里交税，还能给水香和娃儿买吃的穿的。就为这，我也要挑啊。

那天晚上，我累得开始屙血。

我给九财叔说我屙血了，九财叔不相信，到草丛里一看，九财叔叹着气，说屙两天就好了，人的力气都是压出来的，不压不知道过日子的滋味。九财叔说，你知道祝队长有两辆乌龟车吗？我问他是听谁说的，他说总有人给他讲。他躺在葛藤攀附的石头上，望着林子上面的天空，用石头敲着石壁，说："村里的吉普是村长三千块钱买回来的，那他的两辆乌龟车不要几万么？"我们那儿的人把小车都叫乌龟车，因为它们都像个骚乌龟。我没有搭理他，我在想水香肯定不知道这会儿我在荒郊野地屙着血，对着一担死石头无可奈何。她以为我是到外头寻快活见洋广去了。没有我在身边，水香肯定是眼巴巴地望着念着我，被子里也空凉凉的。她嫁过来，我还没离开过她，她也没离开过我。我揉着自己已经开始磨烂的肩膀，看着箩筐里的那些石头，想着想着，泪就出来了。九财叔吃惊地看着我，那只没有眼皮的眼睛像一颗苦桃一动不动，突然从他背着的垫絮里"哧啦"撕下一块棉絮，过来垫到我渗出血水的肩上，又抱出我箩筐里的一块石头，"哗啦"丢进了沟壑里。

我一见慌了神，喊："甩不得的，甩不得的。"我顾不了一切滑进深沟去捡那块石头，"这不能甩，这编了号的！"

我抱着石头爬上来，九财叔还是那么瞪着我："蛋球！"

"这是编了号的！"

九财叔什么都不知道，人家在石头上写了字，也在他们的图纸上记下了的，画了好多图。可九财叔什么都不懂。

我把矿石重新放进箩筐里。“这是矿样！”我对九财叔说。

“这不就是石头吗，蛋球！”九财叔说。他没有文化，我跟他是说不清楚的，只当跟猪说。

“好，你屙血，屙！屙！”他恶狠狠地说。

他不理我，他挑上石头一个人上前走了，我也只好又把石头上肩，扁担在磨破的肩上咯吱，咯吱，咯吱……

我正在埋头一步一挨着，听见前面一阵响声，我猛然一抬头，看到九财叔握着扁担，站在那儿，一动不动。前面的箭竹丛里，窜出来一群野猪，就离九财叔不远！

“上树！”九财叔一声喊，我甩下担子就往最近的一棵树上爬。我还没有看见过那么多拖儿带女黑压压的野猪群，我往上爬，踩断了一根枝桠，从树上掉下来，摔得屁股一阵锐疼。我看见九财叔非常紧张，可他又不能动，只能对峙在那儿。我这摔下来的一声，让野猪们引起了警觉，一个个竖起毛刺刺的耳朵，亮出尖尖的豁吻和寒光闪闪的獠牙对着我们。我接着又往树上爬去。“叔，你上啊！！”我拼了老命喊。这一喊，野猪们出击了，箭竹丛一阵哗哗的骚乱，滚滚黑浪就向我们卷来。

“你混蛋！”

九财叔拉上我就朝陡坡下跳去，至少有三米高的陡坡，我落到地上，卡在一个石缝里，脑袋好像撞上了什么，一阵迷糊。野猪的吼叫声在岩上面，过了一会，我头脑清醒了，听见九财叔说：“治安，治安，你在哪？”我说：“叔，你在哪？”九财叔爬过来替我翻了个身，恶声恶气地说：“让野猪把你吃得干干净净！”我摔得不轻，懒得跟他理论，他又吼我要我快抽出开山斧来。我在腰里抽出了开山斧，我们谛听着头顶，野猪们急吼吼的，但并没往下面跳。我们贴在石头下，大气不敢出。“得亏没有血腥味。”九财叔说，他是指我们没有摔出血来，野猪没有对我们继续追击。我看九财叔，已摔得鼻青脸肿了，那只没眼皮的眼睛里充了血，红森森的，脸上、手上有深深的划痕。我知道自己也摔得不轻，浑身疼痛。天渐渐黑了，我们不敢上去，就着石崖，点燃了一堆火。这深山里的秋夜，寒气浸人，又冷又饿。九财叔说千万别动，野猪是很有头脑的。坐了一夜，第二天天亮后，见没什么动静了，我们手拿开山斧小心翼翼地爬上岩去，看到我昨天爬的那棵树，已经被野猪撞倒撕烂了，我们的箩筐也被掀翻，矿石、我们的被子被践踏得脏乱不堪，沾满了臭熏熏的猪屎。我们收拾好石头，慌乱地逃出这个野猪出没的野猪坡。

这一趟，少了两块石头，是九财叔担子里的。他不知祝队长都标了记号，回来签收单上都记下了。估计是在野猪坡被猪拱翻后弄丢的。为此祝队长又狠狠批评了九财叔一顿，并且宣布扣他两天的工钱。为这两块石头，九财叔这趟白挑了。九财叔言语不多，没有解释，只是瞪着那只没眼皮的眼睛看着祝队长。我给他们解释说我们遇到了野猪群，可能是野猪把我们的石头掀到山下了，我们还差一点没了命。可是办事认真的祝队长说这不是理由，这些矿样比生命还珍贵。

“你以为石头跟石头都是一样的？”姓王的博士歪着田螺头给祝队长帮腔说。他们不相信我们的话，以为我们是故意丢弃的。

“你这么一丢，我们这么多人至少一天的劳动白费了。”“洋芋果”小杜笑着想缓解气氛。

事实上那天的气氛并没有缓解。那天晚上吃饭的时候，小谭还给了九财叔一杯酒，说是请他“代”了。九财叔把酒喝了，连谢也没谢人家，倒头就睡了。

我怀疑那石头是他故意丢的，在半道上趁我没注意把它丢掉了，以减轻肩上的重量。

深秋的马嘶岭夜晚，寒风比白天严厉千百倍，有时候飘下一点小雪，有时候飘下一阵细雨——雨是由浓雾而来的，滚滚的浓雾时常淹没我们。在夜晚的深处，马嘶岭万马嘶鸣，它们从天庭滚过，践踏得森林嗡嗡直响。这种马嘶的声音，就像有无数鞭子鞭打着它们。而那几天，我听到的却总是黑压压的野猪在奔跑和狂叫的声音，仿佛它们就在我们头顶，不断地来去，不断地聚散，没有停歇，让我噩梦连连。老麻听了我们的故事啧啧称奇，说：“我不信，你惹了野猪没被吃掉，这说不过去嘛。熊比虎狠，猪又比熊狠，这谁都知晓，你们就损失了两块石头？哄鬼。”我说：“钱就是用命换的嘛。”老麻就劝九财叔说：“有命在，二十块钱就不算啥了，留得青山在，不怕没柴烧。说不定哪一天，你们在这山上能捡块狗头金回家呢。”

没有灯，我们坐在火堆旁，火堆是抵御这凶恶寒夜的一道温暖的屏障。用盐粉揉着一盆野葱的老麻来了兴致，说给我们讲一个狗头金的故事。

老麻那天说的是他们雾渡河上游上辈子人的事。他说马嘶河沿途是有金子的。他说的是旧社会。他说有个人捡了一坨金子，刚开始只觉得是块石头。他把话岔到九财叔丢矿石上去，说，你看起来是块石头，他们看起来里面就有金子，听说含金量还蛮高呢。他说有这么个人，是到河滩刨地刨的一块石头，黄黄的，也没作金子想，捡回去丢到猪栏屋里了。晚上起来拉尿，看到那块石头闪闪发光，就知道有内容了，找人一问，我的娘耶，是块狗头金，这么大——他比划有一个狗脑壳大——于是就到宜昌去，换了足足五百大洋。他揣着这么多叮哐乱响的洋钱，就想到窑子里去嫖一嫖。问好了，有个宜昌城最有名的婊子，长得闭月羞花沉鱼落雁掐得出水来，于是就寻去了。嫖过之后，两人互问籍贯姓名。那婊子一听，知道遇上了自己的亲生老子。为何呢，因这男的生了五六个妮子，后又生了一个妮子。这妮子长到六七岁时，家中无力抚养，便卖给了别人，哪知这妮子长大后误入妓院。虽然与父母姐妹分别时还小，互不认识了，但那妮子还记得自己的老家，记得亲娘老子的大名。于是在生父离开时，在他一双备用鞋里插了根针，针下附了一信。那男的离开后，到晚上在一客栈里洗脚换鞋，一穿便扎了脚，细细查看，发现鞋内有一根针，还扎了一张信笺，展开一看，上写：您是我的亲老子，做了不该做的事，云云。这人读完后觉大事不好，赶去那妓院，一问，知自己的女儿因羞愧难当，已经投江自尽了。

讲过这些故事后，老麻对我们说："你们天天跟他们一起出去挖，说不定走狗屎运，真挖出一坨金子，也有可能。运气来了，门板都挡不住。"九财叔苦笑了一声，沉默了。我给老麻解释说："你以为这石头是狗头金啵？听说最富的矿，一吨石头才能炼出几克来，"我用手指抓了一撮冷灰示意，"就这么多。不过，也有的一吨石头里含一斤多金子的，但这少而又少。"九财叔横了我一眼道："你懂！"我拿出枕头下的一本书给他们看说："这里面全有，"他们就像看生人一样看着我，我便有点得意了，

"是小杜借给我看的。"

的确是她借给我看的，是一本《金矿地球物理找矿》。我跟她出去有几天，我们是分两个组，我帮小杜他们挑东西。小杜给过我一种糖吃，不知啥糖，吃到口里一股煳锅巴味，我就问这是啥糖，她说叫巧克力。"很难吃的。"我说。"一颗抵你们小卖部一斤水果糖的价。"她对我说。这么贵！怪不得包得这么精精巧巧的，我就把那红色的玻璃糖纸留住了。她之所以给我糖吃，是听了我唱歌。她有个小机器，里面放一张薄薄的闪亮的圆盘，然后就戴上耳机听，估计里头也是歌。

有一天她要我再唱，我就给她唱了两句"阳呀阳坡的姐，阴呀阴坡的郎"。我说，我再给你唱几首五句子吧。我想了想就唱了一首五句子："吃了中饭下河游，一对石磙顺水流，你要沉来沉到底，你要流来流到头，半路丢郎短阳寿。""很好听，"她说，"也很有意思。"我就又唱了一首："吃了中饭巴门站，泪水滴得千千万，可惜泪水捡不起，捡得起来用线穿，情哥来哒把他看。"她一个劲说好，我胆子就大了，就唱起邪一点的："吃了中饭下河耍，河下公鸭撵母鸭，公鸭撵得喳起个嘴，母鸭撵得叫喳喳，扁毛畜牲也贪花。"小杜和大家都笑了。小杜用那小机子把我的歌都录下来了，她还边听边记下那词儿："为什么总是以'吃了中饭'开头？"是啊，这一问问得我也有点傻了，我说我不知道。王博士却说了："这还不简单，饱暖生淫欲，饥寒起盗心嘛。吃饱了饭没事干，就想那公鸭撵母鸭的事，听说这山里的女孩子是很性开放的喔。"我说："也不见得吧。"我说可能是与我们这儿只吃两餐有关，我们这儿早上起来是不吃不喝的，洗了懒就出坡干活；洗懒就是洗脸，因为早晨起来人容易懒，吃了喝了更懒。干了一气活，太阳当顶了，才回家吃中饭。所以，人吃了饭，才有劲，才想唱歌做别的。因小杜要听我的歌，还把它录进她的机器里去，我的胆子就大了，见到丢在她旁边的一本书，就拿起来翻。他们测量，刻槽，取石，我没事，就看那本书，全是怎么找金矿的，后来她就借给了我。

在我得到那本书以后的几天里，山岭却是极安静和明朗的。白云在天空如影随形，有时候，一股小风吹过，会带来一种混合的，但印象强烈的野果成熟的气味，野柿子啦，五味子啦，鲜红的茶果啦，咧着大嘴傻笑的“八月炸”啦，还有吊在藤上快撑不住了的沉甸甸的猕猴桃啦。我钻进林子中去摘，我把五味子、“八月炸”给小杜，把酸不拉几的猕猴桃给两个背测杆的杨工与龙工。把不软不硬的野柿子给王博士。他们吃着，不停地点头说：“嗯，好吃，酸，好吃。”我又给他们唱了一首：“吃了中饭肚里嘈，要到后山摘仙桃，七尺杆杆打不到，脱了草鞋上树摇，摇得仙桃满地抛。”

那天小杜、王博士和小谭他们出去了，回来时每人都弄到了大大小小的水晶，就是那种透明得像玻璃和冰块的玩意儿。小杜还意外地弄到了一块红水晶。原来他们是去了一个水晶洞。那块通体透明红如胭脂的水晶让大伙啧啧称奇。可是祝队长却把他们几个人熊了一顿，说他们是胡来，说我们要把一个完整的矿山留给县里。祝队长因为激动两腮都出现了红疹子，摘下眼镜蒙眬着眼瞪他们说是搞破坏，当场就把小杜说哭了，大家也就不敢吭声，连晚上吃饭的时候也鸦雀无声。那块红水晶是否被祝队长没收了，我不知道。

一般来说，我们是早出晚归。每天天刚亮，祝队长的哨子就响起了，“起床了，起床了！”大家惺惺忪忪地起来，不辨滋味地把稀饭裹着馍馍吞下肚去，就灌水，就拿上馍馍，拿上腌野葱野蒜，摇摇晃晃地走了，到了傍晚我们就回到营地，几乎每天如此。这群人——祝队长他们，无论男的女的，就像我们村头磨苞谷的水磨子，不停地干活，爬坡下坎，下坎爬坡，写写画画，然后收了仪器，抱来石头丢进我们担子里让我们挑回来。

好天气并不是经常有的，没过几天，寒风就缠在岭上、河谷间不走了，黏黏的浓雾悄悄地泛上来，与寒风一起，搅得天昏地暗。但是即使能见度非常低，祝队长还是催促大家出去，他的要求是：赶在大雪封山之前完成此次踏勘。在雾里我们挑着仪器以及他们中午的饭食，甚至还有睡袋，还有我们的被子，往勘测点走去。等到中午难得的太阳出来的一会儿，赶紧工作。如果晚上回不来，走得太远了，就随便找一个岩洞住下来，住一晚。在那样的晚上好歹他们会给我们一张塑料布，但也不能抗拒石头上的砭骨冰凉，人像赤身裸体丢在冰窖里。他们虽然有睡袋（是鸭绒的），睡袋下又有油布，拉上了拉链就隔开了寒风，可我看见他们还是在睡袋里瑟瑟发抖，像打摆子的瘟鸡。这些城里来的知识人，还真能吃苦呢，虽然抖，第二天一爬起来，又有了精神，又抖擞着活了，而且他们还啥病都不生呢，我却因受了风寒发起高烧来，浑身滚烫发热，还咳嗽。小杜、小谭他们给了我几颗药吃，老麻还给我熬了些姜汤。我时冷时热地躺了一天，天一放亮，祝队长就进了我们棚子说：“你们得挑粮食去了哦。”

挑粮食就意味着又要挑石头下山，听到这话，我骨头都软了，我看见九财叔的脸也阴沉了下来。可那是跑不脱的，堆在帐篷里的那些石头，迟早得要我们挑下山去。我就说，那就走吧。

我往箩筐里装着石头，杨工和龙工记着数，然后将记了的纸装入一个信封，封上口，让我们带着一起送下山去。

我们正准备要走的时候，小谭突然说要跟我们一起出山，他说他请了个假。是不是又要给他上学的妹子寄钱呢？当时不知道，走到半道上，他才说是想下山去打个电话，问他母亲的病怎样了。小谭穿着一双旧旅游鞋，披着油布（又防下雨又可垫着睡），背着旅行包。他说他母亲得了绝症，做了手术，家里欠了许多债。他说他早就不想在祝队长这儿干了，才两千块钱一个月，他早联系好了深圳那边，一去就是八千的月薪。可祝队长留他，说不能缺少他，他是看祝队长的面子才留在他身边的，祝队长对他有知遇之恩。当他说深圳有八千块钱的月薪，着实让我有点吃惊，我们那儿也有人去深圳打工的，不就几百块钱一个月么？来去的车费一除，也就跟在宜昌打工差不多。我说起这，小谭就说：这就是知识值钱。他说他们那儿也是穷山沟，他家有五姊妹。他是他们乡第一个大学生。他说他上大学的那天，全村的男女老少都来送他，一直把他送了十几里地，还放起了鞭炮，就像过年似的。他问九财叔几个孩子，九财叔说三个女娃，老婆死了，还有个八十多岁的老母。他问我为何没读高中，我说没钱嘛。他说他母亲之所以得绝症，是因为卖血给他读书，他说他还有个姐姐，成绩很好，为了他，就辍学去打工了。九财叔在后面暗暗地对我说，别听他说得可可怜怜的，他是防我们呢。我不解，九财叔就说：很明显么，我们两个，他一个。可是我不信，回来的时候我见他眼睛红红的，看来电话是打通了，他说他母亲不行了，他抽着鼻子，说等这次踏勘完了就回家去，还不知能不能见上母亲一面。

好在来回都没有再碰到野猪，多了个人，胆也大些。我因为感冒，四肢无力，回来时挑着挑着就实在挑不动了。我挑着两袋共八十斤面粉，一袋五十斤的米，加上蔬菜、肉、鱼，足有两百斤。小谭说："看你这瘦小的个子还真能挑啊。"我说哪是能挑，还不是为了一天十块钱。你们是知识值钱啊，我们这儿也有个说法叫力大养一人，志大养千口，而我连力也不大，唉。我挑不动了，就让他们先走，反正有床被子，挑到哪儿睡到哪儿。九财叔说不行，你一个人，碰上野猪和其他野牲口了怎么办？我们出山的那天，在野猪坡的箭竹林里虽没遇见野猪，但看见过一头老熊，可能快冬眠了，躺在竹窝里没理我们。九财叔说："万一不行小谭你就先走，我跟他慢慢来，你反正知道的，跟祝队长说一声，小官他病没好，路上要耽搁一些。"小谭说："我倒也不怕，一个人走，我身上又没有钱，连手机都没有，就一块手表，还是电子表，十几块钱的。"这话是说给我们听的，意思是跟我们一样，穷鬼，让我们打消打劫他的念头，他已经暗示过无数次了。他说的也是实话，那么多人里，就他没手机，那些人都有手机，是他告诉我们的。他说手机是个寻常物，城里一人两三部也不稀奇，而且淘汰很快，年把就得换个新式样的。小谭说还是大家一起走吧，安全些。他把我箩筐里的那袋米背上，这样我就轻松了许多。但腿还是软的，又加上咳嗽，人一咳，就气喘，气一喘，心就慌，心一慌，身子就飘，一步不稳，歪下了沟坎去。

这一跤人没摔坏，爬起来，面粉袋子摔破了一个，白花花的面粉撒了一地。我很害怕，说："小谭，你得给我做证啊。"九财叔把我从沟里拉起来，又去收拾面粉。小谭说："这不是你们的错，面粉就算了，树叶石子的，收起来也没法吃。"

好在有小谭做证，本来我又是带病，祝队长没扣我的工钱。可到营地我就倒下了，有种快死的感觉。八大脚我爹说人死就是一口气，一口气上不来，人就死了，就归他抬上山了。如果就一口气的有无来证明一个人的死活，那死就是很轻松的事。为什么有的人临死前疼得清喊辣叫？为什么有人死时流着不断线的泪水？我认为我那一次体验到了死亡，在那个垭口，三两里地外的营地在向我招手，可是我再也挑不动了。“你真的不能挑了吗？”小谭问我。我说我挪不动了。他说时间还长啊。意思是你这个样子，不能跟我们干到头啊。我一想，又怕他们赶我走，不要我了，我就咬了牙，不让担子歇下来，一歇下来，担子就成了座山。我走，那两个筐子就像有两个魔鬼一前一后使劲扳着你的扁担。筐脚还时常绊着石头或者树枝、葛藤，脚下又是沟坎又是悬崖，每当筐脚碰一下，手抓住的绳子就会拧圈儿，人就晃悠，就像无常鬼来拽你的命让你进地狱。脚下没有弹性，扁担就没有弹性，就会东磕西绊，这是挑担的人都知道的。看着破了的面粉口袋，祝队长一言不发。小谭真的就为我说话了，我终于等到了一个主持正义的人，他说小官病得不轻。我坐在地上，浑身汗泥，真的病得不轻了。祝队长挥挥手说：“好吧，好吧，赶快吃药。”

祝队长没有扣罚我的工钱，这刺激了九财叔，他大着胆子去找祝队长说：“能不能不扣我上次的二十块钱？”

“这次与上次无关。”祝队长说。

“可我这次什么也没撒呀！”

他在表功，他在把我做错的事与他作为对比。这让我十分恼怒，再怎么我们是一起来的，还是你的表侄，你这个表叔哪像个长辈？你的意思是不是说，该扣的要一起扣，一视同仁？他就是这个意思。九财叔就这样让我看轻贱了他。

然而过了一天，又要我们下山。说是我们搭回的信上说，就这两天就有发电机了，是山上要的，要我们去挑上来。

祝队长催督我们，是因为头一天晚上那该死的怪光又出现了。我们的营地黑咕隆咚，那光白龇龇地出现，照过来，就像被坏人、被土匪团团围住似的，十来个人无路可逃了，末日来临了。

“大家拿上家伙！”

半夜就听见那边的帐篷里祝队长他们吼叫着。我们操起了开山斧——一般我们都是插在后腰的木叉子里的，山里的每个男人都这样，每天出门上山都要带上，可以砍葛藤荆棘树枝开路，可以对付野牲口，还可以对付歹人。我们拿着开山斧出去，老麻拿着一根棒子。就见一道白光从崖顶直射下来，令人睁不开眼睛。一声果断的枪响，那光倏忽消失了。祝队长提着枪，大家的手电筒一起照着，手举刀棍跑过去，中弹的地方什么也没有，是一块石头，上面留着清晰的弹痕。姓王的博士接过枪去，又朝林子深处开了一枪，大喊道：“有种的出来！”

“出来！出来！出来！”大家齐声喊。

没有东西出来。祝队长就说，赶快把发电机挑上来。

九财叔要提条件了。因为他有气，所以他提出了条件。他说要把那管双筒猎枪给我们带着，因为野猪坡野猪很厉害，人命关天。另外能不能少挑一点，下山后再叫两个挑夫来。没有一个条件能让那个古板的祝队长答应的。祝队长说枪不能带，队里只有一杆枪，要保护那些仪器，还有这么多人。他说你们两个在山里钻惯了，多留个心眼没事的。九财叔说，那要是有个三长两短呢？祝队长火了，说，你们的开山斧是吃素的么。可是，再要是碰上那群野猪，甭说是开山斧，就是枪也没用，野猪横了，一头猪顶三只虎两头熊。我和垂头丧气的九财叔就商量着怎么样躲过野猪坡，九财叔说反正这命要丢在马嘶岭了，回不去了。那怪光缠着我们不走，野猪又来撵我们，未必来这儿就是命？九财叔就对着山磕起了头，他拜了几拜，也没说话，站起来，从背后抽出开山斧，朝一棵红桦猛地砍去，哗啦啦，红桦上飞出了两只大鸟，哇哇地叫着消失在林子上空。我看见红桦淌出了乳白色的汁液。那大鸟凄厉的叫声萦绕在山冈上，久久在我们心上盘旋。

我们走了。九财叔好像攥着一把劲，匆匆走在前面。我心里好害怕，只得紧紧跟着。走了一气，九财叔在前面歇下来了，把扁担横在两筐上，坐在上面，敞着怀，吼着气。我们已经过了河谷，望不见营地了。九财叔说，见了野猪别跑，这还要我教吗？我点着头，九财叔又说，光是对他们来的，我算了算，我们熟，他们生，要害害他们，他们这么不讲道理，还是读书人，种田搓泥巴的就不是人么？我也替九财叔说话，我说他们是要不得，我们命都快丢了，他们还扣二十块钱。九财叔恶狠狠地说：“有独眼鬼干脆把他们都吃掉！不讲理！”在枯死的箭竹林里，光秃秃的风发出翻来覆去的沙沙声，好像也在恶咒，好像有无数的野牲口和野鬼来了，被九财叔召唤来了。“来一个敲他们一个！来一个敲他们一个！”我听他说。他一定是很恨了。忽然，我听见“哗”的一声，抬起头一看，九财叔把一箩筐石头全倒出来了。

“九财叔，你这是干什么！”

“嘿嘿”，九财叔干笑了，九财叔踢了箩筐一脚，那颗快蹦出来的眼珠子对着我，“我找狗头金。”

他好可怕，我跑过去，站在他的前面。他真的在石头里扒拉着。

我赶快给他把石头往箩筐里装。他说：“你不要怕，你何必这么怕他们。”我说：“我不是怕，我怕哪个，我是想平平安安回去，弄完了我们好回去，我去伺候月子。”九财叔说：“二十块钱哪，你晓得，二十块钱！”他仰天长叹，我看见他那只不能闭合的眼里流出了混浊的泪水。我的心里也沉重起来，我知道这二十块钱对他来说是个大数字；我知道他家徒四壁，三个女娃挤一床棉被，那棉被渔网似的；我知道他常年种洋芋、刨洋芋用一张板锄一张挖锄，第三张锄是没有的；我知道他家房里作牛栏，牛栏破了没瓦盖，另外也怕人把他家的牛偷走了，这可是他家最值钱的家当；我知道有一年他胸口烂了一个大洞，没钱去镇上买药，就让它这么烂，每天流出一碗脓水；我知道去年村长找他讨要拖欠的两块钱的特产税，他确实没有，村长急了，铲了自己一嘴巴，说：“我他妈这么贱让人磨，我给你付了。”二十块钱对祝队长他们来说也许什么也不值，可对于九财叔来说，那可是十年的特产税啊。

菩萨保佑，这一趟出山还顺。我已经不屙血了，肩膀和脚上的血痂也慢慢好了。这次回来时我们挑着小发电机、汽油，小心翼翼地蹚河爬垭，翻山越岭。我们大多走兽道；兽道是野牲口们走的，野牲口爱走熟路，走多了，就有一条道。回到马嘶岭之后，晚上发电机一响，电灯亮了，营地有了从未有过的生机。

整个马嘶岭好像也有了生机，天气彻底地晴朗了，灌木丛和森林红艳艳地拥挤在一起，远处的山脊从红绿相间中跳出来，惨白惨白，像涂了一层石灰似的。一切都显得那么幽深，壮丽，清晰，懒散，而更远的群山如黛，连绵不绝，像一些晾在阳光下的绿绸子，环绕着我们。河谷里的流水也越来越明亮，越来越光滑，细得像一根绳子。

不过这次回来后，有好几次，我就发现九财叔站在祝队长的身后，也不说话，也不动。他也站在我身后过，不动，把我吓一跳。他是不是想说那二十块钱的事？不得而知。祝队长爱坐下来抽一支烟，眯着眼望群山。祝队长似乎知道九财叔站在他身后，有时慢慢转过头来，看九财叔一眼，表情平静，这时候，九财叔就会走开。祝队长有时候也摆弄他的手机，按去按来的，因为这里没有信号，不知他摆弄什么。老麻说，上次那两个人给祝队长又带上来一个手机。他伸出三个手指，表示有三个手机，"啧啧"了几下，说："有五十多个电话找祝队长，可找不到他，都是要他下山去。他说他不理会这些，在春节之前把这次踏勘搞完了再说。"老麻说，我们可能还得待一两个月。我愕然了，说："那我媳妇就要生了。"老麻说："多一个月是一个月的工钱啊。"

老麻显然心安理得，可能为多待一些时日暗暗叫好。这老麻顶多是跟别人整零席的红案师傅，平时也没啥人找他，在这儿吃了喝了还拿工钱，又不挑又不扛，又不早出晚归又不吹风淋雨，他当然喜欢了。

好像要下雪的样子。这天半夜果然下起了雪子儿，然后就是雨，这场雨来势可凶猛，雨夹雪霰，打得我们的塑料布顶像要穿洞了一样，正迷糊间，雨水漫进了我们的帐篷。我做梦梦见掉进了村里的那口深潭，腆着个大肚子的水香硬是不来救我，她就站在潭上面。我冷啊，醒来一看，我们已经泡在水里了。外面已经闹哄哄一片。

“快转移！快转移！”

许多手电筒的光柱在那儿横来扫去。我们出去一看，崖上的雨水就像瀑布一样朝我们泻来，非常急遽。我们按指挥把东西挑往一个不远的小山洞，先到洞口的杨工和龙工说刚才洞里出来了一头野兽，但我们没有看见。他们说像羊，进去后里面果然有一些野牲口的粪便，根据我的经验，好像是灵鬃羊，个头挺大的那种。洞里本来就有水流出来，现在更大了，我们把他们认为贵重的东西搬进去。搬完东西，就生火烤衣裳。可烟雾出不去，熏得大家都受不住，特别是九财叔，那只不能关闭的眼睛里就哗哗地淌泪，他后来干脆就出洞去了。他披着雨布，坐在洞口，那只眼睛亮晶晶地看着远处我们被淹的营地。我们就睡在门口，其实是坐，裹着湿漉漉的被子，坐等天亮。

天亮后又因柴火全湿了，没有吃的，他们给了我们一人一块压缩饼干。九财叔说：“这石头一样难啃啊。”老麻说：“他们有凤尾鱼。”我已经看见了，是一种铁盒罐头。我们闻见了鱼香。

中午太阳出来了，我们抱被子翻晒，拉垫絮的时候，从絮里抖出一个红红的东西，我一看，是个女人的发卡。这是小杜的，小杜夹在前额上的，是其中的一个。小杜有两个，那两天我看见她只夹了一个，原来这一个到我们絮底下来了！那东西抖落出来后，九财叔就飞快地抢了过去，对我说：“你小子别管。”他藏进了内衣口袋，把个破毛衣领拉得大大的，往胸里头塞。他露出宽大的烟牙，嘴巴就不由自主地缩到了耳根，耳朵也突然变得很紧了，那只可怜的右眼珠好像要跳出来，变成一颗落地的秋板栗，会发出“叭”的一声。这使我不再敢惊讶，装着没事的样子，继续晒着被子。不管怎么说，小杜的红发卡都是很漂亮的。小杜长得不漂亮，但不知怎么，夹上那两个红发卡在右前额的头发上后，就显得好洋气，头发还是黄的，染了的，黄发夹红发卡，跟咱们山里人夹发卡又不一样，夹在不该夹的地方。

我明白九财叔是在暗中弥补他的那二十块钱。他要把它补回来。吃饭的时候他死胀，一碗一碗添。人家要四个馍他要五个六个。“我能吃，怎么的？”他说。若在家里，顶多一碗洋芋就解决了肚子，他是个铁骨膘，瘦，肚子并不大。他吃得直翻白眼，嗳气，打嗝，我都看不下去了。踏勘队的人已经看出了他是在闹情绪，他故意夸张地吃饭，是在与祝队长作对，是在表示他的抗议和愤怒。

就在我们遭水劫没几天，好消息传来了，祝队长他们在那剥夷面的西南，发现了一个厚度达三十多米，斜深达千米的富金矿，说还伴生有黄铁矿、铜、锌、铅等多种矿物。这是初步证实的结果。祝队长说，最保守估计，以后一年可以给县里带来几百万的财政收入。那天营地真的是一片欢呼。姓王的博士在回来之前还用红油漆在那儿的石壁上写下了“我来也”三个大字。祝队长余兴未尽地用望远镜望着河谷对面，望着小王写过字的地方，说：“证明我当时的推测没错。”我记住了他们那天所说的“斜卧矿柱”。我没有望远镜从远处看他们的发现，河谷总是雾霭蒙蒙。我在想象这个斜卧矿柱的巨大，它哪一天站起来，像一个有生命的东西站起来，站得比马嘶岭还高，浑身是金黄色，金灿灿的，该是一种什么气魄啊。

“关你鸡巴事！”九财叔对我说。他拍了我一下肩。他在我的傻傻的表情上看出了高兴——分享着踏勘队的喜悦。他忌恨地说：“咱们后山的磷矿也说是国家的，给谁包了？给乡长的一个朋友包了，金子再多，会多给你二十块？！”

我说：“这总归是好事呀。”

老麻说：“老官的气还没顺。我说，矿是肯定给人包的，但承包款和税收是每年得给当地政府交的啊，祝队长说的财政收入，是指这个。”

九财叔讽刺他说：“你是乡长的口气咧。”

老麻说：“有一说一嘛。”

我说：“我不管金矿银矿，他们早点结束了，我们就可以早点滚蛋了。”

我想的是这个，我真的想这个，想回家，想水香，想她那么沉甸甸的肚子。我只想水香生娃子时我在她身边，我拿了踏勘队的工钱，我就去县城给水香买一对那样的红发卡，穿了洞的小树叶一样的，也夹在水香右额的头发上，怪好的，怪经看的。黄连垭的人都不知道这种夹法，也没有这么漂亮的发卡。九财叔的三个妮子虽然长得还不错，可一个发卡，看他给谁夹。我们水香脸形好，眼睛、嘴巴都比小杜好看，皮肤也比小杜好，又不戴眼镜，怎么看都舒服。别看山里人，山里人喝的水好，人就是灵醒。小杜的胸奶也不大，我看比野柿子大不了多少。早上不吃，大家笑她减肥。这么不肉气的妮子为什么还要减肥呢？城里人真搞不懂，蛮好笑的。我突然想到我买了红发卡还要给水香买一条红牛仔裤的，就像小杜身上的那条。可我想了想县城我见过的衣摊，似乎没有红牛仔，只怕是要到武汉城去买。红牛仔裤真是很亮，贴身贴肉，裹得屁股大腿怎么看怎么舒服。我真的有愧于水香，什么都没能给她买过，她跟上我了，吃没吃什么，穿没穿什么，在家里、地里忙这忙那，去了集上，买这不敢，买那没钱。

几个小票子捏出水来了，回来时，还捏着，还是没用，还对我说：“不要买，街上尽宰人，哪儿都贵！”

踏勘队遭了水劫后，许多图纸淋湿了，丢失了不少数据，祝队长为此闷闷不乐，说时间又耽误了，要加紧补数据。他的情绪影响了踏勘队。踏勘队的人都木着脸干自己的事，一点儿笑声都没有。那一天他们去补数据，我们就在姓王的博士的指挥下，在营地加固帐篷，主要是把帐篷四周的土堆堆高夯实，以防崖上的雨水再下浸。小王不让我们进他们的帐篷，这没什么。他守在帐篷的门口，看着我们挖土，挑土，培土。那天天气尚可，雾渐渐开了，他就搬出一个仪器来，许是没事，就摆弄那玩意儿，朝河谷和河谷对面看着。这小子一定是在观察祝队长他们。远处的森林浓如烟霞，依山势的爬高而呈现出陡峭的层次，树干白得耀眼，山壁黄得瘆人，天空云彩斑驳。我们的一双肉眼看到的就是如此。不知怎么，九财叔被那个仪器引诱了，他想看看让王博士入迷的东西究竟是什么。于是趁姓王的去山崖边解溲时，跑过去瞄了那仪器一眼。估计他还没看清楚仪器里面的东西，身后就传来了排山倒海的一声怒吼：“干什么！”

又说：“这个值几十万！”

九财叔腿一软，当时脸都白了，人吓人，吓掉魂，有这句老话。九财叔就赶忙跑到一边去了。几十万哪，九财叔还真没把它碰倒，碰坏了，他拿什么赔？

九财叔躲到了一边去挖土，锹怎么也插不进去，没力了，整个身子都软了。一种深深的委屈和愤恨从他的那只眼里射出来，像刀子一样，让人心尖发寒。到了晚上，他开始发烧，躺在床上，身子发着抖，还四肢抽筋，发出喊叫，像被鬼掐了喉咙一样。

他说："快去给我收魂。治安，快去喊我的魂回来！"他从头上扯了一把头发下来，让我用一张树叶包好，烧了，放进他装水的碗里，喝了，用一块石头刮着空碗。他把碗交给我，说："你就这么刮着到外面去，喊我的名字，要我回来。"他指示我往黑夜的深处走去，越远越好。我走着，喊着："官九财，回来啊，回来啊，官九财。"我在向深邃无边的黑暗走去，到处都是鬼魂，昏暗的星星，恐怖的森林，陌生的荒野，还有一些绿荧荧的野兽的眼睛……我喊着，浑身寒毛倒竖，鸡皮疙瘩鹊起，我看见了在森林里游荡的九财叔向我走来了，有一群高矮不一的野鬼簇拥着他，有两个鬼拿着钩子，两个鬼拿着刀戟，寒光闪闪，好不骇人！黑无常头戴"天下太平"的帽子，手拿绳索；白无常头戴"一见生财"的帽子，撑着破伞；夜叉豹眼，猪腿，手拿催魂鞭；贵神长舌，鹰爪，腰扎障眼巾……我的魂好像也要同他们会合了，我喊着，又不敢大声，我跟着大神小鬼送九财叔的魂回棚，我刮着碗，吱啦吱啦，吱啦吱啦……后来我丢下了碗，发疯一般朝棚子里狂跑，大叫一声，与老麻撞了个满怀，顿时委地瘫痪了。

唤魂的事让老麻说出去了。祝队长气急败坏，说："好啊，你们在这儿装神弄鬼，这还得了，这是什么地方？这不是你们的村子！"他拿我们没有办法，他那些东西要挑，他只能发发气。奇怪的是，九财叔的烧不吃药就慢慢退了，这作何解释，这是啥原因？

这以后，九财叔又盯上了王博士，只要姓王的背对着他，他就会不顾一切地站到姓王的后头，就那么站着，跟站在祝队长身后一样，等姓王的回过头，他又什么事都没有似的赶快走开。有一天，在踏勘休息时我看见姓王的拿着一个钱夹子大声追着九财叔质问：“你看什么吗？你看什么吗？”王博士并不知道他吓掉了九财叔的魂，只当是他爱看个稀奇。祝队长就说：“这老官，有病。”王博士晃动着他那个钱夹，意思是没什么钱，钱夹里夹有一张照片，与一个女子的合影，两个人戴着那种方帽子，从上面还坠下黄璎珞。听他们说那就是他的老婆。不过我心里清楚，九财叔不是想看稀奇或者好奇才站到他后面的，那是九财叔一种无声的示威。他恨，执拗地、单刀直入地愤恨。一个不能表达，无从表达，不敢表达的人，很快就将一般的成见变成了仇恨。这太正常了，可是，也许祝队长和王博士未有察觉，这非常危险。为什么不让他表达出来呢？可怜的九财叔，沉默的九财叔。他这以后真的就像掉了魂似的，躲在一处抽烟，发呆，丢三落四，爱搭不理，眼神恍惚。

我的印象也被搞坏了。我给九财叔唤了魂的，装神弄鬼也有我一份。我发现小杜都懒得理我了，他们瞧不起我们。那天晚上，当我把书去还给小杜时，经过他们的床铺，他们问我干什么，有什么事，我说给小杜还书，他们要我丢在那儿，可我又想再借一本，我就说我亲手交给她。我就进去了，我感到他们的目光像针扎在我的背上，让我变成了一个刺猬。那些目光是审视的，冷漠的，也是不屑一顾的。我那天知道不该闯入他们的帐篷，但我那天实在好想再弄点东西看看，特别是关于“斜卧矿柱”的内容，书上肯定是会有的。我进去后看到“洋芋果”小杜在一个本子上记着什么，已经偎在她的睡袋里了。她见了我，像被火烫了一样往里缩，慌乱地“哦”了一声。我说我是来给你还书的。我再没敢说什么，便飞快地出来了。前面的火塘边，祝队长他们正在分烟说着话儿，看了我，也像看一个怪物。我本来想好了，出他们帐篷时有一句客套话“你们歇吧”说的，可出来根本轮不到我说，因为我不存在，我是个很让人小瞧的乡里人。

外面一片漆黑，马嘶岭上荒凉的夜嘶声像老妇人的呜咽，像受难的马在马槽里惨叫着。那天我真希望神奇的怪光出现，照着我，我就要向它走去，告诉它这里的一切，向它讲我心里的话。我什么也不会怕的，我在心里喊：“光，光，你怎么还不来啊！”那像利剑一样的骇人的光，刹那间照彻了这深广黑暗的光，刺中了什么，还真是一种惊异呢。我真希望这儿多出现点怪事，冲冲这里的压抑，冲冲人心里黏稠的东西，让人振奋得发一下抖！我走进我们那塑料布吹得呼呼乱响的棚子，摸黑钻进被子，听见九财叔磨牙的声音多么响亮，就像在磨一把斧头！

其实，我知道踏勘队的他们是对着九财叔来的。他们对九财叔有些警惕，他们就把我们一起防了。这些都让老麻无意中说出来了。有一天老麻弄了几个套子，套了一只经常出没在坡上的麂子，弄了一锅热气腾腾的麂子肉汤，结果祝队长不但不领情，还硬要把老麻赶走，说是“两个山字一垛，请出”。老麻好心办了坏事，祝队长从不吃野味的。老麻背着行李卷就只好走了。但是踏勘队其他人替老麻求情，因为做这么多人的饭是件大事，炊事员一走，工作就乱了。于是劝好了祝队长便去追赶老麻，把老麻从路上截了回来。老麻好像知道他们会来截他，在山道上紧走慢走哼着歌儿，见他们赶来，故意说，缺了我这个烂萝卜，还整不出酒席来，再请个好厨师，比如说老官，可以给你们做饭蒸馍呀。姓王的博士就说，你就别假客套了，你明知道我们不放心那个老官。

老麻重返营地拿起锅铲的那个晚上，在棚子里对我们说："读书人认死理，犯牛倔。我在镇委会给镇长他们做饭，点着要吃野味，县里的干部下乡来了，也是说：老麻，今天吃啥呀，有没有鲜一点的炉子（火锅）？你看人家！山上的野牲口，不是吃的是干什么的？我们镇长最有能耐，为了把家鸡混成野鸡，他可以把鸡脖子抻到一尺多长，乍一看，就像野鸡了。上头来的人也不知道，放了一把花椒，以为就是野鸡，就说：还是野鸡鲜。我们镇长真是个天才。"老麻给我吹嘘说："我说不回来了，他们几个人拉脱我的袖子。我说，衣裳拉坏了是有价的，他们就说，拉坏一件赔你两件。嗬咳！不是我说，你叔走，他们还巴不得呢。"

老麻得意了好几天，把姓王的说的话全透给了我。他还唱歌："远望姐儿穿身白，擦身过去不认得，鹞子翻身掐一把，桃红脸儿变了色，如今的姐儿挨不得。"他唱起歌来，棚边的几棵拍手树就一阵乱响，像喝倒彩。他剁着砧板边剁边唱，我的心却乱了。我不能把那些话告诉九财叔，告诉了就会乱套，说不定九财叔会做出什么出格的事来。我只好也恨起了田螺头王博士来，九财叔他做了什么呢，不是你吓他，他会站在你后头？每天给你们担着担子，这么辛苦这么可怜，你们还提防着我们，发烧了叫个魂还不是没药吃，又没碍你们什么事。这老麻就他妈话多，你得意个什么呢？我要是告诉了九财叔，你那颗黄姜鼻子只怕要搬家。

九财叔不是不知道，其实九财叔是个非常有心的人，他肯定感觉到了，他在想着怎么扭转这个局势。

短暂的秋天就像一片浮云欸乃而过，马嘶岭白天的风跟夜里的风一样不分伯仲，凌厉凶猛了，落叶像波浪一样翻滚在山坡上，整个山岭笼罩在死灰色的烟幕中，密匝匝、枯蔫蔫的箭竹丛在北风的打压下发出荒凉如梦魇的声音，与河谷呼啸的风声一起遥遥呼应着，天空、山冈、森林都在哆嗦。而我们的营地好像要被彻底掀翻了，要掀下河谷去，落到乱石累累的地方，摔得粉身碎骨。

踏勘队的两支队伍合了起来，变天后他们主要圈定矿体的边界线，还要什么圈定“矿化富集地和蚀变带”。早晨起来，冒着风出去，走得很远很远。

好像要下雪的样子了，早晨起来，有厚厚的霜，到处一片白。雪没有下时，大雨呼呼地来了，来了还不走，还很绵很赖的，圈定的活儿圈不了啦。

大雨不急不躁，从河谷里腾起的浓雾霎时弥漫了山岭，所有的植物都在雨水中无奈地蔫奄着，高的，矮的，粗的，细的。森林一片昏暗，千万年的山崖和天空死气沉沉。两天之后，河谷的水满了，河道消失了，狂乱的水流在巨石间粗野地激荡着，把河岸推向角落，山与山之间的联系湮没在一片啸声中，远远地制造着深沉的恐怖。

在风雨的摇撼中踏勘队龟缩了三天，大家坐在火堆前不停地抽烟，去外面看雨势和水势。但情况如故。

接下来的就是，没有粮食了。没有菜了。要断顿了。

九财叔不等祝队长他们安排，就说要下山挑粮食去。

他们也不是傻瓜，这滚滚河水，插翅也难飞过。祝队长看着九财叔，像不认识似的，说，你怎么过去？九财叔就说是到四川那边去买米。“那，谁陪你们一起去呢？”九财叔说不要谁陪，他跟我去。祝队长说：“把钱给你你去买？”九财叔说，是啊，我们买，我们挑不我们买？但是祝队长扬起的眉宇间有无数个问号。九财叔根本不知道祝队长不想把钱交给他，九财叔还以为他们会笑眯眯地送我们上路呢，九财叔肯定在想他筹粮的高招，以为他们会感谢他，改变对他的看法。可是祝队长就是不同意，说不行。他一定是以为我们要偷懒，少挑一趟石头下山。但到四川虽然远点，可以不过河谷，马上弄到粮，路上还可以收一些老乡家的腊肉与鸡。这确是一个好点子，老麻破天荒地与九财叔站在了一起，但就是祝队长不松口。他说他想办法送我们过河谷。

那就过吧，看他们怎么让我们过。他们还是要我们带点钱下去，帮他们买香烟之类的东西。在祝队长进去拿钱的时候，九财叔突然出现在祝队长面前！九财叔看见了祝队长长期捆在腰间的一个大腰包，那里面的三部手机和四五千块钱全暴露在九财叔的眼皮子底下，那是踏勘队的所有经费。过了几天九财叔就把他看到的告诉我了。当时祝队长想掩藏已来不及了，他把钱退回腰包，可由于慌乱，怎么也塞不进去。他朝九财叔说：“我没叫你，你进来干什么？”喝退了九财叔，祝队长又在帐篷里弄了半天，出来时他拿出来的不是钱，而是一封信。他把信裹了几层，用塑料纸包好了，对九财叔说：“交给下面，他们会买齐的，买齐了你们带回。”他又说，“快去快回，别把大伙饿死了。”

他们有雨靴，我们没有。九财叔的力士鞋还破了后跟，他用一根布条把鞋捆好，这样的鞋一上路就会湿透，这么寒冷的天气我们要穿两天的水鞋。好在，他们给了我们一个手电筒，一个换过电池的三节手电筒。他们几乎倾巢出动了，说是能把我们送过河谷，我和九财叔都知道，这是枉然，我们是当地人，我们还不知道这样的河谷在连阴大雨中是一个什么情况吗。到了河边，那真是望河兴叹了。溯河而上，他们也绝望了，就开始砍树，他们说要临时搭成一个“桥”。树放下了，树扑倒在河里，眨眼间就无影无踪，被湍急的河水卷走了。接着他们又砍了一棵更长的树，又放倒河中，但是树一头扎进水中，离对岸还有好远。就算搭上了，谁敢往这样的“桥”上挑担过去？谁不要命了？

折腾了一整天，晚上一个个浑身泥水地回了营地，他们中的有些人就开始倒向九财叔了，可祝队长还是不表态。小谭自告奋勇地说：“我陪他们一起去四川。”祝队长摇头不同意，就发动大家一起上山去挖野葱，采野菜、野果。吃了两天野菜，大家意见大了，逼着祝队长来跟我们说：“去四川吧。”

我们便怀揣着他们给的三百块钱，踏着采药人隐约走过的路，像两头野牲口没入了雨雾茫茫的无边荒岭。

又是一趟生死路。

那一天我们遇到了许多可怕的事儿，我们走进一个峡谷时，在一个凹进去的石崖边，遇到了一群躲雨的鬣羚，怕有百十只。鬣羚胆小，见了我们，就开始逃跑，只有一条窄窄的崖路，那些鬣羚朝我们跑来，我们贴着石壁给它们让路，九财叔那件破烂的棉衣还是给一只鬣羚角挂住了。我看见九财叔一下子飞了起来，箩筐也飞了起来，好在九财叔那衣服不经拉，“刺啦”撕了个大口子，重重地摔在了地上，后面的鬣羚从他身上跃过去，竟没伤着皮肉。九财叔叹他命大，骂着要捐下鬣羚的角来，“那倒是一味不错的中药呢”。他说。

我们想走进一个山洞中休息，生点火烤干衣服，黑黢黢的山洞里扑棱棱飞出了一大窝秃头老鹰。进得洞去，一股腥气，也没在意。生了火后，又有老鹰窥伺在洞口想往里钻，我们烤着衣服，火越烧越旺，九财叔突然指着我身后说："那、那是个什么？"我回过头去，妈耶，一副骨头架子朝我们走来！

我们爬起来挑上箩筐就跑，跑出山洞，跑了两里开外，跑得天有些开了，峡谷矮了，才停下来。

"那真是鬼么？"我问九财叔。

九财叔到底比我有山中经验，说："那不是鬼，是一副被鹰啄净了的骨头架子。"

九财叔说，不是冻、饿死的就是被人害了。他说，鹰子吃腐物。山里头什么事都会发生，没事谁愿意到山里头来呀。我就问到四川还有多远，九财叔说他也不知道。我说："九财叔，那三百块钱，你给我一百五十块我回去吧。"九财叔听了痛骂我："命都快赔了你就值这一百五？！桩桩件件的，你就值一百五？！你这没出息的，这点钱打瞎你的眼睛！"我说："那总比被老鹰啄吃了强些。"九财叔就说："我要走，我给他抢完了走。"我说你抢哪个？他说我总不能就这么走。他就溜出了那话："光一百元的就有这么一扎。"他用指头示意。他说出了祝队长腰包的秘密。他说："你不想把它抢过来？为什么他们那么有钱，而我们啥都没有。"我说咱是农民，人家是大学搞研究的，不能比。九财叔却说："咱受的苦比他们多，都是一样的人，不该这样啊。"我直笑九财叔愚笨，认死理。我知道他不懂，他没想过来。我说，人家的钱与我没有关系，我只想回家，水香要生了。九财叔说，抢，我们抢他个精光。你未必不要钱吗？我说我要钱，我咋不要钱？他说那就抢。我说抢不来的，他们人多。他忽然说他想了个好法子，看那边有没有老鼠药，把他们毒了抢。我说这是犯法的，抓到了咋办？他说你胆子咋这么小，麻雀胆也比你大呀。这里人不知鬼不觉的，这次不干以后就没机会干了。你还到哪儿碰到这么有钱的？他还说那个值几十万的家伙，有好几个，不得了。其实那个家伙，王博士说的值几十万的那仪器，就值两三万块钱，是王博士吓唬我们的，唬我们这些乡下人的，如今进了监狱，我才知道。当时因为恨吧，在路上没事，就胡乱商量着怎么抢，我说还是不要抢的好，偷，偷了就走。九财叔说："你能飞走？他们一赶来，咱们就被抓住了。"他说我想好了，就这么做。我说没有老鼠药呢？他就不吭声了。过了一会儿，他回过头举起开山斧对我说："一不做二不休，杀，杀了抢。要得你安逸，就不得他安逸。"九财叔想横了，想窄了。我只是觉得他是开玩笑的，心里恨，才这么说，图个嘴巴快活。

不过那些钱确实让我有些兴奋，九财叔认真的撩拨让我在这荒岭寒雨中有些走神。二十块钱的不满已经演变成了抢劫更多钱财的企图，不，是决心。我感觉到我将要与这个九财叔大弄一笔了，可这是冒险，如果真能做得万无一失也未尝不可以干干。听有打工回来的说，外头这年头都是撑死胆大的饿死胆小的。抢的，偷的，骗的，拐的，杀人的，海了，有几个抓住了？又一想，九财叔，哼，你胆大，你这个熊样子，你也什么都敢？我不信。在他动手的那一刻，我都没法相信他是那种敢出手杀人的人。

九财叔与我走在寒雨霖霖的山岭上，挑着湿漉漉的空箩筐。九财叔的湿球鞋不知轻重地一走一咕，一走一咕，他脚上的肉已经裂口了，从里面流出鲜血；胡子拉碴的，鼻子里喷出的团团热气变成水珠子，挂在他花白的胡楂上，那只不能关闭的阴冷的眼睛向远处看着，好像多有不甘似的，有一种念头燃烧在他眼睛深处。我好像重新认识了一个人，这个人不是那个死了老婆、家庭负担蛮重、蔫不唧、又脏又烂的九财叔，不是的，是另一个。大前年，九财叔老婆只感腹疼，一阵抽搐，还没等到抬去医院，半道上就死了。死了女人的家里还有什么好呢，三个妮子整天在那儿哭，他八十多岁的老母亲还得给他们烧饭和喂猪呢。三个妮子是被他打着去山上放羊的，后来又打着她们去山里采药，去山里割猪草，去地里刨洋芋种苞谷。就这样，三个妮子越长越像人了，老婆坟上的草也越长越高了。九财叔就不爱理人了，瞪着眼看山，坐在地头打盹儿。后来他家里就放进了牛，牛就在房屋中拉屎，屋里就飘出了畜便的气味，被子越来越薄成了渔网，一直到两块钱的特产税也交不起了，让村长大骂他的祖宗十八代。家里并不因此就没了热闹，三个小妮子突然间脾气暴躁起来，只要九财叔不在家就大打出手，为一点小事都打得鸡飞狗跳，捅妈捣娘的，抓头发，蹬裆，样样有。九财叔从地里回来，常常看到三姊妹的脸上大窝小坑，已无完肉。又没读书，又无娘调教，村里的人都在想，这三个妮子咋办啊，送一两个去学校也好呀，三个女人一台戏，这戏太早了点。可别这么说，她们打归打，长着长着一个个就水灵了。家里的羊啊，猪啊，不比人家少，菜园里该长白菜的时候长白菜了，该长辣椒的时候长辣椒了，该生火做饭的时候屋上有烟了，该点灯的时候窗口有亮了。村人就说，如果这三个妮子脾气改一点，慢慢长大，九财叔的好日子就会来了。可惜的是，日子很慢，三个妮子还远没有到谈婚论嫁的年龄。因此，遭孽的还是九财叔，一个人扶犁，一个人还得背篓，一个人赶集担柴，一个人还得照秋收秋。脸也黄了，皮也松了，他多大的年纪呀，跟他同庚的八大脚我爹，见了都不敢喊他九财弟，恨不得喊叔。八大脚我爹对我说："九财，三个酒坛子是泥巴捏的，难出头啊。"

我们披着雨布坐在冰冷的石头上，九财叔说："腰酸。"他揉着两边的腰，我怀疑他是肾有问题了，他脸上浮肿，眼珠发黄。我扶着他找了个背风的石坎，想拾点柴生火，这个念头被吸一锅烟取代了。九财叔费劲地点燃烟锅，递过来要我吸。我就接过吸了几口，那种冲人的辣味差一点把我呛翻了。我咳嗽了一会，又犯起了迷糊，竟坐着睡着了。再醒来，天已经大亮，我浑身似乎都没了热气，脚已冰凉得失去了知觉，雾、雨、风，冷冷地包裹着我们。好在不一会我们闻见了柴烟，就知道有了人家。

我们见到的第一个人是个女人，后来也只见到她，没有其他人。这女人在家煮猪食，头脑不太清醒的样子，她回答我们这儿没有粮食和腊肉卖，她甚至说不出她是四川还是湖北的。我们只好再继续走，可是，没走多远，就听见前面的九财叔一声尖叫，接着响起了枪声，九财叔中了安放在大蕨丛中的垫枪。

那垫枪先从箩筐穿过，再擦过他的小腿肚。只见九财叔一个前扑，箩筐就丢了，倒在地上喊："我中枪了！我中枪了！"

血从九财叔的裤腿里流了出来，他抱着腿左顾右盼，我一时也愣在那里不知如何是好。我听见他呻吟，就去找枪，九财叔大喊道："别动枪，别动那枪！"

他自己的手里抓了一绺破茎松萝，水淋淋的，他攥着水，慢慢捋起裤子，把松萝往流血的地方按。肯定很疼，按得他歪了嘴，眼珠子凸得更厉害，眼里全是混浊不清的念头和绝望。雨还在下，雨挂在他凄凉焦黄的脸上。我扶他拖着腿坐到扑过来的箩筐上，坐在一棵大树的背后，他才说："把那该死的垫枪给我取出来。"

我慢慢走进大蕨丛中，找到了绳子。我解开绳子，再找枪，是一杆只有铁管和木头枪托的很简单的土铳。这就是垫枪，它绑在一根树桩上，专杀游走的野牲口的。我把枪递到九财叔手上，九财叔没细看那枪，他的心里好像还平静，他从头上解开宽宽的帕子，去缠伤口，他小心翼翼地缠着伤口，血还是往外渗。我问他究竟怎么样，他摇摇头。

就在这时，我们的面前出现了一个男人，这个男人要死不活的，问我们是干什么的。口音是四川的。九财叔见了他眼睛就绿了，知道是他的垫枪，九财叔看样子要爆发了，要跟他拼命了。可他的腿又负了伤，还加上没睡，没吃，显然他在克制。他对那个男人说："这里是四川么？你的枪打着我了。"那人说："你们是干什么的？"我给他说，我们是探矿队的，是从马嘶岭过来的，是来买粮食的。那人"噢"了一声，想走。九财叔喊住他："你卖点粮食给我们，我们用钱买。"他这么克制，是想用他的枪伤来换取那人卖给我们东西。那人想了片刻，就点头让我们跟他走。那人在前面走，走了一截，在前面转过头等我们，并不想帮我们一把。

到了他的家里，也就是遇见那个女人的家里，这男人就很热情了，他解开九财叔缠伤的帕子，用熊油给九财叔抹了伤口，又用干净的布给九财叔包扎，并吩咐他老婆给我们一人炒了一大碗香喷喷的洋芋。我们已经看见了他堂屋里堆着的一大堆洋芋，个儿很小，估计是剁了给猪吃的，但卖给我们就能解决问题。

我们吃了洋芋，烤干了衣裳，就被安排到他的牛栏屋的楼上，那上面堆着柔软干爽的苞谷衣壳子，还盖着他给我们的一床被子，美美地睡了一觉。就在我们睡觉的当儿，那个人给我们准备了一担洋芋，只准备了一担，因为九财叔有伤，他的箩筐就空着了；担子里还有他们种的一些水菜，如茄子和芫荽。芫荽不多，只有一把。我们醒来后见到那担洋芋，九财叔又问他有肉吗？他说真要的话他可以杀一头羊子给我们。我们说要，他就把一头山羊牵来了，一刀下去，羊就倒了，就剥皮，掏肚。把肚里的下水煮了一锅，让我跟九财叔吃了。九财叔看着那满满一担问他多少钱，要他说个价，他说，你们看着给吧。九财叔想了想，说八十块钱。那人说随便吧，就给了他八十块钱。九财叔又问有没有“三步倒”，那人说，你们要“三步倒”干什么？九财叔说山上老鼠太多。那人找了半天，出来说没有了，用完了。那人又给九财叔砍了根拐杖，问他碍不碍事？九财叔拄着拐杖走了几步，还行。交易完后我一直想提醒九财叔，让那人打个收条，但九财叔似乎不给我机会，我以为他会记着这事的，因为祝队长交代过，但这事好像让九财叔忘了个一干二净。

回程的路上，我就问这事，九财叔不置可否，含糊其词。问急了，九财叔就说，到时我们做个证就行了。他对我说：“我们讲一百二十块。”我说：“为什么？”他说：“你二十我二十。”他就先把二十块钱给了我，要我拿上。他不打条子是想黑踏勘队的钱！我说这干不得吧。他说天知地知你知我知。他说：“老子把那二十块钱终于搞回来了。”九财叔的表情已经是一种很舒畅的表情，甚至把腿伤都忘了，虽然拄着拐杖，但走得比我还雄壮，他说他们难不倒我，他说你做初一我做十五，老子也不是好惹的。他在雨水和泥泞中瘸着腿兴奋地絮絮叨叨，带着凯旋的气势。二十块钱终于愈合了他心中那撕裂的巨壑般的伤口。九财叔骂那个人道："他妈的，这球人，我还没找他付医药费呢。"他说："他为什么要杀羊给我们，还不是理亏了，送给我补枪伤的。"他要我估这一担的价，我摇摇头，估不好，他说怎么估至少也得一百五吧。

我们在半路上意外地碰到了老麻和小谭，他们等不及了，说大伙都饿着。老麻说话很不利索，原来他一边接我们一边沿途采野蘑菇，为试蘑菇有没有毒，把舌头试麻了，毒蘑菇是麻舌头的。

回到营地，听说九财叔绊上了垫枪，都来看他。"洋芋果"小杜还来给他治了伤，擦了药，用白纱布包扎了。但是九财叔的伤红肿了，他们说这叫感染。九财叔吃了他们的药。晚上大家吃羊肉，吃洋芋，非常高兴。虽然没能吃上大米，但那些瘦小的洋芋果也是九财叔差一点用命换来的。看来他们对我们的印象就要好起来了，九财叔这只腿的血流得值。

但是事情总是莫名其妙地凑巧碰在一起。就在这天的晚上，发生了一桩意想不到的怪事。

我们回来后就雨如瓢泼，还响起了罕见的冬雷。我们正要脱衣睡觉时，就听见王博士喊我们："你们都过来！"我和老麻披衣过去，不知道发生了什么事，他们的帐篷里没有光，熄灭了灯。有人打手电筒，也被喝令关了，他们手上都攥着东西，有刀，有枪。等大家都安静下来，祝队长在黑暗中说：

"刚才听见了枪声。你们没听见吗？"

他问我们。我们就竖起耳朵来听。果然，有隐隐约约的枪声。后来枪声越来越大，好像在周围的山头，还能听见人的喊叫声，好像有一伙人！

“都听见了！我们怎么办？”姓王的博士说，声音有点颤。

接着又响起了一阵轰隆隆的冬雷声，还有风雨声，呜呜的，一阵一阵地扑向悬崖。加上河谷里澎湃愤怒、捶胸顿足的水声，还有那本已存在的马嘶声，尖声的、固执的马嘶声，现在全来了，在我们吃掉了一只羊后全来了。

“你们真是买的吗？”祝队长突然这时说出了这么一句。

我忙说：“是，是买来的。”

“带上重要的东西，赶快撤退！”祝队长端着枪说。

枪声东一阵，西一阵，是不是有人包围了我们呢？我们在密集的枪声里赶快带上东西，特别是仪器，他们包上重要的资料，往后山一条隐蔽的路而去，那儿通向一块高岩。上去有个一线天，易守难攻，一夫当关，万夫莫开。九财叔因枪伤和发烧，就留在了棚子里。我心里挺纳闷的，我们花钱买了东西，人家来找我们什么事啊，未必是打劫的。那时候我没时间想了，我给他们挑着东西，往上爬着。人没休息，又出怪事。来打劫就打劫吧，反正我们没啥。就在我们往上走时，枪声模糊起来。小谭说：“这只怕是个误会。”我听见小杜说，这可能是个自然现象。也许是杨工也许是龙工在黑暗中说：“马嘶岭没马，为何能听见马叫？我看都是风声作怪。”王博士说：“马嘶岭之所以叫马嘶岭，据当地的地方志说，是因为过去这山上有许多野马。”

争论不休时，祝队长一声吼说：“都不许说话！”

我们选定了一线天的一个凹处，那儿背风，避雨。坐下来后，他们又忍不住继续说话了。有说是风声，有说是自然现象，说是一种什么磁铁矿现象，因为这一带过去打过不少仗，土匪火并，官府剿杀，恰好打仗时遇打雷下雨，把那些枪声喊声全录进去了，以后一打雷下雨，这声音就出现了。他们争论我们无权插嘴。不过我心中支持这种说法，这等于是替我跟九财叔解脱，不然就会让祝队长怀疑我们，以为我们是偷了别人的东西，让人追赶来了。不相信我们的还有王博士，他对那种说法反唇相讥道："老官中了枪也是磁铁矿现象？"

哦，我明白了，枪声加上九财叔腿上的枪伤，这一串起来，我们就完蛋了！难怪难怪！我们成了嫌疑人，这一趟是黄泥巴掉到裤裆里，不是屎也是屎了。我好一阵绝望，这些人咋就不信我们？这些人还是有文化的人呀，咋就跟乡清算队的横子们一样蛮不讲理呢？事情就问到为什么没让对方写个收条。这事我们有愧，这事都是九财叔的鬼点子。我就只好说我不知道，是九财叔办的。这事我不能多讲，免得两人讲的对不上。我只是说羊子肯定是买的，我们要人家杀的，全部是一百二十块钱。

"我们可没有偷羊啊！"我喊道。

"或者，你们是不是跟山里的人说了这儿的事？说我们有钱，有物？"他们问，"你们暴露了我们。"

我对他们说："我们什么也没说，我们只说我们是探矿队的，在马嘶岭探矿。"

"问题是，你们没有打收条。"他们说。再问收我们钱卖羊、卖洋芋的那一家姓什么，我也回答不出，我们真没有问人家姓什么。在我们山里，吃过人家的饭不问人家姓名很正常。你走累了，一声大哥，一声大姐，就可以找人家借宿，吃饭，然后只记得“松树坡”“柏子岩”“赵家坪”这些地名，并不知这家姓甚名谁。

越问我越说不清，他们就越不信任我们。是偷的，抢的，哄骗来的，要追杀我们，老官已经负伤了，他是逃脱的，人家又追过来了……这些狐疑正在我们那里悄悄蔓延，我已经嗅到了那种气味。

我在恐惧中坐着，我希望出现一些有利于我们的结果。

下半夜还没有动静，他们要我去“侦察侦察”，我就下去了。我急急去棚子，九财叔躺在那里，发着高烧，眼睛瞪得贼圆贼圆，嘴里吐着火红的热气，脸颊像泼了一桶猪血。我给他额上溻了个冷毛巾，他醒过来恍恍惚惚地看着我，说：“红薯都收不回来了……”

“你说家里的红薯吗？”我问。

“地里的……”

他记挂着他地里的红薯，肯定想着这么大的雨他三个妮子怎么去挖红薯。他问我怎么人都不在了？我说你不知道？我问他听见枪声和喊声没有，他摇摇头。他烧昏了，他肯定没听见，他可能梦见了家里还未挖的红薯地。我弄醒了他，我说坏事了，你中了枪，周围又响起了枪声，没打收条的事他们又问得紧，是不是他们知道了那四十块钱的事？我心里很害怕，就把二十块钱掏了出来，塞到九财叔手里。九财叔不接，说：“到哪儿知道去？你这成不了大事的，你就死咬着一百二！”

雷声似乎在很远的地方响着，枪声偃息了，秋雨无力地打在棚顶上。可是我忽然听见了天上有巨石滚动的声音，一阵阵向我砸来，这让我心惊肉跳！我惶顾四处，终于弄清了声音来自我自己的心跳，轰隆隆，轰隆隆，轰隆隆……

天亮了，雨住了，几只猕猴在树上发出了呼唤太阳的安静唳叫。东边，有一晃而过的朝霞，只有浅浅一线，但很爽眼。接着我又看到了一只漂亮的锦鸡在我们前面不远的坡地上跳舞。它亮出了它锦缎一样的通红的腹部，橙红的颈子，金色的冠毛，在晨雾中美艳至极，它亮开清亮的嗓子唱着："茶哥！茶哥！茶哥！"爽脆得就像一对铜镲。视野渐渐地开阔起来，我等着踏勘队回来。没有事的，他们没有事，我们也没有事，没有什么来打劫他们的人，全是雨天的怪现象，这马嘶岭就是这样的奇怪，不过是虚惊一场，他们没有发现那四十块钱的事，发现不了的，一切随着白天和天晴的到来都会过去，他们要忙他们的去了，会把这一切忘了。我这么祈祷着，祝队长他们果然回来了。

整整一天都平安无事，阳光亮得人晕晕醉醉的，风也温暖柔和起来。睡了一天，那些人神清气爽了，呼朋唤友，要打牌了，要唱歌了。哪来的侵扰我们生活的劫匪和捉拿我跟九财叔的农民啊。没有！我真高兴。

平安无事了。他们吃着我们的洋芋，也无话了。

他们继续在周围圈定矿体边界线。

那天傍晚我们回到营地时，却没见炊烟袅袅，厨房冷火无声。这就奇怪了。大家紧张地走进营地，去厨房一看，反了天，老麻和九财叔双双躺在各自的铺上，两人头破血流，老麻最可怕，嘴张着，掉了几颗牙齿。

他们两个打架了。九财叔先动的手，他为什么要动手，他肯定有他的道理。是在替老麻择菜时，老麻伤了九财叔那易伤的自尊。老麻像个领导喊九财叔过去择菜，他是想埋汰九财叔几句，因为那些茄子是些收尾的茄子，又有筋又有虫眼。老麻说：“老官哪，你碰见了鬼市吧？”九财叔眼就直了。老麻又说：“这像是鬼市上买回来的菜。”他显然不满意这些菜。九财叔就没好气地回了一句：“我买的羊肉呢，你切的时候是不是变成了人肉？”老麻一听就打寒噤，这营地没人，就他们两个，老麻可能因为害怕而觉得要在气势上压倒对方，便说：“老官你有什么资格凶啊，我说你碰见鬼市又不是我说出来的。”“那是谁说的？”九财叔当时就浑身乱颤得不能自持，他又问：“你说是谁说的？”他要问个所以然。他忽然就站起来揪住了老麻的衣领，唾着老麻的鼻子说：“我跟你说，你不要仗势欺人，你跟老子一样，出苦力的，你得乐个什么？这些东西是我拿命换来的，用命换的，你知道吗？！”他可能越想越气，一拐杖扫过去，老麻就倒了。老麻作垂死挣扎，抓到锅铲就铲九财叔的头，九财叔差一点脑袋搬家，一拐杖再横扫过去，打到了老麻的嘴。老麻哇地号了起来，他喊：“让省里的领导来判你的刑！”

他把踏勘队的说成是省里的领导。最后“省里的领导”祝队长他们决定扣老麻三天工资，让九财叔挑上箩筐回家。

这是打架后的第二天早上。九财叔听了那个决定，眼珠子就要掉出来了，他的嘴唇嗫嚅着，想说话，说不出，后来终于哭号起来：“为什么要我走？为什么要我走？！”

所有人都蒙了，看他哭。祝队长说，因为你打掉了人家的门牙，这儿不准打架，不是放牛场。因为是你先动的手，为了维护踏勘的正常秩序，经研究，只好让你下山了。可九财叔不走，只是哭，哭得鼻涕都流了下来，埋着头，用一双锉子般的手揩着涕泪。他不接工钱，不签字，坐在那儿，好不伤心。

这事就僵了，也没人再说什么。可老麻急，老麻肿着牙床和腮帮，眼巴巴地要等着九财叔走。他没有等到那个激动人心的时刻，他看见九财叔还在这里，赖着不走。他不服啊，不解气啊，就用猛烈的剁刀声表示着他的态度。等人散了，九财叔偶然抬起头来，看一眼厨房，眼里全是刀子！

“叔，你怎么办？”我问他。

他没回答我。嘴巴在动着。后来我听清了，他在说：“我给妮子筹几个学费……”

我听见了“学费”这两个字，我听得很清楚。他未必还想让三个妮子去读书？我后来突然想他真的会的，他多少天来都是这么想的，他一定会这么想的。就冲着那一个红发卡，冲着那些手机和钱，冲着小他一辈的人对他的吼叫，他迟早会下决心把孩子们送到学校去的。

“你是说，让她们去上学？”我问。

他点点头。

看来他们真的想要他走了，我也不想待了，我更加思念我身怀六甲的水香，我拼命地想她。我就对九财叔说：“算了吧，要走我们一起走。”可九财叔摇着头，摇着头。

这样僵持着怎么办呢，九财叔竟挑起箩筐跟踏勘队一起外出了！并没有要他去，再说他的腿还没有痊愈，走路还有点瘸。小谭就出来说老官你不能做，你的腿挑不起。这样行不行？除了不少你工钱，还补助一百块钱，你走吧。这不少了。我想九财叔会同意的，可九财叔不表态，以沉默作答。这更坚定了他们要赶九财叔走的决心。我当时不知道，踏勘队一致认为九财叔是个危险人物，在这样的荒山野岭，必须要提高警惕。种种印象加迹象表明，九财叔对踏勘队有威胁，并非善良之辈，这一次斗殴就是一个证明，是一次暴露。

多难受啊，九财叔和大家。大家干着活，九财叔挑着空筐跟着他们。我把我挑的东西分给他挑，他感激地看着我。这一天非常难熬，非常漫长。

而老麻在营地整整一天都在盼着九财叔灰溜溜地回来，乖乖地卷起他的破铺盖滚蛋。老麻甚至用老虎钳子将九财叔的碗夹掉了一个角，并在那个缺碗里撒了一泡尿。老麻看着黄灿灿的尿液，咧着豁牙的嘴黑洞洞地笑。到了夕阳西下时，九财叔也没一个人孤零零地出现在老麻面前，而是跟大家一起回的。老麻于是将那些烂了的、长了芽的小洋芋果都煮进了锅里。结果可想而知，那天晚上大家吃了这些毒洋芋后，一个个都拉起了肚子。

在拉肚子的热闹中大家把九财叔忘了，我和九财叔什么都没拉，肚子好好的，我们扛得住。老麻对他导演的这出戏可高兴了，“看你们都吃了什么！”他说。“我也没办法，就这些洋芋了。”老麻把责任推给了九财叔和我，煽动踏勘队对我们的仇恨。九财叔在晚饭吃洋芋的时候吃出了一股尿臊味，可是他没有说什么。即便是大家不停地拉肚子，也没把怨气撒到我们头上，至少没有公开撒到我们头上。老麻就开始索赔了。那天晚上，老麻高声在营地说着：“一百一颗！”

他要九财叔赔他的牙齿。若是一对一，老麻是不敢在九财叔面前这么嚣张的，九财叔那只右眼里透出的寒气，让人见了会不由自主打三个激灵，但老麻仗着祝队长他们对他的暗地支持，有恃无恐。算算，我们来马嘶岭有二十一天了，也就二百一十块钱，九财叔扣掉二十，只有一百九十块钱，要按这个价赔老麻的两颗牙齿，九财叔还得倒贴十块钱。当九财叔听到他还得拿出十块钱来，他的脸一下子就垮了，他是多么无望。他张着嘴看着祝队长和在灯光尽头豁牙暗笑的老麻，除了乞求之外，看不出他要大肆行凶的念头。他的嘴巴两边稀黄的胡子和皱纹成了一个大大的括号，宽大单薄的下巴就托着那个“括号”，十分无奈。那只鼓起的眼睛现在只是一个混浊的晶体，充满了惶然，另一只有些坍陷的眼睛眯缝着，满是意想不到的驯良。

九财叔走出来，他一定是很难办，他算了算，他走，工钱加上踏勘队补助一百，还有个两三百块，不走，赔了老麻的，能剩多少？但现在老麻又不让他走，要索赔——他走又不能走，留又不能留。

晚上的风很大，依然是北风，河谷的冬汛好像在做最后的挣扎，在宽阔无边的河床上扑腾着，整个山岭到处是它们的腥味。九财叔在吃着什么，我闻到了一股刺五加果的味道。九财叔摘了不少的刺五加，那种豌豆样大的黑果子。这两天因为他无法安眠，就吃这个。

“把他们杀了！”

这天晚上，九财叔作出了最后的决定。他狠狠地嚼着刺五加，开始看他的斧头。

“你，咋说？”他问我。

“我，我……”

“事情成了，我们就安逸了。”他说。

“你跟我搞。”他鼓着劲说。

“搞了，我们就过安逸日子了。”他这么说。

“叔，你声音小点行么。”我说。

“不要怕，跟我搞。”

我也觉得九财叔进退两难的时候是会什么也不顾的。他的这个决心让那些钱和财物如此逼近我们，好像就在手边，唾手可得了。我在被子里，闭着眼睛，那些钱啊仪器啊就在我的头顶飘荡，还有红牛仔裤和发卡及小小的薄薄的录音机，还有好多手机。它们飘呀飘呀，它们穿行在蓝色的天空里，像一些鸟飞着，穿梭着……我看见水香穿着红牛仔裤，别着红发卡，站在马嘶岭河谷的对面向我喊着：

“回来啊治安，治安快回来！”

我的梦被惊醒了！我听见了真实的男人的喊声：“有东西！有东西！”

睁眼一看，营地亮如白昼，瞬间，又倏地进入了黑暗。怪光又出现了！这光总是在晴朗的晚上出现！有人敲起了脸盆、搪瓷碗，并且放起了枪。马嘶岭是一片恐慌中的混乱。

“注意隐蔽，不要面对它！”有人喊。

光没有了。

“这东西把我们折磨得太苦了！”祝队长啐着，“怪事，他妈的！”

大家一字排开站在门口，要死守我们的营地。老麻抱出了柴火，说：“点火吧？”

“点！”火就点起来了。因为没了汽油，已经有几天都没发电了。火点了起来，半干半湿的柴烧得啪啪乱响。

“是不是有什么东西把远处县城或镇上的灯光反射过来了？”有人说。

“别想那么多，把火加大些，烧！去砍树，砍棒子给我们！”祝队长敞着羽绒衣，哑着喉咙在那儿指挥。我就跟九财叔去坡上的灌木丛砍树了。大家打着手电筒，有的举起箭竹做的火把。找准了树，一顿砍伐，一根根胳膊粗的树棒就到了大家手里，树枝就被他们抱去投进了火里。

在砍树时九财叔很兴奋，我听他说：“来了，来了好！都来都来！”我们砍了一会，回到棚子里，祝队长他们的帐篷里全是削砍木棒的声音，是在把木棒砍光滑。老麻一个人也在厨房里砍，还发出“嘿嘿”的虚张声势的声音。九财叔一头的汗，对我说：“机会来了，一定要搞！”

“咋搞啊？”我说。

“一斧头一个，你管那么多！”他说。

我说：“不能啊，叔，这是犯法的。”

“鸡巴法，”他说，“跟我搞。”

“现在就动手么，叔？”我真的好怕。

他说：“迟早的事，要趁他们分散，下狠手，让他们连哼都不能哼。”他咬牙切齿地说。

我松了一口气。他说的是白天趁他们在野外分散工作时下手。

他躺下来又说了一句：“搞一次，用一辈子。”

九财叔呀，你害了我！我又想，跟着这种胆大的人，说不定真能一下子翻身呢。谁不想翻身啊，有这个机会，说不定是老天促成的。咱们黄连垭的人没这个机会，我跟九财叔有这个机会，为什么不干呢？

“要是山下的人知道了来找他们呢？”我担心地问。

“我们早就走了，山下的人又不知道我们是哪里的。我估了估，马上要落大雪，大雪封山，进不来了，雪一埋，一直到来年的五月，野牲口都会把他们啃干净了。寻不到，还以为他们跌进河里淹死了……”

早晨，在水沟边洗脸时，眼睛充血的九财叔转过头来问我：“今年七月你家的羊渴死了几只？”我说三只。他噢了一声。“我两头种羊全渴死了。”九财叔说。他摸着包头的帕子，帕子上有斑斑血迹，那是头被老麻打破了流出的血。

我正准备走，他突然叫我：“你磨磨。”

他要我磨斧！昨晚所说的一切又在我头脑里响了起来。他还是要杀呀？我看看他，就蹲下身在水边磨起斧来。我在问我，我要杀人吗？今天的天气没有什么不同，气氛也没有什么两样。开山斧本来就很快，我无力地磨着，瞅瞅旁边的九财叔，他无事一样，好像很平静，没有什么恶念。

一切都跟往常一样，我庆幸一样。这天继续圈定矿界。

早晨的雾气很大，我们出去四面都没有路，到处烟雾腾腾，像着了山火一般，我们摸索着走路。九财叔跟上来了，他箩筐里的东西不知是谁装的。“带上了么？”他小声地问我，是指我的开山斧。开山斧本来就在身上，每天都插在腰间的。我感到他这天真要动手了。我借故扯鞋跟，落在了后头。我忐忑地走着，雾越来越浓，有人在路上说着话，我什么也没听见。

到了工作地，雾还是很浓。我到处找九财叔，我希望见不到他，可还是看到了他。他袖着手，干坐着，抽着烟，烟锅在雾中忽闪忽闪。我们浑身都被雾打湿了，雾里有很稠密的鸟叫。这天只要雾散，肯定是个焦晴焦晴的天气。我在想着我怎么办，我浑身不自在，心上巨石滚动的声音又响起了，轰隆隆，轰隆隆……好不容易熬到快中午的时候，突然有人喊我，要我到祝队长那儿去一下。当时我就快昏厥过去了，我在想完了，他们发现我们的计划了！我冒着冷汗，不由自主地摸着腰上的斧子，好在还有雾，喊我的龙工没有看到。到了祝队长那儿，祝队长若无其事地说：“明天，你们挑石头下去，水退了。”我没说话。祝队长又说：“老麻也去，他说他要补牙齿，他去补完牙齿，再挑东西回来。”我放心了，就说：“行哪。”我又问：“那……我表叔也下去吗？”祝队长说：“下去，怎么不下去，你们三人一起下去。”当时他们做了决定，把九财叔交给山下后勤分队的处理，这比较安全些，他们带了信下去。可我不知道，我当时只是说：“他们在路上打起来了咋办？”祝队长说：“你们前后走嘛，不要一起走。”我说：“三个人怎么走还是一条路，老麻也不情愿的。”祝队长就说：“你劝劝他们嘛。”我说：“劝不住的。”

九财叔正伸着颈子在坡上等着我。见我来了，他哼了一声，说：“没用的，留与不留都没用了。”我给他说：“他们要我们明日下山。”他却说：“没用了。”我说老麻也要跟我们一起下山。他说你别给我说这个，没用了。我就骗他说，他们要你挑。他从鼻子里哼了一声，削断了一根树枝，他用手拭拭开山斧的刃口，说：“没用了。”他站起来，用斧头砍进一棵树，一棵糙皮松里，我看到新出的太阳正好照在了那把斧头上。

雾渐渐开了。九财叔的手指头有血珠子滚了出来。他放进嘴里去吮吸，我就开始吃早上带出来的煮洋芋，吃得冷揪揪的。九财叔也吃，木木地嚼着，从嘴角往外掉着洋芋渣儿。

雾全开了。每天金贵的好时间他们就抓紧忙活起来。我正在搬仪器，就听见有人在树林里大声说："你干吗老跟着我？"是树林中的一个坎子下，而当时并没有人，我没看到人。但循声看去，坎子上却出现了九财叔。说话的好像是王博士，我没见到他的人。我正在找是不是王博士，总算看见了那个田螺头，黑油油的头发在白晃晃的巴茅里，像一只头朝下的鸭子的尾巴浮在水中。就在这时，只见一道寒光一闪，那黑油油的头发就不见了！我听见了什么东西倒地的声音，有点像鹞鹰拍击着翅膀的声响，估计是压下了一些树枝和草丛。

九财叔动手了！

九财叔已经冲到了我面前，握着开山斧，脸色惨白地说："搞！"

我的第一个反应是：王博士已经不在了！九财叔拽住了我，他是在"告诉"我发生的事，指令我赶快行动。他拽着我向另一个地方跑，说："快！"

我的大脑无法反应过来，就已经被他拖下水了。事情来得太突然，已经出了人命，一条人命跟十条人命是一回事，必须赶快灭口。这容不下我多想，也容不下九财叔多想。就听见有人喊："小王，小王！"话音未落，斧头就落到了祝队长头上。只见祝队长头上有白花花的东西飞溅出来，眼镜弹到一棵树干上，手晃晃，就倒地上了。不知为什么，九财叔并没有再给他一斧头，而是挥舞起斧子在树丛中左右开弓乱砍一气，见什么砍什么。

"九财叔！"我喊。

九财叔转过头来，注视着我，他醒了神，丢下斧头就蹲下去拉祝队长腰上的那个腰包。没有声息了的祝队长这时候突然在草丛中动弹起来，一只手捂着头，一只手捂着包，不让拉。我看到祝队长睁开了血淋淋的眼睛，九财叔在地上摸起开山斧，祝队长用颤抖急迫的声音对九财叔说：“你、你放了我，我给你一、一辆小汽车。”

九财叔大声问：“在哪儿？”

祝队长气短，半天才说出：“在……县城。”

因为祝队长捂包的手死死不松开，九财叔就与他争夺着，回头对我吼道：“快来呀！”

我的开山斧已抽出来了，可我迟迟下不了手，我看看祝队长说：“叔，他给你乌龟车啊！”

我的话让祝队长听到了，他睁开一双血淋淋的眼睛向我求救：“你、你、你……”

“还不快动手！”

九财叔的一声断喝，让我手起斧落，我闭上眼睛就是一下，我听到祝队长在我的斧下一声惨号，就像年猪在刀下的惨号一样！我再一睁眼，祝队长的口里就冲出一块黑红色的血块来，并从嘴里发出“噗”的一声，脸突然变成紫茄色，头坚定地歪向了一边。

九财叔拉开了那个腰包，果然掉出来手机，他又抓钱，完全是钱，全都是一模一样的大钱。他要我解祝队长腰包的带子，我去解，解不开，他就用斧头一刀割了，割开了，他把钱再塞进那个腰包。此刻祝队长已经三魂缈缈，七魄缥缥。九财叔抓上那个黑色的腰包，还抽出了祝队长绑腿里的那把美国猎刀，要我提上遗弃在草丛中的仪器，那个像夜壶一样的数字水准仪。我们又去搜王博士的口袋，搜出了手机，还有钱包。没有多少钱，有一张他经常看的照片，他与他老婆的照片，戴方形帽子的照片。

“咋办，叔？”我浑身哆哆嗦嗦地问。

九财叔把箩筐倒空，然后装那些搜来的东西，我也学着他把资料和石头倒出来，只装仪器。我们挑着担子往营地跑去时，就撞上了那四个人。离营地不远，在一个岗坡上，估计全在那儿。杨工和龙工这两个烟鬼都含着烟在嘀咕并记录什么，都蹲着。九财叔向我一招手，丢下箩筐就隐过去了，照那两个人一人一斧，像敲岩羊的头，两个人手上的东西一撒手，就仰面倒地了，烟在草丛里还冒着烟。

这时可能让小谭听到了什么，他突然站起来，像一只受惊的兔子，伸起脖子朝我们这边看了看。他看到了什么？他看到了两个杀红了眼的人，两个农民，手上提着山里人特有的开山斧，他还看见了两个倒地的人。他拔腿就跑！“洋芋果”小杜还弓着背对着仪器看什么，她背对着我们，她耳朵里塞着耳机，她什么也没听到。小谭撒开脚丫子跑时也没喊什么。他跑错了方向，一堵石崖拦住了他的路，他想爬崖，却又转过身来往另一个方向跑，九财叔已经离他不远了，他就一头迎了上来，从绑腿里抽出一把跳刀：“我跟你们拼了！”我听见他这么从喉咙里大吼道，声音是一种哭声，一种类似于哭泣的愤怒的声音，从牙齿缝里射出来的声音。我一转头忽然看到了一双好柔亮的眼睛，是小杜的眼睛！她带着诧异的眼睛！她一定看到了撂在坡上的倒在那儿的杨工和龙工。她一定惊诧，那些低矮的巴山冷杉的枝条把她看到的一切都割得零零碎碎。

“你死了！”

九财叔向我喊，高声骂我。他的声音也变了形。我转过身去看时，他已经与小谭扭打在一起了，我看见血花飞翔，就像有无数只红色的蜻蜓从风中溅了起来，一定有人中了刀！

九财叔完了，我就完了！我拼命向他们跑去，树枝一路抽打着我的脸，好像全是在与我作对，整座山，全在反抗！我被抽打着，脸上火辣辣的，眼睛都花了，我不顾一切地冲了过去。我看见了一只龇牙咧嘴的猴子，薄薄的刀条脸上全是汹涌的血水，现在已经扭曲得像根秋扁豆了。

“你们这些土匪！”

他来夺我的斧，我不能让他夺我的斧，我的斧举得很高，只是没有砸下去。可九财叔不知出于什么原因，一把将小谭推到我怀里。他手上的跳刀就刺进了我胸口，我一阵尖锐的疼痛，本能地一让。听见了一声尖细的叫喊。是发生在那边的，九财叔的斧敲中了小杜。我看见小杜摇晃着抓住了一棵树，头发散开了，一眨眼，那头又埋在了九财叔的手上，好像是在咬他。

我这儿的事依然在发生，面前的小谭再一次用头向我撞来，我一个趔趄，后退一步，站稳了。他全身都在淌血，像一匹发了疯的野牲口。我看看胸前，棉衣破了个小口，没血出来。我听见九财叔在狂骂我，他用手挡着小杜，向我挥着开山斧，好像在示意要我用家伙。我又闭上眼睛，朝小谭的头上砍去。斧背砸瘪脑壳的声音真的很难听，短促，沉闷，哑声哑气，就像砸一个未成熟的葫芦。我干完了一件事，我握着开山斧站在山坡上，我看到的小谭扑倒在地上，抱着一块大石头，好像要亲吻。这个山里娃子就这么完了。接着又响起了小杜的几声连续的尖叫，油嫩嫩的声音。后来就没有了，我知道小杜也完了。我最后看见九财叔直起了他的腰杆，在扬眉吐气，手上拿着一个红彤彤的东西，是一只发卡！

我抹了一把脸上憋出的汗，心尖又疼。我瘫坐在地上，看到旁边的小谭正怒目直视着我。他没有闭眼。我想把他的眼珠子挡住，我没有力量了，我只好自己闭上眼，泪水突然从我紧闭的眼里往外咕噜噜冒出来。我怀疑冒出的是血，是从心里流出的血，又从眼里流出了。我不想证实。那一摊摊的血在我的眼前恣肆飞旋，我一阵恶心，胃里似有千百条蠕虫搅动，胃液顿时冲天而出。

我吐得一塌糊涂。我无力地抬起头，看到九财叔正在拉小杜红裤子前的拉链。

“别这样，叔！”

我冲过去就拽住了九财叔的手，“叔，别这样！”我死死地拽着，我一掌就把九财叔推出了老远。九财叔在地上爬着，支棱起脑壳不解地望了我一眼，他手上拿着许多东西，估计洗劫得差不多了。他恶毒地骂了我一句，就说：“快！快！”他挑上了箩筐就跑。

我跟在他后头，我看到了前面不远的树丛间出现了一群红腹锦鸡，好多好多！这些林中的舞女，发出一阵振聋发聩的聒叫：“茶哥！茶哥！茶哥！”这时，天已经大晴，西坠的夕阳突然间挂在万山空阔的天边，苍山滚滚，晚霞滔滔，好像在洗浴那一轮夕阳！我回过头，马嘶岭上，那几个或蜷或卧的人，都在夕晖里透明无比，像一块块形状各异的红水晶，静静地搁在那儿，神奇瑰丽得让人不敢相信！

我被这壮观的景象惊呆了，我站在那儿，手拿着开山斧，脚下像生了根一样。我发现我另一只手在裤兜里紧紧攥着，好像捏着一个东西，拿出来一看，是一张玻璃糖纸。那时候我听见河谷的风吹过来一阵喧哗之声，好像一个窥视的人一样，那声音在山岭上曲曲折折地游动，又折回了河谷，在群山间回荡，就像一阵惊叫！我发现我的泪水像泉涌一样不可遏止，澎湃而下。

我在后头慢慢走到营地，九财叔正在往箩筐里装东西，他要我快装。老麻不在了，我四下寻找，在一个坡前看到了倒下的老麻。

“装啊！装啊！”九财叔喝令我。

“装，你要什么？装！”他说。他问我。他要给我分钱，还丢给我一把好跳刀。

我说：“我不要钱，我不要刀，我只要那个录音机。那里面有我，有我唱的歌！”

他不听我的，硬是把一些乌七八糟的东西塞进我箩筐里。他教训我：“你这个小杂种，你想跟老子过不去？”

我只好挑上他给我装的满满的一担。他还说：“睡袋也是好的，他娘的，他们睡这么好的褥子。”

我们挑着东西，开始往河谷溯水而上。我发现九财叔从离开马嘶岭起就已经神经错乱了，他在前头急急挑着，不停地说：“装啊，装啊，装啊……”

九财叔时不时回过头来骂一句：“蛋球！蛋球！”不知道骂谁。他目空一切了，那只杀人不眨眼的右眼环顾四周，真像一个独眼鬼。我陡然觉得那奇怪的白光就是从他的右眼里发出的！

我们在河谷转悠的第三天，天空乌云滚滚，九财叔突然甩下担子，纵身跳进河中。他飞快地划着水，在水中又拍又打，他真的疯了。好在他没被河水卷走，我喊着他，把他从河里拉上岸来，他浑身抖得不行。那天傍晚，我们又遇见了几头野猪，九财叔毫不惧怕，抽出开山斧就杀入野猪群。奇怪的是，那些凶猛的山中之王，那天被他砍得哇哇大叫，四散奔逃。九财叔砍跑了野猪，又在地上拔食野草。

确实没有吃的了，我只好跟着疯了的九财叔啃吃野草，吃蛐蛐菜、鹅儿肠、云雾草。我们在山里转悠了九天，衣衫褴褛，饥寒交迫。第九天的夜里，山里飘起了大雪，这一场大雪一下子就没了膝。九财叔不让我歇息，不让我们进山洞，那个大雪纷飞的晚上，我们不停地在森林里转圈，早晨到了梨树坪河边。白雪皑皑的黄连垭已经在望了！已经快走出森林了，快到家了！我给他说快到家了，我说："九财叔，那是黄连垭。"我指给他看。九财叔恍恍惚惚地看着远处的山冈，看看我，又看看自己挑着的担子，停了下来。我们坐下，他好像清醒了。他问我："我们是到哪儿去的？"我说是回家呀。他说我们从哪儿来的？我说是马嘶岭啊。他左看右看，说："我们杀了他们是吧？"我说是的。他说："这是他们的东西？"我说是的，我就拿出他给我的钱来说这是你分给我的。他问多少？我数数说三千多。

"三千多？"他说。

我说："还有这些东西。"我翻出藏在睡袋里的三个手机说："还有这个。"

他想起了什么，就去翻自己的箩筐，也翻出了手机和钱。还有那两个红发卡，还有一些仪器。他指着我的东西："都是我们两人平半分的？"

我说："是啊，平分的。"

"我们杀了人，你也杀了人，我们都杀了人。你杀了几个？"

我忙说："我没杀人，我没有！"

他说："这些钱够你用了。水香生了么？"

我说："我不知道。"我说："他们不会沿我们的脚印找来么？"

"你看看哪有脚印？"他说。

我去看来路，雪真的掩盖了我们走来的脚印。森林里一片恍白，阳光在云中模模糊糊，好像天要晴了。

"你发财了。你没杀人却发财了。"

"我们一起干的！"我说。

"你是个无用的卵货。你这家伙。"九财叔说，"我肚子饿了，你能弄点吃的来么？"

到哪儿弄吃的去？前面梨树坪我记得是有个代销店的，在福利院门口。我说："前面能买到吃的了，快到家了。"

他说："我们商量这些仪器先藏哪儿？"

我说："随便吧，叔，先找个山洞藏着吧。"

他直直地看我，好半天，笑了，说："今年过一个好年了。"

我说："我心不安实。"

九财叔就站起来，重新挑上了担子。走了几步，他忽然指着河里，对我说："看，水里是什么？"我放下担子就去河边。一阵狂风袭来，我的头上就落下了重东西——九财叔在背后冷不丁给了我一斧头，用的是斧背，就觉得脊椎一阵压榨，我的颅骨顿时瘪进去了，脚一失重，扑通一声，跌进冰冷的河里，就什么也不知道了。

我没想到九财叔会对我动手，他是想独吞那些财产——他清醒过后后悔了，那么些现钱，也不排除他想彻底地杀人灭口。我根本没防备。所有的经过就是这样——我被人救了起来。

九财叔被梨树坪的几十个村民围着搜山抓住了。那也保不了命，他和我一样得毙。我等待死期来临，等着当八大脚的爹来收他儿子的尸骨。

八大脚我爹怕是没想到，他会从这么远的县城抬回他的儿子。又一想，小谭得绝症的母亲假如还活着，她又未必想到会这么远从南山抬回她的儿子——这全乡第一个大学生，魂都丢在了南山的马嘶岭。

高墙外的那轮太阳照着铁窗，我无意间从兜里掏出了那张糖纸——这是唯一没被警察搜走的东西。我把糖纸放在眼前，对着那轮可爱的温暖的太阳，天空全变成了红色。我又想起那个让我惊讶的傍晚，我们离开马嘶岭的那个傍晚，那些红水晶一样的透明无声的死者。我的意识突然觉得，结局只能是这样的，他们最后只能在那儿——在那个时刻，安安稳稳地躺在那里，永远地躺在那里。

这是为什么呢？这种想法让我至死也弄不明白。

望粮山

这年春上的天气骚怪，到了五月，山上的冰还没有融化的意思，麦子甭说成熟了，就是从冰原里露出几颗绿色的脑袋来也是难事。这一天，就听说一个从陕西来的采药人在山上放言，说他在望粮山上看到了天边有一片麦子。情况本来就让人十分紧张，这人又说出让人如此惧怕的话来，于是金贵的爹余大滚子顾不得年老体衰，挺身而出，率领十来个村人上得山去，捉住陕西来的采药人痛打了一顿，打断了他几根肋骨，赶出了望粮峡谷。余大滚子用他的鹰爪手指着西南方向，对十多个刚刚施过暴的乡亲说："你们看好了，哪儿有什么麦子？没有，是不是没有呀？"他启发他们说。那些人分明听见余大滚子的声音都变了，一双被冬日的火塘熏得如鸡屁眼的眼睛压根儿就没敢往自己手指的天边看。大家就只好顺坡下驴说："没有没有，确实没有。"

这事是不能说的。苟家老五在很早前说他望见了那片麦子，后来就失踪了，那一年，雷劈死了村里的两牛两人；王家屋场的一个二丫，割猪草上山也说看见了那片麦子，焦黄焦黄的，还香气扑鼻呢，三天后人们在一个山洞里发现了她，不知道被什么野物奸了（有说是大青猴），端坐在那儿，眼睛闪闪发光，下身流血，可惜已经死了。那一年，下黑雪，黑豆大一颗一颗的冰子儿，把庄稼全糟蹋了；七十年代一个叫黄春的看见那片麦子后，拿着镰刀就出发了，几年以后回来，已是疯疯癫癫，挥舞着镰刀到处割人的头，后被乱棍打死。那一年最惨，泥石流一夜之间埋了七八户人家。今年若有人说看见了那片麦子，我的天，还不知会出什么怪事儿呢！

五月还不化冰，已经够邪乎了，陕西人被打跑后没几天，就是小满。这天晚上，一个惊天炸雷，天河就决口了，且是温暖的、滚烫发热的雨水，把山上的冰盔全部冲得七零八落，大块大块的冰碓儿从山顶上冲下来，推倒了房屋，砸死了牲畜，把凡是生长着的东西都踩碾了一遍，就连粗壮的柿子树也被一棵棵剐了皮。事情就这么来了。

村里的人从冰块里爬出来，看着这个可怕的世界，就知道今年的日子又难了。陕西人说的那番话，不过是想讽刺他们一顿。麦子是“六月黄”和“泥麦”，很适合当地严重不足的光照和高寒，可是老天爷发了怒，再怎样的品种也没用。

那个早晨金贵就被一群人呼唤着上山去砍树，因为公路不通了，林区的护林巡视员不能赶来。要抢在他们到来之前下手。一群灾后的村民睁着血红的眼睛，挥着斧头，向羊岩尖进发，那儿有几百亩原始芝麻栎林，棵棵是百年老树。金贵的姐夫王起山总是这种事情的头领，他过去在伐木队待过。后来他染上了赌瘾，不靠盗伐国家的树木几乎无法支撑他时常瘪下去的口袋。这样的一个人，现在在村里却是一呼百应的英雄。王起山一张皱巴巴的筲箕脸，说话嘶声哑气，可他站在村头振臂一呼的时候浑身的每一块肌肉都是亢奋的，连指甲壳都亢奋得一跳一跳。他对护林员们的行踪几乎有天生的灵眼，知道他们何时不在，似乎根本不需要去盯梢和观察，有时候蹲在茅厕里，一提裤子就跑到了村头的大石头上大喊开了："同志们，上呀，今日没人！"跟着他进山的老乡基本没有空手而归的，总能背上一两根砍好的门方下来，有时七根八根。但也有失误的时候，被赶得鸡飞狗跳的时候，那就要跳岩断脖子断胯了，也可能会罚个一百两百，或者关到乡派出所唐所长那里。但是成与不成，王起山都是村里的红人，大家夸他不吃独食，有了机会大家分享。如果他要谁赌，没有谁敢不跟他赌的，驳不下他的面子，他是大家的财神嘛。

金贵跟在他的姐夫后头。他是被他爹余大滚子一脚踢下床来的，他爹说："你这个混蛋，懒鬼，看老子不一斧头剁了你。"立马就有一把早已磨得闪闪发光的斧头粗暴地丢到了他面前，他睁开眼还没分清东南西北，就被推拥进了泥泞中的盗伐队伍。

寂静的刚遭受过凌洪蹂躏的山林还没喘过气来，迎头又被一顿斧头砍杀。木屑一块一块地在飞溅，树木一根一根地在呜咽。站立不住的、面相光鲜的"壮汉子们"一个个倒了，剩下的是些老弱病残的无用的灌木和虫眼树。山外的木材商人可以说是如蝇逐臭，也可以说是里应外合，金贵他们砍伐的树木，立马就被解成门方，一根根以现金交易，悄悄地背过荒无人迹的大山，到了四川那边，然后顺水路一溜影无踪。

这天金贵只砍了二十块钱。第二天，看着天晴了，挂在墙上的一排腊肉都生出了几寸长的绿霉，他就背上了几刀腊肉，想去县城一趟，把它们卖掉。金贵步行出峡谷，再翻过一个山冈，到公路上搭了个班车，赶到县城想赶快卖掉这几刀腊肉。

从地狱般被摧残的望粮峡谷到了县城，城里百无禁忌，欢乐祥和，街上一尘不染，人们行色匆匆。金贵赶紧脱掉他的棉袄，因为县城早已开始穿T恤和裙子了。如何有这么大的差距？他来不及细想，刚在菜市场门口的一个斜坡上放下背篓，就有一个戴大盖帽的递给他一张条子，说："收两块钱。""这是什么钱？""工商管理费。"金贵本能地往口袋里掏，也许他根本没听清楚这是啥费，他就是这么个温顺的甚至有点羞怯的山里娃子。还没掏出钱来（钱总是藏得很深很深），又甩过来一个人的另一张条子。"什么钱？""城管费。"后面跟着卫生费一元、治安费一元、税费一元、检疫费一元。

"我的天，我不卖了。"

金贵只掏了一个两块，他不想再掏了，他背起背篓来就走。他昨天累死累活换回的二十元钱还被爹缴去了十元，他的口袋里估计也就是三五块钱了。多乎哉？不多也。他想起了在初中念过的一篇课文中的一句话。他沮丧地、赌气地、怒气冲冲地往街上走，冲出了收费的包围圈。一个穿着灰不灰蓝不蓝的制服的人跟着他，是一个收城管费的。

"你老跟着我干什么？"

"老子要你滚蛋，滚回你的村里去！"

那个人怒发冲冠，果然帽子掉了，要过来打人的样子，手上还是那张撕掉了却没有换成钱的什么票。金贵撒开腿来就跑，同时抱着臃肿的棉衣。

"多乎哉不多也，多乎哉不多也！"这样金贵念着跑着，一直跑到城郊，转过头，才发觉早已甩掉了那个骂人的家伙。

哪是甩别人，是被别人撵了出来。金贵就很伤心了。他休息了片刻，把棉袄拾掇好了，就在城郊稀稀落落的小餐馆和小卖部挨户叫卖他的腊肉。

没有谁要，人们说新鲜的都吃不完，五黄六月了哪个还吃腊肉。吃多了生痰，有人说是生癌，不一而足。见天色已晚，金贵只好又拦了一辆个体户的破客车，赶回家去。

一上了车他就突然一改他的羞怯，变得涎皮赖脸了。司机要他买票，他从背篓里抠出了一刀沉甸甸的腊肉，丢到司机的脚前，差一点让司机刹不了车还吓了人家一跳。他下了狠心，不管怎样非得弄一刀腊肉出去。

“我抵车票，再找我十块钱好不好？”

“你坐我的车，我还倒找你十块钱？”司机的一双眼睛就鼓起了，像两颗慢慢从鸡屁眼挤出来的鸡蛋。

“我只到油桐拐。”

“下去下去。”司机气急败坏，狠狠地踢了腊肉一脚。

“那你说腊肉多少钱一斤？”金贵不下，“你说啦，五块钱一斤没有？”

“你这是什么肉？”那司机问。

“麂子肉。”

“鸡巴！这么大的麂子？天下第一大！被你打着了。下去下去下去，老子不带你。”

金贵提着那刀沾了些机油味的腊肉一个人在路上走，他发誓他今天一定要掀一刀肉出去。他又拦了一辆车，是个年轻司机。他又说了相同的话，这次只要人家找八块钱。那个司机说：“这是不是腊肉，我很喜欢吃腊肉的，你这都生蛆了。”金贵说：“生蛆也是盐蛆。”他于是给司机算账，大约只划三块钱一斤。两个乘客都说他是吃横的，问他是哪儿来的。他说是望粮山的。司机忽然说："你认不认识那儿的余大滚子？"金贵说："余大滚子是我爹。"

"哈！"那个司机像看见了明星一样地从座位上跳起来，差点甩了方向盘，"是你爹！你爹在县城可有名了。"

金贵感到莫名其妙，一个足不出户的山里老头子何以在县城出了名，搞没搞错？

那司机就说出了原委："打老婆呗，把老婆打跑呗，让老婆高高兴兴地被别人拐卖呗。你爹打老婆听说很有技法，叫一抓二揪三拧——头发一抓，满头一揪，头就拧过来了，叭叭！"司机腾过一只手拍了拍大腿："头就搁在这上面来了，女人把头发一抓，人就软了，就像蛇的七寸。这都是望粮峡谷余大滚子发明的，如今县城打老婆都是这个打法，叫'驴打滚'，就是用你爹的名字滚出来的，不晓得打跑了多少女人，跑到广州卖逼去了，你爹的……"

"放屁！完全是瞎放屁！"金贵涨红了脸，大叫说。可是车拐了个弯，差点把他给颠摔倒了，他抓住了后靠背，看到的却是满车的景仰的目光。嘿，名人的儿子！

他摸黑回到村里的时候根本不知道村里和家里发生了大事。

话还得从这天上午说起。这天上午他的姐夫王起山又在村头高呼，邀了几个惯盗的狐朋狗友，继续上山砍树。这一天因为与护林队打上了游击，收获不大，其中有一个叫康保的二流子拿着斧头手痒，见了一条扁头的竹叶青，那蛇也怪，头白身青，也没沾惹谁，拖着个大肚子在石头上晒太阳，康保就走过去一斧头将其剁了脑袋。脑袋是纯白的，还透明，里面筋骨毕现，康保就觉好奇，众人也觉甚奇，康保就将那脑袋放到手里，准备细细把玩。哪知那死脑袋此时却张大了嘴，一口咬住了康保的手指头，看着看着康保的手就肿了，接着脸肿了，头肿了，身子肿了，脚也肿了。常言说：男怕穿靴（脚肿），女怕戴帽（头肿）。虽然大家赶紧给他找了些大金刀、鸭趾草来嚼了敷上，全身肿，敷不胜敷。康保那时躺在望粮山顶上，自知死期已到，说：“再过一把瘾吧。”

他说的是赌博。

金贵的姐夫王起山排开众人，他要单独跟康保赌一把。他看着肿得像个水桶的康保，康保过去是小个子，手膀像一些青桐的枝子，光溜是光溜，可细得过了头。他砍树不是王起山的对手，但玩牌却高他几个档次。王起山十有八九输在康保手上，这一次，看着自己强大的对手已经奄奄一息，为了维护他一贯在村里呼风唤雨的尊严，此时正是回击的大好时机。你看，那家伙双眼恍惚了，眉目恐惧了，双手颤抖了，面色青紫了，对这样一个不太清醒的人，王起山感到机会来了。于是，他让人把康保抬到阳光处。康保先押了第一根山毛榉，他正指挥着人抬木时，木头一不小心就骨碌碌滚下了山去，后来把五保户老叶的屋子压塌了半边，狗胯压断了一根。

康保仅剩下一根芝麻栎。可是他说：“我屋里还有五根，加上我老婆。”

“那你要什么？”王起山内心骇然而口气却故作平静地问。他没有这么多码子与他押注。

康保艰难一笑，说话了：“我想睡你老丈人的柏木棺材。”

余大滚子的香柏棺材？！

“伙计，你都快见马克思了，还有心情开玩笑。”

“全是真的。”康保说。

“赌就赌吧。”王起山说。他的心是虚的，他在想如果他输了，他怎么才能弄出余大滚子的棺材。这一闪而过的念头让他心紧了那么一下，只一下，有人就发牌了。发了第一张，再发第二张，再发第三张。只有三张，叫“诈金花”。牌现在都扑在石头上，大家都望着那六张牌。开始看牌了。王起山拿起一张是个 4 点，再拿起一张，又是个 4 点。他的心里开始狂跳，老天爷这回要成全我了，我有两个老婆了！康保的老婆属于我了！

“康保，你替我翻开。”他指着最后一张。

眼睛肿得只剩下一条缝的康保就替王起山翻开了。

4 点！金花，真正的金花！

“你翻呀！”他对康保说，康保的牌还一张未翻。

康保就去翻自己面前的那三张牌。一个老 K，又一个老 K，还是一个老 K！翻三张牌康保一点都没有停顿，就像平时打牌一样，随随便便地给信手翻来，可他的是更大的“金花”。

“444，死死死！”王起山一声大呼，吐出一口血来，就听见康保哈哈大笑起来，康保笑得浑身乱颤，在地上打滚，最后一口气没接上来，四肢蹬直了……

金贵回去他的爹早就躺在床上了，他姐在给爹喂水喝。爹的头上缠着毛巾。听说爹一头撞在了自己的棺材上。那时候，爹已经被几个人骗到别人家喝了半斤酒。那些人给他灌酒，王起山就指挥人去金贵家抬棺。等金贵爹得知棺材没了，赶到康保家，康保已经稳稳地睡在那棺里了。

金贵还没有足以对抗他那个恶姐夫的力量。他的姐呢？他的姐更惨。姐夫批判地继承了岳父余大滚子的打法，他创造性地发明了“下膀子”的新式酷刑。就是让其双膀脱臼，双膀咔嚓咔嚓地脱了臼，无论多烈的女人，也就缴械投降了。你若服了，不闹了，就给你上膀子，咔嚓咔嚓地就上上去了，然后，又是一个能洗衣，能做饭，能剁猪草喂牛的老婆。金贵的姐自第一次脱臼后，脱顺了，臼窝子与双膀上上下下已经是很随便的事，你若不服，你告到村长那里，告到派出所去，那又怎样！

这一次，金贵决定告到派出所去，如果唐所长过问一下，兴许还能够要得回这口棺材的损失。但是，精神损失似乎是无法要回了，金贵看到他的爹遽然之间老去了，脸上皮吊吊的，蜡黄蜡黄，眼珠子像两颗生霉的核桃。要知道，这香柏棺材是他的命根子，所有的希望。他的晚年靠什么支撑，就是这口香气扑鼻的香柏棺材。

十年前的一天，那时候的余大滚子五十出头，正当壮年，可那时候就已经失掉了阳气，打不起精神，使你根本想象不出他当年打老婆的威风。有一天他进山采药，遇到雷暴，躲进一个山洞。山洞中黑咕隆咚的，可异香阵阵，直撞他的鼻翼，好像有菩萨经过了一般。余大滚子其实明白这是过路人在此烧过香柏的香味，可是那一天特有的浓香让他突然明白了什么，仿佛有神仙向他暗示，在深黑的岩洞里，告诉他：你必须睡在这样的香味里才是归宿。他忽然就想到了死。他才五十出头，他说，我得为自己准备一口棺材了。人生还有什么想头呢，这就是想头。

于是他把十几把锄头交给了肩尚嫩弱的金贵，让他去麦田里薅草去，他背着一把斧头，一块好磨刀石，一口袋火烧粑粑，一头钻进了大山。金贵并不知道他的爹是去干什么的，有一阵子，他还以为爹是去找妈呢。对生活他不担心，姐姐还在身边，而地里的活，得中断了学业干。他开始认识那十几把锄头了。一共有十一把，有象牙形的羊角锄，有蛇头形的扁锄，有大薅锄、小薅锄、大挖锄、小挖锄、耙子锄、抓锄，还有别在腰里的手锄。它们的柄金贵和他的爹都煞费苦心配置：枸骨过冬青安在羊角锄上，老榉子木安在挖锄上，土椰木配大薅锄，腊子木配中锄，苦楝配耙子锄。这些精心挑选的锄柄儿，粗细适中，无瘢无疖，无虫眼，经过汗水与唾液加上手心年复一年的打磨后，像上了火漆一样，发出一种浑圆的、深沉的、藏而不露的光来，加上锄板全是好钢火，一把把锄头在一堆黯淡的、各种质地的农具中散发出卓尔不群的、矜持的气质来。它们依次挂在一根很结实并香馥的还香木上。金贵走近它们逐一使用后，发现劳动并不是一桩容易的事，尤其是薅草，它如此单调、漫长，无尽无头的田垄似乎全是茂盛的杂草，而麦苗不值一谈，这世界哪有麦苗的生存空间呀，为什么需要保护的总是十分弱小，而除掉的却又无比强大。有些草，如回头青、野丁香甚至野草莓，你前头一锄锄了，回过头来一看，又蹿出来了，过了两天，锄掉的野草莓又会挂果。草不需肥料，它们强壮无匹，生机勃勃，以石头为肥，就像一九六〇年啃棉籽饼长大的孩子。在这个神农架，人们的农活主要是薅草，只要丢下了种子，你也就开始了紧张持久的与杂草搏斗的历程。干薅干变，湿薅湿变，不薅不变；荒了头道不见面，荒了二道去一半；想喝苞谷酒，要薅鸦鹊口。说的全是在荒草中夺粮的经验。农谚也是一种祖先的提醒，祖先以一种轻松的韵白年复一年不厌其烦地告诫你：过日子可别走神啊，去田里好好拾掇吧。

二十多天过去了，金贵的爹余大滚子从深山里回来了，他背回了两筒香柏木，还差了个农民帮他背了另外两根。在屋里打香柏棺材的那几天里，余大滚子的死鱼般的眼珠活了，在深山里熬得黄皮寡瘦的脸又出现了一种光彩，从未见过的光彩，手脚有力了，沙哑的喉咙出现了深沉的共鸣音，随着棺材成形，屋里香柏砍出的香味刺激得他一天打几十个喷嚏，阿嚏！阿嚏！阿嚏！我的个妈耶！他揩着鼻子，鼻子因为长时间处于痉挛可能发酸，又牵动了泪腺，打一场喷嚏泪水巴挲的，可那是幸福的泪水！

十年里，每到农历的六月初六，他都要金贵跟他一起抬出那口棺材在太阳底下晒，那香柏木一经太阳晒就冒出一层油来，油也芳香。奇怪的是，在最初的亢奋之后，余大滚子活蹦乱跳的身子却慢慢起了变化，整个身躯像棺材一样臃肿、凝滞，脸上有了棺材的颜色，这种老态正一步一步地接近他每天凝视着的那个庞然大物，直到有一天被那个东西收走。

可是这一天还没有等来，他的女婿就将其输掉了。

乡派出所唐所长是一个长得像个螳螂的年轻人，可是他极有杀气，说一不二。那身让乡下人惧怕的制服助长了他说话的霸道。他把康保的老婆找来说："这赌债不算数，哪个睡了棺哪个付钱，坐车还要付钱呢，睡棺不付钱？那么我问你，嫂子，康保若是输了你真跟王起山睡？你睡么？"康保的可怜的女人就摇头。

"这就对了，你不会跟王起山睡，因此赌债不算数。"因为是连夜赶来的，唐所长打了个深深的哈欠，露出久久不能闭合的喉咙，还打出了些眼泪。他抹了泪继续说："遭了这么大的灾，你们不想办法补种，还赌博，还有闲心思赌博。再赌，我不罚王起山——罚你（指王起山）是在虱子身上剐皮；再与你赌的，我第一次罚一百,二次二百,三次三百，决不食言。”康保的女人和康保父亲说：那我们到哪儿找香柏去？唐所长说：“那我就管不着了，我哪知道香柏的出处，去偷呀，上山盗伐呀。听说你们已经盗伐了，等着打击吧。这一次我不抓人，王起山，我不抓你，我放你一马，下次，我再来，手铐、电警棍、皮带，一个都不能少。”

唐所长匆匆处理了这个事，到村长家吃了早饭，就离开了望粮峡谷，翻山走了。

这天本来是村长要大家都到四川那边挖独活苗，补栽独活。但没有一个人约金贵去。唐所长来的时候，那些参与盗伐的人一个个都躲起来了，他们在暗处看见是金贵把唐所长给带来的，虽然他们明知道金贵是为他爹那口寿木的事，但与派出所的人过分亲密，这等于是站到了全村的对立面。人们有理由相信金贵是个内奸，叛徒。

“他要出卖我们了。”

“这小子不跟我们一条心。”

“到时候我们合伙打死他。”

在去四川的山路上王起山依然前呼后拥，他与刚才在唐所长面前孙子似的样子判若两人。他说：“你们打死我小舅子时，我给你们放哨。”

望粮峡谷的风气看来很不正了，众人正在诅咒一个小小的年轻人，而这时候的金贵还一概不知。小满来叫他了，他终于与他的同学小满一起溯羊圈河往上游走去，寻一些本地的独活苗。

在往河沿道攀行和涉水时金贵与小满发生了一些冲突，金贵认为应该种一季荞麦，而不是独活。不管怎么说，荞麦也是麦子，虽然有些苦，但磨出的面掺蜂糖很好吃，小满对金贵的想法极其不屑，他说："你只知道薅麦子，当你没有麦子薅了的时候，你竟然想薅荞麦，荞麦是猪吃的！"

小满一路数落着金贵，说："我约你来那是瞧得起你，他们都不喊你，走过你的门口时一声不吭，故意喊你的姐夫，你知道这是为什么吗？我就想，金贵是个好人，他是我的同学，这样我就跟他们分了伴，我一定要跟你在一起。哪知道你根本就不想挖独活，你只想种荞麦。你这个人怪呀，难怪你不合群的。"小满还背着一杆枪。因为两人不志同道合，小满挖独活也没了劲儿，加上那天羊圈河上游雨雾笼罩，四野昏暗，还有许多在草上的山蚂蟥，直朝他们裤腿里爬，吸他们的血，腿上血流成溪，奇痒难耐，不用打火机烧，你还真把它弄不掉。

金贵没有了说话和申辩的机会，小满与他在一起，是天大的恩赐，那他还有什么可说的呢，就去挖独活呗，挖呗。在河流对岸不远的悬崖上，金贵发现了一些独活，他就爬石头过去。可是，远处小满的嘴巴却闭住了，他突然不说话了。他在干什么呢？一个一路不停地说话的人霎时缄口不语了，还真让人陡觉得有些怪异呢。

小满端着枪在瞄准他！

金贵的嘴想"啊"一声，还没来得及张口，就见那一道道辛辣的火线挟带着呛人的浓烟，齐刷刷地向他奔来，眼前一阵金亮，又一阵模糊，他就被无数颗铁砂子击中了。

"小满！"金贵一个倒栽葱从悬崖上滚下来，跌进河里。

"我打中了！我打中了！"小满高举着枪向河中大踏步而来，飞过一块石头又一块石头，跳得老高。

"我是金贵……"金贵细细地呻吟道。他的半个身子打湿了，另半个身子在河滩的卵石堆上。

"你不是獐子吗？"

"我是……金贵。"

"我打的是獐子，我没有打你。"小满护着枪，生怕别人把它夺走似的。他弯下腰看着睡在地上流血的金贵。"我打的是獐子！"他说。他哭了起来，将金贵翻过来看了看，便赶紧从自己裤窗里寻东西，寻出了那乌龟，就朝金贵劈头盖脸浇，"金贵，我给你止血"。

金贵疼得找不到方向了，无法阻止小满的尿水。然后，小满又寻了些断血流，嚼成一团了又丝丝拉开，往金贵流血的地方按。他不停地扯草，不停地嚼，不停地按。他说："你怎么就是金贵啊，我明明看见是一头獐子，你怎么变成了金贵呢？獐子，告诉我，金贵去了哪里？"

金贵必须把他抓住，他想跑。金贵喊："还不快背我上医院！"

小满哭哭啼啼就来拉金贵，把背篓丢了，把他往背上抄。小满背着金贵先回了村里喊人，金贵的爹不在，到镇上金贵的叔叔家去了，好歹叫上了他姐姐，小满喊上他弟弟及爹。他们扎滑竿时金贵有些窟窿的血还在往外冒，小满的爹又掏出乌龟来往金贵身上尿，小满的弟弟也尿。金贵整个身子都泡在小满一家的骚尿里。好歹他们给他换了件干净的衣服，又弄来了些止血药，连敷带绑，终于把血给止住了，然后就用滑竿把他往山外抬。

到了县医院，没交够的钱小满就用他弟弟背来的一背篓上好雨前茶给抵了。因为在肉里找子弹的时间太长，许多没找出来的子弹就缝进肉里了，脑袋里的子弹和肺部的子弹也是。总共取出了二十多颗子弹。第二天金贵醒来的下午，他爹余大滚子才赶到医院。听了小满讲的故事，余大滚子一点也不生气，还附和说：“确有此事，确有此事，人在某个时辰就是牲口，是这样的，是这样的。”于是他还说出了一个自己的故事呢。他说他年轻的时候，有一次上山采箭竹米回来煮酒，在迷魂岭碰上了一只老虎。他是去沟边喝水的，老虎就在沟边等他。老虎把嘴吧嗒了三下，坐在那里，尾巴垂着，这表示要吃他。他就对老虎说：老虎啊老虎，你要吃我，我还是个饿的呢。这样好不好，你让我吃点东西，让我成个饱死鬼。你若同意，请把头点三下。嘿，老虎果然点了三下头。他就从布袋子里拿出熟苞谷来吃，吃了几口，就到沟里去喝水。他一看水里，喝水的哪是余大滚子呀，是一只羊子，脸上是白的，两个大弯角。难怪老虎要吃他，他在老虎眼里原来是一只岩羊子。他就边喝边想着怎么脱身，不让老虎下口。他慢慢吞吞地吃着苞谷，吃了足足两个时辰，那老虎也有耐性，就蹲在那里看他吃。他吃完苞谷，再去水里一照，嗬，又是余大滚子啦，又变回来啦。他一抬头，老虎就离开了。余大滚子对满病房的病人、家属和小护士唾沫乱飞地说：“亏得我找水喝，不然哪晓得我变成了一头牲口，人一天中有两个时辰是牲口，其余时辰是人。在山里被野物吃掉的，都刚好那时是个牲口，让野物瞧见了。你躲过两个时辰就没事。所以野兽一般是怕人的，它非要吃你，你就是牲口……”

他还说，今年有人在咱山上看到了天边的麦子，没有不出事的，并对小满说："这事不能全怪你，医疗费咱一半，你一半。"

大度的爹说了，金贵还有啥好说的呢。自己的一半到哪儿拿去？小满的一半用茶叶抵了，那个县医院整天飘着望粮山雨前茶的芬芳。这终不是长久之计，医院就赶人了，金贵只好又被抬回村里。

他腿上的肌肉全萎缩了，医院要他不停地走动才能把肌肉恢复，他疼痛未消，头昏脑涨，枪眼还能见肉呢，却不得不背上薅锄上了山。

苦荞是姐帮忙种上的。

天气越来越暖和了，离开了半个月的土地又试试探探地恢复了生机，从里面拱出很柔嫩的通红的荞麦苗来，那种需要人呵护的、娇羞的苗子让人柔情顿生，百感交集。可那些苗子藏在粗鲁的、大大咧咧的杂草中，就像藏在一群大人中一样。那些杂草全是些横蛮的大人，犁头草、白酒草、仙茅，它们昂首挺胸，仿佛是这块田地的主人。金贵一锄一锄地下去，只听见刃口切割草根的嚓嚓声，声音当然干脆，也沉闷。时间久了就沉闷，接着出现的就是疲乏、困顿。生命总是不甘沉寂的，它要爆发，在这对付连天荒草的战斗中，多年以前，每当在这个时辰，田坡间就会响起此起彼伏的薅草扬歌。

早晨来时雾沉沉，
只见锣鼓不见人，
双手拨开云和雾，
遍山都是种田人……

他忽然听见了一阵极尖锐悠长的女人的歌声，从山那边传来。这歌声是从石缝中间冲出来的，从地底下，从雾气弥漫的山腰。他看到云彩和旋转的树冠。他知道这又是一次幻听，跟他每次梦中听见的歌，在寒夜里北风吹拂的间隙听到的一样，是他母亲的歌，在很久以前。它已经不真实了，没有人的热气了，被时间慢慢改变着，成为一种山里游魂似的东西。但是，母亲却在执着歌唱，在他想或者不想的时候，这歌声总会出现。这歌声如今依然游荡在望粮山上。别人肯定是听不到的，只有他金贵才听得分明。

他让歌声离开了现场。草就是草。他要让草就是草，而不是什么别的，别的妖魔鬼怪。他要实在地流汗，朝手心里吐唾沫，一锄一锄地前进，薅出荞麦来。

锄头两只角，
薅草要过脚，
吃的猪狗食，
做的牛马活……

这可是实实在在的一个人唱的，歌声很浪，由远而近，很有几分自得其乐的醉意。

金贵总算看到了从山坡上下来的唱歌人，他是小满。前面用一根藤子牵着他的妮子。

“快活呀，你。”

小满低头自顾哼唱，哪知道荒草中有个金贵，一见到他，脸就变了："我快活什么呀，我是穷快活。金贵，我对不住你。"

"噢。"

"我该死。"

"别说了，说了也没用了。你把你妮子捆着是做什么？"

"嘿嘿。"他拉着藤子，把他女儿护到了背后。

"你像牵什么的。"

"我就实话告诉你吧，金贵，我担心……你害她。"

"你说什么啦！"

"你恨我，我晓得的，我怕你把气发到她身上，趁她在山上割草不注意，一把把她推到崖下去了。"

"放你娘的屁！我跟你有仇，我推你女儿干什么！"

"你断我的后啦。金贵，我媳妇这次又怀了，一定是个儿子，你可不要投毒呀。"

"我投毒？我投毒害你媳妇？唉！"金贵拿起手上的那根榉子木锄柄就往膝盖上拐，想把它折断。他太冤屈了，他不知怎么出这个气。锄柄没折断，倒碰上了腿上没痊愈的枪伤，疼得他钻心。

"小满你不是个东西。"

"可村里的人都是这么说的。"

"他们说我要报复你？"

金贵一个人绝望至极地坐在田坡上，坐到夕阳隐去，群山成为慢慢迷糊的黛青色的剪影。坐在山岚升起的寒冷中。他是如此地觉得浑身没有滋味，连炊烟和狗吠都唤不回他去；过去，人在愉悦的时候，真的是每一个毛孔都伸出一个舌头，品味着每一刻的日子和生活，连最简单的酸菜都是美的，舔着自己身上的盐晶儿也是美味。而现在，我是不是被这个不明不白的村庄抛弃了呢？

在最后一抹西天像溪流一样的红云里，他恍恍惚惚看到了一片麦子，是麦子的景色。他不愿那么想，是麦子，可有什么东西在他后面强迫着暗示他，是一片成熟的麦子。他拄着锄头站起来时，浑身冰凉的汗水贴着了衣服，小路被云烟湮没，而星星还没有出来，森林变成了山腹的黑暗。他忽然听见自己对自己说："你看见了麦子。"另一个自己就走了，另一个自己在给他交代后，走进了山里。

他拼命地摇头，在心里，眼神却惶然四顾，没有实处。

最后的红光消失了。他在心里说："我没有看见它们！"他在心里高喊。他要回去，回家去，他薅了一天的草，旧伤未愈，浑身疼痛。他从来就没想报复谁。"为什么要说报复呢？"他在田里薅着草，为什么要说报复？

真正想报复的是王起山，他的姐夫。这几天，风声小了，王起山又胆大了，对余大滚子家的报复当然得从余大滚子的女儿开始，那女的反正是他屋里的人，他的老婆，关了门楼，谁管得着。不就是输了一口棺材吗，把派出所的都叫来了，以后还不准他赌博，最恶毒的是罚他的赌友，那不断了他的赌路。只有到外村去赌，到四川去赌，为赌一次博，要出村出省，好呀，金菊，你这婆娘，老子打不死你！

王起山下女人的膀子前也还是要抓上女人的头发的，抓下一把头发来，抽几耳光，抽的全是骨头，这女人脸上没肉了，害一种望粮山女人共有的干瘦病，身上也没肉了，女人的骨头硌了他的手，更让他生气。

“憨娃子，你爹打我呀！憨娃子，帮帮妈吧。”

憨娃是他们的儿子，憨娃早死了，有一年照看庄稼，被熊啃了。有一年王起山要赌博，就让十二岁的儿子憨娃去代班，憨娃就去了，晚上睡得太死，被熊啃吃了。后来金菊就再也没生育，身上没肉了，就像这坡田，一场水一洗，啥都不长了。她每在挨打时就喊她的儿子，死去的儿子。她喊谁呢？喊爹，爹不管，喊弟弟金贵，金贵怕这个凶姐夫。她只好喊她的儿子。喊她的儿子拳头就更加雨点般地上了身。

“你不提憨娃还强些，别的女人，十个憨娃也生出来了！”王起山说。便下她的膀子，咔嚓一声，膀子垂下来了。

“金贵，快给我上膀子！”

金贵的姐冲进爹的屋来，像得了软骨病一样，两个膀子晃荡着。余大滚子插上门，就对金贵喊道：“把你姐箍住。”

金贵就去箍姐，让她不能动弹。余大滚子拿起女儿的膀子，探着肩上的部位，很有经验似的，说了声：“金菊，忍着点。”咔的一声，把骨头接上去了。然后再接另一只。

金菊的膀接好了，坐下来，缓过一口气，终于说：“王起山这王八日的怎还不死呀！”

“瞎说，”余大滚子说，“他是你男人。”

“天底下有他这样的男人？”金贵愤怒了，“他害我姐的命。”

“他就是死期到了。”金菊抹着泪说。

余大滚子却在火塘里找火点烟，余大滚子的情绪一点都没坏，都没激起来，仿佛被下膀子被打的不是他的女儿，是别人家的。在神农架，女儿嫁出去，就是别人家的人了，媳妇却是自家的人，骂女儿可以，骂媳妇不可，因为媳妇是家里人。这是什么样的规矩？金贵对爹的无动于衷，其实是心知肚明的，他爹每每在女儿挨打时处于一种难堪的境地——他能说什么呢？说不起话啊，他自己的老婆不是被他打跑的吗？

“姐，告诉我，你是不是真想让王起山死？”金贵昂起头来，郑重地、声音洪亮地问他姐。

“想。”他姐说。

“那你提一把斧头，我提一把斧头，把他杀了。”

他不知道从哪个角落里早操起了一把斧头，还把另一把斧头递给他姐。

他姐在黑暗中接过了斧头。

“都放下！”

余大滚子大吼。他为自己及时制止了一场凶杀而满目肃穆，像一个称职的长者。

“他又没把咱家的人打死。”他说。

“非得要出人命了，再去杀他？”

“不能剁人，康保剁了蛇头，蛇头还把他咬死了，这就是报应。”

“你要谁报应？”

“欠账的还钱，杀人的才抵命。”

“我把他砍成重伤，让他卧床不起。”金贵说。

“你这不是害了你姐，畜生！放下斧头。你好狠，你好狠，你是王起山的对手？”

这后一句话终于刺到了金贵的痛处。原来余大滚子并不看好自己的儿子，这些年来，儿子生活在一种他极不信任的怜悯中。

儿子这身子骨不是争强斗狠的料，除了能薅好一块麦田外。

“你是说我不敢？”金贵真的很伤心，但嘴不示弱。

“好啊，敢啊，妈拉个逼还不放下斧头睡觉。”

最后是金贵乖乖地放下了斧头，他进了房里，他睡了，他爹后来也睡了。他姐呢？他听见他姐坐在堂屋的火塘边，不停地给火塘加柴，并且不停地抽着鼻子。姐在哭，姐坐了一夜。第二天早上，他起来给牛喝水时，看见一夜未睡的姐，又踩着白雾背着背篓，手拿镰刀上山割猪草去了。

他望着姐那几根骨头支撑的背影，他真想哭一场，可他是个男人，虽然被自己的爹也瞧不起，他还是不能哭。他站在牛栏前，那一阵子，他感到全身骨头疼痛得像有人拿板子敲。许多未摘净的铁子儿在肉里提醒他：要变天了。

中午，乌云蓦然间从别处的山谷里翻过来，急剧地膨胀，接着带来了大风，首先切断了几棵正在灿烂开花的青桐，那是在小满的屋后。再听见山石啪嗒啪嗒地乱响，石头滚滚，青光历历，树叶漫天飞舞。

金贵开始收拾锄头和背篓往山下跑。他得抓住石头，有一忽风把他的衣裳吹翻过来包住了头，很容易他就会被风吹下悬崖。已经有人被吹下悬崖了，还有一张犁和一头牛，哀哀叫着坠下崖去。这风叫“白毛风”，吹得地皮一下子就干透了，呼呼地往外长白毛，白毛又吹到天上去。地皮刹那间长出一根根白净净的茸毛来，这是哪门子事儿呀，哀哀的叫声不绝于耳，羊也吹下崖了。一些人补栽的独活摇摇晃晃地变成了蒲公英，四处飞散。这山上农民种的粮食没一样是木本的，全是草本，经不起风吹雨打乱石砸霜雪压。为什么粮食是草本的呢？为什么没有洋芋树、麦子树呢？金贵扶着石头小心翼翼地下山，他回过头看到自己的荞麦全被吹折断了，伏地了。早知如此还不如不薅，让它们埋在荒草丛中，兴许能躲过一劫。

这是不可能的。风吹了三天，地刮干了，背阴的水洼重又结冰，田里的庄稼都枯萎了，村里连喝的水都没有了，只有朝每个窗口扑进来的乌云。在半夜里，还突然下了一场雪，霎时又被吹得无影无踪。被人和牲畜的脚踩得泥泞不堪坑坑洼洼的村路与山路，现在坚硬似铁。

第三天一大早，金贵他爹余大滚子突然要进山去了。他用罐头瓶子装了满满一瓶腌薤白，还带了不少的粑粑。他对金贵说："我进山砍香柏。"

他说了这句话就头也不回地走了。这几个晚上他可能又想到了死亡，十年前为自己的死亡进行了盛大准备的他，现在那口棺没了，他一定心慌了。康保家赔他八十元钱加两根芝麻栎，他朝都没朝那两根栎木看一眼，他瞧不上。钱呢，还给了他在镇郊的弟弟，那是为金贵的医疗费借的，还远远不够。他没与儿子商量着怎么还那笔医疗费，却一个人背着斧头进了山。这一次他可是有点蹒蹒跚跚了，风把他吹得歪歪欲倒，像喝醉了酒一样。

"没有香柏了。"金贵对他的爹说。远远地，他向那个人喊。

他的爹根本没有听见，风还在刮。他觉得爹可能一去不复返了，那个影子将消失在群山中。

在身上疼得不行时，金贵就背上一把扁锄到坡上去。他这儿的人把下地干活叫出坡。

不知又要改种什么。金贵一路走一路想着这扰人的问题。他一个人背一把锄头上山来干啥啦？他能锄动石头一样的地，锄松了，地就飞起粉尘，像烟雾一样。他后来找到了锄松它们的办法，他挥舞着锄头，他是在薅草呢，还是在薅苗？他想出点汗，他想把这狗日的坡地挖翻。他发疯了。

有人一把抓住他的锄头。他转头一看，是小满。就像过去画片上画的那个拦惊马的欧阳海。小满手扬着拽紧金贵的锄头，一个大弓步，呵斥道："住手！"

"这是我的地！"

"胡搞！胡搞！胡鸡巴搞！"小满不松手，小满骂他，小满像教训自己的兄弟一样。

金贵到底掐不住了，泄气了，一屁股坐到地上。金贵没哭，小满却假模假样地哭起来：

"金贵，是不是你脑子被我打坏了？"

"没有，呔！"

"咱们过的是啥日子呀，金贵，风也不怕咱们，雨也不怕咱们，就钱怕咱们……峡谷口那三层楼你晓得是哪个的吧？是人家县里一个副局长的，就一个老娘，三层楼，玻璃红墙，咱们有啥，鸡巴一个，还小人家尺寸。我当年在房县给加工厂锯木板，那老板有四五个女人陪他睡觉。咱村里有好多男人一辈子没闻见过女人的腥。咱舅舅你不是不晓得，让一条老母狗咬死了，他要奸那狗，狗还不咬他！没钱讨老婆呗！他假若是条公狗，也不至于如此下场呀！所以说，这里的人狗都不如。你爹说人有两个时辰是牲口，我看咱们啥时辰都是……"

"别提牲口的事了！"金贵说。

"那就商量挣钱的事吧，咱们要挣钱，兄弟！"

“出去打工。”

“打工有几个挣钱回来了？有的把命送了，有的关进了监狱，除非是个女的，那倒是可以，卖逼。”

“你让你姨妹子去。”

“金贵，你说这个话？你好狠毒！我那姨妹就是个卖逼的料？我还准备把她说给你的，我跟我老婆商议了，觉得欠你的，把姨妹给你，咱们结个亲戚，俩姨老，一担挑……”

“你说你把你姨妹给我？”

“她配不上你？你这么不讨人喜欢，又妮子似的脾性，你娶她还亏了？我看你除一点小聪明外，啥都没得，钱无一分，金无一两……”

金贵不知道小满后来说了些什么，他突然就有了一个女人？而且跟小满成了姨老，一担挑？他还很难相信这是真的，是人话是鬼话，可他想着那个也不怎么高大的女人，小满的姨妹子，一个小脸红红的，走路猴腰的女人。他最后看见小满站起来，说：“明早我到你家捆猪。”

他捆猪作什么？捆猪给他姨妹，作为聘礼？村里可没这个规矩呀。

有了女人，他就不想西天云上的麦子的事了，那个耳畔强迫他的声音，替他说话的声音：“我看见了麦子，我看见了麦子……”“我没听见。”他说。他坐起来，拍打着身上和裤腿上的灰土，他想女人。女人是什么？就是笑？就是做针线活？剁猪菜？晚上睡在一起，关了门，假装让谁都不知道？女人在家里进进出出，然后，生娃子，头上包个大红的枕巾，掏出不大不小的奶来给娃儿吃，然后就……“我是不会揍她的。”他说。他心里漾着一股幸福的溪流，这可是从未流经他心头的一股水，这水怎么这么甜呀？它流淌着，流了一夜，把干涸的金贵遍身都浸润透了。

接着，圈里的猪开始叫了。

金贵竟然一句话都说不出来，他打开门，看到晨雾里的小满正在捉他的猪，下绳子。

“你来帮一把啦！”小满命令他。

他跳进猪圈，就帮着捆。猪站在粪水里，他们把它拽到干草角上，用腿跪着，小满就麻利地下绳子了。金贵懵里懵懂地帮小满捆猪，像捆别人的猪一样。幸福让他手足无措，大权旁落。

“然后，”小满对他说，“你在背篓上垫板子呀！”

金贵又去拿背篓，拿来板子，板子与背篓连在一起了，横在背篓上了，再将猪捆在板子上，就这么，猪捆好了，猪叫着，另一头猪在圈外叫着，是小满的猪，也捆在板子上。两头猪呼应着，越叫越凶。他捆两头猪干啥去？他这才回忆起他昨天好像说过的买锅，煮黄包刺熬黄连素粉，难道是指我们自己？

金贵揉着眼屎背上猪上了路。事情就是真的了，小满要与他合伙，卖猪，买锅，熬黄连素粉。小满说现在五十块钱一斤了，是粗粉，细粉就更值钱，我们做不来，不过，就粗粉一斤便能抵一亩麦子的钱。

“我们并不比城里人蠢，可是我们为什么就是没有钱呢？钱啊，钱。钱一定在黄包刺里。”

“我想再补种一季苦荞，到时收割了就可以再种泥麦。”

“种个鸡巴苦荞，那么苦的粑粑你还能吃，现在是什么时代了，你还吃八百年前的苦荞，现在人家城里吃啥？吃麦当劳，吃脑白金，把金子吃到脑壳里面去，就成金脑壳啦。人家是金脑壳了，咱连颗金牙也镶不起，你看咱穷的。金贵，咱们也要挣票子，然后吃脑白金，你脑壳就不疼了，咱们都吃成个金脑壳，晚上一走出去，闪闪发光……”

小满自以为见过许多世面，不过他想办的事是一定要办成的，他说他想通了，人应该拼了，与其穷死，不如拼死。他说他总觉得亏欠金贵的，所以别人不选，只选金贵，他说：“等我富了，让那些人看看。”

小满因想富想花了眼，见人也当作能取麝香的獐子杀。金贵不知，他熬黄包刺的想法已经遭到了许多人的拒绝，他一家人家的猪都没能捆成。他也是将自己的姨妹作为诱饵，可没一个上当——没一个瞧得起他那十八九岁还未见发育的姨妹，可金贵糊里糊涂地就被小满捆了猪。

他们在房县县城，卖了猪，买了一口两米宽的海锅。这锅怎么背回去啊，路又窄又陡又险。金贵说不能买个小的锅吗？小满说这算大啊，还有更大的，不大你能熬出什么黄连素粉来，真是开玩笑。金贵说那你背吧，小满说当然我背，你那个身子骨我好意思要你背。我就背这个黑锅啰。他们让卖锅的给了他们两块木板，做成了个高高的背叉子，放上海锅，小满的人就不平衡了，锅的下部分只能到膝弯，否则腿迈不动，但上面太高，小满一走一翘，一不踏稳就会罩进锅里去。小满像踏云一样地在街上走了一段，慢慢就找到了感觉，加上有金贵在旁边扶着，就进山了。

进山后事情越来越难。路真是太窄了，那路只能走背背篓的人，一脚板宽的路，贴悬崖，你得横着走，你不可能把悬崖撬掉。头上是密密匝匝横陈的树枝，你走不过，只好砍，还有两边的刺棵葛藤，你也得砍，挂不住锅，它挂裤腿和背叉子。

看着看着天就黑了。金贵坐下来歇息时，喉咙里呼啦呼啦地漏气，肺里的弹孔好像没长平一样，枪伤都在疼，头疼，钉子钻得疼一样。他在那儿大口地喘气，小满问他怎么了，他自言自语地说："我算作废了，我真的废了。"

"瞎说，走吧，有钱了把枪子儿从脑壳里拈出来。"

他以为小满会说"你废了我姨妹养你一辈子"，那话听到了他会恢复点体力，小满这家伙根本不提他姨妹了，这让金贵彻底地气馁了。他们好歹扎了两个松明子，点火照路，再继续走。

背着黑锅的小满不吭声地走。到了险处，就等挪在后头的金贵。走到观音岩，路被春上的冰汛砸断了，根本不能过，小满就放下锅，想两个人抬过去。断路处放了两根嘎嘎作响的细木头，又滑，底下就是百丈深渊。小满先走过去，一只脚放在木头中间，去抓那边的锅沿。锅的重心在悬崖下，锅时刻想往崖底下跳。两个人抓着，想用肩抵住，那也很危险。金贵一憋气，吐出一口腥咸的痰来，不用看也知是血。两人慢慢地移动，把锅抬过了断路，金贵的腰就弯了，直不起来，胸前疼得一阵阵痉挛。

"伙计，直不起来了？"小满背上锅，手举松明说。他自己的汗也像水一样淌。他看着金贵，无能为力。

"走吧。"金贵缓缓站起来，捂着胸。

"有钱了……"

"什么鸡巴钱！"金贵打断那个背锅人的话，他对着那口锅大骂；他只看得见那口锅和锅底下一双移动的脚，"鸡巴钱，小满，你说话像玩儿似的，总是不能兑现。"

"还没有。"

“你不能兑现。”

“不兑现天打五雷劈。”

“我鞋都走穿了。”他想让小满明知他的意思。让小满把过去的事想起来，让他的姨妹……金贵也等得不要脸了，干脆挑明：“没有人给老子做一双鞋。”

“等咱们有钱了买旅游鞋。”

有几次小满差一点闪失进崖下，几次都让金贵把他拉住了，金贵想，他人下去了没什么，砸了锅，锅上面有我两只猪腿呢。

走到鸡叫二遍，两个人才进了村。锅就放在了小满的猪圈里，金贵回家，门上依然一把锁，爹还没有从山里回来。

因金贵枪伤复发，小满只好一个人去四川请师傅。三天以后，请来了三个人，一师二徒。三个四川人都长得短小精悍，寸土寸金。其中那个穿一件灰色西服上衣的师傅嘴甜，把小满和金贵都叫“老板”。他们成了老板，就那么一口锅他们就成了老板？老板就是有钱人，有票子周转，抽好烟，喝大杯子茶，眼角都时常滋润得冒眼屎。两个“老板”就赶快砌灶了，放锅了，派人去山上挖黄包刺了。首先上山挖刺的没有外人，是小满一家，加上金贵的姐姐，金贵的姐夫王起山直好笑，从塌鼻子里发出毛猴一般的哽鸣声，“倒找我几个看”。他说。

山上的黄包刺还不少，刨来的根两个四川徒弟就用斧头剁成块块片片，师傅就加水，生火。噼噼啪啪的大火烧起来之后，村里有了些骚动。大家是来看锅的，也来看人。村里很少有外人进入，几个四川矮先生也让大伙瞧得有滋有味。大伙说小满要成万元户了，金贵也要成万元户了，但都不知道他们熬什么，“是熬盐呢还是熬炸药？”他们全不知道。知道的背后说，某某村也熬过这东西，几年前的事啦，那赚个卵的钱，还不如偷树。而且把山全挖坏了，寸草不生。金贵看小满，无论怎么看，也不像即将成为有钱的人，自己看自己，一副苦相，瘦弱不堪，穿一件破毛衣，里面秋衫的衣领已经坏掉了，竖在外面，像荷叶边。

可是三个四川请来的师傅却十分尽职尽责地劳作着，那四川师傅揉着被烟熏得流泪的眼睛，观察着火色，用青筋暴暴的手伸进锅里去捞那煮得咕咕响的树根，拿起来，舔舔，又放进去，盖上盖子，说："猛火！猛火！"好一阵猛火，烟升有几丈高，火把添柴的徒弟的眉毛烧干净了，一根一根的杂木棒子往灶膛里塞，两个添火的徒弟轮换着跪地吹火，满脸通红，黑汗直下，噗，噗——噗——那师傅只管坐在一块大石头上，跷起二郎胯子，抽着烟，用一个大罐头瓶子喝浓茶，同时吐痰："嘿——呸！"在小满屋场的岩坡上，在那棵有了些年头的大柿子树下，几个外地来帮着发家致富的人显得高深莫测而又风度翩翩。一些小媳妇走近后那穿西服的师傅就会搔首弄姿，挤眉弄眼，还要表演一番：掐熄烟头，揭开锅盖，舀一些热气腾腾的黄汤，用手砺了砺，故意装出不怕烫的样子，又指挥道："猛火！猛火！"然后，复坐于石头上，又掏出一支烟来，点燃。有男人在场，就将烟分赠给他们，还送上火，很和蔼可亲的见过世面的样子。叼着烟的四川师傅就这么很有人气了。在人越聚越多的时候，他就动手了，让大家让开一下，"免得烫着你们了撒"。他手拿木瓢，把锅里的黄汤舀进一个大脚盆里，对小满说："老板，盐来。"小满就递上盐，四川师傅就抓盐放入脚盆。风一吹，那脚盆的黄汤就慢慢凝固了，就成了豆腐花啦，这真是神奇，这个师傅不愧是师傅。大家再伸长脖子往下看。两个徒弟已将大锅掏空了，这脚盆的豆腐花已倒入一个大布袋子中，吊在树丫上，让其滴出水来。沥干了，再把布袋子中的豆腐花抬着倒入锅中，用一把铁锹代锅铲抄来抄去，慢慢地，哈，成粉状啦，黄爽爽的，那师傅笑着说："成啦！"

"成啦！"就这样，成了黄连素粗粉，就能卖钱了，钱就这么变戏法似的，由一堆埋在土石中的不中用的根，到了小满和金贵手上。

钱就是这么变的么？这可是新鲜的法儿，不是偷树、种泥麦和荞麦、挖药、打猪草得来的，是请几个师傅做出来的。谁都不敢相信，两个穷得叮当响的人，竟然请了三个雇工，这在旧社会是地主的做派。人变富真是太容易了。虽然金贵家听不见猪叫了，堂屋里的猪菜铡了就堆在那里，他躺下来时，一个人冷清清地望着屋顶，有点不敢相信地问自己："我还请了雇工？"有一个半是他的，用卖猪的钱请的。请他们喝酒时，金贵说："肉账酒账都记着吧。"他喝了些酒，感谢三个四川人，说："有钱大家一起赚。"这话是小满先说的，小满还唱了一句"水浒"里的歌："你有我有全都有。"初定的是四川人以人力和技术入股，占三股之一。

事情就像真的一样了。这三个师徒不仅造出了黄连素粗粉，还在村里站稳了脚根。有些祖籍是四川的村人还想跟他们攀亲呢，请他们喝酒，大家在一起唱四川民歌，四川的西服师傅有一副好假嗓，一个人唱女唱男，唱得哀哀切切，用两根筷子在碗上敲节奏，主人家不说他失礼，倒还很高兴，难得有远客把家里弄得这么热热闹闹，歌舞升平的。这有一副好假嗓的师傅以他的技术和歌声不仅征服了男人，也征服了女人，有的女人开始悄悄打探起他的家庭情况来，甚至流露出不惜跟他做二奶的愿望。这些贱女人想方设法与他接触，有的来添柴，有的给他打下手，有的放下手中的活去上山挖黄包刺根，虽然一天下来赚不了两块钱。但是跟穿西服的四川师傅干活，分文不给也高兴。只要听到他唱四川民歌的声音，看到他在海锅前英姿飒爽的身影，那就是一种满足。那些人都看着金贵和小满发财啦，看着这两个在村里最没有本事的人发财？一个是想野物想疯了，见了人乱开枪的憨货，一个是比女娃子都怕羞的薄脸男人，他们竟然成了村里的能人，那王起山一伙人往哪儿摆呀？

小满背着黄连素粗粉去了县城，果然换回了一些钞票。大家看他笑眯眯地回来，就知道有戏了，他把金贵和穿西服的师傅叫到一起，大家看到他们把门掩了，坐在屋里，然后出来，还是一脸的笑，票子分好啦，接着师傅就很有劲头地挥手道："猛火！猛火！"

半头猪回来了。金贵点着票子，他告诉了他姐。他姐也因为挖黄包刺给开了二十元的工钱——小满给大家开工钱时是在屋场上，摆开桌子，叼着烟，手拿笔，还磕算盘，你二十，他十块，他五块，没有结账的他就说："下次再结。"

金贵点了票子，就要磨锄头去了，他的几把好扁锄和羊角锄都刨得像狗牙齿了。地垄上的苦荞来不及去看它，锄头借出去后，成了石头和树根的仇人。他磨着锄刃，检查老榉子木、过冬青、苦楝、杜仲和腊子树的柄儿有没有断损。

他的爹还没有回来。

小满的姨妹来了，叫一旦。这一旦妮子是来照顾她有身孕的姐姐的。小满没提那个事，也许他忙得团团转了，忙昏了。可金贵看一旦的眼里没有他，眼神也不特别。他就想问问一旦，她姐夫给她说了什么没有。

一旦穿红裤子，一旦穿白球鞋，一旦上身穿运动服。一旦有红是白，不过看背影，就像个十二三岁的学生，屁股倒是长圆了。金贵就趁一旦去山坡那边的溪沟洗衣时，从另一条路背着锄头去会她。金贵有了半头猪的钱，他想着这钱可以给一旦买些什么，头巾？香帕？银镯子？一个男人想为女人花钱，那一定是爱上了她。

一旦在溪边洗着衣服，金贵就喊上了她。金贵还从没这么大胆过，简直像一头想吃猎物的野牲口，张着牙齿大喊："一旦！"

可他又站得远远的。一旦抬起头，见是金贵，没说话，只是笑笑，手搓得更勤了。

"一旦，你给你姐夫洗衣呀？"

他就过来了。可是一旦还是笑，还没有讲话，有气无力的，好像有望粮山已婚女人的干瘦病征兆一样。一看到她，这就自然联想到她以后就算结婚也会得干瘦病，就突然没了兴趣。城里的女人却白白胖胖的，伸出手臂来，藕节似的。他不说话了，一旦就说了：

"啊，嗯，挖？"

"嗯。啊。挖。"金贵回答说。

后来金贵看着她蹲在那儿紧紧的小屁股，就忍不住了，就比划说："你姐夫，给你，说？"

"他？"

“嗯？”

“啊，他。他？”

“他。”他想了想，还是得他说，他就把屁全放了：“你姐夫说，我与他以后是亲戚。”

“亲戚？”

“一担挑。”

“我？你？”

“明天搭个伴到镇上去吧，一旦，我想买点东西。”他看着看着一旦要说别的了，要推辞了，他就想把她紧紧抓牢，他不容一旦说话，他继续紧紧地说：“出村口那儿一个洞，在洞门口我等你好吗？搭个伴儿，去去就回。”

他说完就走了，边说边走，不容一旦回绝，走了老远还在喊：“吃了早饭以后啊，早点啊，七点啊。”

他哪来的这么大的胆？他想给姐姐说，这事成了。这事感觉上成了，在他看来，就是成了。他没说。这一夜他都没睡好。没有人上门回绝，一旦没来，小满也没来，证明一旦没给小满说，或者说了，小满同意他姨妹与金贵“搭个伴”。

早上用冷水洗脸，在火塘里拨燃火把剩饭用水煮了，拈上几块凤头姜，呼噜呼噜地吃进肚里去，饱了，就把钱放好，放进内衣荷包里，背上空背篓。去买啥啦？他还真没想。他买啥，那钱买啥？捆猪的时候还以为是换定亲物品呢，这下买啥，走啊。

天才麻麻亮。他走到村头的洞口，寒雾蒸腾，峡谷寂冷，松鸦在雾崖上断断续续地叫。他伸长脑壳，看那雾中的来路。

她不来呢？她瞧不起我呢？村上的人都瞧不起我，说我不长胡子，屙尿的声音也不响，细水长流的。一旦她也就那个样，可我为什么偏偏喜欢上了她？这么想，需要一旦的愿望越来越强烈，恨不得抱着她啃，抱着她上床。把门做牢实些，离爹远些，把板壁上的缝用报纸糊紧些。

他在那儿想入非非地站着，等到太阳慢慢地升起来了，等到有人走过，他就待在洞里。等到有狗叫的时候，一旦带着小满家的狗来了。小满家的狗不咬金贵，那是只豌豆色的公狗，雄赳赳气昂昂地高卷着尾巴。一旦来啦，你看她那个样子，女人走路的样子，好像要避人的样子！金贵从洞里冲出来说：

“一旦，我们走嘛。”

一旦站着了，不看他，看也只扫一眼，看石头，看脚下很细很远的河流，说：

“我姐夫不让我去。”

“小满！”

“他说家里有事。”

“你为什么要给他说？”

“我问他。”

“他就不让？”

“他说你也有事，他要找你，这几天不能出去。”

“不出去可以，晚上咱们还是能在这儿见面吗？”

“干什么？”

“不干什么。见见面，见了再说。”

一旦先走，金贵后走，金贵走的时候想一旦的话，她问我想干什么，她是不是想干什么，她什么都懂，她早就想干什么了。

“青布衫子白布领，口问二姐肯不肯，你要肯来你就肯，免得干哥想掉魂。”他小声地唱着就去了小满家。他是学着四川师傅的假嗓唱的，唱得果真差一点把自己的泪给唱出来了。这事儿还真有些难受，这事为何如此难受呢？可难受得心里甜丝丝的，像吮甘草。

他到了小满家，见那几个四川师徒正在烟熏火燎地烧火，锅里的刺根冒出一股涩苦的潮湿气息。小满在砍刺根，金贵只好也拿起一把斧头砍刺根。两个都没有说话。过了一会，小满就停下来脱衣服了，他把衣服扔进屋里，招手要金贵进去。

金贵没看见一旦，小满瞅瞅门外，急急地与他低声说话了。他说那四川师傅要他给一百块钱，去房县买制作精粉的工具，小满说那师傅缠了他一晚，说不做精粉划不来，精粉一斤当粗粉十斤八斤，要想搞，就搞精粉。金贵说那就给他嘛。小满说他们几个人嘀咕，躲着他。金贵说他会不会拿了一百块钱跑掉呢？小满说有这种可能。金贵说他们是不是嫌饭菜不好？小满说顿顿酒肉，差点把我老婆累流产了，我姨妹一旦的工钱也不知怎么算呢？

这是又一项开支。金贵来不及想这些，金贵想着晚上的事，心不在焉，说一百块就一百块吧。小满说，那就一百块。

三个四川人磨磨蹭蹭到中午才出发，可他们走得很快。等不见人影了，小满出来就对金贵大喊说："箱子撬了！"

添火的金贵冲进屋里，那个装粗粉的红漆箱子果真被撬了，只有小满才有钥匙的，但现在盖子开了，里面空了，里面是这些天熬的粗粉，足有十五斤。

小满提上他打金贵的枪，拉起金贵就去追赶，小满的弟弟和父亲也加入了追赶的队伍，他们分两股包抄，想截住那几个盗窃犯。

在出门的时候，金贵终于在厨房找到了一旦，匆匆留下一句话：“晚上我会回来的。”

追赶那三个四川人并不是一件容易的事，他们沿着长长的峡谷奔跑。路时而下到河滩，又时而跃上悬崖，跑了一个多小时，金贵明显体力不支，胸腔里拉风箱一样，咳嗽，吐出的涎泡全是红色的，头疼，脚软，没有重心，这一次，金贵感到这条命去了一半。到了与小满父亲和弟弟会合的地方，没见三个四川人一根毛。小满的弟弟终于说出了大家都不愿说出的那句话：“他们早钻老林子溜掉啦。”

那肯定是溜掉了，这峡谷往哪块石头后面一躲，你也看不到，不用说那么多岩洞，那么多小峡谷，那么多密密匝匝的树，山上全是路。这只是苦了金贵，他们看他垂着头在那儿吐血泡子，问他还能不能坚持，金贵不吭声，他知道魂快掉了。他听见小满在骂四川佬，说要报案。那又要回去报案，要翻过望粮山，整个夜晚又得在山路上过了。这算哪门子苦差事呀，这是赚钱做生意吗？雨下来了，天气闷得人出气不赢，峡谷里充斥着一股呛人的硫黄味，烟雾腾腾，天气晦暗，仿佛要进入冬天的样子，可现在是夏天。

小满父子三人急匆匆在前头走，金贵在后头跟着。走了老远歇息时，他们等着他，小满说要不要架着走，金贵摇头。小满的弟弟给了金贵一根捡拾的木棍子，很结实，金贵就拄着了。

天色已经很晚才到村头，他们没有进村，谁也没提吃饭的事，就径直上山，到乡里去。

到了乡里已是三更时分，乡里的几栋房子都没了灯光，倒是派出所还有灯，运气不错。没进屋，便听见哭声，还是一个男人的。他们推门进去，都看到那个在椅子上哭的人是金贵的爹，余大滚子。

余大滚子像一只饥饿的猴子，人不人鬼不鬼的，金贵这一趟走来，也人不人鬼不鬼了。父子相见，无语凝噎。金贵问爹这是怎么了，怎么到派出所哭，他的爹说抓住了抓住了。唐所长伸出螳螂颈从里屋出来说："金贵你爹我只罚他两百块钱，是看在他棺材被你姐夫输走了，若不是这样，我抓去让他蹲半个月的号子。"金贵的爹说："那就蹲吧，蹲吧，要钱没有，要命一条。"小满就说大家凑点钱罚了算了，当下就各自掏荷包，共掏出了三十七元八角钱，堆在桌上。唐所长说，香柏是国家二级保护植物，你余大滚子还这么大的胆。大家为余大滚子求情，见是半夜，冷风飕飕，唐所长就答应了，按桌上的钱开了个收据，又问："怎么你们都晓得了？"小满说我们是来报案的。唐所长说："现在夜已深了，到时我跟四川方面联系了再说。"并详细记下了小满说的地址与姓名。

锅就这么空了，火就这么冷了，余大滚子回来找儿子要猪，只有半头猪的钱，金贵还想给一旦买东西呢，只好悉数交了。

余大滚子这一趟从山里偷木回来，胃受了风寒，整日喊疼，看着那挖得缺头凹脑的十几把锄头，一个劲骂金贵，要他去捡炮弹来再打几把好锄头。金贵就去了望粮山的黑风洞，那里过去解放军放炮炸过土匪，有时可以捡到一些弹壳。捡了一天，没见到半只弹壳，叔叔余大梭子来了，是来要钱的，那时医疗费全是借的他的，他家要钱急用。没钱，康保家赔的钱又太少，说起失棺的原由，余大梭子就上了王起山的门，他踢门，背着手站在堂屋中间，也不坐，瞪着两只老虎眼睛，朝王起山啐了一口，要他别动，别擦脸，别操家伙，他说：

“你这个小杂毛，老子叫几个黑社会的打死你，杀你全家，连你父母兄弟姐妹侄女侄儿一起杀！老子没见过你这号人，你还叫人？连你丈人的棺材都输掉了，你还叫人？猪狗不如！看你把金菊打成什么样了？你有狠的你打自己的老婆？你打外人啦，你看看镇上有狠的人，人家吃香喝辣，会赚钱，往屋里扒，像你这种吃里扒外的男人，还不如自己吃老鼠药了死球好些。从今天起，镇蔬菜队余大梭子警告你，再打你老婆，再跟你老丈人过不去，老子对你决不客气！……”

余大梭子从怀里掏出一个水杯，拧开，咕噜咕噜地喝下去，然后“叭”的一声，将杯子摔在堂屋里，登时酒香四溢。摔毕，拍拍手，昂头而去。王起山屁都没放一个，只是躲在房里抽烟。金贵的姐姐金菊倒是哭着收拾那些破玻璃，王起山说话了，王起山说：“嗬嗬，嗬嗬。”

村里全在笑话小满和金贵的那口海锅。小满说：“我准备养猪。”他是说拿它煮猪食。说是这么说，锅里那一天就装上了一满锅的冰雹。

一旦回去了，在山那边。金贵就跑到山那边去找到了一旦，又约了一个山洞。在两个村庄的中间，一扇悬崖边，周围有栎树、珙桐和被山洪冲进沟的滚滚乱石。那天晚上，他们在山洞里见了面，外面就下起了冰雹。只听见洞外的树林到处被人砸着石头，一旦就说鬼来了，金贵说哪来的鬼，正好紧紧把一旦抱住了，用衣裳把一旦包起来，然后找她的嘴唇，一旦的嘴唇左躲右躲，还是被金贵一口咬住了，还咬一旦的舌子，一旦也咬金贵的舌子。金贵的一只手放在一旦小小的胸脯上，不敢往里面摸。可他想摸，多次在睡前想象着怎么摸。当一旦说要送她回去时，他顾不了那些，在往外走的时候冰雹砸着脑袋也没去护，手急匆匆伸进一旦的内衣里，可那隆起的地方比一颗冰雹都不如，他挨着打，一旦在他的腋下，在他的衣服里，冰雹猛砸他的脑壳，好大的冰雹，疼也就让他疼去，他扪着一旦的奶，有滋有味地放不下，一旦在喊砸得好疼啊，她一准心思没放在金贵的那只手上，他们在路上跑，一旦拿着手电筒，手电筒光里是鸡蛋一般大小的冰雹，有的比柿子还大。金贵被砸得眼冒金花，到了村里，一旦把手电筒给了金贵，金贵又往自家跑。这冰雹可真是怪了，金贵来时，只穿了一件夹衣，还呼呼冒汗，他口含手电筒抱着头跑着，双手有甜咪咪的感觉，可冰雹打他，把他的感觉往死里打，抹去。幸福来得太突然了，他一路想着他成了大人了，他摸了女人了，女人的肉细嫩些，女人的胸脯也软些，虽然不大，可那是女人的，一旦的，别人绝没有摸过的地方。他想他成了大人啦，地上尽是些硌脚的冰雹粒儿滑他，绊他。

到了家冰雹越砸越多，地上堆起了一层，有瓦被砸破了，冰雹从屋上漏下来，到了屋里。他爹到处找漏瓦，帐子顶上用一件蓑衣盖着，怕砸到床上了。金贵冷得直打牙嗑，在火塘边烤了半天，牙稳住了，双手烤着火，看着那手，没有什么变化，可心里甜着，头上有许多麻木的疱块，他爹在床上说：“谁他妈又看见了天边的麦子。”他爹说了几遍，大骂，大放厥词，说：“看你的荞麦！”

荞麦和天边的麦子都说到一块了，金贵上了床，躲在被窝里，麦子涌动，人也在动荡。胸口疼，可那只有摸着没有见着的一旦的胸脯在给他寒冷的心送温暖，还有吻，一旦的嘴，嘴里湿漉漉的舌头和上下颚，还有一旦用嘴吸他的那巨大的力量。一旦爱他了，一旦要把他的舌头咬下来。他想他迟早要被一旦咬死的。真幸福啊，被女人咬。

早上就有人在外头嚷嚷说虫子的事。金贵的爹余大滚子先起床，开了门，带进寒气进来说："好大的虫子啊！大天虫啊！"

什么虫子？

余大滚子敲开一个冰雹，里面就有一个虫子，肉乎乎的。余大滚子对金贵说："那一年下黑雪，你不知道下来了好多巴狗子（豺），那也是有人做了恶，老天爷要惩罚，后来雷劈死了后山的五个人……"可这是虫子，僵而不死，用棍子拨拨，蠕动了。正在这时，金贵的姐姐青着眼睛来了，老远就喊："我的妈啊，死鬼他们还没回来！"

接着就有了哭声，也是家里有没回来的人——王起山和四五个进山挖藁本的人一夜未回，他们全是单衣单裤进山的。

金菊在那儿垂泪，金贵就对姐说："冻死他！"

余大滚子说："恶人做了恶事有恶报。"

金菊说："那狗日的死了我可怎么活啊！"

她说出了这样的话，王起山把她打得鬼一样了，她到头来说这种话。金贵不想可怜她了，姐不值得可怜，这么个人。姐要他去帮忙找王起山，他不去，他说我不去，我找谁，我帮你找王起山？他爹余大滚子一巴掌打过来，说："再怎么他还是你的姐夫，再怎么也是一条命，混账东西！"

金贵被迫出门，正准备跟随一群处于悲伤和惶恐中的人去寻人，从南头又出现了一群村里的老家伙，都手拿着拾到的大冰蛋和肉虫上门来了，请教余大滚子。余大滚子突然昂起头，神色凝重，微微闭目，道：

“天上送来的东西，你只管照收不误。”

“吃了？”有人问。

“为啥不能吃。”那人的话很可能临时启发了糊里糊涂的余大滚子。在众星捧月的目光期待下，谁知道余大滚子是怎么把别人递来的一条肉虫送进嘴里嚼烂并吞进喉咙中去的。他连吃了三条，绿色的虫汁顺着两个皱巴巴的嘴角往下流，他不慌不忙地吃着，说出了两个字：“麦子。”

“这是麦子吗？这是天边的麦子？！”

“是麦子！是麦子！！”全村一片相同的声音。

于是开始抢麦子了。蠕动的麦子，肥大的麦子。人们想麦子想疯了，饥饿的人们，就这么突然发了疯，连那些准备去山里寻找亲人的人也驻了足，人们纷纷从家里拿来篮子、背篓，在地上、田头抢“天虫”，人们开始大嚼天虫，口里塞得鼓鼓囊囊，一片吧唧之声。天上的鸟似乎也听懂了余大滚子的话，也来抢这些天虫了，大杜鹃、乌鸦、喜鹊、鸫鸟，都亢奋地拍打着翅膀，俯冲下来啄食这些从冰雹里爬出来的虫子，小一点的冰雹开始融化了，天气又晴了，气温又升高，大冰雹有人用开山刀和石头砸碎，在里面寻找虫子。鸟越聚越多，鸟没有人的手脚麻利，鸟愤怒了，鸟啄不到虫子，就啄人的眼睛，有几个人的眼睛被啄瞎了，鲜血直流，一手捂着眼睛，一手还在地上摸虫子。

太阳大约三竿子高的时候，一阵热风吹过来，冰雹骤然之间没影了，虫子也没有了。有人竟然抓住了两只鸟，拧着它的头说：“叫你吃我的麦子！叫你吃我的麦子！”

所有的人都突然住手在那儿，好像有人指挥一样，停止了抢掠。你看着我，我看着你，如梦初醒。我们刚才做了些什么？我们手上抓着什么东西，嘴里嚼着什么呀？

“全是疯子，疯子！”金贵大喊着，用一块石头狠砸自己的脑袋。

没一个人理他。

在迷魂岭的一个山洞里，终于找到了那六七个死鬼，全死啦，冻死啦，六七个人抱成一团，皮肤乌紫，浑身结满了冰碴儿，一个个惊恐万状，连眼珠子都冻成了冰疙瘩。村里来了几十个人，把他们抬回村去，下山时，他们一个个突然大汗滚滚，抬尸的人以为他们又复活了，一摸，还是冰的，那汗是真汗，是临死前憋的，冷汗。抬尸的人给尸体擦着汗，自己也擦着汗，天气可热呐！

抬下山去后，哭声一片，金贵的姐姐金菊手拿着王起山的一个蛇皮袋子，里面有满满一袋子藁本。她解开袋子，在里面翻着什么，明眼人知道她在里面翻扑克。没有。于是金贵他姐扑上王起山的尸体，啪啪就是两嘴巴，狂吼道：“王起山，龟儿子，老子打死你，你还手！哈哈，看你还能还手！”人家去拉她，她又一屁股坐下地，号啕着：“王起山哪负心郎，你中途走了，憨娃也走了，留下我受罪啊！”

被姐姐打歪了脸的王起山是不出声了，金贵看着那个死人，也风光过，可他就这么无声无息了，这就是人的一生？他会下女人的膀子，他还会下？不会了。多么风光的人也就是这个下场，站在村头大石头上的那个人，比村长还牛逼的那个人，又怎么样呢？日子无滋无味，活着跟死了有什么两样？他扶着他的姐姐，看到姐姐对死人横眉鼓眼摩拳擦掌，就偷偷笑了两声。他笑了两声，那可响亮了，所有的哭声都住了，都瞧着金贵这个人，愤怒地瞧着他，这个人怎么啦，他一个人偷偷地笑？他就笑了。要不是他跑得快，他会狂笑不已的。那时候，他往山上走的时候，唐所长手拿着一大沓“死亡证”来念了。他只听见了一句“属非正常死亡”，他就疯狂地跑上了山，他知道那些人恨不得把他撕了。

他的心很乱，绊了一跤，又绊了一跤，手拽着草站起来，他是来看天边的麦子的。他预感到麦子会出现，麦子就出现了，在天边，哗哗地起伏，一片喧嚷之声，挤得云水翻腾，朝他滚滚而来。

“那不是我的麦子。”他说。他不承认。他坐在那里，骨头一根根地被人拆掉似的疼。

“我看见了，那又怎么样？”他说。他很想跟小满说，他想吓唬吓唬小满，说不定是小满拿枪去打天边的那个魔鬼的。打得让他沾上了甩不掉——就像脚鱼咬手，看他发疯后再打哪个。

晚上，他跟一旦说了。一旦说：“金贵，你说么事？”一旦说：“金贵，你千万别胡说了。你是不是也想麦子想疯了？金贵，我嫁给你，我们再种一季苦荞吧。”

“不，我要赚更多的钱，我要热热闹闹娶你，我要到天边去。”

一旦捂住了他的嘴。一旦拉住他，说：“金贵入邪了。”

“哈哈，我才不会入邪咧，与其在这峡谷里等死，不如到外面去寻死。”

“你说屁话。”

“不如去天边寻死。”

“金贵，你撇下我？”

“我们一起走吧，一旦，这儿不是人待的地方，你都看见了，一旦。”

“你邪火了，金贵，我不理你了。”一旦跑了。

金贵想带着一旦出去，到很远的山洞里寻欢作乐一段时间后，两个人喝一瓶农药了事。金贵喜欢说过头话，也是吓唬一旦的，一旦不听，一旦像躲瘟神一样躲开金贵。金贵有些费解，就去找小满，小满大骂了金贵一顿，说：“你妈的个逼，你要害死我姨妹？我一枪把你脑子打坏了？我还会上项目的，我上了新项目，赚了钱给你诊脑子。”小满又去了一趟房县，会过去锯木场的朋友，只带回了几根甜柿子苗。我的天，苗只有两尺高，要结甜柿子，那等到驴年马月？小满就蹲在甜柿子苗前抽烟，每天三泡尿，浇那苗子。

一旦用背篓背来了一袋苦荞种。她悄悄地来，放下后又悄悄地走了。那天金贵不在，她放下荞麦种，又把金贵的锄头磨了几把。金贵回来，余大滚子给他说：“还不上山去种苦荞！”

锄头磨得又亮又快，好好的苦荞种子，喷香喷香。金贵不种，说：“说不定又要遭什么灾呢。”可他不得不种，为了一旦，他也得种。他就上山种了，他在坡田里边种边发呆。撒肥的时候发呆，锄地的时候也发呆。

就有人说，金贵看到了天边的麦子。

他的爹余大滚子上山去质问金贵，给了他俩嘴巴，把他打出了血，问他："你说，你究竟看见了啥？"金贵不吭声，爹扯着他的耳朵，指给他看西边的天空，说："那里有个鸡巴，几朵云，哪里有麦子，哪个造谣说你见了麦子？哪个栽赃我的儿子！"余大滚子再好好地跟金贵说："等我把棺材打起了，就给你打结婚的家具，一旦是个好妮子，天下难找的女人，金贵，下半辈子你要享福了。"

第二天一早，余大滚子就不许金贵出坡了，把他关在家里，说地里的草他去薅。余大滚子还托人让金贵的叔叔给金贵买了一盒"镇脑宁"，让他关在屋子里吃。

可村里人都说金贵看到了天边的麦子。

"这是村里人都在咒你死，不要理他们。"余大滚子背着薅锄临走时叮嘱他说。

余大滚子上山的第三天晚上回来，就报告了一个天大的消息：他发现了一个红毛野人。他说那野人人高马大，高额角，扁鼻子，大嘴巴，群山之间，如履平地。他说野人见了他就大笑，他吓坏了，就喊："修长城，修长城！"那野人就跑了。他说野人都是秦朝避乱的，怕修长城就逃到咱神农架来了，年长月久，成了山精，有时会出来问："长城修完没有？"你见了这些野人，只要说一声"修长城"，野人就会吓跑，比风还快。

这话不知怎么就传到乡里了，乡里又传到县里，望粮山来了许多捉野人的人，都拿着照相机，说只要弄一张野人照片，到香港去就可卖十万块钱。村里人可惜没有照相机，都拿了锄头、扁担、猎钩子，小满甚至拿了枪，想把野人死活捉到。

金贵没去，他被爹关着了。等到捉野人的人回来，果真把野人捉到了，哪是个红毛野人呀，就是个野疯子，傻逼。

那些人捆着“野人”下山来，金贵目睹了一场抢夺“野人”的大战。这是今年的又一场大战，跟抢夺肉虫差不多，大家恨不得把那“野人”五马分尸，拉膀子的拉膀子，抓手的抓手，抱腿的抱腿，都说“是我的”，为此打得一塌糊涂，听说张学有的两颗卵子被踢破了一颗，刘德娃的指头被削断了两根。翁婿反目，叔侄成仇，兄弟翻脸，应有尽有，都是为了分那悬赏赏金。可是一到村里，坐在村长家的干部们看了，说：“是啥鸡巴野人！”一文钱也得不到的村民们失望至极，恨不得揍那野疯子一顿。大家以为那疯子不能说话，可那疯子说出话了，傻笑着说：“俺找娘的。”

他没说修长城的事！

说是找娘，深山老林找哪门子娘？这人是哪儿的呀？河南口音，或是陕西口音？河南与陕西交界的？商南？新野？

金贵他姐就端来了一碗玉米糁子给他吃。他狼吞虎咽，吃着吃着，望着金贵他姐，就张口喊了一声：“娘！”

金菊先是一惊，后来就应声了，不自觉地“唉”了一声，说：“憨娃，你是憨娃子么？”

憨娃是她的儿子。

“是憨娃，是憨娃！”大家都说。

大家就交了差，把一个又脏又傻的小伙子交给了金贵的姐姐，上面来的干部也就说：“好嘛，好嘛，认了个娘，这小子有福呀！”

这样，金菊就捡了个儿子。

余大滚子对这个来历不明的傻孙儿可是不答应的，他对村民说：“你们太无耻了，你们养着不行，你们让她个寡妇养个傻逼，你们好得意。”

爹不让养，可金菊非要养，她说这就是憨娃，她说你看他笑，跟憨娃一样的。便把王起山生前的衣裳给他穿，给他铰头发，要他洗澡。

傻儿不怕余大滚子，喊他爷爷，傻儿怕金贵，金贵问他吃啥，喝啥，问他喝不喝农药。金贵的姐就赶金贵滚，金贵不滚，研究着铰了头发的青春焕发的傻逼，说：“外甥，跟你舅上山薅苦荞。”

这傻儿就去了，他只薅草，不薅苦荞！

傻儿还喜欢一旦，他喊一旦“娘”。这球人，见了女人就喊娘，有奶便是娘。一旦说：“我不是你娘。”

金贵说：“那他叫你什么，说呀？”一旦不说，金贵就说了：“叫舅娘。”“舅娘！”“这就对了。”一旦脸红了。一旦说：“你叫什么名字呀？”傻儿就笑。

傻儿蹲墙根，端一碗饭，呼呼地吃，不给他搛菜，就不吃菜。金贵的姐给他搛菜，拣好的搛，搛肉，腊肉，把肉都炒给他吃了。傻儿吃完一碗饭，空着碗看金贵的姐姐。金贵的姐姐说：“添去。”傻儿才敢走进厨房，到锅里添第二碗。又吃完了，又看金贵的姐姐，又得到指令后，又添。

这傻儿能吃。

傻儿吃后就背上背篓自个儿去割猪草。嘿，他真能割，一个上午一大花背篓，少说一百五十斤，全是上好的猪草，鹅儿肠啦，红花蓼啦，枸叶啦，水苎麻啦。下午就打柴，一捆捆的柴就码在金贵姐姐的屋山头了。卸了柴，抹着鼻涕，指着望粮山高高的雾霭茫茫的山脊，说：“那是俺娘。”

怪不得他爱上山，他把山也认作娘了。

凡是金菊家男人干的活，傻儿全干了，女人干的活，傻儿干一半。傻儿像一架机器，悄悄地干了，不争吵，不顶嘴，不喊累。傻儿还帮金贵薅草，薅了头道薅二道。一旦给他量了脚，给他做了一双灯芯绒面子的松紧鞋，纳的鞋底比给金贵纳的都厚。傻儿穿上新鞋，干活更有劲了。

傻儿脸上有了红色，金贵姐姐的脸上也有了红色，且胖了。金贵的姐姐对他说："憨娃，慢慢吃，啊。"又说："憨娃，那一年你去守苞谷，咋就一走没回来呢？你玩性好大啊。"还说："憨娃，莫再走了，莫再离开娘了。"

姐流出了泪。金贵看着这情景，也悄悄地抹了一把泪。他在墙外头，听见屋里叫"娘，娘"。他听见这亲切的叫娘的声音，他感到心痒痒的，欠欠的。他也想叫上一声"娘"，叫谁一声"娘"。叫谁呢？有一天他在山上薅草时，就对群山叫了一声："娘！"他猛然叫了一声，沿着娘当年走去的方向，野马河、药棚垭的方向，撕心裂肺地叫了一声娘。

他想娘了。一旦不在身边。一旦又躲他了，连小满都躲他，一旦的父母不同意，说金贵怪里怪气的，又受了伤，又穷。小满也说："他背不得一百斤重的东西了。"是一旦失口说出来的，说小满说除非金贵把身上七八颗残存的铁砂子取出来。说金贵到时不跟他爹一样呀，打不死你，把你打跑了，有其父必有其子，等等，不一而足。金贵想到的主要还是穷，没钱给一旦的父母塞东西，金贵兜里是空的，爹为半头猪已经骂他多次了，看见小满了就呸呸。金贵决定找爹要点钱，给一旦的爹提两瓶火酒去，还要加一条金蝶的烟。

爹到哪儿去啦？爹鬼鬼祟祟。有一天，金贵看见爹用铅笔画在纸烟盒上的一些字——爹识得一些字。这些字是：他碰见过老虎？他跟老熊打架？蛇不咬他？在哪儿过夜？他冻不死？……

他在跟踪傻儿。

他藏在傻儿发现不了的角落，看他干些什么？他要解开那些不解之谜。几天下来，余大滚子裤子也挂破了，手也挂破了，膝盖也碰破了。回来，他自言自语地说：

“有一只乌鸦歇在他肩上……他掏蜂窝舔蜜……他跟山说话：娘啊，娘啊……他砍断一根藤子，藤子就流出了红血，像女人的经血……”

余大滚子示意金贵不要说话，他还沉浸在山上的情景中，他说：“他是个山混子，山魈，哪有一个人在山里成天钻不被野牲口吃掉的；他从哪里来，他到哪里去？……坡上的荞麦都长成藤子了，今年可邪乎啦……”

“那是因为光照不足。”

可余大滚子一副大难临头的样子，他说：“村上的老人不多了，你们还不引起警觉。想想今年发生的事吧，这不是巧合。”

这天夜里三更时，余大滚子就起了床，偷偷烧了三炷香，并把蒸好的一只腊蹄子祭给了山神，祈求山王天子大慈大悲，百怪不侵，五谷丰登；十二麻王天子，十二茅花草神，七十二化精邪鬼魅，鬼哭眼之神，黎山老母木精作怪邪王，都一一拜上了。然后，他出了门。

在日近中午雾还未散的时候他回来了，脸上有抓挠过的血痕，且苍白，头发凌乱，惊恐，他对金贵说：“我把他推下山去了。”

爹要杀人？爹杀了人！他把一个傻儿推下了悬崖！

金贵的脑子里嗡嗡作响，一片空白，不知道眼前这个人是谁。可是，就在这时，一个浑身血淋淋的人打门口经过，那个血淋淋的人看不到脸和眼睛，只是手拿镰刀，背着背篓。

他是傻儿！

"他还活着？"余大滚子望着那个人，那个人影。

"他快死了。"金贵说。拔腿跑过去追赶傻儿。他听见他姐一片嘹亮的哭声："儿啊，儿啊！"

姐找来了医生，给傻儿治伤，姐要找她爹余大滚子算账。余大滚子无所畏惧，说：

"我是为了咱们全村，为了咱们这个家。"

"你是个杀人犯！"

"傻儿是七十二化精邪鬼魅。"

"杀人犯！杀人犯！"

医生给傻儿把了脉，给他敷了许多药，还开了些草药：苍耳草、七叶一支花、鹅不食，让金菊采来给她的傻儿子煎汤。

七天以后，傻儿的鼻涕收了。

十天，眼神没雾了。

十五天，晚上，傻儿猛烈地咳嗽，吐出几口黑乎乎的痰来，然后倒头便睡，鼾声大作。

早晨起来，傻儿揉揉眼睛，扒了一碗饭，金菊给他背篓和镰刀，像往常一样，对他说："去吧，上山会你娘去吧。"

傻儿突然很陌生地看着眼前这个瘦女人，清清楚楚地摇头说："那不是俺娘。"

"我呢？"

“俺不认识。”

金菊的腿软了，他的病好啦，我给他治好啦，可他连我都不认了。

“俺家在内乡。”他说。那天他还是上山了，可背下来的猪草没有半篓。

他问金菊说：“大姐，这是哪儿呀？”

金菊告诉他这是神农架。

他说：“我做了一个梦，就到神农架来了么？”

他就要走了。他说要回去了。金菊不让他走，说：“憨娃，你又要到哪儿去？”

他说：“俺接娘去。”

金菊泪眼巴娑，给他用梳子梳了个小分头，给他背篓里装上她做的鞋，还有粑粑，还有神农架的香菇、木耳、柿饼。“好走啊，憨娃。”她说。她送傻儿。傻儿没言语，摔下悬崖时被树碰出的伤都好了，他不说话，头也不回地走了。走了老远，金贵的姐姐还在那儿招手。

姐又剩下了一个人。

这天晚上，金贵梦见了娘。他梦见娘跟一旦一样，娘讲一旦的话，也小小巧巧的不大爱理人，低着头一个人笑，露出小牙齿，纳着鞋底。金贵说：“娘，你到哪儿去了呀？”金贵跟着娘走，好像上了街，街上有许多人，走着走着娘就不见了，挤散了。他到处找娘，后来看到娘从一个门里钻出头来朝他笑，却是一旦。金贵问她：“你见到我娘了吗？”一旦拿眼睛鼓他，一旦说：“我不认识你，你是哪个？你是一只獐子。”金贵看见一旦抽出一把手枪来，就跑。一旦叭叭叭叭地朝他开枪，就是打不着，金贵跑得比獐子还快，后来爬上一棵树，好高大的一棵树，树上结的全是麦子，一穗穗像狼尾，他去抓麦子，老是抓不着，一头栽下来。金贵醒来了，胸口突突突突地跳，还生疼。

他想娘了。

那一年，他五岁。早晨醒来，不见了妈，妈被内乡一个来神农架伐木的男人给拐跑了。那个河南伐木工是个驼背，羊鼻子，鸦鹊腿。他在这里伐木时跟金贵的爹余大滚子交上了朋友，两人经常一起干杯。可伐木工看不惯余大滚子打老婆，打老婆时就夺余大滚子手中的劈柴或棒棰，还帮金贵的妈治伤。后来，金贵的妈就跟那人跑了。姐弟俩找余大滚子要娘时，余大滚子给了他们一人一拳头，说："找你们的娘去，你们都死了，老子才安逸。"

在金贵的记忆中，娘总是在爹的膝盖下面，头发在爹的手里。可娘是天底下最勤快的女人，不停地做活，不停地补衣裳，纳鞋底，剁猪草，做饭，伺候一家人。被打了，打得青了眼睛，肿了嘴，用水洗一把，又去干活，该干什么干什么。金贵的记忆被那股米汤浆过的香味儿一直缠绕了许多年；衣裳上的米汤味儿，被子上的米汤味儿。睡在这样的被子里，浑身裹着粮食煮过的气息，丰衣足食的气息。就是一件补丁衣服，娘也要浆的，穿得那么挺括，做人端端直直。娘夜里被打了，第二天上山薅草，一样唱她的扬歌，娘的嗓音像溪沟的流水，清澈得如蓝天，哪有夜里被暴打、嘶哑哭过的痕迹呀，娘就是这么个人，娘高高朗朗地唱着："吃了中饭扬个歌，不唱扬歌不快活，喝了山中桂花酒，不想唱歌也唱歌。"酒全是爹喝了，娘从没喝过一杯，娘只喝凉水。可凉水润过的苦难的嗓子就是那么清，就是那么亮，云就呼呼地飞舞旋流，狗就摇头晃脑，村庄变得幽趣无比了，田垄上的麦子比女人都动人了，大白茅在向阳的地方张望着，森林突然变得忧郁深沉起来……

金贵半夜里翻箱倒柜，他终于找到了压在箱子底下的那五块钱，是娘临走时悄悄塞在他的枕头下的，他从来都没用，老是闻那钱上的娘的气息。他现在拿出这五块钱，又压在了枕头下。

他开始磨苦荞面。

他把要走的事给姐姐金菊讲了，说："姐，地里的苦荞就交给你了。"姐姐恐惧地问："金贵，你真的看到了天边的麦子？"金贵说："姐，我不是去割麦的，我是大人了，我不带镰刀去，我是去找娘的。""哦，"他姐说，"你找娘去，那可好了。""我见见娘，然后，我挣钱。我挣了钱回来娶一旦。""金贵，你真的没有看见天边的麦子吧？"

金贵说："我不会死的。"

他背着一袋子炒熟的苦荞面最后对姐姐说："姐你等着我。"

他不想给一旦道别，他赌了一口气，他会带钱回来的，不是半头猪的钱，而是一头两头猪的钱。

"天边没有麦子。"他的姐姐反复叮咛他。

"我知道天边没有麦子。"

他沿着娘当年走的路线：八人刨、药棚垭、迷魂岭、野马河……走到望粮山顶时天就彻底地亮了，太阳雄赳赳地从山里跳出来，把自己弄得响亮无比，森林中的青枫、铁桦、橡树都一股脑地鲜活起来，红枝子、刺泡、火漆果都燃起了它们的灶口，空气里浆果的甜味灿烂刺人。

天边是什么？麦子！

他闭上眼睛。他背着苦荞面。他什么也不敢看了。他甚至不由自主地往腰里摸了一把，他想摸镰刀。麦子跟上我了？

他闭着眼睛走路，走进了峡谷，四围是山。天空一线，鸟影都没有。他长长地嘘了一口气。还是看那些令人压抑的沉重的山壁吧，看河里的巨石，石上厚厚的苍苔，看乱水，看峡谷终年弥漫的烟岚吧；看路吧，看脚下的坡和腿上吸血的山蚂蟥吧。

我为什么早晨就看见了那个东西？那究竟是什么？谁人能说得清？别人都看见过吗，只是都不敢说而已？说出来如果往山外走去就意味着死亡？我没有说出来，那个东西不会跟着我，我悄悄地走了，现在我就像一次赶集，一次卖腊肉。我走，我倒要真正地看看，那个东西怎么能征服我！不，我要征服它！

他在走到老河口之前在一个潮湿的山洞里睡了一觉，第二天感到自己还好好活着（有一个看见麦子的女孩就是冻死在山洞的），他就笑了，握着拳头，为自己鼓劲。同时却感到浑身发烫，流鼻涕，还打喷嚏。在公路上行走，就有个骑摩托的年轻人停下车来热情地同他打招呼了，问他上哪儿去，表示可以带他一程，不过要酌收点油钱。金贵没有出过远门，根本无法辨清人的好坏，有人要他搭车，许是跑载客生意的，那人说出给三十块钱又（油）钱时，金贵就自然地跟他还了价；他是懂得还价的，还了价，表示你是有过见识的人，他就说出了十块。那人也没同他多说，想了想，就爽快答应了："中，就算你给俺买了包红塔山的盐（烟）吃。"那人的话已经明显不是神农架和神农架周边（如宜昌和四川）的话了，周围的风景也不是神农架风景，这种新奇感使金贵来不及细想就有生头一次爬上了别人的摩托，且坐在后头，前裆贴着另一个男人的屁股，还要双手抱男人的腰肢。脚呢，脚找踏脚的地方，等这一切落实之后，听那摩托发动并行走之后，他更无所想了，那人把他带到外国去带到地狱去也是那人的自由了。金贵还来不及恐惧，因为坐在上面飞奔在道路上的感觉处处都是新鲜有味的，风在身边呼呼吹，风噎着喉咙，完全不像坐汽车或手扶拖拉机。况且他还发着高烧，他想早一点到老河口，然后……

那人虽开着车，盯着前面的路况，还跟金贵说着话。那人说你到老河口去做啥，金贵扯了个谎说找他叔叔，说叔叔在老河口工作，那人问他是哪儿的，他就说他是房县的。过了谷城县城，天就完全黑了。金贵感到彻骨的寒冷，风吹得他快成一块冰了。他想说要那个人停下他加一件衣服，但那人打着灯沉默了，他也不好意思开口了。就这么，他可怜巴巴地坐在后头，路不好，颠得他上气不接下气，肝胆欲坠，迷迷糊糊的当儿，车停了，车一歪那人就要他下来。

他慌里慌张从混沌中下来，那人就向他亮出了一把白晃晃的匕首，在前灯的模糊光影里，那人极横蛮地命令他道：“把钱全部拿出来！”又说，“不然俺杀死呢（你）！”

金贵就明白是咋回事了，就说实话了，就双膝跪下说：“我没有钱，我是去河南找我娘去的，她十几年前被人拐跑了。”他想求得那人的同情，放了他。他把先前准备好放在裤兜里的零钱十几块钱掏出来捧上交给那人。那人停顿了一会把钱抓了过去，又吼道：“还又（有），包里还又（有）！”

金贵想抢劫的都是很精明的，在外头混的。他眼看赖不过去，只好从背上取下找姐姐借的王起山生前的一个破牛仔包，拉开拉链。钱就放在最下边的一件衬衣的荷包里，共有五十块钱，姐姐给他的。可他又不甘心就这么拱手交出，他故意一件件细细寻找，那人就说：“快点！”并用刀戳他的肘子。那抢劫犯好像闻得到钱的气味，夺过包来，翻出最后几件衣服，抠出两包香菇，在衬衣里摸去了他那五十块钱。然后那人又要他站好，在上上下下的口袋外头又摸了一遍，要他站着不动，跨上车，箭一般地开走了。

金贵在黑暗里不知道是哪儿。他摸索着那些衣物，把它们塞进牛仔包，顺着那个歹徒走去的路，高一脚低一脚地走。

他讨饭讨到内乡。

他找到了他的娘。他按照人们的指点来到一个热气腾腾的郊区，穿过一片厂房，落脚之处到处是废弃的钢铁、翻斗车、煤炭，许多人在灰与火一样炽烈的大炉前用巨大的铁瓢子舀出煮沸的铁水往一些坯子里倒，有人从炉火中拖出一根根通红的带着耀眼橘黄的钢条出来了，然后水就往上面吱吱地喷射，蒸汽弥漫。在堆着煤炭后面的一排破烂平房里，他推门走进了他的娘的房子，那是一个办公室，里面有一张很大的闪着深红色漆光的桌子，还有沙发和一些铁柜。一个又矮又胖的妇人以一种冷漠、愤怒和嘲笑的口吻对他说话了：

“你是金贵，余大滚子的儿子？你连头发都像他的，一根根比刺都尖，你的下巴就是他的狠毒的下巴，你的眼睛是他的吃人的眼睛，牙齿都全是他的，一颗颗疯狗的牙齿。你为什么长了一副他那个下流坯子的相？你为什么像他，你是不是他，十几年了还不肯放过我，要把我追杀到天边？”

金贵说：“娘，我不是爹，我是金贵，来看你的。”

那个根本不像他的娘的胖女人说：“可我不想看见你，看见你就等于是看见了吃人不吐骨头的余大滚子，看见了比虎豹豺狼还凶残的余大滚子，看见了我八世八代的仇人，看见了屠刀、铁掌、监牢！”

“我像您，娘，村里都说我长得像您，我是您的亲生儿子，怎么会不像您，而只像我爹呢。”

“你就像你爹，那个活阎王。说吧，找我来干什么的？故意搞得这么一副惨兮兮的样子，是找我来要钱的吧？”

“我不是的，娘，我是在半道上被人抢了。”

“你跟余大滚子一样，极会伪装。就像神农架的野牲口。还想说什么？你说你来看我，你给我带来了什么呀？你编谎话都编不圆，神农架山沟里的人，跟那个活阎王一样，没鸡巴出息，就会算计家里人。”

“娘！”

“不要叫娘，叫我孙经理。想你已经知道了，我确实发了点小财，我知道你们会像苍蝇一样寻来的。说吧，余大滚子叫你来找我要多少钱？”

“我不是要钱来的，我根本不晓得您当了经理。”

那一天晚上他躺在一个工人的床铺上，工人们都上夜班去了。他终于知道拐他娘来的那个伐木工已经死了，后来他的娘就接手承包了村里的炼钢厂。就是这样，成为一个发福了的女老板，有二十多个工人。 他还有了两个同母异父的弟妹。

各种尖锐的碰撞声响在夜里不眠地活动着，屋外灯火辉煌。他的娘来到了工棚，还是那么傲慢和冷漠。这个女人戴着金光闪闪的项链，穿着一件挺括的茄色大翻领外衣。她手上提着一个印有许多外国字母的新旅游包。她把包放到金贵面前，说：

“这是给你的，里面有你的一套西服，你姐的一套西服。”她又从那包里拿出一大沓钱来，全是一百一张的，用一根纸带扎着。又拿出一张写满字的纸来，是打印的，说：“这是五千块钱，这里，你签个字。”

这女人从兜里掏出一支准备好的水笔，拧开笔帽。按自己的想法说完她要说的话：“这就了断了。以后，我百年归山，我的遗产与你和你姐，你们余家的人没有任何关系。”

“您要我签？”

“你先把钱收好，再签。需要我念一遍吗？”

“娘，我真不是来要钱的。”

“你签。”

“好，我签。”金贵接过笔，在那个女人指的地方签了自己的名字。那个女人收好了那张纸。

“现在，我与你们余家两清了。”

“娘！”

“这里没有你的娘，请你叫孙老板。”

“您不记得我了？您走的时候放了五块钱在我的枕头底下……”

“别说钱的事了！”那个女人严厉地制止他。

“娘，您还记得带我到山上薅草时唱的扬歌吗？”

“哈哈，扬歌？薅草？”

金贵紧紧地咬着自己的嘴唇不让自己哭出来，他咬出了血，他品尝到了一股咸腥。他唱了起来：“早晨来时雾沉沉，只见锣鼓不见人，双手拨开云和雾，遍山都是种田人……”他模仿着他记忆中的那个女人的声音，他的娘的声音。他看眼前的这个胖女人的反应。有了一点反应，至少她在听，她并不总是那样让人跟着她的思路跑。他甚至看见她眯缝的眼张开时有一丁点湿润的反光，但是马上不见了。她说：

“余金贵，你别指望我想起什么了，神农架的事我什么都想不起来，别耽误时间了，早点睡觉，明天赶去十堰的早班车。”

他的头下枕着五千块钱，像一块厚木板，可内乡没有了他的母亲。他拿着钱，就像拿着一块木板。他几乎流了一夜的泪。早上，他不辞而别，他拿着钱大大咧咧地去了一趟街上，他把钱汇到了神农架，他汇了四千五百元。他点着手中的钱，五十张，一张不少。他怎么在这么个陌生的地方不费力不费神就得这么多钱呢？啊，他是卖了母亲。他说：“我卖了母亲。”他把钱递给营业员时，在心里说：“我卖了娘的钱。”

他在餐馆里点了一个菜，还点了一杯酒。刚开门营业的餐馆老板只好赶快生炉子，并且说：“一停（听）你就是湖北人，喜欢喝糟（早）酒。”

他到了十堰。他在街上溜达，他不想买回神农架的票。只有早晨一班车去神农架，他那时到十堰只有下午去房县的车了。他不去。他不想回去。他把钱寄给姐，他没写什么话。让他们去猜。他可以结婚了。可他不想在那个望粮峡谷的村子里杀猪摆席炸鞭炮，他看着城市里花花绿绿的女孩子，对那个望粮峡谷的矮矮瘦瘦小小的叫一旦的女孩有了些隔膜。她家还嫌弃我？她们有什么能耐嫌弃我？我就赌了这口气出来，我犯得着吗？我一出来就有钱了，只是心里不是滋味，不好受。他口袋里还有一些钱很暖荷包，他晚上住旅社时穿上了那个内乡女人给他的一套西服，真合身。我干吗不穿。她不认我，我不也认她了。他穿了手感那么光滑的西服下楼，在门口有女人来搭讪问他要不要做业务。有一个、两个、三个，有许多，有漂亮的，不漂亮的，有丰满的。总归是漂亮加丰满。金贵是个天生聪明人，他知道“做业务”后面的隐语，忧郁的眼神也变得轻佻和流气了，他问：“多少钱？”有人说五十，有人说一百，有人说八十。他皆不理。路上被抢的阴影还未在心上散去，他怕陷阱，他已经有些乖了。他看着街上的霓虹灯，比雨前的石蛙还多的汽车、人流，他看了一会就回到了旅社。他坐在很昏暗的灯光下发呆。他没有睡意。后来才和衣躺了一会。天亮后，又发呆。

现在他的心里波澜不惊，什么都没有了，什么都没装下，空了。这一趟把心掏空了？没有回忆，没有思念，没有感情。甚至没有家了。有了钱，没了家。

他不想回家。这真是奇怪。他在暗暗地想，我得做点什么。

他先是被一个职介所骗去了五十元，倒去倒来的也没能做成工作，他后来又想到一个武术学校学习，又想去学厨师。可是报名的钱又不够了，只好去打工，想挣点钱再说。他在一个汽车零件厂拆房子，拆了几天，因为住在工棚，他的那个旅行包被人翻来翻去，加之差一点从房顶上掉下来，他便速速离开了。后来，总算找到了一个工厂，烧锅炉，比较正规，又安全，两三个人住一间房子，这不错，他就去烧锅炉了。

烧锅炉就是一车一车地拉煤，然后又一锹一锹地往炉子里送，再一车一车地出渣。这活儿跟用大背篓背粪去坡田差不多，还轻省一点，只干八个小时，三百五十块钱一个月，每餐不能吃肉至少可以吃到炒干子。还可以天天洗澡。哈哈，冬天天天洗澡。洗完澡，散架的身子又复原了，又成了原来的余金贵，还有余热可以发挥，还可以逛逛街，看看录像，甚至跑到大商场里去，跟那些穿得很高级的城里女人站在一起，因为他也穿着他狠心的娘给买的西服，他不自卑地与她们站在一起，看这看那。他还在公园里看别人跳舞，练气功，玩剑，打腰鼓。

热气腾腾的城市！

他现在能静下心来心平气和地给他娘写一封信了。他写道：娘，是我卖了您还是您卖了我？我感谢您的五千块钱。我想用它来发展小尾寒羊和波尔山羊，不过我不喜欢望粮山，跟您一样。我想做点生意，做什么呢？我过去当过老板，可惜失败了。也许您是对的，不要回去，好马不吃回头草。这样您才憋着一口气有了几个臭钱，这样就敢欺负并不认您过去的娃子了，您知道他们曾多么想念您。他写着写着又想流泪，后来把这封信揉了。他再给一旦写信。他突然很想一旦，他开始把城里各种女人身上的优点加在一旦身上，特别是把从澡堂出来的女人身上的优点加在一旦身上。他想象一旦也可以这么湿漉漉着香喷喷的长发出来，半遮住自己被热水烫过的红扑扑的脸，或者拿一把梳子把头发梳到后头去露出丰满、光洁的额角；也可以翘着乳和翘着屁股直噔噔地走出来，好像要给男人去睡的样子。他想，一旦就是这么个女人。他写道：一旦，来吧，到我这里来吧，离开那个寒冷、荒凉、不近情理的地方，你若是看了外面的世界，根本就不想回去了。那是一个遍地虚妄，神经错乱的地方。他还写道：一旦，我爱你，吻你！

写完信，他才感到，他真的很轻松。

锅炉房有三个人，头儿是老树，另一个是小午。老树是个什么人的亲戚，也是乡下人，因为时间久了，也能别一点十堰腔了。老树有五十来岁，身板长得很端直，但脸相不好看，獐头鼠脑，没有下巴，眼眶突出。小午是从竹山县来的，老树叫他红魔司令，因为他染了头发，红的。有时候被煤灰盖了，抖一抖，又抖出红色来，很好看。老树对金贵说："管好气压，管好进水阀和气阀，管好分气缸。"老树说，你记死，气包上的压力不能超过四。这机器是十个（气压）的，可这炉子有十八年了，只能升到四个，分气缸那儿也是四个，一个四个，两个四个，三个四个，四个四个，五个四个……一车间、二车间、三车间，澡堂、宿舍一栋、二栋、三栋、四栋，科干楼、局干楼、休干楼、招待所、食堂、办公A栋、B栋、剧场、实验室、研究所……超过四个，咱们就炸到天上去了。不到四个也不行，热水不热，洗澡的要骂娘。

小午很热情地教金贵干，干了几天，金贵就能干了。他有一股子冲动，学习新事物的冲动，好像还有一股子激动。想了想，有四千五百块钱寄往家里去了，后方有保障了，学这个玩意儿，只是好玩的事儿，钱不钱的无所谓，不高兴就走。可是没几天，他发现那锅炉房的各种机械声音越来越占有了他的大脑，刺耳、砺心、顽固、流氓。他先是不能睡觉。除了隔壁的锅炉房，还有另外两个人走动。老树爱喝酒，他搬响杯子，喝两口酒再去上班，时常在半夜有人走动并碰响杯子的声音，把他刚刚入睡的梦境划破了，再睡又要再死劲忘记耳畔那刺耳的锅炉声、电机声。

他就有些无精打采了，渐渐腿没有劲了，头疼了。神农架遭受的子弹全醒了过来，在肺里，在脑袋里翻身。这一发现使他骇然。它们全跟他来啦？来到了十堰？它们一个也不少，它们什么时间找到他的？

自觉症状一天天加重了，不能睡，睡不沉。老树和小午却不知道，邀他喝酒。后来他说他睡不着，小午就要他看报。报纸都是从澡堂的柜子里拿来的，人家垫衣服的。金贵也去收，收了不少。看着报纸，也看出了一点门道，还不错，很有意思，报是小报，全是杀人放火抢劫的消息。也有一些小文章，很耐读，看着看着就睡着了。睡不着，是因为有酒喝，三人搭伙，很融洽的，弄得金贵想走又不好走。另外，他在等一旦，他怕一旦来十堰了，找不到他；他在等一旦的信，地址写的是这儿。

一个月了还没有等到一旦和一旦的信。他领了工资的那天，准备好好上街点一个蕨菜炒腊肉，两个守大门的保安就来了，说，我们来检查一下。那两个保安平时还点头的，他看保安翻了翻三个床的枕头，就要来查金贵的旅行包了。旅行包金贵后来加了个小锁，那两个保安要他打开。金贵说："为什么？"那两个人说："你打开我们找一找。"金贵只好打开了。他找钥匙费了时间，手有些抖，对这阵势有些惧怕，有些反感，有些愤怒，在谷城公路上遭抢的往事又闯进了神经。那两个人看他找钥匙，打开，然后蹲下身子翻里面的东西。

"这是女的服装？"

那两个人拿出了服装，还抖开，提在手上。

"这是我娘给我姐姐买的，我娘在内乡当老板。"

"当老板？让你到十堰来打工？你不是神农架的吗？"

"我娘与我爹离婚了。"

那些人把旅行包翻了个底朝天，好像很失望，又看金贵其他的东西，未洗的内衣、臭鞋子，还翻金贵的衣领，看他的脖子。

"你没有在澡堂拿过东西吗？一条项链，一张银行卡？"

“项链？卡？”他说。他蒙然，他脑子大了。

“你往澡堂里跑，别人就放在那垫衣裳的报纸上面的，忘了拿。”

“我没拿！冤枉，我没拿人家的东西，我只看了几张旧报纸。”

“你看见了吗？”

“我没有看见！”

这事是谁说出去的，谁栽赃我？他在想。我拿过报纸，他们就说我偷人家失落的东西？谁，那个澡堂收票的老头儿？

下班回来的老树和小午都不理他，他本想同他们倾吐一下的，那两个人神色不自然，躲他。他去上班，那天有老树在，老树在煤火里煨红薯，后来啃着红薯，他就跟他说了，说自己受了冤屈。可老树用两颗大门牙啃热噜噜的红薯只在鼻子里哼了一声。

“老子有的是钱。”他不知怎么就说出了这句话。也怕老树没听见，又说了一句：“他们又不是派出所的，凭什么搜老子的包？”

老树又含含混混地在喉咙里咕噜了一下。后来吐出一块苕皮道：“你做你的事，管他呢。”

事情好像就平息了，也再没人过问。老树和小午真跟他有点距离了。他想走，反正拿到了一个月的工资，他想回去，回神农架去，与一旦结婚。还有他的苦荞，不知收割了没有，有没有收成。然后又要种下明年的泥麦，新一年的希望将又要撒进田里了。可他不能一走了之。这时候走，别人还真以为他是做贼心虚，逃之夭夭呢。他就不走。他睡不着，头里有好多钉子钉，白天他还是忍着随时会晕倒的疼痛卖力地拖煤，拖煤渣，看表。他在暗中等待有个水落石出后再走不迟。他在听消息：那根项链人家找到了，什么卡也找到了。

他不再去澡堂。身上自然脏得不行，打一盆水洗洗，就进被子。他那么脏了，那两个同室的老树和小午时常捂着鼻子，他们甚至可能想着怎么把这个人挤出去，或者自己搬出去。

他也不跟他们喝酒了，独往独来。有一天晚上，他在厂外一个小酒店喝了些酒，想麻木麻木自己的脑袋，一喝就喝到十二点过了。工厂的大门关了，他不敢喊保安，那两个保安跟他鼓眼睛，于是他就从铁栅子上翻过来。他刚一落地，从黑暗处蹿出两个人来，就把他按倒在地，一顿好揍。金贵知道是两个什么人，他没喊，只是抱着头打滚。那两个人说："打翻墙的小偷，看你还跟咱们称不称老子！"

金贵晃晃悠悠地站起来，往自己的宿舍走去，伤还不轻呢，都是内伤，外面没有流血的地方，全在腹部、背部、腰部。他捂着肚子，没想让老树和小午知道，怕掉了面子。因为太疼，他无法入眠，躺着躺着，就一下想起他们说我给他们称了"老子"？这是哪儿的事，后来想起在老树面前说过他们，说了一句"老子"。哦，老树。一切是老树。仇恨和怒火滚滚而来。这个晚上，一向爱打鼾的老树一点鼾声都没有了，连出气的声音也没有。他好像感到了这是一场阴谋，聪明的金贵知道老树没有睡着，正紧张地谛听着他的动静呢。

他第二天早晨无事一般地跟老树请了个假，说到车站接个人。他去了医院，开了些跌打损伤的药。他回来偷偷吃了药，在心里说：老树，在走之前我得解决了你。

他本来想一走了之，打了一顿那些人也解气了，他就忍了，回去，过他的小日子，种麦。他又想在不远找个地方住下，化了装，每天守候在厂门口，跟踪老树（或者那两个保安），到时下手。或者他想把小满写信邀来，让他携来枪，一枪的铁砂子穿两个人的身子是没问题的。他后来想，走归走，仇还是得报，一人干，干净利索，神不知鬼不觉。那天他在工厂的后山上最后制订了计划。他朝西南的天边看了看，没看见什么，他是择傍晚去的，故意去的，他要把天边看个究竟。天也晴，看不到什么，高楼大厦和霭霭的灰尘挡住了天边，没有天边，只有眼前。

他磨了一把刀子，是一把在修理车间拾到的三角刮刀。他把东西都收拾好了，逃跑路线也找好了，后门有一个小豁口，可以一跃而过。

拿着刀子的时候，他想到了镰刀。可这是杀人。他磨刀子的那个晚上想看看刀刃，眼肿得睁不开，他想到在家里磨锄头和镰刀。用手拭拭，不错。他想让他们笑话去，他们吃亏的日子在后头，他们笑话我不了几天啦。

意外的，他收到了一旦的信。信开头说：我不来，你回来，你姐你爹也要你回来。后来又说了“我们的友谊”之类啰啰唆唆的话。字写得很糟糕，纸也皱皱巴巴，好像是在茅厕里捡的纸。金贵读得十分头疼，他把信放在床上，又一个人发了很长时间的呆。他说：那我就回去吧。有一旦，他的心里柔爽多了，反正已经有了钱，他高兴，给姐一千块钱就够了，另外三千多，他可以好好过一辈子，在村里，他就是首富了，谁再敢欺负他？何必再在这儿拉煤烧炉子，被人打。一想到被人打了，心就滴血。我出来了两个月，被人抢，被人打，我得还他们点什么后再回到峡谷去。还点什么给山外的人。

他左想右想下不了手，那天内伤发作了，腰疼得扯筋，他只好叫了一辆三轮到医院去。医生说他可能是肾被打伤了，要他去拍片。他给谁讲呢？找谁去评理？他没去拍片。拿着拍片的报告单，犹犹豫豫就回到了厂里，吃了点药，就躺下了。

晚班是他跟小午。可他没去。到了晚上十二点钟的时候，老树就进来了，下班了，也是来喊他的："喂，上班了。"四个字一说完，一把刀子就直直地捅了过来，捅中的是腹部。老树就软了身子倒下去了，一只手捂着肚子，一只手张开，向他抓挠，想喊什么，可是喊不出。

东西早就收拾好了。金贵便很快消失在黑夜里。他跳墙时说了一句："我杀死的是一头獐子。这个时辰他正是獐子。"他想了想，他看见的的确是一只獐子，那脸，那神情。他哪里能出手这么快呢，这是不可能的，除非他看见了野牲口。神农架人的身手只有在看见野物后才会如此敏捷。

他日夜不停地往神农架方向走。

他也没吃，也没喝，只觉得腰疼得非常厉害，撒了一泡尿，全是血。血砸在雪里，分外刺目。那时整个鄂西北山区都开始下雪了，一路上他全走在漫漫风雪里。

娃儿乖，你各睡，隔山隔水自己回，虫蛇蚂蚁你莫怕，你的身边有妈妈……

他想起了一首歌，他就唱了。这是一首儿时他娘教他唱的歌。一首催眠曲，怕梦中的小儿玩得太远，丢掉了魂，迷了路，安抚儿，唤儿回来的。

他一遍又一遍地唱。他就走上了望粮山。

这雪亲切，熟悉的惨白色，熟悉的峡谷里终年不散的硫黄味，熟悉的沟壑与剪影，树的样子，都熟悉。

他又走到了自己的挂坡地里。为防止水土流失他过去不停地搬运来垒在崖边的护坡石，像一双双乌溜溜的惊奇的眼睛朝他打量着。他笑了一下："看你们，不认识我了？"他说那些眼睛。

他跪下来，扒开厚厚的雪。有麦子！有青翠的麦子。哦，苦荞收啦，又翻了地种下泥麦啦，他比了比，有一小指头高了。

雪越下越大。

雪下得如此密集，使人什么都看不见了，也忘了身在何处，要不是北风呜呜地在山冈上吹。

他被雪壅成了一个雪人。他一动没动。

雪遽然停了。

他看见一些人在向他围过来。他站了起来。他看见领头的是颈子很长的唐所长。黑洞洞的枪口正对着他。

他闭上眼睛，纵身向下跳去。

那峡谷凛烈刚劲的风像无数只巨手把他托上来，又坠下去，托上来，又坠下去。他忽忽悠悠的，感觉正在一片麦浪上打滚呢。

豹子沟

他们，他，他，他，三个人。

三个人都比较瘦，都不高，不好区分。一个门牙上有黄斑；一个眼睛发红，估计有角膜炎；一个还不到二十岁，长得秀秀气气的。就叫他们黄牙、烂眼、秀气。

三个人是结伴到山里捉蜈蚣的，也采些别的药，如江边一碗水、头顶一颗珠、文王一支笔等。被突然暴发的山洪阻隔了，回不去了，只好在山这边，望着滔滔的洪水兴叹。

这个叫豹子沟的村子烂泥横行，恶狗成群。树上飘荡着丈多长的女萝，就是金丝猴草。这种草金丝猴最爱吃。每到黄昏，浓雾就开始在村庄上空战栗发抖，野兽就开始起哄大叫。黑夜来临的时候，仿佛是一场灾难。现在，暴雨如注，山洪轰隆，山上的水声像是万鬼竞歌。

他们住在老高家里。老高过去在伐木队当炊事员，重度烫伤。手上、脸上都是肉瘤，手指功能障碍。老高脸色苍黄，喉咙里咕噜咕噜，但是好客，就让三个外乡人住在了自己家里。每天都有腊肉炖洋芋吃，还有苞谷酒喝。老高也喝，也抽他们甩过来的烟。一边喝酒一边抽烟，讲一些乱七八糟的事儿；凡是知道的、一知半解的、道听途说的，都讲。雨已经下了三天三夜，洪水依然从深山里奔注下来，在豹子沟里狂吼乱叫，目空一切，一路下行，流到不知名的地方去。往常，这沟里是干的，全是晒得发白的累累巨石，如山中神秘大兽的骸骨。而如今山上下来的洪水——这沟里临时的居民，因为不是沟谷里长期的住客，对生疏的环境极其排斥，凶悍，暴躁，不懂规矩，表现出过客的破坏性，一路走一路毁灭。天昏地暗，村庄在摇晃。

“……这沟里，”老高说，“过去经常有豹子出没。罗香妹打死的那头豹子就在这里。”

现在它是一条咆哮的大河，不是沟。水还在上涨。已经冲走了两三家水边的人家。晚上闻见恸哭声，夹在兽吼中，夹在恶狗的群吠中，夹在愤怒的山洪中。整个村庄充满洪水格杀的腥味。这些因雨水汇拢的洪兽，比山中所有的兽更凶猛。一些植物在这里也是兽，大蓟、拐枣刺、火棘，这些被雨水洗得张牙舞爪、狰狞锃亮的植物，在这个山里，与洪水遥相呼应，把时间推到远古。还有那些蜈蚣。黄牙的手被一条蜈蚣咬之后，唾沫不顶事，肿了老高，夜里火烧火燎，用一盆冷水泡在里面才能缓解。

老高的母亲又在门口的屋檐下嘀咕，对这三个总不走的外乡客有些烦了。可老高说不是对你们的，她就是这样，见什么都烦。她年轻时就这样，烦了一辈子。一个人烦了一辈子，活到九十岁，还自己梳头，头发还青乌乌的，这不是很怪吗？

晚上老麻们的蜈蚣又从竹笼里跑出来了，钻进老高的被窝里，把老高的老婆咬了，好在是脚趾头。脚趾就算咬肿了也看不见，黄牙和烂眼认为她是装的，主要是想逐客。但是有老高，老高切腊肉煮洋芋，给他们斟酒。老高是一家之主，他的温和、热情，谁也挡不住。

“你是个好人。”黄牙举着又红又肿的手很响亮地与老高碰杯。

“好人？好人会用开水锅砸领导？砸得自己这一副鬼相。”

“那是你年轻的时候。”烂眼说。

“我就是这个脾性。你对我好，我比你妈对你还好，你对我坏，我比阎王爷对你还坏。队长说我用揩鼻涕的手抓盐，说我的葱没洗……我听不得冤枉话我就把锅掀了，是一锅海带汤，烫到了自己，没损队长一根卵毛。呵呵，我高兴，我不后悔……”

他们说话喝酒的时候，外面依然是一阵紧似一阵的如泼的大雨，涂着更黑更深的夜。豹子沟在山崖下恸嚎一片。他们用酒和烟击退着这让人恐惧无聊得发疯的日子。

“我喜欢听你们唱歌，”老高说，“唱吧！……”

黄牙唱道：

今晚采花来得及，一抱抱到黄缸里，你在下面撑不开锅，我在上面用不到力，今晚上只当没搞的……

黄牙到村头垭子的小卖部给老高母亲买了一块面包，就剩一块了；给老高老婆买了一把塑料梳子和一盒百雀羚。因为洪水没有退去的征兆，他们飞不过去，吃住在别人家里，过意不去。但老高母亲软硬不吃，那块香甜松软的面包放在桌上动也没动，怕狗叼跑了，放在一个大玻璃罐子里。老高说，我老娘就是这个脾气，等你们一走，她会吃的。他看出这三个外乡人的难受，接着说，我不是撵你们，我这里，只管住。前年贩香菇的，在我这里，脚崴了，住了一个月，没事的。黄牙说，可人家有钱给你呀。老高说，到时蜈蚣死了，丢我这里，我去卖，不也一样的吗？

三个人就商量，把蜈蚣全给老高。可老高也要走到五十里外的镇上去卖。为表示诚意，三个人就将蜈蚣在火塘上用烟熏死，再放到火上烤干。老高没有拉住他们。烤干的蜈蚣至少有五六斤，这个可抵他们几天的伙食费了。估计老高给他老婆、母亲讲了，下一顿饭的时候，多了两个菜。酒是八十度的苞谷烧，喝得过瘾。但老高说蜈蚣他是不要的，说得好玩的，哪能要这个。黄牙说你若不要，我们当着你的面把蜈蚣倒进火里烧了。

酒。酒啊！酒是战胜烦躁和惶恐，战胜漫漫长夜的唯一武器。三个有家难回的外乡男人。这是在另一个省的地方。豹子沟那边很远的地方才是他们要回的家。这个地方是三省交界，也称三不管的地方。土匪常在这儿啸聚起事。这里所有的传说都是关于过去年代土匪的。老高说得最多的是一个叫马恶头的。

“……马恶头有一个口号：生我的我不搞，我生的我不搞。马恶头因此跟他亲姑妈生了个娃子。他跟他亲姑妈一般大小。是把他姑爹杀掉抢来的……”

“那生下的小娃子不是傻儿？”秀气问。

“聪明得很哩。”老高掰着他不能动弹的手指说。

“一般近亲生的娃儿要么聪明透顶，要么是傻子。”烂眼说。

“……可他死得很惨。因为他做了许多坏事，当地人恨他不过。百姓就用酒诱他入山洞，等他们醉后，用几百斤干辣椒点燃熏，然后封了山洞，一次熏死几百人，就在对面岩上……”

“你还是说说罗香妹打豹子的事吧，”他们劝他，“莫非一个女娃子真能打死一头豹子？”

“咋不能？打豹子要会打，你若会打熊，也能打死……英雄也有末路，还说什么呢？人家早死了，一个打豹英雄，也落得个悲惨下场。好多年都是在政府扫厕所，还是个小中风病人……她手不压坏不会落到这个下场。当然喽，她不识字……”

“这里的女娃子都不上学吗？”秀气问。

“上的。可她从小就调皮，把她送到公社的小学去住读，第二天就跑了，才七岁。这一跑，就失踪了。学校不见人，家里也不见人。她怕父母打。到哪儿去了呢？到山顶上的岩洞里住，成野人了。家里人都以为她死了，七天后，有天早晨，她爹打开大门，看到门口放一抱柴火。这分明是罗香妹放的，家里人才知道她还活着，就到山上去找，找到了。就是这么个女娃子……”

“后来咋小中风？”

“后来她不是嫁给了一个伐木工嘛，住在大雾坪，离镇子老远。生娃子遇难产，用拖拉机拉下来的，在车上就颠昏迷了，那个路，那个拖拉机呀，人坐在上面，肝都能颠掉。弄到镇上手术，第三天她才醒来。醒来就找自己的手。她的一只手不见了。这咋可能咧？后来找到了，压在自己身子下，后背下面。医生和她老公都没发现，压了三天，就小中风了，不得动。你说医生和她老公昏不昏？……”

“之所以能打豹子，是因为罗香妹的父亲曾是马恶头的跟班，有一次徒手打死过一头熊。能背八百斤……”

在沉夜的雨声中，在狮吼一片的洪水声里，这些故事让三个外乡客极其兴奋。被雨水打得哀嚎的野兽，在茫茫旷野游荡着，时不时发出一两声凄凉的抗议。这让他们夜半醒来时再也难以入眠，特别想家。

除了吃饭睡觉，还能做什么呢？百无聊赖。秀气有个手机，他是在县城打工时，交电信的一百元话费，免费送的一个，可以听歌。但这儿没信号。山太深，挡住了信号。就那几首歌：《北京的金山上》《夕阳醉了》《月亮代表我的心》，《夕阳醉了》还是粤语歌曲，根本听不懂，那些广东人为什么不用普通话唱？

“我们到小卖部看录像去吧。”黄牙说。

“小卖部只能听歌。”烂眼说。整天窝在被窝里总不是个事情。他们还在床上抽烟。秀气不抽，他睡在靠墙壁的里边。他与烂眼一头。其实烂眼和秀气知道，黄牙是盯住了小卖部的那个女孩子。他去买烟的时候，本来只够抽三块的红金龙，可他偏偏要女孩子给他拿六块白盒子的红金龙。他应该是很心疼的，可他很大方。“那个十八块的黄鹤楼不好喝。”他说。这里把抽烟说成喝烟。然后，他大大方方地拆开，抛给他们一人一支。秀气也接住了，也去要火点燃。他抽烟时有点笨拙，但他装得像个老手，还吐烟圈。因为在一个标致的女孩子面前，谁都不会服输，一切都要像老手，像流氓，像见过大世面的，从北京或是台湾回来的。

“叙利亚又爆炸了？”黄牙说。他正在看小卖部一台放得很低的很小的电视机。电视放在一个小凳子上的。他把叙利亚说得很流利。其实烂眼知道，黄牙从来不关心电视里的事，且还是国际上的事儿，除了他的几条蜈蚣。

还真是叙利亚，那电视里的画面基本是雪花点。没谁理他的话。后来就走了。

这是前一天的事情。

现在，雨下得人快霉了，门口的屋场上，全是几寸厚的稀泥巴，狗也不愿去大路上惹事了，蜷缩在屋檐的草堆里。鸡们则在一张瘸腿的桌子上成堆蹲着，争先恐后发出哮喘的声音。屋后深谷里的山洪嗡嗡直响，就像无休无止的工厂里机器刺耳的轰鸣，或者说，就像山谷里有一个锅炉房，煮着十万吨开水。

"应该有录像，看看是不错的。"黄牙说。

秀气表现出完全没兴趣，他愿意睡觉。他不停地用手机写短信，又没有信号，发给谁呢？

黄牙把秀气从被窝里拽出来了，因为他的反对会影响烂眼。

"一瓶啤酒，"黄牙说，等秀气起来扯鞋子，他又纠正说，"三个人喝。"

烂眼说："你这小气鬼。"

三个人开始剪胡子，照镜子。采药顶多在山里待一两天，就不剪胡子，也不带剃须刀，但这次的山洪暴发是他们万万没想到的。

三个人走出门的时候雨小了点，这让黄牙找到了邀他们出去的理由。扔了许多干茅草垫脚才上了公路，三个人穿得单薄，寒气凛冽。从山坡上冲下的泥石流漫漶在路上。黄牙兴冲冲地走在前头。过早过度的性生活让他形成八字腿且略微蹒跚。

嗯，很好，小卖部还开着，那个小姑娘还在守着铺子。十六七岁的年纪，长着她这个年纪的女孩应该有的丰满的肉红色脸，头发很亮，扎在后头，像一个小拖把。穿着圆领麻织短春装，牛仔裤，帆布鞋。屋里充斥着一股复杂的豆瓣酱、胶鞋和墙角的老霉味。但是，因为有了这个女孩子，这里就是天堂。当然了，世界是由青春或者豆蔻年华照亮的。如果这世界全是老高那副筋筋扭扭、瘢瘢疖疖的样子，世界就没有理由存在。

小气的黄牙这次大方了一回，出手就是四根棒棒糖。一人一根，包括卖棒棒糖的女孩。女孩先是不要，但黄牙很坚决，女孩就没再拒绝了。于是四个人都剥开了糖纸，把棒棒糖插进嘴里，斜斜地含着。嗯，这四个人的距离一下子拉近了，好像是四个同学，而且放肆地、噗噗地吮吸起来。这气氛与这个荒芜破烂的环境完全不谐调。

这个小卖部是在一个三岔路口的垭子上，一栋很陈旧的石头房子，靠南头的一间。估计是当年伐木队的宿舍。屋顶是用石头压着的油毛毡。但因为屋后是一片悬崖，落下的树叶已经覆盖了屋顶的一切，并且长出了一些小的树苗和野草。山上也听得到洪水下注的声音，好像跌进了更深的峡谷。

小卖部的货柜也甚是陈旧，堆放着一些杂乱无章的货品；是堆放，不是摆放。估计是女孩子的父辈就这么放着，而且将永远这么放着，一直放到房屋倒塌，世界灭亡。雨伞、球鞋、针线、纽扣、指甲剪、雨衣、书包、铅笔、话梅……有的很多，有的就一二件，堆在一起。这些货可以是十年或者二十年前的，如蛤蜊油、清凉油、帽子、拖鞋、雨衣等。也有新鲜点的玩意儿，比如正在吃的棒棒糖、啤酒、香烟、娃哈哈、营养快线、火腿肠、洗衣粉什么的。

电视的画面是被雨水打乱了的波纹，发出短路的呲呲声，像是随时要爆炸的样子，人恨不得赶快跑开，以免成劣质电器的陪葬品。

“你能不能放点歌我们听听？”黄牙说。他们已经发现有碟片，且有一台蓬头垢面的影碟机。

“让人家放。”烂眼阻止黄牙说。他看到黄牙像是到了自己家里，绕到柜台内，自己去翻看碟片和操作碟机了。但烂眼知道黄牙百分之一百不会操作。

果然黄牙也没真想去操作，只不过是借这个进入柜台里面，表明与女孩是很熟的人，可以随便进出，可以靠近女孩。

女孩正在雪花点电视中津津有味地看一部打斗的片子，不过实在太不清晰。黄牙的闯入让她有些不适应，就在身边。虽然她嘴里含着这个人——这三个人买的棒棒糖，但他们毕竟是陌生人。她希望他能到柜台外面去，而不是在这些堆得一团糟、转不过身的柜台里乱翻。东西和钱不见了咋办呢？但女孩子胆小又拉不下面子，不好开口说。就只好去赶快满足这个人要放碟片的要求。估计很久没听了，她找到一张碟片，放进碟机里。是一张CD，不出画面的，也没有连接在电视上。

一个至少黄牙不熟悉的香港歌星或者台湾歌星的声音。一个从上个世纪飘出的声音。

这三个人都不甚熟悉。因为他们的生活只与山林里的草药和蜈蚣有关。但黄牙又似乎有点熟悉。其实放的是邓丽君的歌，大约是《一帘幽梦》。这软绵绵的很老的歌使他记起自己少年时的生活。

“嗯，好听。”黄牙夸赞说。

他很早就结了婚，养着两个孩子，对小儿麻痹症老婆常常非打即骂，不太照顾她的经期卫生。三亩多薄田，也没啥收入，全是岩缝里种苞谷。还要打柴，吃水要挑，放牛。两个女儿整天泥巴糊嘴，两手鸡屎没人管。有时喝点酒，打点小牌。电视有一个

14英寸的，时好时坏，上面常趴着猫和鸡。

“是《一帘幽梦》，邓丽君的。”烂眼飞快地寻找着，在他有限的记忆中挖掘，终于找出了答案。先是锁定了邓丽君，再想她的那些歌。《路边的野花不要采》《何日君再来》《甜蜜蜜》。这样他说对了。他读过中学。

后来是《何日君再来》，得到了女孩的肯定。烂眼现在可以跟女孩说话了。黄牙已经无趣地退出柜台，站在一边，听他们说着那些如天方夜谭的歌。他很苦恼。这时进来了一个当地人，一个小青年，买鞋带的。人家要做生意，这让黄牙又退远了一步。而且棒棒糖已经全化成水了，其他人都吐出了棍子，他也吐出了。

那个小青年长着两只冰窟窿眼，穿得皱巴巴的，好像没有醒来。弯着腰，像一只在沸水里煮过的虾子。一件外衣里面没有内衣，像是熬夜输得精光的赌徒。他看着他们。他审视着看。这种看法他好像是一个外乡人，而另外的三个外乡人因正与女孩打得火热倒像是本地人了。

那个小青年买了鞋带就出去了，匆匆走了。好像他是被这堆男人挤出来的，就是这种感觉。

三个人完全没有在意这个瘦丁丁的小青年。烂眼吃力地调动记忆仓库里所有关于音乐的积蓄，继续与女孩对话。

“有没有刀郎的，你这里？”

烂眼的眼睛流着泪。红得像个灯笼，他的眼病很厉害。他沉浸在有了话语权的幸福中。黄牙靠边站了。只有他才能跟女孩说话。秀气还小，睁着眼睛看外头的雨，看自己的手机——过去的信息。秀气羞涩，胆小，不掺和事。

烂眼说的刀郎女孩子可能没听见。音乐有很大的噪声。

王菲的《流年》。如泣如诉。王菲的歌像是从云端飘下来的，在这如打砸抢一样的山洪声里，是一种安魂曲。雨从油毛毡上落下来，溅起一片水雾。空气里有一股香菇和草履虫的复杂气味，被雨雾一浪浪送进来。

那个小青年这时才系好新买的鞋带，从屋檐下离开。

他们还在谈歌。

"我还是喜欢李娜的歌，"烂眼说，"她的《天路》比那个胖子……叫、叫、叫……韩红的唱得好。"他差一点想不起那个胖女人的名字了，真惊险。

"哦，是不是那个在张家界当尼姑的李娜？"女孩问。

"是的。"其实烂眼也不清楚，谁当了尼姑？他只能说"是的"。

"有没有张学友的歌？"黄牙使出了吃奶的劲终于想起了一个歌星的名字。他要争夺话语权，不能成为旁观者。

秀气一直盯着在门外蹲下系新鞋带的那个小青年。他不停地在身上抓挠。浑身痒，起红疱。他说老高床上有虱子。睡时，黄牙和烂眼都把身上脱光了，三个人滚一床被窝。秀气害羞，留了条裤衩。也许就是这条裤衩惹的祸，引虱子上身了。秀气还是个小娃子，不好意思。有一次黄牙赤身裸体地竟压到了秀气身上，说你要是个幺妹就好了。黄牙说现在有很多搞屁眼的，就是同性恋。那个样子，真像是要对秀气下手。秀气为这条裤衩，让自己遭了虱。"怕鬼鸡巴丑！你那只小田螺没哪个看得上。"他们就笑。这两个烂货！

小青年在鞋子上穿鞋带，眼睛却斜睨着秀气。那双眼睛啊，那双像山里荒兽的眼睛，你敢对视么？秀气怕，却总想看，猴子的眼睛，狼眼，蛇眼，蜈蚣、蝎子的眼……秀气想到一个就打一个寒战。那个小青年终于站起来了，走了，无声无息地走了，也没什么事。秀气缓过气来，排山倒海的痒又回到了身上。抓啊抓呀。这时才听见屋里的烂眼在卖弄地说："要讲好听么，我还是喜欢刀郎和腾格尔的。"

"就是那个唱厅堂的！他把天堂唱成厅堂。太难听了！像拉屎拉不出的那个唱呀——我爱你我的家，我的家我的厅堂——我不喜欢这个刀郎！"黄牙在说。黄牙加入了对歌星们的评价。

女孩笑了起来，露出一口不太整齐的牙齿，像些晶莹的糯苞谷米。但她笑时只与烂眼的眼光交流了一下，有不赞同黄牙说法的意思。她根本没看黄牙。黄牙太难看。不过烂眼的脸虽周正一点，眼睛红得却如丧考妣。

"你说的不是刀郎，是叫……腾格尔。"烂眼看了女孩一眼，搔了半天头纠正黄牙道。

"是腾格尔，"秀气这时候也插嘴道，"刀郎是唱《2002年的第一场雪》的。"

这三个人都在跟他作对。黄牙很尴尬。黄牙插一句嘴就要被他们驳回。黄牙好没面子，黄牙要挽回面子，就报复秀气说："你会说，你买瓶啤酒我们漱漱口看！"

秀气没想到被黄牙惹恼了。他没有钱，再者他不喝酒。他有点委屈，说不出话来，僵在那里。这时烂眼突然说："我来！"

烂眼那天自己也没想到会挺身而出大方一回。口袋里也就七八块钱了。最便宜的啤酒是三块，他咬牙就掏出了。

酒放在了柜台上。

"杯子咧？"黄牙说。

是在为难他们。为难他们三个人——对面的这二男一女。其中的两个男人是他的同伴。

女孩从一堆杂物里好歹翻出了三个软塌塌的一次性杯子，不知用过没有，很脏。烂眼用牙齿咬开了盖子，给三个杯子里倒酒。秀气扶杯子。

各倒了一杯，黄牙就抢过瓶子，用口吹。吹了一大口，又给烂眼说："花生米总得搞一袋啦！"

烂眼是被黄牙盯住了，不买是不行了。烂眼就只好咬牙向女孩竖起一根指头："花生米来一袋。"连价格也没问。

放很久了的、用简易塑料袋装的花生米被黄牙恶狠狠地扯开，自顾抓了一把往口里丢。三个外乡男人就着发霉发干的花生米喝着啤酒，听腾格尔的"我的厅堂"。

天色有些暗了，风一阵阵地往屋里灌。喝了些酒但还是没有气氛。黄牙直咧咧地问女孩别的："喂，你知道那个打死豹子的罗香妹的事吗？你打不打豹子幺妹？"他竟这样称呼她。

"哼哼，"她冷笑，"我不打豹。我不知道这个，是好多年前的事了。"

"你不知道马恶头的队伍被全部熏死了吗？你太瘦，你打不死豹。幺妹还是要丰满一些。"黄牙说。

他的这个话，让女孩很不自在，屁股磨着凳子，扯着自己短短的上衣，甚至有点自卑。因为她确实比较瘦小，或者发育迟缓，缺乏营养。

"假如现在有一只豹子在门口出现……"

不等黄牙说完，烂眼就打断了："现在哪有豹子呢？嗤！"

"只有恶狗。"秀气附和。

这时有许多恶狗的叫声。

众叛亲离的愠怒，但黄牙又无处发泄。

“那只豹子不就是在这里打死的吗？”他说。

“那只豹子就打死在前面的沟里。”他说。

“全世界都知道，你是这个村的不知道？”他说。

“那、那时我还没、没出生呢。”女孩急得语塞。

“你多大了？”

女孩摇头，不说。

“未必有三十岁了，怕说得？罗香妹你没听说过么？”

“我只听说那是只老豹，村民和伐木队的不敢吃，有很大的骚腥味。当时剐豹子时，挂在屋梁上，尾巴垂地，有八尺长……”

女孩的声音像风吹过去的树叶，几乎没有响动。这个凋敝的林场，这个荒静的山沟，被沉沉的落叶和苍苔抹暗的地方，不再有豹吼的地方，只有疯狂的浑黄的洪水肆虐着，没来由地发出怪叫，山崩地裂一样的。如果你的神经稍有脆弱，会发疯的。总之，问这样的问题，问豹子之类的话，也会让人没来由的无聊和阻隔。

“听说要骑在豹子背上了就不能下来，要把它的腰压断，豹子是铜头铁尾麻秆腰。敢骑豹子的背，那男人的背不是……这里的幺妹是不是很厉害，专门骑在男人的腰上？”黄牙讲得有点忘形了。

可女孩的脸色不好看了，一层层从象牙白变成浅红、浅蓝、深红、铁红、猪肝紫。甚至嘴角开始抽搐，打牙磕。烂眼明知道是黄牙报复，他也不知道怎么阻止。

黄牙好像没有注意到女孩的脸色，他在喊门口抓痒的秀气："秀气你要朋友没咧？"

秀气也许听到黄牙在喊他，秀气也许是讨厌黄牙跟人家女孩儿死皮赖脸纠缠，干脆自个儿躲一边去抓痒享受。他回过头下巴使劲朝黄牙仰了一下，以示抗议。黄牙依然没有看到秀气的厌恶，或者说根本没这么想。

"我们三个都没耍朋友，想到你们豹子沟做上门女婿，你们这里有没有幺妹没结婚的？"

烂眼拉他了。烂眼觉得这话臊，跟人开玩笑过头了。人家一个女孩儿，此时势单力薄，人家的表情仿佛是要掳走她似的，要哭了。她东张西望如坐针毡的样子，甚至有想喊人来的意思。但自那小青年走后，再没有一个本村人来，仿佛这个小店被村人忘记了。雨时大时小，小的时候能见度变高，可以看见对面山上的雾岚和一些高高低低的树，有山毛榉、红桦、天师栗、红豆杉、青冈栗等。山时隐时现，豹子沟里的山洪声更加嘹亮，铿锵有力地撞击着石壁，大有深意地咆哮着，像嘴里嚼着被撕烂的大地的骨肉，美滋滋地饕餮着。门前的积水里，岩蛙鼓着气泡发出呜呜哇哇的求偶声。

"我要关门回去吃饭了。"女孩子说。她终于找到了脱身的办法。

水已经淹到了山崖边。从上游裹挟而来的树蔸、枯枝、茅草，阻塞了流水的道路，洪水暴跳如雷。

"……喝吧，喝吧。我还是讲罗香妹的事，"老高说，"……那张皮嘛，都是被县里来的人拿走了的。还有那条长尾巴，在县文化馆展出，专门用一对玻璃珠子做的眼睛，鼻子是用木头雕的。当时管这个的人后来疯了。肯定是要疯的。豹子皮被他用刀砍烂了，那只尾巴，被文化馆一个唱歌的收了起来。管豹子皮的人疯了之后，不吃饭，像熊一样舔自己的手掌，在文化馆饿死了。另外收藏了豹子尾巴的人死在自己屋里，几天后才发现，但老鼠已经把他的两只耳朵啃光了。听说那条尾巴至今还在……”

“四十年了吧？”

“嗯……差不多四十年了……喝吧，喝吧……”

“我昨天晚上梦到家了。”秀气在那儿嘟囔说。

“你没出过门啊？在你妈怀里吃奶。咱们遇到这种情况就应该快活在外！”黄牙说。

“老高的老妈死活不吃饭，这不是在撵我们吗？”烂眼说。

“她也不敢公开撵我们的。想回去？”他转向秀气，“你个狗日的最小气，在这里吃喝又没拿一分钱出来，连水都没买一瓶我们喝的，你急个么事啦！”

这村里的野狗是太多了，在雨天里尤其显得荒乱。也许还有野兽。在夜里，一条狗叫，一百条狗跟着叫。

烂眼一个晚上没有睡好，头发里好像也进去了虱子，痒。这一天早晨老高出门，老高的老婆也出门了。老高的母亲在房里睡。起来时就几只鸡子饿得打嗝，到处寻吃的，飞上了灶台。他们三个也想寻吃的，但灶黑锅冷。应该有一碗面条吃的，或是准备下午的饭。一般来说，这里的人只吃两顿。但早晨有面条或者隔夜饭吃，有热茶喝，火塘总是有火，灶屋里总有人忙。不行的话，畚箕里总有洋芋或苞谷，自己动手，丢进火堆里烤，肚子几下就能捞饱。可今天呢，什么都没有。

“我昨天梦见我们被十几头豹子追赶，路上全是大腿粗的藤子……”烂眼说。

“后来呢？”黄牙边生火边问。

“后来你不是把老子蹬醒了嘛。”

“今天的水怎么样啊？你个狗东西看了没有？”黄牙问。

“早上我去看了，跟昨天没鸡巴两样。”

“天气预报咋说啊？”

“天气预报管到这里？天气预报管不到这里。”

“咱们还是到小卖部买点饼干吧，饿得难受。”他还是想去。黄牙。

雨突然变小了，不知不觉，甚至要停了，有太阳出来的征兆，往天上一看，云隙里有点晃眼。这可是好兆头。一团一团的白云向远处的高山上飘去，山简直是用绿颜料涂了，触手可及可拭——这种情况十分多，可今天格外让人振奋。当然，还有一丝丝惆怅，天晴了水落了就要离开了。山崖上淌着水，都是混浊的小瀑布，路上布满土石。野狗们跑出来，无缘无故地朝天狂吠。

秀气在咳嗽，他感冒了，烂眼摸他的额头，发烧哩。

“看小卖部有没有退烧药，你要买药吃。”烂眼当然想去那儿。他昨晚还做了一个梦，梦见了那个女孩。这是不能说的。

可秀气死活不去。

“你这毛头鬼就赖在床上，不走动走动？睡得发霉了！”黄牙一把掀开了他的被窝，这秀气穿个小裤头，还有晨勃的毛病，一下子全被看见了，赶忙抓被子将身子护住，但被子给黄牙卷到一边，同时将上衣裤子扔给他。不起来都不行了。

烂眼在想的是，去了囊中羞涩，谁买饼干？如果黄牙敲我，我不能不买……兜里最后的三两块钱是不能用的，谁知道哪天水退去，可以回家？黄牙可以在那个女孩面前装潇洒。其实黄牙家里穷成啥样子了。他现在脚上的那双高帮球鞋还是穿的老高的。老高为人真是没说的，你穿就穿，他没鞋穿，就穿草鞋。不过黄牙是有心之人，年龄比他们大些，烂眼瞅见，黄牙清钱时竟还有两三张二十元的票子。烟，是有的抽的，大方起来，可以买一包十八元的黄鹤楼，如果那个女孩对他有那么点意思的话。似乎不可能，但他并不这样认为。比如还是坚持要去小卖部。不过烂眼想去，却总是有点惴惴不安。不知为什么，心里就是这样。

这次，因为黄牙的情绪还是很好，路上烂眼称赞他有钱，是个富人。说看到你荷包里有一百元的。黄牙说胡扯。烂眼把黄牙的虚荣心提起来了，心想一支烟、一块糖是没有问题了的，等到了那儿，竟然得到了一人一瓶娃哈哈加一根火腿肠的犒赏。这是什么运气呀？！女孩也一样。在推搡来去的当儿，烂眼看到了柜台里有一本小相册。

“能不能给我们欣赏一下。”烂眼说。

烂眼的要求女孩不会拒绝。给他们时，让黄牙抢先了。他拿到了手中。

是女孩的相册。

“这是你的照片啊，好漂亮！”黄牙激动起来，不停地将那些照片翻来覆去。

三个男人的头就这么凑一堆了，贪婪地看着，脑袋碰得叮当响，三只手争先恐后去抢，好像这东西可以据为己有。

让他们抢去吧。黄牙已经可以自己动手放碟片了，他仿佛成了这个小卖部主人之一。有《辣妹子》《美酒加咖啡》，也有腾格尔的《我的天堂》。腾格尔总是憋一肚子的气挤出来的歌，很解恨。

黄牙找到了一张 VCD，他竟然放出来啦！是成龙的——大鼻子和罗圈腿都出来了！……这是咋回事？他甚至想跳起来。他看着自己鼓捣出的画面，斜睨了一眼烂眼。烂眼惊呆在那里，两只红肿的眼睛像火在熏烧，简直受不了了。

好在这时女孩拉下了面子，没给他好，小声说："到外头看好不好？"

黄牙乖乖地出来了，移到柜台外边，大半个身子伏在柜台上，撅着尖尖的屁股依然兴致勃勃旁若无人地欣赏自己放出的片子。

其他两个也在一旁观看。

电视里成龙被一头豹子疯狂地追赶。这是在非洲的哪个地方，茫茫大漠，坚硬的稀少的植物，可怜的失忆的成龙不断问自己"我是谁，我是谁？"豹子张开血盆大口要吃到成龙了。跑呀跑呀！……

"你们这里吃了豹子肉的，有没有下场不好的？"黄牙问女孩。

女孩怔怔的，不知怎么回答。

"因为拿了豹子皮的，收藏了豹子尾巴的，不是疯了就是被老鼠啃了。"

"我没吃过豹子肉。"女孩说。

"我是问你们村里和伐木队的人。"

"反正我没吃过。"女孩坚持说。

“她这么小哪里知道呢。”烂眼说。

一根火腿肠无论如何也是不能饱的。似乎可以回去了——回老高家去，至少那儿有火，有温暖。这小卖部，这个鬼地方，风大得吓人，全是山里头吹来的阴风，让人寒战连连，秀气的鞋在路上湿了，他不喜欢成龙的片子，他想谁说一声“我们走吧”就是最好了。

可这时黄牙依然翻着手上的那些陈旧影碟，竟然蹦出了一句：“有没有A片？”

也许他想了半天与影碟有关的词汇，而这个最好：A片。他是向女孩问的。

他又说了一遍。

“A片？”女孩说。

烂眼不相信黄牙会问出这个问题。问出了一个石破天惊的问题。烂眼的心一阵战栗。

“就是三级片。”黄牙依然若无其事地说。

女孩的脸上被风贴过去几根发丝，女孩脸僵了。女孩也许明白了。女孩的脸分明在飞快地红着，就像一块海绵沾上了红墨水，一下子就洇到耳根。连嘴唇都洇得发紫。她完全没辙了，不知道要做什么。

这时候，那个又白又瘦的小青年进来了。他还是那副屌样，手插在荷包里，嘴歪着，像筲箕一样单薄的背弓着，缩头缩脑，鬼头鬼脑。他在空空的荷包里抠着什么。

女孩看到他，那憋红的脸一下子松弛下来。好像救星来了，突然出现快哭出来的表情，求救似的对着他。

小青年好像明白了什么——从气氛上。他问大大咧咧趴在柜台要把柜台压垮的黄牙："你们是什么人？"

"你管我们是什么人！"黄牙看着影碟，不在乎地、硬邦邦地说。

"我问你们是哪里的？"小青年舌头顶着上唇，一脸无情地问。

"你管我们是哪儿的！"黄牙依旧说，根本看也没看他一下。这瘦精巴骨的小青年不是他对手，懒得理他。他是这么想的，再者不能在女孩面前向男人示弱。

"好，你们等着。"

小青年说这话时已经迈出了小卖部，快速地走了。

烂眼来不及插嘴，事情就已经发生了。这像是必然。问题就在这里。如果他回答呢？没有如果。他的意识里只有一个念头：赶快走！

"我们赶快走！"

他扯起秀气就往外跑。这有预感。并且预感很强烈。黄牙还没意识到。黄牙还龇着长满锈斑的牙齿看着笑着，不知大难临头。在烂眼走时，他回过头想最后看一眼这个颇有好感的女孩时，好像看到她把那根没吃的火腿肠丢在柜台上了。

黄牙真的满不在乎。他瞅着身边没人了，烂眼他们已经离开他走了。他是这样觉得一个人无趣，才极不情愿地、怏怏地拿起所剩无几的饮料瓶子，离开这个小卖部的。

黄牙大摇大摆走出去没几步，看到了烂眼、秀气在前头没命一样地飞奔。他愣了一下，就见一条岔路石坡上冲出来一大群人，提着刀和棒子，还有尖闪闪的猎叉。

"抓住他们！抓住他们！打流氓啊！"

黄牙一个尿噤，醒了，也迈开细腿拼命地去追赶烂眼他们。他们顺着当年伐木的简易公路向前跑。他很快赶上了他们。他能听见秀气灌水的鞋子里跑出叽叽咕咕的水声，口里嘶嘶啦啦。

“打流氓！打死他们！”

后面的人狂呼乱叫，还有许多狗，也向他们撵来，发出“汪汪”的大叫。

三个人不能回头，只能赌命地向前跑，恨不能双手也成为两只腿。这是与死神赛跑。多跑出一步，就是一步的命。

那些人紧追不舍，狗跑得比人快，同时狂喊乱叱。就这么跑到了豹子沟边。前面就是汹涌澎湃急流如箭的豹子沟，就是那条山洪暴发的大河了。大河死打着崖壁和巨石，发出森冷的低吼。那混浊的洪水如满山野兽的呕吐物，整座山把苦胆都吐出来了。山病了！

秀气在嗷嗷地哭。他要咳嗽，蹲了下去。一条狗抢先上来了，要跃上他们站的一块石头。

他们没了退路。他们站在那里只有死路一条。

烂眼什么也没说就跳下去了。

黄牙脱掉老高的球鞋，他在犹豫。他在看烂眼在哪里。

事情太突然，他们还没想好。

秀气缩着肩，像一只小兽，哀哀地“啊儿——”“啊儿——”

黄牙顾不得他了，眼一闭，也纵身跳下去。他的水性不好。村民的刀、棍棒和叉子越来越近，他没有选择，只好跳。

秀气是在狗扑上来要咬着他时跳下的，衣裳的一角还在狗嘴里，但他挣脱后跳下去了。那水太急，他们一下子就被吞没了。三个人像三匹掉下来的树叶，就是这么，一个漩涡，什么都没有了。

等那些村民赶到水边时，只有汹涌万端的洪水呼啸跌宕而去，像一万头暴怒的豹子，腾挪跳跃，翻滚扑跌——那里只有豹子、豹子、豹子……

金鸡岩

宿五斗从野猪坡搬回金鸡岩时，已是五十多岁的老人，头发全白了，整张脸粗糙得像石头，耳朵冻得稀烂，且有点呆滞，看人的时候像挨过打的狗。他带回了他的儿子，还有个孙女。为何没有儿媳妇呢？连他儿子也不说；三个人三代人各背着一个背篓，背篓里装着乱七八糟的生活用品，棉被啊，镢头啊，锅碗瓢勺啊，这就是全部的家当了。村里的老辈子人还记得三十多年前宿五斗与他哥哥分锅（家）后，就一个人去了野猪坡——那时候，野猪坡已有三两户人家。宿五斗回来只是说野猪坡近些年野猪为害，地也种薄啦。——这可能是根本原因，坡大，开垦的地挂不住肥，种个三年五年就不错了，能挨三十年再回来，证明野猪坡的那些人还真有本事。但事情终归是要有个结束的，走进神农架深山老林，一个又一个废弃的村庄，一个又一个新开辟的屋场。那些生生死死的屋场，显示着生存的艰难。

宿五斗回来借住在他哥哥三斗家，在哥哥的香菇房里安身下来，第二天就背着镢头钻进山里，他是去寻地开荒去的。可看遍了金鸡岩方圆十里地，哪个沟坎都试过了，没有可开垦的地方。金鸡岩东面是一片叫“菜园子”的石林，石林瘦骨伶仃，上面长有一种野生腊菜。宿五斗没寻到荒地，掐了一背篓腊菜回来，用开水焯了，与儿子和孙女一起吃。

不过宿五斗一家，主要是蹭他哥哥家的饭吃，每到开饭的时候，就像乞丐一样挨挨擦擦去了。宿五斗的儿子，叫宿小迁，一脸在外头混过的痕迹，一点都不胆怯，上了伯伯家的桌，就像在自己家一样，常常霸着酒壶给人家斟酒，就像请别人客似的，可他自己是个客人。身份错位的他没觉得不对，直到他在伯伯家人的眼中看到冷淡之后，才决定去县城讨生活。

因为家里无处耕种成了困难，宿小迁就悄悄走了。至于他的老婆，女儿的妈，究竟是怎么一回事，他不说，问起来，就扯三拉四转移了话题。可是有人知道，他老婆也是因为在野猪坡太苦，生存不下去，在一个早晨就不辞而别了。

宿小迁当然也是不辞而别。他先是贩腊肉卖，山里多腊肉，有的殷实人家的陈年腊肉有好几年的，堆在木楼上，让虫蛀了，吃不完，到了过年又得杀年猪吃新鲜的。正应了一句老话：山下没柴烧，山上柴烂了。城里人爱吃山里熏制的腊肉。宿小迁就这么背着沉重的腊肉去县城，来来去去，却没赚到钱。后来又做什么亏了本。这就赖在了县城。

宿小迁的女儿，跟着整天找地开荒的爷爷宿五斗，因从小缺少母爱，又不见了爸爸，看人的目光怪怪的，常常含着肮脏的指头，突然跑开去，到悬崖上砸石头，或是爬到树上，与野鸡同眠。这个满脸泥巴，骨瘦如柴的妮子叫豇豆，不知道是小名还是诨名。豇豆因为营养不良，啃着几个洋芋和苞谷，每天与爷爷宿五斗一起钻山，风里来雨里去，脸上皱巴巴的。有一天豇豆就不见了。宿五斗满山遍野地去找，以为是摔下悬崖或是让扒狗子

（豺）拖去了。宿五斗的哥哥家也都出动了寻找，到下半夜，大家才在七八里之外、靠近磷矿的简易公路边找到她。这妮子趴在一株树蔸上，已冻得奄奄一息。把她背回家去，在火塘边泡了两桶热水才把她泡醒。醒来问她到公路上去干什么，看见了什么？那妮子说是去找爸爸的，什么也没看见。

过了几天，要过年了，她爸爸宿小迁回来了，穿得还光鲜，不仅如此，还带回了一个高高的、干净的大妮子，头发染得黄赳赳的，穿着比镰刀还尖的皮鞋，紧巴巴的牛仔裤。宿小迁回来说他在城里瞎混，好像是贩邮票。而这个县城来的妮子好像是开理发店的。大妮子开理发店，这很新鲜。这妮子对宿小迁家的逼仄不太在意，倒是有点巴结宿小迁的意思。对豇豆也好，给她洗头、梳头、摘虱子（豇豆的头发里确实发现了几个虱子），还给她压岁钱。豇豆从来不知道压岁钱是什么意思。在山里头，其实无所谓风俗，过年也就是过年，跟平时并无二致，安安静静的山里头，不可能有什么热闹的事发生，就是结婚，就是放了老（死了老人），也是安安静静地办了，跟大山一样无声无息。

就是这样一个宿五斗认为住在天上的女娃子，儿子竟然躲避她——这是在春节之后的三四月间，儿子回来刚住了一天，那个搞理发的女娃子就赶过来了，可儿子关上门，不愿见她。这让人很纳闷，宿五斗尤其纳闷，问儿子，儿子最后才懒洋洋地说，借了她的钱，无钱还。可更严重的事情是那女娃子说出来的；儿子避而不见，女娃子哭哭啼啼，宿五斗好言相劝，但女娃子却说她不想活了。这么漂亮光鲜的女娃子不想活了？原来——她说——宿小迁不想要她了，可她怀了他的娃子。女娃子怀了儿子的娃子！这么好的女娃子怀了咱宿家的娃子，小迁原来的那个媳妇长得没有扁担高，浑身干巴巴的像芦苇却还瞧不上我们小迁，跑了，而如今这天仙样的女娃跟小迁睡了怀上了小迁却还不想要她？天下没这个理呀，这究竟是为什么？

——可儿子说就是没钱还，亏了，做生意亏了，说："还不是玩邮票！"但是女娃子说："钱是小事，我无脸见人了。"儿子回答是："我不想再结婚，一个都养不活。"

不想结婚把人家肚子搞大做什么？这又不是开玩笑，一个女娃子一生的名誉。宿五斗劝儿子说："这样好的妮子打灯笼也难寻！咱家算什么家，钱无一分，地无一垄，人家瞧得起，你叫花子捡了个金疙瘩，还不晓得咋用哩！"

儿子说："莫要吃咸饭操淡心。"

儿子噢，儿子噢。儿子走了，宿五斗抱着喊爸爸的孙女豇豆发抖哩。

那女的哭哭啼啼走了。儿子是从后窗翻出去从后山走掉的。

儿子欠人的情，还把人家的肚子搞大了，不知怎么结果的，宿五斗一直没听到音信。儿子没回来，没给家里钱，也没管自己的女儿，仿佛没有任何责任似的。可村里有人从县里回来，说见到了宿小迁，穿得不赖，还请村里人吃了一碗臊子面。

再怎么缺吃的，苞谷种子是不会煮着吃了的。种子叫"黄澄玉"，从野猪坡带来有二十来斤，放在一个土布袋子里，吊在屋梁上，绳子上套了一个斗笠，防止老鼠顺绳子下来偷吃。

在饥饿的时候，孙女豇豆也许是闻到了梁上那苞谷的气味，衔着指头，神情呆呆地望着那个土布袋子，就像一只狗望着一根骨头。

宿五斗带着豇豆去了一趟县城。他何尝能找到自己的儿子。

倒是在人挤人的大街上，差一点把豇豆弄丢了。宿五斗在县政府门前的广场上好不容易找到他的宝贝孙女豇豆，豇豆要气球，看人玩气球，宿五斗没钱给她买，他看着广场，这么大的广场，多平整的土地啊，全空着，种的是些啥呀？宿五斗刚开始还以为是麦子，绿生生的，还有自动喷灌，水花在阳光下现出五颜六色。可仔细一看是草，是一种他没见过的草，牛羊吃的草，可用绳子圈起来了。为什么要种草呢？在深山里待了几十年的宿五斗说什么也不明白。在许多年以前他来过县城，是卖皮张的，县城没这么大的空场子，也不种草。他用手在草底下抓了抓，好肥沃的泥土啊，比在山上开荒的地肥了不知多少倍，山上从石缝里扒出点土，种上庄稼，可一场雨水一冲，土又冲没了，就算有土，也被那雨水洗得没一点肥力了。宿五斗真想给人说这广场能划给他两分地，他也能种出一年他吃的粮食来。他就心猿意马开了，就像看到自己在这么平坦的荡漾着湿气与肥气的土地上吆牛耕种，撒下苞谷种，看苞谷长大，看苞谷结籽，最后整个广场都摇曳着金黄色的苞谷秸秆，果实累累……就是在这时，他发现他的孙女不见了。

“豇豆！豇豆！……”

终于在一个角落里看到了豇豆，手上拿着一块人家破了的气球皮在嘴边吹着。

宿五斗带着哭哭啼啼吵吵嚷嚷要买气球的孙女回去时，在心里埋怨甚至诅咒着自己的儿子。你不管我这个爹情有可原，我们没血缘关系，断了也就断了，可女儿是你亲生的呀，你这个杂种！哪有爹不管儿的！

可怜的宿五斗压根儿就没结过婚，他哪有结婚的钱。五十多岁了还是结结实实的光棍一个，后来他抱了别人的一个儿子，就是这样，宿五斗才有了个家，有了个伴儿，有了传宗接代的，可他从来就没有沾过女人！在神农架老山里，像宿五斗这样抱养一个孩子传宗接代的老光棍，还真不少。

宿五斗一路骂着自己的儿子，一路想着他怎么才能把自己和孙女的生活混过去。

在县城走了一遭，这使他下了决心上金鸡岩去，开荒。

上金鸡岩？

金鸡岩必须要从那片叫“菜园子”的石林爬上去，金鸡岩高可入云，上面有一个平台——就是块平地，生长着一些千年巴山冷杉。听说那上面土地肥沃，有着许多珍奇的药材，可没人能上去。前些年，有个外地来的采药人上去过，下来时浑身伤痕累累，可惜采的一些好药被一群猴子抢走了。村里的老人说，此话可信，旧社会躲土匪，也有人冒着摔下来的危险爬上去过，上面的土肥得冒油，插一根筷子，第二年就会长成一棵大树。这都是传说，大家都知道，上金鸡岩比登天还难。可宿五斗将孙女豇豆交给了他哥，说是进山采两天药材，就不见了。后来——

后来大家看到在云彩上面的金鸡岩有个人影晃动。是人影，不是兽影。看到金鸡岩上的那个人像个甲虫，挥动着镢头在刨地，刨树根。——所有的树木在一个云开日出的日子都不见了，那上面露出了黑油油的一块巴掌地，上面爬着个甲虫——那就是宿五斗。

肯定是宿五斗。

大家还以为宿五斗进山采药失踪了，或者像他的儿子小迁一样跑了，无力抚养自己的孩子，跑了。可他哥发现宿五斗从野猪坡带回的一袋苞谷种不见了，还有一把挖地的镢，也不见了。

在闪闪的阳光下，大家睁着直愣愣的眼睛去看金鸡岩上的那个人，那个开荒种地的人，不是宿五斗又是谁呢！宿五斗想地想疯了。

他是怎么上去的?！

可人总有办法能够上去，只要有土地的地方，能种庄稼的地方，总有办法上去的。

过了几天，大家看到金鸡岩上那巴掌大块的黑土变绿了，一场雨，就变绿了，就像天上遗落的一块绿手巾。这种日子不多，能见度好的日子不多，山上总是云遮雾罩，人们很难发现宿五斗和他的土地。

有一天宿五斗下来了，头发深长，脸颊窄瘦，活脱脱一只老猴子。宿五斗一脸的愧疚，因为他的孙女豇豆已经不认识他了，甚至有些害怕，望着他，含着指头，就像看到了一头狼一样。而他的哥哥三斗向他爆发出了惊天动地的詈骂：是你的孙女你不管啊！你不管，你儿子不管，你把她当作哪家的娃子?

宿五斗完全可以这样说：不是我一个人的孙女，是宿家的，是我们大家的孙女。因为小迁这狗日的不争气，撇下我和豇豆一个人到城里享福去了。可宿五斗不会这么说，宿五斗面对哥哥的叱咤，只是望着他耕耘的白云深处——那个金鸡岩，淡淡地给他哥说：“到时我还你五百斤苞谷。”他说得非常肯定，非常有把握，仿佛他成了一个旧时的财大气粗的地主。他的哥哥看他这一副样子，还能再说些什么呢?

宿五斗就是这样，什么也没有说，在村里剃了个头，拿了几件衣裳，又向那山顶上爬去了。

真是神啊，村里人说，宿五斗真是神。可他在那个猴都不能爬上去的山尖上，吃什么？睡在哪里？

这一年的夏季，山上的雨水特猛，雨放肆地下，山上的泥石流就暴发了。有一天晚上，村里人听到一阵山崩地裂的轰响声，第二天早上雨住云开，村里人就看到金鸡岩的那个巨大的喙嘴垮下来了，一直垮到山下的公路上，冲毁、淹埋了几辆汽车。问题就严重了，那个喙嘴正是宿五斗爬上去的“路”，那里藏着一条只有他能攀爬的“路”。宿五斗阻隔在了高高的金鸡岩上，不得下来啦！

事情的确如此，人们看到宿五斗在金鸡岩上出现时，就像一只黑点般的蚂蚁，可是一只热锅上的蚂蚁，在悬崖上疯狂一样地转圈，估计他是在为没了下岩的路发疯。

宿五斗下不来了，可怜的宿五斗，在高高的金鸡岩上，日夜悲号，村里的人在晚上听得见他在风里哀号的呜呜声，却束手无策，爱莫能助。

后来，金鸡岩就无声无息了。可是，那一块青油油的苞谷地，有一天大家抬头看时，竟变成了黄色——那就是成熟了吧。

火烧云

一

红云蔽空，太阳如炽，山冈和坡地呈现出一片赤褐色。空气中冒着火光——看久了，的确腾出红闪闪的火光，绝不是幻觉！人畜都躲在各自的角落里喘息。现在，树木蔫了，庄稼蔫了，田里裂出巨大的口子，从里面传来一声声奇怪的哼叫，好像是沉睡的祖先被惊醒了，正张开冒烟的喉咙辗转呻吟……

“除了背水的人，都上山找水去！”

县图书馆馆员龙义海哑着嗓子喊一群灰头土脸的村民。他的嗓子也在冒火。他是从很远的县里来的，他现在的身份是县扶贫队队员。可他那样子，别人见了，也恨不得想给他扶扶贫。领口已经松弛无度的圆领衫，从那里露出精瘦高傲的锁骨，一件灰白色的西装短裤，一看就是老婆用旧长裤改的（剪了一刀而已）。脚上的力士鞋与农民没有两样，被汗水濡湿了，后跟还开了一个弯弯的口子。他这么嚷着，村民们就散开了，像一群山鸦子。他正想点烟，有人就把他的烟抢去。也不是什么好烟，一块钱一包的红金龙，他就这个水平。他索性把烟摊开来：“哪个要？”一下子，烟就抢光了。人们抽着烟，谈论着今年出奇的干旱。

背水的人要翻山越岭到二十几里外的伙计沟去，早出晚归才能背回一桶水来。他们背着塑料桶或椭圆形的木腰桶，在耀眼的太阳下走在滚烫的山路上，随行的狗发出烦躁不安的狺吠声，那声音好像要咬着什么似的。

“看！”有人喊。背水的和找水的人都往山坡上看去：一群野猴把牙齿扎进了红桦树干，在那儿拼命吮吸桦树里蕴含的桦汁儿——狗咬的正是它们。

可是，发现桦树是一场灾难——猴子们不一会就像粘在了树上一样，身子猛烈地摇摆着，嘴里凄厉地叫着，一只哨猴在石头上又蹦又跳。

“哈哈，它们的牙齿拔不出来啦！”有人说。猴急猴急的，渴急了，牙齿栽进了树干。这些可怜的猴子叫得更凶，不一会，都挣脱了树干。

“抢猴牙去哟！”有人一声喊，龙义海身边的人一下子就没了。不一会，他们手上都举着带血的猴牙回来，在树上拔的。可怜的猴子！这是龙义海在这儿看到的又一桩稀奇事。

另一桩稀奇事就是这场干旱，五十八天没有下雨了，他也五十八天没有洗澡了，而且是夏天。他闻见自己身上一股腐烂的臭味，他已经对自己的肉体充满了厌恶，想把自己扔掉，把身上的所有东西扔掉，手、脚丫子、嘴、胸脯、睾丸和鸡巴，只留下记忆，在县城图书馆的记忆。

“龙干部，你是条旱龙。”

“你是条火龙！……”

那些人找他打趣，嘲笑他。“我的运气可真他妈孬！”他嘀咕着，有一种强烈的宿命感觉突然出现了，“我是什么鸡娃子龙！流胀！”他已经四十六了，一个馆员，一个图书管理员，始终就是那么个馆员。他知道来日已不多，随时会被指派为内退对象，为别人让开一条路。可是他却被指派成了扶贫队队员，相当于过去的学大寨工作队——这是他的看法。带着全馆捐赠的三百余件衣服和一些陈旧过期的期刊、书籍，他踏上了远离县城的高高的骨头峰村。

此刻的骨头峰正发出噼噼啪啪的响声，石头晒得开裂了，纷纷往下掉落，砸得山谷一阵乱响。山坳里，在白金一样销熔着的烈日下，是那些黯淡的、成色古旧的房舍。没有新鲜的东西，连鸟影，连树都很陈旧，跟他带来的那些书刊一样，淘汰货，被时代无情地淘汰了。他灭熄掉烟头上了一个山头，黑黑的牙齿露在外面，在心里唾骂着自己，也唾骂着这让人心烦意乱被雨水忘记了的大地。

山上的树丛间，连青苔都枯卷了，到处是那种龇牙咧嘴的卷皮。已经在山里钻了好些天，在五里地周围，已经把每一块石缝都翻了个遍。过去的两处水源早干了。走着走着，他发现村长没了影子。

“哎，村长呢？”他左顾右盼，直到证实村长确实溜了。村长姓粟，一个很糟糕的名字：粟田光。这几天正在为他儿媳的离去焦头烂额。儿媳妇娘家是山下，平原，大约也是看中了上山是做村长的儿媳吧。粟村长自有了这个儿媳，注意力就转移了，生怕有个闪失，儿媳溜下山去。粟村长有一个蓄电瓶，有一台卡拉OK 机，这是十分罕见的，这就留住了山下的儿媳。山下的儿媳常常用弯弯曲曲的嗓音唱邓丽君。可是这几天实在熬不住了，虽然粟村长严加防范，还是偷偷跑下了山。村长急得不行，听说已给儿子出了个撒手锏计谋：让他带个炸药包去，扬言炸翻丈母娘一家。为了维护骨头峰村和粟家的尊严。人他妈是得匪一点，匪有硬气，匪有阳刚之美，老婆就得乖乖地回来，渴死，也是在那被太阳烤得冒烟的骨头峰死的，谁叫你当初嫁给我！儿子去了，却泥牛入海无消息，估计已乐不思蜀。粟村长必须出动了，在这样的时刻，众人都看着他，他必须维护一村之长的威望——连儿子媳妇都当了逃兵，他面对干渴的村民与村庄，有什么发言权？

“这家伙！”龙义海骂了一句。他想到“一碗水”看看。“一碗水”有点水，可就只有一碗水，一个小水窝，在光秃秃的石头上，在孤岩那儿，是一个神奇的水源。舀干水后他们看了，研究过几回，没有石缝，没有泉眼，而且总是一碗水，不漫不溢，你舀干了，再渗出一碗水来。不过这些天它渗得慢，一天估计三五碗水。当年骨头峰村的先民，就是看中了这个“一碗水”才住下来的。骨头峰村常常被山下的人称为“一碗水”。

突然，一个鼻青脸肿的人从林子里蹿出来，一下子跪倒在他的面前。他正在喘气，或者说正准备喘气，就看清楚了是寒巴猴子。这娃是个劳改释放犯，改造得很循规蹈矩了，眉目间全是委屈和可怜，也是在狱警面前待久了的缘故吧。

“怎么回事？”龙义海一愣，问。

“我不能没有房子住啊，他们又打我。”

“他们”是指麦和尚父子——麦和尚和儿子麦半天。

龙义海有点不以为然，他甚至有点烦眼前这个人。他说：“我以为你是来跟我一起找水去的咧。你有什么事又让他们烦了？”

“我要房子，我不能没有房子，结果他们搬去了我五个碗，半箢箕煮洋芋……”

寒巴猴子戴着黄色的太阳帽，大约是劳改农场的“劳保”物资，一件大大的背心已有些破烂了，好像是捐赠之物，图书馆的二胖子穿过的，上面有个彩色的骷髅。龙义海看着眼前这个被折磨得寒寒巴巴的人，没让他起来，就让他跪在滚烫火热的石头上。

“村长不在了，村长下山了。”他听见寒巴猴子说。

不好拒绝。他就说：“走，走，去看看。”

从地上爬起来的寒巴猴子跟在龙义海的后面。在“一碗水”那儿，他喝了一口水，要寒巴猴子也喝了一口水。水进喉，心里宽爽了许多，就问：“一碗水属于哪个的地？”寒巴猴子说：“在我的地里。”寒巴猴子的苞谷也奄奄一息了。寒巴猴子要龙义海再喝一口，龙义海含了一口水，起身来，又悄悄吐到了一株苞谷根上。这小子的煮洋芋为啥也让那凶恶的父子给端走了呢？真是歪嘴巴吹火——邪（斜）完了。这个世界还有没有王法？龙义海知道，那麦家父子占寒巴猴子的房子有四年了，人家劳改回来了总该还给人家吧。这几个球日的，土匪，高山上的土匪，流氓，渣滓，野兽！有什么东西从他恹恹的神态间怦然升起了。那些狗东西怎么能这么欺负人家呢，人家还是孤儿。这真是要命的事。现在，寒巴猴子住在马克兵家的牛棚里。粟村长都睁只眼闭只眼，他龙义海有什么办法？占了人家的房，还把人家打昏死过去。一路上寒巴猴子自述，麦家父子把他打昏过去后，还是瞎子老米外孙的一泡尿给灌醒的。

“老麦，请你出来一下。”在寒巴猴子的老屋门口，龙义海喊。

麦和尚从里面走出来，手上拿着一根粗壮的苞谷。他的两只强盗眼斜斜地看着龙义海，牙齿翻在嘴唇外边，咬着，两个炸腮，一张脸是个框架结构，骨棱棱的。也没说话，也没让座。

“你也不想让我们坐坐？”龙义海说。他指指门口的一棵柿子树阴凉，“就这里，老麦，端两把椅子来呀。”

麦和尚极不情愿地端出了一把椅子。

“来，坐，坐。”龙义海招呼满脸青肿的寒巴猴子，“好柿子，好柿子。”他看看头上说，“这是你的？”他问寒巴猴子。当着麦和尚的面问。寒巴猴子很惧怕的样子，点点头。头上，柿子挂了一树的青果。龙义海张着嘴傻乎乎地看着。突然回过头来对麦和尚说：“有水没？”

麦和尚显然不耐烦这么跟这个人慢慢晕乎，说：“我没下沟背。”

“那你喝啥？噢……你们刚才……打架了？”他抠着腿上的一个红疙瘩，斜乜着眼问麦和尚。同时把一支烟朝那人递过去——也就是扬起手吧。这就把想发炸的麦和尚压住了，烟是个好东西，乡下人不会不接这口。

龙义海把火递过去：“你们爷儿俩打他一个？这不好，这很不好。”

“他贱，他妈劳改释放犯！”

“可政府放了他，你火什么。大热天，你哪这大的火？说说看，为啥，为啥哩？”他慢悠悠地说。

“他占我的房子，这是我的房子，我要，他就打……”寒巴猴子站起来大声说。

“你、你……你坐下，我这不是问他吗，你插什么嘴？真是的。”就问麦和尚，“你说，咋回事？”

“没事，就打了，没事。”麦和尚这 × 日的就往屋里走去。

“你、你、你待会儿。”龙义海急了，“你怎么打人呢？你说出个理来，有理走遍天下不是？”

那人不理他了。龙义海站那里，站不是，坐不是，走也不是。

“人家的房子给人家，对不对？他不要你的，你也不要他的。你说出个道理来大家听听么。”龙义海喊。

“蛋球的道理。”里面的人说。他看到麦和尚将手上的苞谷扔给了他儿子麦半天，麦半天在那里暗笑着，龇着黑碜碜的大嘴，满身石板赘肉，把手上的苞谷往黄桶上死劲地磕。

一只鸡喳喳喳地飞出来，从龙义海头上划过，把龙义海的头发刨得稀烂。一片鸡毛沾在了龙义海的嘴巴上。

“哎，你家鸡咋像鸟一样，也没个调教。”他拉着气呼呼的寒巴猴子就走。不走又咋的？人多起来了，来看热闹了。龙义海只好走，说：“都去找水去，凑在这儿干什么！”他恨这些麻木的村民。

“我的房子要不回来了吗？”寒巴猴子在山道上哭喊。

他也不知道怎么安慰他，感觉手硌得疼，啥玩意？展开手，手心里竟不知何时攥着一块石头，已经捏出水来了。

“麦和尚，你要遭报应的！”好半天，等他一个人之后，他突然对着山大骂起来。

二

马坊是人民公社时养过马和办过小学的，龙义海就住在那里。几个老人在扎草龙，是村里准备求雨用的。

“龙干部回来了？”领头的是瞎子老米。他能听出进出的人是谁。里面到处都是干枯的芒草。龙已有了雏形。至少龙头现出来了。龙须是龙须草，龙眼是两个大胡萝卜。

“小心火烛哪。”他说。这是他反复交代的。

“麦家父子欺人太甚。”有人说。“不杀杀麦家的威风能活吗？这不是逼人死是怎么的？”有人提高嗓音说。显然他们都知道了。村里发生的事，风一样传得快。他才想起寒巴猴子是瞎子老米外孙的一泡尿给灌醒的。可他无言以对。那些老头看着他，看他不附和，不激动，只抽烟，流汗，五心不定的。他不想接他们的话茬。他说：“老米的龙眼还真神。闭着眼睛也能雕？”有人说：“老米浑身都是眼睛，你们不信吧。我看他晚上回家的时候过沟，点竿都没要。”老米说：“瞎子哪还有白天黑夜，唉。”叹了一口气，就扩开喉咙唱起了《黑暗传》：“混沌老祖初出世，无有天地五行势，举目抬头看一看，四方都是黑暗暗……”

龙义海有点自卑。他已经在自卑中煎熬了几个月，连村长都老是提起捐赠的衣物中竟有二十七件裤头。在这些山里人面前他还如此自卑，这是在来之前没想到的。在县城，他有工资，他生活安定，无忧无虑。他在图书馆分发着借书证，整理书籍，面对集市上卖菜卖碗的老百姓他总有点优越感吧，可在这里，优越感却荡然无存。他妈的，这是咋回事？就咱不是财神！这么想想通了。我若是油头粉面的银行人，威风凛凛的公检法，或是牛逼冲天的工商税务，给他们钱，夸海口，建房、修路、牵水管修水塔，一切就会不同喽。

寒巴猴子的事总得解决吧。一想到他鼻青脸肿的那个样子心就不爽。还真不知道他怎么住，一个孤儿，没了房子，这干热的天，他是怎么生活的？那就去看看吧。出门碰见了二英和瞎子老米的闺女桑丫以及马克兵的妹妹马克霞，她们是去背水的。三个妮子在村里最光鲜。问她们为啥这时候才出发，她们说互相一约就迟了。龙义海说，这时去，啥时才能回来？她们说反正三人做伴，也不怕什么。问她们寒巴猴子住哪里，她们随手一指。那山坡下不是马克兵家的牛棚么？是的，在牛棚里。

这娃四年前在镇上打了一次群架，打伤了镇上的一个有头脸的什么球人，结果给抓进去了，还判了四年刑。在劳改农场干了三年半放回来，哪还有家，哪还是个人。家被占了，人是个叫花子，见了谁都想磕头。哪像打过群架的，就像阉了卵子回来的。龙义海第一次瞧见他就觉得这娃子废了，就有点小瞧他的意思。人见不得跟自己性情很近的人，自己就是这卵相，恶心死了。二十六岁的人，拖了三年半的砖，拖到二十六岁了，耸着肩，勾着腰，犯了王法似的，总想要人同情。越这样越得不到同情。这道理他可不懂，懒得跟他说。抓走的那年他可不这样，听说天王老子都管不住他，到处踩人家鸡吃。抓他那天麦子离收割只差十天了，他就对隔壁的麦家父子说：帮我割割，卖了替我存着，我回来用。“那你怎么谢我呢？”麦和尚问。戴着手铐的寒巴猴子说：“你家逼仄，我房子就借你住了。”麦和尚的儿子住进了寒巴猴子祖传的房子，接了个媳妇，住下不走了。寒巴猴子回来要，麦和尚说你一个劳改释放犯，户口都没有，要啥鸡巴房？户口没恢复不能说房子不能恢复，寒巴猴子要，麦家父子就一顿打，说是无产阶级专政，说老子给你照看了四年房，还帮你耕了四年地，你的房子赔老子了。这还不说，村长老粟还找他要四年的农业税，说是麦和尚等你回来交的，寒巴猴子把在劳改农场拖砖赚的一千多块的血汗钱全交了。他怎么也不明白，麦和尚种他的地收粮食，他要为麦和尚交税。不交税连地也不退。为了地，寒巴猴子只好乖乖地交了。这以后，要房子，要一次，打一次，他还骂不还口打不还手呢，这球人！

龙义海走进那低矮的牛棚，一股畜便气味汹涌而来，头上还不知被什么挂了一下。寒巴猴子用木瓢吃着饭。哪是饭，就是一些猪食样的混合饲料。龙义海看着棚子里的一切。寒巴猴子大概有四五件衣裳，龙义海认得一件是图书馆黄馆长穿过的灰色长裤，化纤的；一件是馆员老沙穿过的西服，胸前有一个烟灰烧的洞；有一个包，估计是释放时劳改队发的；有两捆柴火；有一个用木棍支的床，栽在泥土里面；有一床垫絮，都分不出颜色了；有一双千层底布鞋。是谁给他做的呢？是瞎子老米的女儿桑丫？瞎子老米常要他去他家吃饭。瞎子老米是个好心人。寒巴猴子常帮瞎子老米家干点重活，如劈木柴，如和泥糊垛壁子，如给大牯牛顺气，收麦子上垛。麦子一割，雨就未下了。

“马克兵要棚子。”寒巴猴子说。

“他家添牛了？”龙义海问。

“不是，他妈不是要强行将马克霞嫁给山下一个四十多岁的老光棍吗？”

龙义海拿出一瓶云南白药，给了寒巴猴子，说：“你把它喝一点进去。”

寒巴猴子和着水吞了一些药粉。“你想今后怎么办？”他问寒巴猴子。

“我只好去找派出所。”寒巴猴子说。

“可你们村长又不在。”一想起村长，龙义海就怒从心起。你他妈的算什么村长，害人。这样的村长应该枪毙！

“……你找派出所？”龙义海沉吟半晌，说，“也行。你还能走么？”

寒巴猴子说能走。他是看着寒巴猴子走的。这小子说走就走，赌气似的。走得歪歪扭扭，头重脚轻，顶着毒辣的太阳就走了。他想说什么，没说。站在那儿，就听到有人喊他：“龙干部！”

是马克兵。也是一个苦大仇深的表情。两只嘴角像断了铁扣的皮带，非常松弛地垂耷下来，好像谁欠了他万担粮。“寒巴猴子呢？”马克兵问他。

龙义海手指着烈日下远远的下山路，那儿有一个兔儿大的影子。

忽然一声尖锐的叫声从坡上传来，一个女人的。龙义海扭头一看，是马克兵的妈，手拿着一根撵鸡的响棍，大声说：“你想分家就分家啵？你想跟你妹子住？你这个囚儿苞子，小杂种！”

“恶母狗来了！”马克兵一见就跑，飞也似的直下山沟而去。

“马克兵呢？马克兵呢？”豹眼猴齿一副凶相的马克兵的妈问龙义海，又不像问龙义海，问空气哩。没等回答，挥起响棍就照牛棚一顿扑打。“我叫你住！我叫你住！这些不争气的杂种！”

“哎哎，哎，您这是……”龙义海就去拦。哪拦得住。那女人像个疯子，“这是我的牛棚，你走开些！”那疯女人拖起棍子又去追马克兵。棚子打出了一个洞。

寒巴猴子非常快就回来了。有人给龙义海说寒巴猴子回村了，又有人说寒巴猴子提了一只鸡和几十个鸡蛋又走了。

火烧云正在西天嘹亮地燃烧着，天地赤红，群山如火，景色异常瑰丽壮观。龙义海在马坊用艾蒿熏着蚊子，他没有吃饭。蚊子太多，喧嚣着奇异的声音，持久不断。

派出所没有来人。村长也没回来。寒巴猴子在那天深夜才回家。第二天龙义海找到他，他告诉龙义海说，一个乡警说解决要先交五十元办案经费。寒巴猴子就回了村把鸡与鸡蛋都提了去乡里卖了，凑足了五十元钱给乡警，乡警说让他先走，他随后就来。

龙义海还是第一次听说派出所解决问题要办案经费的，他也不知道这老山野林里的规矩，是不是办案比城里辛苦，得走很多路，所以才……这些乡警，还是警察么？他与寒巴猴子坐在马克兵的牛棚门口等着。那儿可以看到山下通往村里的唯一一条小路，任何人进村都是这条路，他还在想村长粟田光也应该回村了，如果警察真来了，他们吃什么？村长不张罗，他们连水都没有喝的，真的没水，他就要寒巴猴子去“一碗水”把水全舀来，以备警察解渴。

这是第五十九天。

寒巴猴子在“一碗水”那儿边舀水边等水，手搭凉棚朝那条白晃晃的小路不时瞭望。他只看到了对面山冈的火烧云下面，是一队背水的人；人影很小，像一队爬在树干上的大黑蚁。他想在那队人中分辨出桑丫，可那是徒劳的。他的眼肿着。昨天，他不停地在路上走着，为筹乡警需要的五十元钱。他的头还疼，闷闷的，里面像灌了一桶糨糊，人在行走的时候，整个身子都晃荡，好像身子的哪儿轻了，哪儿又重了。

他把水舀进小桶里，却听见灌木丛一阵响动。他以为是风。静看了一会，没声了。他想乡警啥时会来呢？乡警那吊儿郎当的样子会大老远来吗？乡警收钱了连字条也没给他一张，说，行了，你走吧。可是，乡警根本没问是咋回事。乡警也不流汗，坐在有电扇的派出所里，喝着凉茶，他会顶着这毒烈的日头上山来吗？他有点怀疑那个乡警了。他把水提到了自己的苞谷地里。他抚着苞谷的叶子。叶子已经没了水分，枯巴拉叽的，耷拉着脑袋，就像劳改农场接受训话的犯人。

水慢慢沿着根蔸往里渗，渗得太快，一忽儿湿了，一忽儿又白了，水不见了。水，水太少，泥土嗞嗞地叫喊着，好像唤醒了它们麻痹甚至死去的喉咙，更疯狂地一起向他得寸进尺地吵着："渴啊！渴啊！！"

水浇完了，浇了十根，又听见灌木丛一阵响动，他一抬头，呀，一只鬣羚！又看到了一只，一只小的！一大一小，母与子。

鬣羚跟他一起走向"一碗水"。

它们的毛色很差，它们也已经干渴到底了，浑身肮脏不堪，肚腹上吊着干屎和泥球，通红的眼里像燃着灶火，突出的嘴巴上沾着一圈褐黄色的涎沫。它们与他若即若离，但意图非常清楚，就是要接近"一碗水"。

"嘁！"他赶它们。鬣羚后退了一步，站定了，揣摸着这个人的动向，有否敌意，有否生命危险。可是，对于水的渴望使它们十分地固执，脚像生了根一样，对后退不感兴趣，并且有一种一往无前要与面前的这个人争夺那窝水的决心。

寒巴猴子想到的是那只小的鬣羚，他可以咬开它的脖子喝它的血。这将是一次畅饮。小鬣羚很小，比羊还小，而且孱弱，脚步蹒跚，它紧贴在大鬣羚的后腿边，大鬣羚保护着它。

又蓄了半碗水。寒巴猴子把水舀出来，放到烈日下。瓢不稳，他找了几块石头垫着，还是不稳，并且把水洒了一些。他端起水瓢，向鬣羚走去。

大鬣羚以怀疑的目光审视着这个向它走来的人，它这下开始退却了，已经到了苞谷地和灌木丛的边缘。可是，水，碧绿清亮的水，荡漾着，水面上映着一朵云彩，无数的星星正跳闪在它的上面……大鬣羚是如此不顾一切向水奔来，它连看也没看寒巴猴子一眼就埋下头喝起水来，一股腥膻味和骚臭味朝寒巴猴子扑来，把眼睛都熏得睁不开了。寒巴猴子本来想用另一只手去摸一下这个野牲口的，可是那东西太贪婪，宽大的舌头舔着水瓢，恨不得把水瓢也吞进去，因为水瓢浸满了水星子嘛。

小鬣羚也凑了过来，它带来了许多苍蝇，张开嘴巴就去舔喝。寒巴猴子看着这瘦得像老鼠的可怜的幼羚，终于把手伸过去。可一触到幼羚的身子，那小东西就一个瘸腿往后闪，向他睁着迷惘的、警惕的眼睛。

"你过来嘛，过来听我训话，不然老子关你的禁闭。"他说。他用人话说。他带点邪皮的吼，并去拽幼羚的毛。幼羚听不懂他的人话，大鬣羚也听不懂他的人话，大鬣羚以为他这一拽有侵犯幼羚的意图，于是大鬣羚突然发力，一对黑色的尖角就向寒巴猴子冲来，想撇开他。寒巴猴子一个趔趄，照大鬣羚一掌，欲把它推远些，大鬣羚一埋头，角就像两把尖刀往上一昂，想挑开他的肚子。寒巴猴子一让，大腿就一阵火辣的剧痛，刺啦一声，皮肉撕裂开来。寒巴猴子抱着腿，那大鬣羚还用充血的眼睛和豁出去了的气概瞪着他。

“哎哟！哎哟！不识抬举的！哎哟！”他大叫，一屁股跌坐到水窝里。

屁股上一阵沁凉，他忙脱了短裤，拧，拧出几滴珍贵的水来，接到口里，又咸又酸又臭。

两只胜利的羱羚走了。他坐在滚烫如沸的石头上，抱着伤腿抽气。山下的小路上，仍没一个人影。

三

看着那渐渐成型的草龙，浑身更加燥热，好像人滚在草堆里，穿上了毛皮衣一样。

“点火的时候你一定要去哪，龙干部。”老米给他说。

“我最怕火了。”龙义海连连推辞。

“你是条龙啊。”

“呵呵，”龙义海苦笑，“蚯蚓差不多。”这种迷信，他还是避而远之，不掺和的好。他走向外头亢奋异常的阳光里。

“桑丫还没回来呢，天色不早了。妮子在外贪玩。”老米拍打着身上的草屑也往外走。

走在一起了，龙义海就问：“有雨吗，老米？”

老米瞎眼往天上瞅瞅，又把鼻子很响地闻闻。“鬼的雨，雨星也没有。”

“龙王爷去哪啦？”龙义海说。

“它喝干了泉水和河里的水，就是要它吐出来咧。”感觉龙义海走开了，拉高嗓音对他说，“晚上，有只腊蹄子，去喝两杯。”

龙义海听清了，连连摆手道：“酒是断然不能喝的，请相信我说的话。”

“你这人，我又不是拉拢你。”

可龙义海挣脱了老米的拉拽，像一道瀑布泻下悬崖，两只腿比兔子都快。“喝了酒更渴，要喝大量的水，我不会喝这杯酒的。”

龙义海爬往村长的屋场，他听见了歌声！弯弯的小河，青青的山冈，依偎着小村庄。蓝蓝的天空，阵阵的花香，怎不教人为你向往。失而复得的歌声，邓丽君弯弯曲曲的歌声。真是太美了，仿佛一股清风吹来。村长老粟回来啦，他儿媳也回来啦。

“粟村长。”龙义海进了屋。

“唔，唔噢。”村长没什么激动，含着一支烟，朝他眼皮也没张闪一下。“坐嘛。”他说。

“回来就好。你都听说寒巴猴子的事了？”

“听说了，听说了，”粟村长说，“他去报了案？叫警察？”

“是。”

“鸡巴用，”村长说，“哪个给出的馊主意？”

“他自己。为什么没用？”

“那球用，”村长奓着脸说，“喂，我说，不背水，你们喝尿呀，小光，”他喊他儿子，“过去不是已经调解了么，恰好当时副乡长来村里，那又怎么样？该退的退，该还的还，那又咋样？喃，龙干部，这你又不是不知道。”他压低嗓音给龙义海说，“我那活祖宗媳妇，可烈啦，三个月身孕了，听说是个儿子，B超超了的。我忍得心滴血。不是这，老子不一脚踹死她。”他的牙齿这时候跳出来，配合那双红彤彤的炭火眼，就像个吃人老虎。

“没有水可是不行的。没有王法也是不行的。”龙义海说。

“什么王法？水都没有喝的，这是什么日子啊。”

村长焦急地在厨房里找水，摔瓢。他是想自己喝还是想给龙义海一口喝？那边房里的邓丽君就没了声，也回复一些摔东西声。对着干呐，气不顺呐。他感觉待在这里多余了，就退出门。他想这可真是个事情，这么下去不得了的，我要把这里的情况向外面报告，这里的真实情况要让他们知道，要告诉他们，有一些人，有一群人，正在干渴中默默地煎熬着。这里有个村庄，叫骨头峰村，这里有许多冒烟的嗓子和庄稼，还有一些冒烟的人，整座山，都暴露在无休无止没有尽头的烈日下烤着，像放在锅里熬油。没有一滴雨，整整两个月没一滴雨！

他觉得他有这个责任，他要告诉外界这儿的一切。他不能每天侥幸地盼着，盼老天爷的恩赐下一场雨，盼山上的几处泉眼又复活了，又流水潺潺，又鸟语花香，又莺歌燕舞了……

火烧云在天空越爬越高，几乎布满了头顶。人在汗水中蒸煮。要是有一桶自来水从头到脚淋下来就舒服畅意了。火烧云多远，照理说也应铺到了县城的上空，那里的情况会一样。可是，那里因有自来水和空调，天上有雨无雨无所谓，人们不再面对着土地，期望土地。那里的人对年景的期望全在一张工资单上，或是一杆秤上，一个职称上，一个权位上，人们的愿望与雨水无关。生活的差别真是大啊。

天黑了。背水的人陆陆续续回村了。瞎子老米没有接到女儿桑丫，他只走到村口。不过他摸到寒巴猴子的牛棚里，给他说要晚上务必去他家吃饭。

寒巴猴子便在棚后的路上候桑丫。桑丫终于进村了，走着走着，肩上的桶飞了一样，她一惊，回过头，有人托着了她背上的水桶。“是我。”寒巴猴子说。

“该死的。砍脑壳的。”

听到她的骂声，心里一阵暖意。就像有家的人，就像骂家里的人，骂最亲近的人。

天黑黑的，尚有些干燥的天光，天上的星星也烤人。桑丫闻到了寒巴猴子身上一股厚重的汗馊味。她惊恐的心一下子放平了。刚才，她走到老后，她的脚好像磨破了，水没敢在途中喝一口，背着沉沉的水桶就慢慢挪在了后头。黑黢黢的山冈刺破了弥漫不去的红云，一些轻飘飘的鬼火又蹿出来了，在田野和草丛间游弋，好像有许多野鬼在她周围行动着一样。她的脚上穿着一双寒巴猴子的凉鞋，泡沫的，好轻，寒巴猴子脱下来给她的，说背水穿不滑。桑丫就穿着寒巴猴子的男式凉鞋，二英和马克霞说：寒巴猴子的。她们打趣她。马克霞说你有人疼有人爱，可我那该死的妈不让我爱别个，要我嫁给老桦皮，说骨头峰村的妮子就这个水平，她只要一个录音机作聘礼就行了，该死的，简直惨无人道！桑丫看着泪泡了眼的马克霞，心里也发疼，桑丫不说，不否认也不承认，心里苦笑。寒巴猴子说鞋是用劳改的钱买的，在沙洋农场的百货商店买的，神农架还没有哩。

“你爹要我去吃饭。”

“沟里的水退得好快，人都快下不去了，明天得要长绳子吊水……”

“明天还去吗？”

“不去喝啥……喂，你能背吗，他们打了你。”

“没事，我挨打惯了。我是打不死的程咬金。”

没有话了。他听见桑丫在抽鼻子。

“怎么啦，桑丫？”

追赶着桑丫，听到了狗叫。桑丫家到了。

“进来呀，寒巴猴。”瞎子米伯喊。

寒巴猴子的两个肩胛畏畏缩缩的，被桑丫的外甥毛坨拉了进去。他们家的狗也拽他的裤腿。

“包叔，包叔！”毛坨喊他的大姓。他听见桑丫在水缸里倒水的清亮亮的声音。毛坨拿来一块石头，像乌龟，说是在后山上捡的，已经摩挲得很光滑了。估计是块化石。这毛坨是桑丫姐姐的儿子，姐对桑丫说：你要嫁了，爹没了眼睛，让毛坨给爹当眼睛。反正毛坨读不进去书，喂牛是把好手。这毛坨骑了牛在后山里乱钻，找石头，找野果，在牛背上竖蜻蜓，倒骑着牛背唱山歌：“高山的姐儿下山来，黄泥巴脚，大花鞋，走是那样走，崴是那样崴，旱烟叶子挎一口袋。”小姨桑丫就打他一嘴巴，说：“死鬼，你姨吃旱烟了？你妈也吃旱烟？”毛坨就做鬼脸，就大声说：“高山姐，坐花轿，半边屁股长大包，大包疼，进不得屋，回你的娘家吃苞谷……”

“包叔，你又活过来了？你喝了我的尿，好喝吗？”

寒巴猴子说：“好喝，好喝。”

“那就多喝点。”米伯说，“你只管喝。”米伯给他斟酒，“你能喝多少喝多少，一年就醉一回我看看。”

不上桌也得上桌，拿起筷子来，香辣腊蹄子就飞进了碗里。酒像止渴的泉水，汪着白。米伯不要桑丫和毛坨斟，米伯霸了那小锡壶，像一个明眼人一样，准确地摸到锡壶，把酒倒入寒巴猴子的杯里，滴酒不漏，说：“老龙不来，说不喝，苕。越天干越喝，才能清凉。这叫以火攻火，以毒攻毒，今天你只管把自己弄醉。”

寒巴猴子糊里糊涂就下去了几杯，他不能喝酒，心中就烧了起来，像搁了盆火放在肝肺上，正紧巴紧巴地烤呢。寒巴猴子不解，为什么米伯今日要我弄醉？

“米伯，我不能喝了。”

“没水？棚里没水？没水桑丫背了水，舀两瓢去。”

“有水，‘一碗水’不是还有点水么？今日遇上大羊了，挑了我一角。”就捋起裤子给他们看。

瞎子米伯看不见，可他说：“你是什么运气啊。”

桑丫说：“酒可以活血化瘀的。”

“月亮出来了没有？”瞎子米伯低着头说。

他们朝门外看去，呀，一轮满月正挂在对面的山上，像一面拭得精亮的紫铜锣，幽幽地焕着光芒。

“这是阴历几月了，桑丫？”米伯问女儿。

寒巴猴子的脑筋在转动着，他听到桑丫回答“阴历七月”，屁股一滑，差点没从座位上滑入桌底。他站了起来，搬开板凳，恭恭敬敬双膝咚的一声朝米伯跪下了。

“今天是我的生日，二十六岁生日！”

“起来，混蛋，起来！没长骨头？男儿膝下有黄金！”瞎子老米发火了，将筷子重重地拍在桌上，瞎眼窝瞪着，翻白。“你邪了！见人就是一跪，你裆里长的啥哪！三年半的牢饭就把你吃成这个样子了！真是！你这样，人家更欺负你，柿子拣软的捏。”

寒巴猴子站了起来。

“把酒倒进喉咙里，别碰舌头，往喉咙里倒。”

寒巴猴子张开喉咙，把酒直嗵嗵地倒进了喉管。

小锡壶拍到了他面前。

寒巴猴子拿起壶，张开喉咙，咕噜咕噜咕噜地把一壶酒全倒进了喉管，连滋味也没尝到。

他扛不住了，拔腿就往外跑。他跑上岭，在岭上吐啊，哭啊，哭啊，吐啊。吐完了，泪也干了。他望着慢慢爬升的那轮满月，在明澄的夜空里，在云朵里匆匆地穿梭着，像一个含情脉脉的女人。

“米伯，桑丫，毛坨，我会一辈子记得你们的好的！”

四

正睡得迷迷糊糊，听见了锣鼓声，知是祈雨的人开始闹腾了。还在睡意中挣扎，棚子上突然遭到痛击，一块石头穿顶而过，落在寒巴猴子的身边，好险！寒巴猴子吓出一身冷汗，彻底清醒了，滚下床来。又听见女人男人的粗壮叱骂加上几双脚板噼噼啪啪的奔跑声，围着棚子呼啸。寒巴猴子打开柴扉一看，马克兵兄妹在向山坡下飞跑，他们的妈妈和舅舅在后头挥舞着树棒紧追不舍。

咚咚哐哐的锣鼓声过来了，还有鞭炮的爆炸声，寒巴猴子看到一条长长的草龙拐过一个弯，不见了，被遮挡住了——它们正往黑龙洞而去。

“老子打死你们，打死你们！”

寒巴猴子看到一块石头飞向马克兵，打在背上。又一块石头砸着了他的脚后跟。马克兵一个趔趄，差一点扑倒在地，朝后一看，拿树棒的他舅如下山的猛虎向他劈来。马克兵拉着妹妹马克霞没命地朝村里跑去。

太阳又冲出了山顶，又很火爆，又是红彤彤的，每天都是那么一副嘴脸。别人的事管不了，他得等乡警来啊。可是，马克兵的妈冲了过来，对站在棚门口的寒巴猴子说：“还没搬走？我要养牛的！我堆牛屎也不给那些化生子住。不听老娘的话……”

马克兵不知道从哪儿又踅回来了，他的舅舅的大棒也出现了。寒巴猴子一见情形危急，一把抱住了马克兵他舅，说：“不能！不能！”被抱住的人身板像石板，一身涌动的凶气，大棒乱晃道：“寒巴猴子，放了我，你放手！”寒巴猴子就是不让他动，死死勒住他，连连说使不得的，那人狂吼道：“你没打怕，今天还想来一餐？麦和尚没把你打服啵？”一棒拐来，拐中了寒巴猴子的腰，腰那儿一软，手却没放。

寒巴猴子到底没能坚持住，一条大棒就猛烈地扑向了棚子，打得牛棚茅草乱飞，棚顶穿了，木条断了，几只深藏的老鼠从里面蹿了出来，往石头缝里乱钻。

闻讯赶来的村长一路骂骂咧咧，手指着什么。“人咧，人咧？”他问寒巴猴子。寒巴猴子以为他是问乡警，又不像。正准备回答，村长追着马克兵妈和舅舅的叫骂声，敞着衣裳飘扬而去。路上，是一些三三两两没戴帽子光着头上山祈雨的人，听说这叫“晒龙王爷”；戴了帽龙王就不出来了。他们打着火钹，放着三眼铳，吆喝着只管上山。

寒巴猴子也卷上了山。来到黑龙洞口，就听米伯和一些老者用老吼吼的合声一阵大喊：

“……烧死旱魃！烧死旱魃！我求你瘟火两部，两界神王！我田地的禾苗要成长，我山上的树木要成行！我要五谷丰登仓廪满！我要六畜兴旺无虫蝗！我要云要雨要风调雨顺！我要吃要喝要清水满缸！我骨头峰村的子孙祈雨求龙王，我献上猪、牛、羊，表、馍、香！我为你披红挂彩，我抬着狗犬乱汪！求你布云施雨救我们！不要让旱魃逞凶狂！烧死旱魃！烧死旱魃！要龙王！要龙王！请龙王，请龙王！”

众乡亲就用哭腔嘶声应道：“天干地渴，老龙下河！天干地渴，老龙下河！”

三只铳高高地竖在石头上，几只被绑着的狗对天狂吠，它们是被鞭打的。长长的草龙前放了一盆混浊的水，在泥地上插着写满了奇怪文字的木牌。铳响了！人喊了！草龙点着了！长长的草龙在十几个村民的舞动下呼啸翻飞，烧得炸炸地响。火龙在黑龙洞前恣肆狂舞，宛若一条金龙。十几个赤膊的村民沐浴在熊熊的大火中，齐刷刷地大声喊着：

“烧死旱魃！烧死旱魃！请龙王，请龙王！”

踢翻了水盆，可草龙越烧越旺，火星蓬蓬地飞炸，火舌呼呼地乱舔，火龙翻啊滚啊，人与火搅成一团，在火龙里外，到处是炙烤得挥汗如雨的人，到处是响彻云霄的祈雨声。

“我打死你，我打死你！”一个人冲进了火龙中，把玩火龙的队伍生生地给搅乱了，流畅的旋律给阻断了。是马家的小子马克兵。又一个人冲了进来，是一个妮子，是马家的闺女马克霞。

“快抓住他！抓住他！”村长指着大棒恶人马克兵他舅。

树棒打着了火龙，打得烟尘滚滚，火花纷飞，祈雨的现场乱作一团，狗叫得更凶。有人烧着了，有人向山下跑着，有人向洞里跑着，有人大叫，有人的头上劈劈啪啪地燃烧。

“小心火烛！小心火烛！你们这些球日的！烧了山就好了，烧干净了都讨米去！……”村长可着哑喉咙叫。

龙义海玩了个小猫腻，到“一碗水”那儿去了。他的身份只能如此。后来听到黑龙洞乱作一团，还看到一些烟火，有些紧张，就赶了过去。可祈雨的仪式已经结束，或者叫匆匆收场——因马家的搅局。他看到的是满地狼藉，还有一些余烟。他想得告诉大家要小心，这么干燥的天气，引发山火就不得了了，责任重大呀。不要到时他受个什么处分回去。他细心地一点点踏熄了火星，看问题不大后才下山。

回来，看到寒巴猴子提着他所有的家当站在马坊门口，一脸哀色，像死了亲人一样的。

“棚呢，没了？”他问。

寒巴猴子不作声。总是不作声，站在那儿。“他们泼了大粪。马克兵和他妹妹住进去了。”寒巴猴子后来哭腔说。

“那就跟我住呗，还站着干啥。”他说。

正找木板帮寒巴猴子铺着床，村长到了。浑身冒烟的村长迈着细长的芦苇腿走来，脸色苍黑，像从砖窑里拖出来一样，还一脸怒气，来了就向龙义海一顿莫名火：“我只收了你扶贫的三百一十五件衣服，其中就有二十七件裤头……”

龙义海摸头不是脑，说：“村长你这是……”

“人家说我们村享了县图书馆好大的福。”

“那也不至于……”

“连水都没有喝的了……”

“也不是我……”

“二十七件小裤头，呵呵……”

“你上次说是二十三件。”

“就算二十三件，就算，好不好？就算。我的天哪，以为我们骨头峰的人都露球屌在外头打镲镲。我们还背了个名声，别村的说我们发了洋财，可我们连……”

“老粟，请你冷静，我请你冷静地说清楚。你今天是怎么……”

“我心烦，你看哪有雨，哪有鸡巴雨。人家别的村扶贫运来抽水机上山，还打井，我们有什么？啊？”

是烦这个。是逼我哪。我哪儿有抽水机？我哪儿有钱请打井队？再说你这么高的山打多深的井？除非把骨头峰挖穿。

“你是说让我下山去？”

粟村长看着他的眼睛，他发现这平时蔫耷耷眯着眼的人，此时的眼里有一种很亮很寒的光，不由得让他陌生。“我不是说别人吗。”他说，口气软了。

“你不用催，我在想着这个事。一个单位有一个单位的实际情况。”龙义海说。

龙义海感到了村里的焦灼的目光，那全是乞求和期待，也有鄙视。唉，我有多大能耐？阴差阳错啊阴差阳错，我能给谁扶贫？我又怎么找单位开口？他的心里乱了。寒巴猴子在暗角里啃着干苕。还拿出一支笔来不知写什么。龙义海就问：“派出所真答应来吗？”寒巴猴子说是的，是那警察亲口说的。

龙义海坐在马坊高高的门槛上，依然是一阵一阵的蚊蚋向门里的黑暗发动着冲击，爆出一种锯木场圆盘锯的尖锐声。几颗流星在天空穿梭，划着火的轨迹。龙义海想打个盹，可是一阵嘈杂的人声从远处滚进了村里。他以为又是因为马家那一窝烂摊子搅浑，但分明是一些去外村伙计沟背水的妇女和妮子。

有人没回来，掉进河里了。他听清了，是二英，没留神，脚没踏稳，滚进了河里。因为打水太难，把身子扑下去，用手够啊够啊够不着……

这二英他没啥印象，反正是一个乡下妮子，不高不矮，不胖不瘦，简简单单的一个妮子，早上出去干活，晚上回家剁猪草的一个妮子。可她现在死了，没了。哭哭啼啼的声音把龙义海拖到了村长门口。村长的门大开着，与儿子一起拉扯着一个人，是他的儿媳妇。

“这么多人看我的热闹？”村长显然很不高兴，还有哭哭啼啼的人。

“二英掉下河了，这怎么得了呀！”二英的亲人哭喊着说。

“啊，啊？！……你不能走，又不是三两岁的娃儿，说走就走，你是粟家的人了！”村长号叫。他在劝那个坐在地上的、一把泪一把鼻涕的儿媳。“受不了了，这是遭的什么罪啊老天爷！”村长说，“二英？……你不能说走就走，我真受不了了，我的小祖宗，动胎了就不好了。二英，二英你说说看，二英也要嫁到山下？这山上就存不住一个女娃子？！”

“二英掉河里了！”龙义海用吃奶的力量高声说。

村长说：“你们先把我的小光拉一把，他发起横来要踢自己娃儿的。”村长满脸都在搐动，衣衫褴褛，他穿着县图书馆馆长的一件针织T恤，他儿子也衣冠不整，脸上有被女人抓过的痕迹，穿一件县图书馆副馆长的条纹衬衣；捐赠来的衣裳基本上先被村长家初选了一遍，好的截留了，听说他儿媳下山背回了一大包衣裳，估计馆长夫人的一件呢子大衣就被村长儿媳背走了，孝敬娘家人去了。如今这个儿媳手抓着门框，往外冲的架势，披头散发，涕泗横流，嘶哑着喉咙说："离婚！离婚！离婚！我要下山！下山！下山！"

"你们都给我让开！"村长高声说，"让我给小光说几句话。"粟村长拉着儿子冲出哭号的人群，另外有几个好事者已经按粟村长的旨意按住了准备一跃而起的村长儿媳。村长拉着他呆头呆脑的儿子，在磨盘边将儿子往前一推，儿子险些跌倒。"还要我教吗？别当着我的面，给她两个耳巴子。"

村长的儿子在那儿踌躇，满脸胃痛色。

"二英？你们为啥不拉她一把？那么深的水，找我卵用。"村长说。

屋里有两个凳子给踢倒了，哗啦哗啦响，灯又踢翻了，顿时一片黑暗。

没什么指望了，龙义海只好赶紧与人们一起摸黑往伙计沟赶去，并教人用长竿子绑上猎钩，以便钩人。

往伙计沟走，等于去了趟县城。从晚上走到第二天天蒙蒙亮。沟里到处是各村抢水的人。下到沟里，水声汩汩，到哪儿找人去？也许早就被水中大鱼怪兽吃掉了。这只不过是一场精神安慰，龙义海出发前就知道。他不能不来，面对死亡他不能无动于衷。

五

第六十一天。晚上，寒巴猴子将一张皱巴巴的材料纸呈递给了龙义海，龙义海看时，第一行是："申请要回我的住房并严惩打人者。"

申请？找我申请？感到哪儿不对。严惩？谁严惩他们？应该是警察，可警察看来早忘记这事了。可恶的警察。

龙义海收下了这份申请。他说：“你与桑丫……你们是不是有点意思？我看她们家特别是老米对你很好的呀。”

寒巴猴子的眼睛就盯上了那双崭新的千层底布鞋。露出羞涩和憨厚。

“也到年纪了嘛，”龙义海说，又问，“桑丫多大？”

寒巴猴子说二十。

“够了，到了。村里的女娃总不能都嫁到山下去。需要我去帮你说说吗？”

寒巴猴子立马阻拦，说：“别，别，龙叔，您别。”

“桑丫不同意？我说，在村里找个老婆，就有住的了，你反正不存在做不做上门女婿的问题，你一个人。有了个家，再慢慢要房子。”

“我没条件。”寒巴猴子低着头沮丧地说。

“你打伤了谁呀？”见他惶惑，就说，“抓去之前？”

“我也没动手，伤也没怎么伤。是税务所长的娃子。”

“哦，怪不得的，”龙义海明白了，“你们也是……”

两人说着话，瞎子老米就来了，说桑丫还不见回来，说是脚崴了。寒巴猴子听说后马上就起身往外走。

瞎子老米又背来了两捆芒草和一些竹子，放在了马坊里，龙义海笑着说：“还要扎？龙王爷不睬你们？”

瞎子老米说：“十条八条也得扎，直到感动龙王爷。如今这天咋就这么干了呢？”还说，“问题出在你这儿。”

“愿听下文。”

“你是龙王爷的本家呀，要你点个火，你怕了。龙王爷生气呢。”

“好，下次我一定点火。不过……老米，我想问问，桑丫现在说了婆家吗？”

“我也没管那个事。”

“你对寒巴猴子还是蛮好的啊。”

“哪里哪里，他是可怜。”

“我倒是觉得他与桑丫蛮……蛮好的，你看呢？”

瞎子老米眨着眼一笑。

“嫁出去干啥啦，寒巴猴子这娃还老实驯善，坐牢的事，我看他没啥卵的错，捅了马蜂窝而已。今后他可以养你的老，留个姑娘在身边有什么不好？你这眼睛……”

“龙干部你管这事，是不是寒巴猴子托你说的？”

“不不不，你看，这娃子没住的，跟我搭伙呢，可不可怜！”

“他跟你搭伙？”

“牛棚都没得住的了。”

“麦家父子就没个治了么？”

龙义海掏着烟，塞了一根烟在老米的手上：“过去呢？总是这么霸道？”

“历来这样。所以啊，我寻思着给桑丫嫁到别处去，我也好滚蛋。这地方待着，不能活人，还憋气呀老龙！唉！”瞎子老米叹着气，消失在黑暗里。外面是他那清脆的点竿声，敲打着高高低低的石头。

走过了一个垭口，才看到那个一步一蹭的影子。寒巴猴子喊："桑丫。"

是桑丫。

"你脚崴了？"他听见桑丫在抽泣，"怎么啦，你？你别这样，桑丫！"他从她肩上卸下水桶，背好，水在桶壁里发出好听的荡漾声。

"我是在哭二英。"又说："我刚才看见她了。"

"你别瞎说，桑丫！你发烧么？"

"她在唤我，她要我也去，跟她做个伴……"

"你别吓唬我桑丫！你怎么了？说这些胡话？"

"我不想活了，这日子活着有什么滋味？这么背水……"她自言自语地说。她喃喃地说。

"会下雨的，肯定会下雨的，桑丫，你是说背水难受吗？你为什么不守我那儿的'一碗水'？"

"你那一天两瓢水，你不够喝啊。"

"我明天给你背水，水就包在我身上了。"

"不是水……"

"那是什么？"

桑丫不说了，越抽泣越厉害，要哭出声来的样子。寒巴猴子抓着了她的手，她的手好柔软，也有些硌人的茧子。他抓着她的手，牵着她，他希望她向他靠过来，他能承住的。他会扶住她。他果然扶住了她。她的肩头在抖动。

"你真的别这样，我又没欺负你。你是不是饿了？"

桑丫不哭了，手从寒巴猴子的手里挣脱出来，默默跟在寒巴猴子的后面。到了村口，寒巴猴子站住了。桑丫问："你站住干啥？"

寒巴猴子在黑暗里，不说话，脸上的轮廓棱棱的，好一会，说:“桑丫。”

“什么？”

寒巴猴子冷不丁一把抓住了桑丫，抱住了她的双肩:“嫁给我吧！龙干部都说了的，说我们蛮般配，他说……”

“不，不！”

“我没有房子，你瞧不起我……”

“不，不是……”

“你给个话吧，桑丫，我喜欢你，我娶上了你，我当牛做马也甘心，我养你和你爹，我保证……”

桑丫忽然就去夺他肩上的水桶。

“桑丫？”他真的还夺不过她，让她把水桶取走了。她的脚步比他还快，虽一走一瘸的。

“桑丫！桑丫！”寒巴猴子在后头喊着。可桑丫没影了。

她急急地回家，她听见了狗叫——来接她的是家里的黄狗。还没等上坡，一个黑影闪过来一把抱住了她，她知道是谁了。

“你放手！别弄泼我的水！”

“桑丫，桑丫！”一张臭烘烘的嘴就逼了过来，到处找她的嘴。

“黄黄！黄黄！”桑丫唤狗咬这个人。可狗不咬这个人，这个人是熟人——这个人是麦半天，麦和尚的儿子。

狗在两个人的腿缝间跳来跳去。桑丫要推开这个流氓，这个村里的流氓。可是流氓咬着她的嘴了，还想把肮脏的舌头伸进去，手伸进去了，捏着桑丫汗黏黏的乳房。桑丫说:“我要喊了！你还想要我怎么样啊！”

“你不能跟寒巴猴子。”

“为什么？”

“我不允许你跟他那个苕东西，劳改犯。他还去报案，要派出所抓我爹，我打不死他！”

“求求你不要伤害他，求求你了。”桑丫说。

“那你得再跟我好啊。”

这麦半天就把桑丫往路边林子里拖。桑丫挣扎着不从：“不要，我不！放开我！你这个坏蛋！”

“是桑丫么？”远远的门口有人喊了。是桑丫她爹，瞎子老米。

“姨！”外甥也在喊。

坡上有人，臭流氓麦半天就松了手。桑丫的水已经飘飘洒洒了。她爬上石坎，掉了魂似的，慌里慌张冲向屋里，可是扑通一跤，门槛绊着了她，她连桶带人重重地摔在堂屋里，木桶咔嚓一声摔破了，水涌流出来。她想去抢水，水是能抢的么？

“水！水！”

爹摸索着去拉她。水没有了，水全洒在了地上。

“龙王爷，这点水都不能给我们！白求了你一场啊！”爹在那儿说。

空气凝固了片刻。只有片刻。猫狗围上去就舔地上的水，桶四分五裂了。

“让我去死吧！”一声撕心裂肺的悲号从桑丫那窄窄的嗓子里炸出来。她手上拿着光光的背水的桶绳就冲进房里，关上了房门。

瞎子老米见势不妙，就去推门，门闩死了。他喊：“桑丫！

桑丫！开门！你开门！”

没有开门，只有哭声和凳子声。瞎子老米的脸顿时白了，做了屏息的准备，一个肩奋力撞去，门被撞开了。“桑丫！桑丫！”他摸索着找桑丫，脚下被一把倒地的凳子绊了一下，往上一摸，是吊在上面的女儿。“毛坨！拿灯来！拿刀来！”瞎子老米往上托着女儿，用脚勾凳子，要把凳子扶起来。

这外孙还机灵，灯拿过来了，又很快拿来了菜刀，并把凳子扶了起来。瞎子老米死死托着女儿，爬上了凳子，一刀割断了绳子，抱着女儿从凳子上溜了下来，解女儿颈上的绳扣。还有一丝儿气，在鼻孔进出着，他就去掐人中，要毛坨屙尿：“毛坨，用杯子屙！”又说，“这妮，一桶水你何必呢，妮啊，你这是为什么！”

毛坨就去找杯子尿尿。这是他几天来第二次用童子尿救人了。他把小鸡鸡抽出来尿，天热，又没喝什么水，发恶地尿着，尿出的尿液点点滴滴，他咬牙切齿地尿，紧缩腹部排挤，接了几滴尿，外公就用手掰开了他姨的嘴，把尿往那嘴里倒去。他看到姨眼睛抽动了一下，看到姨的鼻子翕动了一下，看到姨的干裂的嘴唇嚅动了一下，嘴唇有咬出的血印，脖子上有一圈紫印。

姨睁开了眼睛！姨眼睛睁得大大的，死鱼一样的眼珠子，瞪着屋梁上的半截绳子，好可怕啊。姨一骨碌爬起来就往外跑，一眨眼就消失在黑夜里。

“桑丫，妮儿！做不得的！做不得的！回来！”

“姨啊，姨啊……”

毛坨是个明眼人，现在他必须出手了，他去追赶姨。他扑腾腾地追着姨在苞谷地里乱窜，又纵身跃上一个石坡，前面就是黑魆魆的森林了，就是无边的鬼城了，他踟蹰着，一不小心，一头撞在了一棵大树上。

……二十四香烛，二十四支卷成筒状的黄表纸，米升子和刚刚成熟的二十四个红彤彤的大山桃……拉着胡琴的歌师和头戴法帽，身穿红、绿、青相间法衣的作法道士油汗滚滚地在死者的灵前作法，绕棺的人们彻夜不眠地淌着黄豆大的汗珠绕着棺，不停地绕着棺……松枝、桃叶、银光闪闪的祭品和面色铁青神色悲恸的家人……这是去年四月天气邪乎的一天。桑丫想到去年四月的一天，暴雨将至，人们闷热不堪……

桑丫疯狂地在山上跑啊跑啊，跑上了一个山冈，脖子勒出的伤痕被汗盐褛了焦辣火疼，口中冒着外甥臊尿的气味，她使劲地呕着，什么也没呕出，今天还没吃什么东西。她爬上了山冈，扑在山坡上，夜晚的岩石还热力未退。思前想后，不禁悲声大哭。黑漆漆的夏夜到处都张着喘息的嘴巴，像千千万万个濒临渴死的鬼魂，龇着牙齿在她周围。天空似乎还裹着一层棉絮般的火烧云，风像铁匠铺的风箱里喷出来的滚烫呛人的风。到处都是热哑的喉咙，在黑暗中盼着雨滴，说不出话来。

"……歌郎，歌郎，身披麻布衣裳。无常无常，为何让我凄凉？！歌郎，歌郎，唱到天发大亮，无常，无常，你怕我打鼓闹丧！……"爹瞎唱着。从夜壶灯上燃尽的油捻一根根掉落下来，抽着纸烟的男人们一个个咧嘴瞪眼，手上缠着丧家发给的孝巾，不停地擦着这大雨将至时闷憋出的大汗。爹唱得眼窝发干，嘴上涂满白色的泡沫，舌头僵硬，喉咙沙哑……

"回去恐怕有小偷，给我和毛坨留着门……"爹吩咐她回家去。

她将门掩着昏昏沉沉地上了床，没有一丝风，她穿着汗衣睡在床上，有了一些很远很远的闷闷的雷声。这时候一个野狼推开了她家的大门，摸到了她的床上。十九岁的桑丫瞌睡大得出奇，睡过去了就睡死了。忽然一阵猪拱身子的异样弄醒了她，一个人已经压着了她，她知道了这狼是村里已婚的麦半天。麦半天这天看来非要让她服了，太少的衣裳缺少几道屏障，那人的光身子就和她的光身子贴在了一起。没有过任何接触男人身体经验的她呆傻了，反抗，可是很无用，那个野狼轻车熟路了，直奔目标而去，飞快简捷，切中要害，一下子就刺破了她的下身。这种新奇的刺破让她麻木惊惶，并且从头到脚激荡了一下。"你要害我呀！你别害我呀！"那个男人把最后的事舒舒服服地办完了，说："别动，别动！"男人下来时液体和鲜血混合流在了床上。男人立马就给她跪下了："桑丫，我离婚了就娶你，我是要跟她打离婚的。你也知道，就是想跟你结婚。"打落牙齿往肚里吞。可是她怀孕了，麦半天没有跟老婆离婚。她就找到他说她怀孕了。他给了她五十元钱，说先做流产手术。她就去了山下姐那儿找一个私人医生做了流产手术，要姐别给爹说。她回来问麦半天怎么办，麦半天说："我跟你根本就不可能，我有老婆，有房产，凭什么要我毁坏家庭和你结婚？"她抓着他衣领说："你凭什么花言巧语骗我，你还骗过二英，十五岁就把人家睡了，让人家到如今嫁不出去，你凭什么要骗我们？！"那个野狼说："我们做相好吧，我们暗中做相好。"那个风狂雨猛、魔鬼横行、雷声滚滚的春天，悲恸地别了少女时代的贼一样怀孕的夏天，岩浆滚滚温泉哗哗硫黄翻腾的记忆，惨烈的记忆……这个流氓，色鬼，这个害人精，让你们去死吧，让火从天降，烧死你们，烧光你们吧！

停止啜泣的时候，她听见了有人的呼唤，那是爹和寒巴猴子还有外甥毛坨的声音，还有其他人的声音。从骨头峰那儿还传来了因热胀冷缩，半夜晒成齑粉后石头开裂的声音，山谷里全是噼啪的响声。

……黎明来临了。火烧云又从东至西地蔓延，排列的山峰又像火苗一样燃烧起来，又一天的煎熬开始了。

六

又一个妮子将要死掉么——就为了一桶水？在干旱的大地上，什么事情都有可能发生。他要下山去向山外的人讲述这儿发生的一切，别人会相信吗？可是我必须讲，除非抠去了我的双眼。请求你们救救这个山村吧，让他们有一口水喝吧！请求你们浇他们一瓢凉水，从头浇过去，把他们心中的悲痛和邪火浇灭吧！

他看见了无数双无助的眼睛，这些山民，他们在无声地呼喊着，我听见了。不是被逼迫的，是我自己要下山去的，我要尽我所能地帮助他们。

清早，龙义海在茅厕那儿被麦和尚堵住了。麦和尚是去背水的，手上拿一根打杵，一张骨头脸凸出着干巴巴的敌意，并且先发出笑声："嘿，你想让人来抓我？"

"你这是什么意思？"龙义海摊着手说。他一点准备也没有。

"你自己不清楚？你还装羊？你要寒巴猴子去报案，你以为我麦和尚就要抓去了？让派出所一顿吊打是啵？你别做美梦了，这块地儿，你还是别把闲事管多了。"

"闲事？什么闲事？什么叫闲事？"龙义海忍着，可他的眉骨高挑着不肯屈服的锋芒。他小觑这个人，他突然不怕这个人了。

“你找死啊！”麦和尚嘶吼，他也看到了眼前这个平时蔫巴的人眼里有一种他很陌生的光，蔑视的光。他的嘶吼很没有中气：“你找死也不看个地儿。我可没惹你！”

不知怎么，茅厕前一下围了不少人，有清早拾粪的、放牛的、下早田的、路过的。

“你在骨头峰村把骨头长紧点，你莫唆使人跟我作对。”杵棍叭的一下，打在石头上。

这比打他还难受，这等于是打了他。我又一次被一个乡下流氓打败了？龙义海的汗下来了，顺着眼角往下爬，脸上痒痒的，他不好把手往那儿去抓，众目睽睽之下……他想去拿烟。他拿烟的时候发现手在抖。他觉得他患了高血压或者帕金森病，他拿出烟来时，看世界是血红的，血红一片，血估计冲上了脑门，布满了眼眶。

“你想怎样？你发狠是怎么？老麦，得讲个道理，光讲狠，有比你更狠的。”面对着暴徒，他压制着心中的火，可他多想把一口火吐掉。他的口里全是火，舌头卷着呼啸的火焰，喉咙和扁桃体是一口锅炉。

“你，嘿，你……”那家伙差不多要嘲笑老龙龙义海了，他把脚跷到一块石头上对在场的人说，“你唆使寒巴猴子去唤人抓我，好简单，称一称你有几斤几两！”那家伙最后终于笑了出来。

“告他！”目送着那个混蛋直挺挺地走远，龙义海心中蹦出这两个字。还有两个字像钢铁一样从阳光里射出来：“正义！”

正义多么重要，在这个鬼不生蛋的高山上，在这个被干旱折磨得有气无力的村庄里，它现在多么迫切需要正义，社会的公正！“申请”个什么，就是告他，告他。你不要申请，找谁申请啊，你是个农民，你找县政府申请？你又不是公务员！你丢出去的五十块钱来人了吗？来人给你解决了吗？看来只有靠法律了。

马坊里的寒巴猴子见龙义海进来，紧张地从窗子边出来。龙义海说：“甭怕他，告他！”

“打、打官司？”

“你在牢里多少学了点法律吧？我跟你说，寒巴猴子，你只有靠法律了。坏人太嚣张，你是农民，又穷，又是弱者，你只有借助法律才能平平安安。你掩了三年半砖，吃了这么久的牢饭，你还不明白？”

这娃似乎真不明白。他又说：“是法律救了你，你明白吗？……不明白？你虽然有冤，进了高墙，吃了苦头。可你在那里磨得心态平静了，不会去报复其他人和社会，这就是法律救了你，这就是法律的胜利。你现在回来了，想过安静的日子，只求平安无事，可有人不让你平安无事，怎么办？找法律。法律过去是惩罚了你，可法律使你受了益你知道么？你小子不知道，还恨公检法是吧？错了。是法律救了你，你现在再找法律。过去你不管怎么成了法律的对立面，现在法律要保护你了。谁是谁非不是明摆着的吗？你现在的情况在这里。当一个人什么也不能依靠的时候，他就要依靠法律，法律代表着公正和正义！”

寒巴猴子好像懂了一点。说到这里，龙义海也吐出了一口瘀气，有些问题也突然清晰起来了。从迷茫困惑和挣扎般的痛苦里扒出了一点光亮来。

“只是……这打官司，得要多少钱啊？”寒巴猴子忧虑地说。

“多少钱？……要多少钱？”

是啊，要多少钱，他龙义海也不知道，他没打过官司，他甚至不认识法院的人也不认识一个律师。他没有进过法院的大门。他遵循祖训：见人笑，息诉讼。他一贯胆小怕事，息事宁人，他甚至与人没有过纠纷更谈不上“法庭上见”。他性格蔫顺，见人点头，决不高声说话反驳他人。为此，他的胡子在图书馆缺少光线的屋子里憋黄了，像缺少阳光的植物。内心的谨慎使他的胡子变得十分曲软，胡子就是内心的写照嘛。

“这个我可以回去问一问。”他说，“我估计不会太多，现在城里还可以请求法律援助，我看过这个消息，报纸上有过报道。”

必须打官司，告他，告倒他，告倒这个地头蛇，杀杀他的嚣张气焰，必须借助于法律。

“打官司那你就应该写诉状……起诉书？状纸？……应该，好像是起诉书……这个……这个，究竟怎么写，我也不很清楚。我去问问，怎么写，应该怎么告，需要些什么……”

龙义海发现在法律知识方面，他与一个高山上的农民没有两样。因为他不要法律，不需要，单位就是他的庇护所，他安分守己，这就是法律；当官的也不需要法律，一个电话就可以把事情摆平，再则哪个敢欺负有权势的？最需要法律的是弱者，是农民。可他们又远离法律，对法律一无所知。

我跑到这儿来帮人打官司？这节骨眼上，人们连水都没有喝的，我给他们打官司？县图书馆馆员龙义海走在干旱的山道上。他想到第一次背着背篓进山的时候，有新奇感，最令人无法相信的是，那白云缭绕的高山之上，竟还住着这么多人，窝在这儿，像神仙一样。仿佛是另一个世界的人，不是神农架的人，他们面目苍古，满脸微笑，牙齿挺着，不会遮隐，连狗也是荒野般地叫，仰天长吠，阻止陌生人的侵入。后来，他慢慢地跟大家混熟了，狗也不咬他了，卷竖起粗大的尾巴向他示好，人很亲切，紧守本分。但慢慢地，他也发现了这个世界充满了弱肉强食，一种奇怪的社会组合方式非常地原始，被人看不惯的人遭人暴打还认了，喝口酒把委屈浇灭了；家长暴打儿女；狡猾者侵犯老实人的老婆……而这里的鸡群也一样：有些鸡无缘无故地啄另一些鸡，专啄鸡冠，啄得鲜血淋漓。隔一会想起来又啄几口，有的鸡被啄得伤痕累累，毫无反抗意识。也许人群是跟鸡群学的。这种奇怪的社会生存结构他恨不得想写一篇具有学术创见的论文，一篇调查报告。可是后来一想，哪儿都一样，美国还打人家可怜巴巴的乞丐一样的国家阿富汗和伊拉克呢。他敢打俄罗斯和中国吗？只会欺负弱者。一个单位又何尝不是这样？虽在皮肉上不见血，精神上让你鲜血淋漓也并非少见，只不过这里更加赤裸罢了。

“扶贫……”他直好笑。就在要他来扶贫的前一天，他还在专心致志地清理着一批从公安局“抢救”来的书，他们称之为“黄书”。那是什么黄书啊，全是手抄本或清朝（至少是清朝）石版印刷的，有《龙文鞭影》《千家诗》《太阳经》《太阴经》《山王经》《混元传》《黑暗传》等。这可是古籍啊，这可是宝贝啊，它是蕴藏在民间的宝贝，而不是什么宣传封建迷信的“黄书”，它是珍贵的民间文化遗产。可是馆长说：“你去扶贫……”

回一趟县城也不容易，早晨从骨头峰村出发，天黑前赶到饿虎峡口，搭上过路便车。天黑前若赶不到，或者拦不到便车，就只好在拐腿湾农民家过一夜。

果然没能在天黑前上公路，龙义海只好找农民借宿。第二天才回县城。

龙义海走进了馆长的烟味扑鼻的办公室。馆长一见黑瘦黑瘦的龙义海，以为是叫花子呢。“你是谁呀，我的天？你这是怎么了？”馆长吃惊地问。

“山上紫外线太强，海拔两三千米，又没有水，天天抗旱，也没休息好。”龙义海说。家里早对付过埋怨的妻子了，他有话回答。

“辛苦辛苦，”馆长说，还给他例外地倒了杯茶，“完了么？”

“哪能完，”他说，“形势十分严峻。我是求援来了，馆长。”龙义海适时地说。于是就把村里的情况给馆长汇报了。

“你说什么？几个月没下雨？”

“的确如此，的确背水淹死了人，的确为一桶水泼洒后要上吊，那里的怪事层出不穷，若非亲眼所见，打死我我也不会相信……”他说，他一脸沉重一脸真诚地希望博得馆长同情，“馆长，那我们馆对口扶持的村，现在这么困难……上次，也不知哪些人把三角裤头也捐出来了，害得我在那里抬不起头来，头埋在裆里当卵子。希望您出点血了。”说着呈上了两包香菇木耳，说是村长送给馆长的，向馆里表示感谢。其实那是龙义海找村民自掏腰包买的。

馆长欣赏着香菇木耳说：“哪个还有比我们更困难的，你找找看？有血哪个不出，我是没血啊，职工一年的医药费都没报，全是自己垫付，你是晓得的。我说你去县扶贫办找他们敲敲看……”

龙义海走进县扶贫办。这是他必须要来的地方。很好，他找到了主任，他告诉了他们骨头峰村的情况。他尽量把那儿说得特殊，他带着感情用小说一样的语言述说。

“我们相信，”主任说，“你说的都是真的。我们已经知道那些地方问题的严重性了。百年不遇，是百年不遇。现在这天气邪乎得很，整个世界都疯了，整个地球的环境出现了问题，温室效应……”主任见怪不怪放眼全球的一副嘴脸，把龙义海的嘴紧紧堵住了。主任也精，知道龙义海的来意。龙义海说完，主任的表情一点也没变，依然喝着茶，不管龙义海口干不干，“我们都清楚。今年的农业损失极大影响我们县的 GDP……”

“确实没有比骨头峰村更厉害的了……”

“哪儿都一样，哪儿都一样，还有为争水械斗死了不少人的，”主任说，“饮水工程的问题县委县政府正在全盘考虑，急也没用，你们图书馆要就个急便，是你们的点嘛是不是？点对点，我们就是这么安排的……”

“我们到哪儿给这么多人水喝，给庄稼水喝？！”他高声地在县政府大喊。

没有人搭他的话。

科委的一个什么主任倒是没让他空手而归，给了他一些科技资料，关于红薯新品种“丰产一号”的，还有在本县试种的墨西哥玉米、美国的秋葵……

“可是，连本地最耐旱的‘老牛牙’苞谷也全部枯死了，一搓就成粉末……”龙义海说。

想了一个晚上，第二天他来到了县党校，那里有个他的学生——很久以前龙义海教过小学的。那学生倒真找对了——学生的学生都是在单位有些小权的人，可开发票报销的，就各自差人背来了一堆塑料水管，引水上山的。学生晚上将水管用车拖到龙义海家里，说：“老师，够不够啊？不够尽管说。”龙义海说：“够了够了，谢谢了。”

一连几天，他都在县城宣传着，求得人们的同情和支援。

“……那里因为没有水喝而让背水的女娃子淹死和上吊自杀，那里一团糟，那里……”

“那里的人……连猴子的牙齿想喝桦树汁也给卡掉了……”

“那里漂亮的妮子竟要嫁给山下的老桦皮，只为一部录音机的彩礼……”

“那里……”

他说着讲着，费尽口舌。他要告诉他们真相。有一天他走到了一个水泥代销店。那个卖水泥的人认出他来，那人爱好写作，找他办过一个借书证，找他借过几本很难借到的书。那个人在写一部反贪的长篇小说。卖水泥的业余作者在给他讲着那本小说的进展，龙义海却盯着了他的水泥。他就要了，不要脸或者说厚着脸皮要了，他说：“伙计，你给我赞助二十包水泥如何？”那人竟爽快地答应了，条件是要龙义海以后帮他找一家出版社。

龙义海第一次走进了县法院的大门。他在借书证登记名单上总算找到了一个县法院的人。那人把他引进办公室，热情细致地给他解答了所有法律问题，还给了他不少法律书和法院自印的小册子，可说是满载而归。

馆长在龙义海门口看到那些拉来的赞助物资，很佩服地说：“人的潜力是巨大的，老龙你很有能耐啊，过去没发现。”龙义海说：“这算能耐？这是能耐？嗬嗬。”他哭笑不得。

馆长开天辟地地给龙义海批了一千块钱。馆长还说："不够的话，再卖点旧书。"

龙义海说："别卖，别卖书，旧书也是可以扶贫的！"

七

七个请来的杵哥一人背着几袋水泥和一些晒出毒气的塑料水管，沿着崎岖漫长的山道爬上了骨头峰村。

一行人在这光秃秃的、毫无遮拦的山路上口干舌焦，汗水流尽。龙义海在想着这些水管有什么用，又没能弄抽水机来，这水泥也没有红砖配套。好在它是东西，大包小裹的，比第一次进村还气派，没这点效果更让他们轻视。好在水管和水泥都是用得着的东西。

村里的人眼尖，他们早就瞄到了，那山路上一溜人肩扛背驮进村来，还有坏事不成？人们望着，眼巴巴地望着，人脖子望成了鸡脖子。"要分东西了。""扶贫队运东西上来了！""要发救济了！"有人这么猜测。一传十，十传百，村里开始骚动起来。人们开始寻找家伙，唯恐落后一步。

"快！快去！"

"快去！快去！"

领救济的人潮往村长的屋场那儿涌去，像一股山洪。各自携带着家伙，扶老携幼，等着龙义海的队伍。龙义海根本不知道已有人虎视眈眈地候着他，他们。村里异常寂静，他以为都背水或是找水去了。当他们一走到村长的屋场，看见村长带着他的臣民像虎豹一样微笑着恭候他的到来。龙义海的脑筋还没转过来，气也没喘过来，就被一阵狂暴的山洪铺天盖地给淹没了。他看见人们冲向那七个精疲力竭的杵哥，恨不得把他们五马分尸。“是给我们的吧？是分的吧？”人们抢夺着，一时间灰尘滚滚，水泥袋散了，水泥呛住了人们的喉咙，钻进了人们的眼睛和耳朵里，人们大声地咳嗽，清喊辣叫——许多人还不知道水泥这玩意儿进了眼睛会如此之痛，甚至沾在手臂上也会焦辣火痛，人们揉着眼睛，蹲在地上呼爹喊娘：“眼睛！我的眼睛啊！我的眼睛啊看不见了！”几个人扯着那些水管子就像扯着一盘猪肠子，人们用嘴咬，用肩膀拽，缠在身上。有几个人一起被缠住了，摔跌在一起，互相踩踏着，有人拿来了菜刀切割，切到了一个人的肚皮上，登时鲜血飞溅。麦和尚是拉过纤跑过船的，他与儿子麦半天拉着一节水管就奔下坡去。他们父子肩头还一人抢了一袋水泥！马克兵兄妹在喊：“给我们一袋水泥好吗？我们去补牛棚。”可是他们挤不进去。他们的妈倒是很能干的，抢了半袋水泥，抬着出来，脸上花白相间，上衣也拉破了，两个秋丝瓜奶子露在外面，还在痛骂马克兵兄妹没有卵用……

“不要抢，这是集体财产！村民们，别抢！粟村长，请你管管，别让他们抢了！”龙义海可着喉咙喊。他在人缝中找村长，何曾看到村长？水泥迷住了他的视线。

总算结束了。等人烟散去，龙义海看到村长粟田光覆盖了水泥的脸上是一双血红的、愤怒的眼睛。七个杵哥在烈日下垂着双手，撇着嘴，脚下是一堆成了破烂的背篓和水泥袋包装纸，眼睛里全是糊涂一片的迷惘。

龙义海看到村长的儿子和媳妇腋下各夹着一包水泥，身上还缠了一圈圈的塑料水管。夹着水泥就像解放军战士夹着炸药包，怒目圆睁，身上裹着厚厚一层灰不溜丢的水泥灰，远看就像一组用水泥雕塑的男女英雄群像。忽然村长一声尖叫，像被人用刀刺中了心脏！龙义海大惊，顺着村长的手指看去，村长儿媳的裤裆里淌着鲜血，一块血疙瘩咕噜噜地从裆里滚了出来。儿媳流产啦！

“这如何是好，小祖宗哟！这些鸡日的！完了，完了！”村长悲恸地哭着。

瞎子老米和几个老头拿着扎草龙的芒草在不远的树林里，这时只有老米的《黑暗传》歌声：“……盘古昏昏如梦醒，伸腿伸腰出地心。睁开眼睛抬头看，四面黑暗闷沉沉……”

“老龙啊，我说，这些人素质太低，你也别往心里去。只当一场暴雨冲走了。”村长说。又问，“二十袋？”

“那还不是二十袋。”龙义海绝望地说。

美丽的村庄，美丽的风光，你常常出现在我的梦乡，难忘的小河，难忘的山冈，难忘的小村庄……房里的歌幽幽咽咽。

“我的天，这些球日的抢犯，你说怎么办？素质太低，素质太低，”村长哭丧着脸，“穷了，见什么都以为是救济，我过去带救济进村，总是半夜偷偷摸摸做贼似的。就是一堆狗屎他们也会抢的，龙干部。”这时候，村长的眼睛突然亮了，他看到了龙义海在数钱，数钞票。放在桌上的是一千元钱！“给我们的？”村长的声音发颤。

“一点心意吧，图书馆也穷，一是请村长收下，二是请村长原谅。”

“哪儿的话，哪儿的话。看你们！谢谢了，谢谢了，我代表骨头峰村的所有村民，向你们表示衷心的感谢！”村长拍打着手上的水泥灰拿起票子舔舔手指头滋润一下连连说。

龙义海又从背篓里拿出一些东西。先是些旧书，然后他又拿出了一些不是书的资料，科技资料，种墨西哥玉米和美国秋葵的资料；又往外拿出了邓小平理论、三个代表读本、宪法、民法通则、婚姻法、法律帮助一点通、打官司必读。

“好，好。我们太需要这些知识了。”村长说。

龙义海最后拎出一个塑料水壶，里面装着从县里背来的一壶自来水，妻子给他灌的。“这是水，”他说，“大家喝点吧。”

八

麦和尚提着一颗猴头向马坊走来。猴头血淋淋的。他的儿子麦半天也鬼鬼祟祟地甩着手，眼睛东张西望。几个在马坊门前的阴凉下扎草龙的老头眼尖，先看到了，说：“他提这个是搞什么的？”大家都惶恐地拿眼去溜里面的龙义海。这家伙来者不善啊。龙义海刚好准备外出，就听见老头们说：“捣蛋的来了。”龙义海放眼一看，不由打了个激灵。有个老头说：“他昨日拧下的。”他们告诉他：麦和尚家那只瘸腿猴，挣断了锁链，想舔几口麦家的洗脚水喝，麦家父子于是合伙逮到了瘸腿猴，拧断了猴脖子。

龙义海只好站住了。“你这是什么意思？”他问。

“给你泡酒喝的，驱风寒特效。怎么，还不想要？好多人想要，我还不给呢。”麦和尚说。

龙义海说：“是真还是假？”

“还有假？！”一个“假”字从那张牙关紧闭的嘴缝里漏气似的压出来，“你看有假吗？这又不是寒巴猴子的猴头！”他扬扬叮满苍蝇的猴头。

龙义海一阵恶心，他感觉他要吐了，一口要吐到对方的脸上，他憋不住了，他豁出去了。他看到寒巴猴子从他的腋下钻了出来，头发蓬乱，两眼发绿，手上发出奇怪的声音，就顺势地将寒巴猴子往后面扒，回答着麦和尚的话："谢谢你了。谢谢你这么瞧得起。"又对那几个噤声的老头说，"是不是能驱风寒？真能吗？"他的嗓音很高，他不能低。

"叭！"没等龙义海说完，猴头就砸在了门槛上，龙义海一惊，以为是砸在了寒巴猴子头上或者自己头上。一阵苍蝇像灰土一样飞溅起来。一阵灰土像苍蝇一样飞溅起来。几个老头一个个打起了尿噤。

寒巴猴子卡不住了，这小子往外冲，像一头凶牛，眼珠子吊在眼眶外："你欺人太甚，麦和尚！"龙义海死死摁住他："你滚你的，寒巴猴子，你冷静，这儿没你说话的地方！"龙义海使出了天大的劲，斜着身子去掀他，想把他掀回屋里。可猴头还是被寒巴猴子抓到了，龙义海挡着他，挡着他要投掷的企图，挡着他的视线。猴头就在两个人的胸前擦来擦去，身上手上全是那些肮脏的秽物。"你要冷静，寒巴猴子，不要有理搞成悖理！"

猴头终于落地了。龙义海的劲好像也彻底完蛋了，可他还是不能松手，扬起一脚，狠狠地将猴头踢去，猴头飞了起来，从麦半天的耳边飞过，滚到了石坡下。麦半天朝那儿跑去。

"老麦，你不要太过分！"他气喘吁吁地说。

"老麦。人家是客人，你手下留情。"是瞎子老米！他说话了，他站起来了。"你不到外面做客的么？"

"客？做客？"

“你就不到外地去的？！”

“是呀是呀。”几个老头大声附和。发出咳嗽的噪声。

麦半天把那猴头又提拎了回来。“半天，你这娃还不把那腌臜东西丢了，”瞎子老米说，“没个规矩。”

瞎子老米的话有些镇压。麦和尚的气焰不那么高了。麦半天也踯躅着，那猴头终于掉落地上。

“老米，你扎你的瞎龙，甭这儿搅和。”麦和尚说。

“我搅和？老麦，说话要凭天地良心。人家到这儿来是做甚的？人家又没吃你一根烟，你还拿了人家水泥皮管呢。不手拍胸膛想一想，丢人哩。”瞎子老米说。

“行了，大家别说了。我龙义海行得正走得稳，我也不怕谁，谁都吓不住我，人就一条命，是吧，老麦，我想教你点乖，我这人看起来不怎的，我为什么下来？你晓得？我不是他妈的火了一刀捅了领导的眼睛，我会发配到你们这鬼地方来？我会认识你？你甭狠，强中更有强中手，山外有山，天外有天，明白吗？你敢动我一个指头，有人就会动你十个指头，信不信？你信不信？跑得了和尚跑不了庙。在骨头峰这里，我龙义海就是摔了一跤，也是你麦和尚绊的，我跟人早这么交代了。”必须以恶制恶，以流氓对流氓，吓唬吓唬他，他想。

“走着瞧，走着瞧，你想让寒巴猴子来告我，你骨头长紧一点。”麦和尚拉着儿子麦半天走了。边走边从兜里掏出个小本儿来，一通乱撕。龙义海过去，拾起麦和尚撕碎的东西，是一本法律小册子，是他龙义海带来的。

扎草龙的老头们这时一下围拢来，兴奋地说：“好，好，龙干部，好呀。他姓麦的今天软球了，你也别跟他一般见识，这号烂土匪，渣滓。”

“他说你想为寒巴猴子打官司，是吧？”瞎子老米问。

“就是吧。”龙义海说。

“打官司？”那些老头兴奋而又激动了。他们看着寒巴猴子，像看一个胜利归来的将军。“寒巴猴子打官司？刚脱了官司哩。”他们说。

“那个官司跟这个不同，这个他是铁赢的。”龙义海提高嗓音说。几个老头小娃子一样地从龙义海手上抢去了那本没撕完的小册子。阳光好一阵柔和，凉风吹来，阳光照在这些老皲疙瘩的脸上，照在瞎子老米的干眼窝里，像汪着蜜。

“寒巴猴子这下能要回房子了？”

“当然，早就该……”

“判他个鸡日的死刑！杀他麦家断子绝孙！这霸道的一家人！……”

大家议论纷纷。“八字还没一撇呢。”寒巴猴子说。

“轮到麦和尚有牢狱之灾了，龙干部，你做了一件天大的好事……”

“万万不可犯法。”有个老头说。

“打官司要钱啊。”有人说。

“没钱是可以申请法律援助的，甚至免费请律师，这个我问清楚了。”龙义海说。

“律师是啥玩意儿？”

“就是为你说话，为你辩护的。”瞎子老米说。

“人家城里人会为咱乡下人说话？稀奇。”

“你出了钱，他就为你说话。”

“谁来要房子呢？谁来帮寒巴猴子要？”

“总要钱吧？”

“也就是五十块钱，也就是寒巴猴子白白给乡警的那么多钱……”龙义海说。

“这么便宜？！”

“那怎么写状纸哟？用什么写啊，纸都没有，得要纸……”

“是起诉书。”他说。

村民们真的是没那个材料纸，写起诉书的纸。学生用的本子也不多见，辍学的太多。擦屁股有的用一点草纸，有的完全用树叶和植物的叶子，有的用干草……

他走进了一个厕所。他在那一个天然石窝上搁了两块踏板的厕所里方便，他意外地发现墙洞里有了些纸。这可是稀罕之物。一个厕所里会有这些纸，且是白净净的纸，书本纸，那太少见了。他信手把纸从墙洞里掏出来，他是出于好奇，一个图书馆馆员的好奇。可纸是……纸是另一本盖有县图书馆蓝印章的科普读物。他背上山来的那些书，正在成为这个村当下流行的手纸！他好一阵失望。

别了几天的村庄，依然在亢奋异常的阳光里。他走过滚烫如沸的村子，狗趴在石缝里耷拉着长舌头呼呼地喘气，鸡也张着尖嘴，冠子软软的，像害了禽流感似的。到处是龟裂的土地，到处是骨瘦如柴的畜禽，到处是绝望的眼睛……

溜着八字腿急匆匆来的村长绝没有好事，村长拿着一本法律小册子拍打着，劈头就给他一顿老火：“你这是拆我的台呀！龙干部，你这是挖、挖、挖我的墙脚，挖我的祖坟！”

又怎么得罪他了？“此话怎讲？”龙义海问。

“抗旱的关键时期，大家都在为水发愁，为活命发愁，你却在村里号召大家打官司……”

“你听谁说的？”

“都在传嘛，都在争相传阅，像看到活宝一样的，你还拿这样的东西来了……”他出示了一张《省政府关于减轻农民负担的公开信》，掸了掸，“全乱了！”

龙义海很惊讶，他怕什么呀，这个村长，我这不是在为他“救火”吗？不是在帮他工作吗？我要求的一个山村的起码的秩序和正义，不正合他的意吗？

“你说得莫名其妙，老粟。我那些没用的书，不就给村里添了几张擦屁股纸。”他自嘲道。

“你为我‘擦屁股’？”村长问。他紧紧地问道：“你为我擦屁股？”

他误会了。我说的擦屁股就是擦屁股，而不是为他捡漏子——他说的“擦屁股”是指这个。

“我为了稳定村里的军心，不让媳妇下山去，死守骨头峰，等着旱情解除，最后……是个带把儿的，龙干部你知道吗？我丢的是个孙儿，传宗接代的……”村长一哽咽，就是满脸痛苦委屈的褶子。可龙义海想说：你那流产的媳妇是为啥流产的？还不是为抢一包水泥！

“我向你表示慰问。可以再怀嘛，怀个更好的。”

“你怕是下蛋！你们……你们扶贫就扶贫，你们把扶贫的事办了，办实在，光打雷不下雨的扶贫有何益，还添乱……”

“老粟你可别这样说，这样说伤感情……”龙义海说。

“别人伤我哩！伤心还伤人。你们说要为我们修路的，路我不要了，我就要一样——水塔，我要喝水，行吗？你只管这事呀！”

“请你理解我们馆的实际情况，要互相理解。”

“我理解你们，哪个理解我？”村长哭丧着脸说，“还说嘞，都在喊要减轻负担……我这儿一亩才划十三块多，合同款加农业税。外头江汉平原一亩要交三百多四百，三十倍不止，可这一点大家还欢欣鼓舞说要减了，说你是他们的大好人，你是什么什么青菜大臣……”

“嗬，青菜大臣？还萝卜大臣呢，”龙义海笑，“负担问题我不讨论，各地有各地的情况。人家亩产多少，你多少？你这儿的地叫地？联合国有规定，坡度在二十五度，就不适合耕种，甚至不适合人类居住，你这儿的田在多少坡度上？三十四十五十度还种粮，人挂在悬崖上种粮食，你也指望每亩打千斤交三百四百？连水都没有喝的，今年颗粒无收……”

“是呀，你就帮我们想想这方面的难处啊，帮我们增产增收啊，活祖宗爹爹！”

村长跺脚而去。龙义海赶了上去，他手举着妻子给他带的一袋奶粉：“老粟！这个给你，给你媳妇喝去！”

晚上，几个村民轻手轻脚地悄悄闪进了马坊。

这是半夜了，白天的暑热有些消退，龙义海躺在一张木板上。寒巴猴子睡着他的床。可听见敲门声，他就去开门，几个黑影就进来了，并迅速关上门。且满脸的神秘兮兮。“有啥事吗？”他问。那些人也不说话，只是拉着他的手。龙义海的手被他们捏疼了。那几个村民从怀里小心翼翼地掏出东西来，龙义海一看，是那些他带来的法律小册子。

“这个好呀！我们也想告。”

“告谁？”

“……我们要告村长……告麦和尚父子。”

“你知道村长多占了多少地？十多亩阳坡地咧……他侵吞集体财产……他承包烧炭不交钱，村里这么穷，是他折腾的……”

“按省里的文件，去年就多扣我八十多块……”

“我也是，害得我两个月吃不上油盐……”

“说穿了，他跟麦家父子是穿一条裤子，坐一个板凳。麦家父子是仗他狠，一贯欺负民女，为非作歹，马克霞的媒就是麦和尚做的。听说麦半天要强暴马克霞，马克霞不从，他就唆使他爹麦和尚去做这个媒，来害马克霞一辈子，伤天害理断子绝孙。你可要为我们做主呀，龙干部……”

“我也要告麦家父子！他占了我三棵核桃树，还扬言要用三步倒毒死我全家，没处说理哩……”

这些人就拿出了一些纸来，各种各样的纸写的东西，送到了龙义海手里。龙义海一看：申诉书、控诉、检举、紧急检举、强烈要求、诉状、起诉书、启诉书、诉讼书、请求县妇联判处麦和尚十年徒刑、状纸、状字等，五花八门。还有落款古历 × 年 × 月 × 日，阴历 × 年 × 月初 ×，望领导开恩、望领导严查、望上级处理、望领导明断……

“你们太突然了，老乡们，”他说，“你们的情绪我理解，但是这么写不合规范。”

“这下有冤的要申冤，有仇的要报仇，我们听说你是县里专门派来为我们申冤的，以前你没暴露身份……”

这让龙义海始料未及，怎么会出现这样的误传？这不是事实。我是来扶贫的，我不是来弄案子的。可是他怎么分辩解释乡亲们也不听了，不会相信了。

“我们都想打官司！把那些欺压咱的人全杀翻！”

“你们不要误会，我没有这种能耐，我只是扶贫工作队的。不过，你们反映的情况我可以帮你们带上去。”

“也行，也行，”他们说，“龙干部，你可要注意哩，安全第一啊，有人说要搞死你，麦和尚就说了，要让你背火笼。背火笼知道吗？当年清乡团整共产党的，火笼里装了烧红的炭，让你脱了衣服背在背上。我们合计了，你这儿要不要个人晚上站个岗？”

“别，别，没这么黑暗吧，嘿嘿，”龙义海果然看见了有个村民手上拿着猎叉，“你们开玩笑，开玩笑，”他说，“我胆子还没这么小，怕什么，不会有事的，你们都回去，写的东西先放我这儿。没事的，共产党的天下，谁翻得了天？不要怕，明天该干什么还干什么，该背水的背水去，该找水的找水去，这几天你们找到新水源了吗？”

“没有。”他们说。

“得找啊，一定有水源的，水不会没有的。要相信山有多高，水就有多深……”

火烧云像一条癞皮狗还贴在夜半的天空，窗外还是红闪闪一片。

龙义海抽着那像火一样发烫的烟，嘴唇是枯焦的，心里是苦虚的。这么多人打官司？一队骨头峰村的告状队伍，浩浩荡荡地向县城开去？为什么会是这样……龙义海一夜未睡……

九

一群苦荞鸟像天上的草籽向地下撒来，它们带来了小小的、短暂的阴影。天上没有阴影。云没有阴影，云淡得像温开水冒出的热气，若有若无。瞎子老米突然感到了什么，他的眼窝没有水了。他揉啊，揉啊，竟一滴泪水也揉不出来，干涩得瞎眼里头像生了锈一样。“一碗水”只怕干了。他这么想。

“桑丫，去看看，去‘一碗水’看看！”

桑丫丢下猪食瓢，就背上了割猪草的背篓，又提上一个瓦罐，看“一碗水”能否灌点水。可她爹说：“别提那个，你看看就行。”

桑丫揩着汗水往山梁上爬去。她穿过干涸的乱石累累的河溪，走过全被大蓟布满的山坡。坡下的背阴处，连刀蕨和射干都枯黄了，苔藓翻卷着皮就像张着嘴，好像等着人们给它们一口喝似的。石头在哭泣。

桑丫看到那棵静静的黑松下面，寒巴猴子正朝这边张望着。

寒巴猴子的手里拿着一个空碗。“一碗水”真干了！“我等了好几个时辰。”他说。

“我爹说干了。”

“他怎么知道？！”

她正转身离去，寒巴猴子拉住了她的衣袖。“别走，桑丫。”

“我去割猪草的。”

“我问问你。我问你……你说，我跟麦家父子打官司能赢吗？”

桑丫没说。她只是想走，她看着寒巴猴子那顶褪了色的太阳帽下面，是黑黑的脸膛和黑黑的嘴唇，嘴有点向前突出，很老实和善良地嚅动着。

“我要告他们！”他的眼睛在闪亮，在白呲呲的太阳光下面。他在看着远处低矮的山冈和河谷，看着很远。

“……”

“你倒是说话呀，你给我个主意呀。”

“我……”

“我在牢改农场还是学了点法律的，只要龙干部帮我，铁定赢！他们就会被抓去，我的房子就要回来了。到时候，桑丫，我们就……”

“你真的能赢吗？”桑丫突然这么问，眼睛亮着宝石，像春天的夜空。

“我相信龙干部说的，正义一定会战胜邪恶……”

“正义是什么？正义真会战胜邪恶？你会战胜他们吗？”桑丫紧紧地问，清晰地问。

“会的，会的，”寒巴猴子从裤兜里掏出一本书来，“这，这上面都有……”

桑丫翻开来，看着，一字不漏地看，贪婪地看。“……这里说权？我们有这么多权？真像书上说的我们有这么多权吗？……”

“有的，有的，书上说，我们人人都有这么多权，这是我们的人权。”

“……我们真有……生命权？健康……权？名……誉权？贞操……权？”

“有的，有的。”

“那……什么是贞操权？”

“……就是别人不能侵犯你，在你结婚前，不能强迫你。”

“那、那强奸……”

“强奸……是指违背女性意志，以暴力、胁迫或其他手段，强行与之……”寒巴猴子从书里抬起头来看着桑丫，“你问这个干什么，桑丫？”

“我……”

“桑丫，嫁给我吧，房子要回了你愿意嫁给我吗？我虽然穷，又坐过牢，可是我会待你好的，我要让你幸福！”他看着桑丫，看她眼里涌出的泪水，“你答应吗？”

桑丫一个劲流着泪，寒巴猴子给她擦了又流出来了。“我的‘一碗水’干了，你这一碗水咋、咋……”

寒巴猴子把她的手牵着，放进了那干涸的水窝。水窝的石头透进掌心有一丝儿沁凉，只有一丝。寒巴猴子好一阵失望，没有水，这儿没有水了。他的眼睛四下环顾着。桑丫猛然看到沉默的寒巴猴子眼珠子瞪得大大的，悚悚的，手指着灌木丛：“你看，桑丫！”

那两只羉羚出现了！他们看到，那只小羉羚已经蜷在了地上，用力抬起头，母羉羚的嘴里鲜血直淌，小羉羚正在有滋有味地喝着母羉羚嘴里流出的血！

“它咬破了自己的舌头！”

小羉羚还在贪婪地喝着它母亲的血，喝着喝着，他们看见母羉羚一下子趴倒在地上，死去了——它的血流尽了。小羉羚还在舔着，喝着，浑然不觉。母羉羚的血没了，也慢慢凝固了，小羉羚在叫着，摇着小尾巴，在倒下的母羉羚周围嗅着，拱着，凄凉地叫着。

就在这时，一声枪响了，他们看见小鬣羚肚上飞出了一串血花，小鬣羚马上就倒了。从灌木丛里跑出来两个人，是麦家父子。麦半天俯下身去，就去吮吸小鬣羚伤口中涌出来的血水——他一定是在喝血水！而他的父亲麦和尚拖起母鬣羚，翻过来看着，脸上现出得意的怪笑。

“你们为什么要打死它？”寒巴猴子拉着桑丫跑了过去，质问他们。

麦和尚看到是对头，显然很不屑，说：“这也是你的？”

“它又没惹你！”

用枪头捅着鬣羚尸体的麦半天站起来，抹了满嘴的鬣羚血说：“你不晓得老子的鼠寒病要野羊骚才治好吗？你他娘少管闲事！鼠寒病不是你逼出来的吗？！”

麦半天的枪托就扫过来了，砸着了寒巴猴子的肩胛。寒巴猴子一声惨叫，扑倒在草丛里。

“不要！不要打他！”桑丫喊。

麦半天用沾了羚血的手一把拉过去桑丫，说：“你硬要跟他个劳改释放犯？”

“不要你管！”桑丫死劲捶打麦半天，挣脱出来，去扶被打在地上的寒巴猴子。麦家父子各背了一只鬣羚大摇大摆趟下坡去了。

山梁上的火烧云正往上升腾着，一会儿湮没了西坠的斜阳。

第七十八天。

龙义海灌了点水准备带人上山去找水源，还没出门，就听说马克霞被人抢了亲。

“这地方兴抢亲的风俗。”有人给他说。

“可她还没到结婚年龄啊。”他想起这事他一直惦记在心上，事情终于发生了。他愣在那里。人已经抢走了。

“我说，你不是把你的女儿往火坑里推吗？”龙义海找到了马克霞的妈，这么说。

“火坑？哈，人往高处走，水往低处流。山上有什么好的？”

那女人正摆弄一台录音机，那就百十块钱的玩意儿，是女儿换来的。龙义海心里在流血，他直想喊：你怎么这么愚昧，你如花似玉的女儿就值这百十块钱吗？如今的录音机是便宜货，你女儿可不是便宜货啊！该死的麦和尚，他得了多少说媒的酒钱？

“她没有到法定的结婚年龄，又不是自己自愿的，你逼她，抢她去，你们知不知道是犯法的事？你知道婚姻法吗？”龙义海问。

“龙干部问你法呢。”在场的粟村长补了一句，有点阴阳怪气。

“法？”

“国法，”村长说，“龙干部在村里宣传国法，你不怕吃官司呀？”

“法你个鸡巴卵子球！法，法，你有种的拉老娘去枪毙！”那女人跳将起来，散开衣襟，露出两条瘪奶。

龙义海已不忍心看了，可村长却说：“你胆子好大啊，你不怕坐牢，我都准备去坐牢了，你还不怕坐牢了，现在村里有好多人想告我的状，连水都不想喝了就想着告状……”

这时有村民围上来，许多人是来看马克兵妈的脱衣表演的，但是村长粟田光的酸话有负面作用，他好像是在发牢骚，可却是在煽动村里的人对他龙义海的仇视，甚至想让龙义海尽快离开。

龙义海就离开了。龙义海往山梁子上走去时心里很不是滋味，很虚，空虚，很怪的感觉，好像是被人撵出来的。他看看身后那在白晃晃烈日下的村子，他感觉到他很孤单，总之很孤单。就算我如今是个律师又怎么样？那还不是一个苦巴巴的律师，我假如决定不顾一切地打，打它几场十几场官司，维护这高山上一个村庄的正义……可是，这太遥不可及了，这些穷人每个人都得申请法律援助……那是很难很难的呀，法院让一个村子的人打官司而不收分文？嗬，这很可笑，就算免了，我去活动活动免了——我如何有这么大的活动能力？而且，就算有不收费的律师，他会三番五次爬到这一两百里远的高山来调查取证——为两间摇摇欲坠的土坯房子？为三棵核桃树？天！……正义和秩序应该像江河滔滔，理直气壮，脚下的河流呢？干了，一些背水的村民像蝼蚁从深深的山沟里爬上来，爬着，无声无息地爬着，衔一口水。他们就像蝼蚁，他们可以忍耐，然后认命。一个抗婚的马克霞要不了一年，就会依然笑眯眯地背着一个娃子回娘家来，抗婚成为往事。那时候，我龙义海早就走了，离开了这个遥远的村庄，骨头峰村在我的生活中就不存在了，我依然坐在清凉世界的图书馆里，整理那些发霉的图书，登记，重新成为真实的、一贯的我……

十

看一看乡政府怎么样吧，看一看他们的态度。

乡政府的所在地，也就是一个大村庄，在靠近四川边上的一个山窝子里，几十户人家，一排房子，有乡政府、派出所、诊所、财税所、小饭店以及一个臭熏熏的厕所和一两条仗势欺人的叫声很大的狗。

几乎没有人，一辆破吉普停在高低不平且杂草丛生的门前。找到了一个乡警，是个没有表情和激情的中年人，他从长满花白鼻毛的鼻子里喷出烟来说：“是有这回事。我准备去的，你看我走得了吗？那天另一个老兄从山里办案回来，摔断了胯子。”

龙义海没说寒巴猴子那五十块钱的事，怕让他难堪。“你们认为这件事情怎么解决？他房子和户口？”

“我没有人，就是这，”乡警一句话，沉重的眼皮好像要永远垂下了，“那小子，也不争气……”

他去找乡长，等了半天，乡长总算等来了。乡长说：“好，好，中午就在这里吃火锅。是不是有人请我喝喜酒？马家？没有没有，我到哪儿去喝喜酒？都在抗旱……我们这老山里，抢亲的事没法禁止，人都死脑筋，不开化啊，听说这是远古的楚国文化遗传，原始习俗，有文化价值呐。再说了，清官难断家务事呀……”

龙义海真想向这个乡长大喝一声：你们总是以清官难断家务事来搪塞，你们行政不作为，你们哪有执政为民立党为公的观念，事情能推就推。乡下的矛盾不就是一些家庭纠纷与邻里不和吗？你们一推了事，小问题酿成大案件，正义与秩序在农村丧失殆尽，难道与你们这帮子庸官昏警没有关系吗？！

“焦头烂额啊焦头烂额啊龙干部，我已有七天七夜没睡觉了，其他扶贫单位的抗旱措施都到了位……”

哪壶不开提哪壶，这是他不愿听到的。他之所以不想来乡政府，可能也有这方面的原因吧。

“……漆园村银行进驻了七个人，正副行长都来了，已开始为村里修水塔……老营村县工业局调来了三台水泵临时拉电线抽水浇地……我刚从姜家坪回来，那里县国税局投入了三万多元和二十多个民工，正在连夜打井和修路，黄家垭村就不用说了，电力公司又是电又是机械热闹呀……”

乡长不顾龙义海的尴尬，喋喋不休地说着，龙义海真想找个地缝钻进去。乡长是在故意羞辱他和他的图书馆么？

“我们虽说穷点，但也搞了点钱和水泥水管子上来……图书馆你是晓得的，乡长你当年在文化站也曾经与我们打过不少交道，编演唱材料倒是能找到一些有用的资料……”

“龙干部，现在的村里可没人让你还去编演唱材料搞宣传，现在只认吹糠见米的事，我也难办呀龙干部。”乡长从他的办公桌抽屉里拿出一张东西给他。龙义海接过一看:《只打雷不下雨的扶贫工作》。这是一封骨头峰村的“村民代表”写给县、乡政府的“信”，皱皱巴巴的。信对县图书馆的扶贫极为不满，提到了捐赠的三百多件旧衣裳中的那些让女人下身发痒的裤头（三角裤），提到了一些乱七八糟的书，提到了被村民抢光的、不能凝固的二十包伪劣水泥还有一些塑料水管……信上说村民有反感，扶贫是骗老百姓的，对此，村民现自发签名，联名投诉。后面是村委会的证明大印，说“经审查情况属实”，并有三十多人的签名按手印，红彤彤的指纹印像一杆杆带血的尖刺，刺中了龙义海的心。这些真真假假的姓名中，竟也有那天晚上去保护他，并发誓要状告村长的人。村长没出现在这封信上，可是，这封信的字里行间，分明能看到村长的阴阳笑意，他是幕后指挥者，也可能是一手操办者……

“那我没想到。”龙义海苦笑地说。

“竟是这样的？噢，确实，没有钱，他们反感……可我们并没欺骗呀？我们会欺骗他们？”他一路回去一路喃喃地说，“原来如此，这位粟田光老兄……”他伤心地说。

沤火粪的烟雾正在村子上空弥漫。那是很让人感到有些疏远的烟雾，像梦，像别人的村庄。他往山梁上走时，回头一看，一轮红色的月亮从身后升起来了，山冈和树丛成为黛青色，异常的肃穆和喑哑。进了村，那浓浓的火粪烟雾加上干燥的空气让人窒息。

我有一帘幽梦，谁能解我情衷，窗外更深露重，今夜落花成冢，春来春去俱无踪，徒留一帘幽梦……邓丽君在这个高高的山村哭似的唱着。

村长说：“群众盼富啊……我把我儿媳关在房里了。”

龙义海说：“我知道了，我理解你们的心情。”

村长显然有些心虚，理亏，他从鼻子和嘴巴里生硬地把烟喷出来，不停地掸着烟头：“……图书馆支援的钱，我们寻思着还是要引水来的，或是……按照你说的，种美国秋葵。”

“水呢？”他说，龙义海说，“我是问水。难道你没有告诉他们，这儿没有水了吗？”他的目光突然亮了起来，且咄咄逼人。

“我怎么没说？”村长有些慌乱，“我说过了。”

“你没给他们说这是百年不遇的大旱吗？”

“我又没活一百年，我哪知道，我只是给民政干部说了……”

“今年的救济是吗？”

“当然，给你是给，给别人也是给，我为什么不争？”

“水在哪里？”龙义海问，“给我一杯水喝。”

“还不给龙干部一杯水喝！”村长喝使他那坐在房门口的儿子。

房里传来了砸碗的声音。

“放我出去！放我出去！”

“应该杀杀她的威风！”村长咬牙切齿地说。

可龙义海感觉到村长牙齿缝里蹿出的冷气是冲他而来的。

“你说我现在应该怎么做才好？是继续待在这儿还是滚蛋？”龙义海说。

“哎，龙干部，你可别这么说……”村长揩着汗，汗滚滚而下，“事情好商量。”

“我不是在向粟村长请示吗？”

“哪能这么说……不知几时才能下雨？有雨了一切都好了，都解决了……”

“我哪知道雨在哪儿，我又不是龙王爷。我看还不是一两天的事。”

“那你就回县城休息几天吧，这里太艰苦，你们国家干部受不了的。我这没有别的意思，我这是关心你，龙干部。”

龙义海闻到了一股野羊肉的味道，在厨房的灶头上，那是鬣羚的肉。他看到了那边还有剁过新鲜骨头的痕迹，没有谁杀羊，只有麦家父子打到了鬣羚，是偷猎的。村长竟然分了一杯羹。

“在这里喝一杯酒。”村长说。他看到了龙义海好像在吞口水。

龙义海的确在吞口水，这是无法抗拒的生理反应，可他拒绝了。他说：“可领导没有命令我回去，领导要我在我的岗位上。”他坚定地说。

十一

“关于村长粟田光的十个问题”的检举现在在龙义海手里，牵涉到粟田光贪污挪用集体资金、多占好地、强奸妇女、乱搞两性关系、任人唯亲、乱砍国家山林、收受烧炭人的礼品礼金等一系列问题。没有秩序和正义的地方，就不会有什么正派的头儿。

我会中途开溜？他巴不得我中途开溜。那么我是不是应该走了？一年很快就会过去，得过且过，我不过是一个老实巴交的牺牲品而已，应该是别人来的，应该是更有能耐的人，给他们修路，修水塔，家家是到位的铁锌水管，自来水哗哗流，或者捐一所小学，电脑，加上几十套新的课桌椅，或是大笔资金，加上一口口的“锅”（电视卫星接收器）……

他思绪纷乱地走到马坊——他暂时栖身的地方。寒巴猴子瞪着一双野兽一样的眼睛从里间走出来，向他递过来几张纸，把龙义海吓得怔愣愣的。龙义海捻亮油灯，他看寒巴猴子，又看那信纸：控告诉讼书。扯淡，既是诉讼，就不是控告，哪来的诉讼老词儿。控告人：桑丫，女，现年二十岁，住骨头峰村一组……

桑丫！她控告的是麦半天的强奸！

“我要杀了他们！”一声石破天惊的怒吼，把屋顶的破瓦都震得嗡嗡抖动，屋里的那条草龙身上，芒草簌簌地一阵乱响。

“你瞎说，这娃子！是你写的吗？你帮她写的？桑丫要你写的？”

寒巴猴子的泪水夺眶而出，并发出“哇”的凄惨的嗷叫。他于是说了。说他想与桑丫耍朋友，娶她，可桑丫说不会与他耍朋友，只想帮他把房子要回来。寒巴猴子说如何能帮我要回来？桑丫说你一个人告他轻了，要告一起告，我跟你去，多个人告多份力量。于是桑丫就把自己的事告诉了寒巴猴子，识字不多的桑丫就要寒巴猴子给她写控告……

一个令人尊敬的乡村女孩挺立在龙义海的面前。为了帮助自己的恋人，战胜恶人，不惜拿自己屈辱的秘密作武器。这是一种什么力量和勇气！

“这不是丑事，”龙义海说，“寒巴猴子，你胸怀要开阔些，要原谅人家桑丫，她是在用全部的力量帮你，为你，她是把她的所有秘密都献出来了，她是个了不起的人！你不要胡来，相信法律，一定会惩治坏人的。”

“我的房子一定会要回来吗，麦家父子一定会被抓去吗？”

“会，一定会的！如果不惩治这样的人，法律还叫什么法律？！”他斩钉截铁地说。

龙义海心中突然涌动着一种东西，一种充满了尊严的东西，一种在这高高的山上激发出来让自己汲取的东西，一种自己身上从没有过的东西。

他要去找桑丫。他在桑丫家的门口停下来。这时候，暑热在慢慢消退，桑丫的爹瞎子老米在擂苞谷并唱着他的《黑暗传》。苞谷与苞谷的擂擦声在黄桶里嗡嗡直响。

……说江沽，有根古，江沽出世水干枯，广吸元气长成精，渐渐长大无比伦，一口喝干天池水，天干地枯无水分。江沽找水四方寻，千里万里多艰辛……

在山上，虽然石头的晒裂，使空气中有一股呛人的石灰味，但一些顽强的植物的气息还是依然芬芳，正从山坡间飘逸而下。桑丫出现在那个狭窄的木门口，明朗的月光照着她的有些零乱的脸，漂亮的嘴和鼻子，使人想到春天里雨水充足的植物，满是生气和活力。她把头发拢到后面去，跟着龙义海来到屋西头的一棵皂角树下。

"……你是想帮寒巴猴子？你真的很有勇气……不要怕，寒巴猴子会原谅你的，他会感谢你的。"他说。

沉默。

"有证据吗？有当时留下来的证据？"

又是一阵让人怜悯的沉默。龙义海知道他说了这一句后就再也不能说了，再也说不下去。他暗示她，是直接的证据，到哪儿流产都没有用，除非你把那个胎儿保存下来，除非你留下那个床单和短裤——光你的血还没有用，必须……必须有那个禽兽麦半天的那种脏物……那就是最有力的证据。他怎么说呢，怎么说出口？他说了："要有一些证据，但事实在这儿，他跑不掉的，他要受到人民政府的严厉惩罚的。"他说。龙义海还要向她说什么呢，他认为他要决定了，他不能躲避了。他躲不了，这就是现实……

合规合矩的"民事起诉状"落到了龙义海的手上。

寒巴猴子和村民们终于知道了怎么写状纸，一份一份地来了……

骨头峰村潜藏着一种隐隐的不安，一种骚动，一种山雨欲来的征候。天上没有乌云的影子。我将带着这些回去，它可能将惊动县里，可能把骨头峰的事解决，人们欢欣鼓舞，也可能让领导对我嗤之以鼻。

当早晨起来欲踏上下山之路时，他打开马坊的门，看到了十几碗清冽冽的水摆到了门口。

山民们，我可不是“青菜大臣”也不是龙青天。他看着那些水碗，眼睛潮湿了。有人在树林里窥视着他。也许是对他满怀期盼的村民吧，也许是那些恨他又害怕的人。他们看着龙义海背上了背篓，对寒巴猴子说：“这些水，还给老乡。”

寒巴猴子点点头。

“‘一碗水’又来了水吗？”他问寒巴猴子。

寒巴猴子摇摇头。

他在想若官司开庭，事情捅出去了，赢与不赢，他与桑丫今后都无法在这儿待了。可以在县城给他们小两口找个事做，打点工，自己弄个摊位也可以生活。

“你没想到去外面打工吗？”他问。

寒巴猴子没摇头，也没点头。

“总有办法生活的，人是逼不死的。要对自己有信心。”龙义海说。他收拾着东西，也收拾着那些纸页，把它们小心地放好，放进背篓里。

他跟村长讲，他是回家休息几天的。村长是这么说的。不过成与不成，他再回来时，一切都会捅穿。这么些人的口，这么些巴望他的眼睛。此一去将是开弓没有回头箭了……

“我再等半个小时，如果乡里来人……”

不能再等了。他步履沉重地走了出去。他要趁瞎子老米拉他去给草龙点火之前离开，否则就来不及了。老米说这次一定要龙义海亲手点。那次求雨后之所以没下雨，就是因为龙义海没伸他们一手，龙王爷不高兴。一笔写不出两个龙字嘛。

“你给米伯讲，千万千万要注意火灾，今天天气预报咱们这儿是五级火险了，乡里交代又交代了的。”他吩咐寒巴猴子。

看看天，好像一口热气也可把树木点着似的。

这是第八十七天。

残忍的太阳喷薄而出，把它永不止息的火焰泼泻给大地。整个山冈和植物在那种闷热的空气里动荡，好像漂浮在水面上一样，其实这是一种干旱的蜃景。空气其实凝滞未动，人闷得张大着嘴巴喘气，是不是要下雨的前兆？

就在他离开马坊不一会，还没出村口，就听见一阵锣鼓火钹的嘈杂声。这声音像一阵急雨催督着龙义海的脚步。他避开，但永远也不会反对。这些村民，他们只能盼着天，盼着龙王爷。除此之外，他们还能盼什么呢？龙义海为自己的无能而愧疚。他只能走了。我不能给他们做什么事，可是，我要做点别的，别的……

求雨的仪式开始了，铳响了，惊起了一群苦荞鸟，它们“苦啊苦啊”地向更远的村子飞去。一阵阵男女老少撕心裂肺的、绝望的“天干地渴，老龙下河”的呼祷，像山潮一样压来……

他真想哭。他想在没人的地方大哭一场。他想吸烟，又把烟掐灭了。天气太干燥，到处都是沙沙作响的枯崩崩的植物。

他喘了口气，接着再赶路。他卷了裤腿直起身子时，突然感到一股风袭来。一股灼热的风。他看见了火光！还有浓烟。那是烧草龙的火光吗？它们为什么越升越高？为什么有了尖叫声？

隔得很远，他正在纳闷时，一道火龙突然从黑龙洞那边向这边蹿来，喷吐着长长的火舌，惊慌失措地夺路而来！

有一座山烧着了！

是山火，舞草龙点火的人烧着了山上干燥的一碰就燃的植物——这是一定的，他有这个预感。难怪他一个早上都像掉了魂似的。

龙义海向火场跑过去。他上了山坡，他看见了四散奔逃的人们。他发现不仅树木烧着了，连那些奄奄一息的庄稼也烧着了。

“救火！”他大喊。他的喊声在这燃烧的山上简直太微弱，比一蓬巴芒燃烧的声音还细小。火燃起来时，烧着的东西会轰轰地惊叫，发出各种沉闷的炸裂的声音。

他折断一根松枝，向火头扑过去，那是谁家的地，谁家的苞谷和遗弃在山坡上没了水分的香菇木耳棒——一色粗细的花栎木，也着火了，一股树木燃烧的清香冲他而来，好像要迎接他拥抱他。

他拼命地扑打着。整个的山冈都在燃烧，骨头峰各种美丽的树木，乔木和灌木都着了火，到处都是劈劈叭叭燃烧的声音。大火不一会就舔到了太阳，太阳燃烧得更艳丽更妖冶！

他发现他的头发和眉毛都让火给舔走了，一股焦煳的化学味道钻进他的鼻孔，烟尘滚滚，他简直睁不开眼。火带来了风，也许起风了，果真起风了。火势像无数匹火龙翻滚着，以其飞旋恣肆的姿态向山坡的每一个角落漫漶而来，树枝和苞谷茎秆的猛烈反抗只能使它们叫声更惨，一会儿就化成了灰烬。

龙义海被火烤得大汗滚滚，他的扑火的松枝也烧了起来，只剩下一根光杆。他想再去找一个扑火的工具，发现他已经站在火海之中，四面全是火，火，火……

浓烟滚滚……整个骨头峰都飘浮在烟雾里……

龙义海蹚着火，他甚至想向那个山口跑去，因为那是上风头。那里——在他倒下的时候，似乎还听见了瞎子老米“烧死旱魃”的诅咒声，那声音声嘶力竭。他还听见了雷声，是真正的雷声，正横过骨头峰的天际，向这块久旱的大地滚滚而来。后来，一阵令人窒息的热浪卷来，脑袋里一阵爆炸似的轰响，他就什么也听不见了。

傍晚，盼着下雨的人们，站在烧焦的山头终于盼到了第一滴雨滴在被火烧光了衣袖的肩头，滴在了焦枯的脸上。火在向西天退去，那儿，壮丽的火烧云在越来越厚地聚积着，像膨胀的泡沫，雍容华贵，占领了整个苍穹。天地间满是大火褪尽后的耀眼的光芒。

到了晚上，上山救火的人在倾盆大雨中才发现烧成一团的龙义海，他的双手紧紧地抱在胸前，人们把他的手死劲掰开，发现胸前有一些东西竟没被烧净，而且是一些极易烧着的纸片。可他的人已经烧焦了。

云彩擦过悬崖

守卫在凌霄的人啊，

为我打开蓝色的天门。

——叶赛宁

天刚放亮，我就指着冷杉林中的一条小道，对自己说："宝良，你挑水去！"我不是在心里说的，而是大声地说。不知道从哪一年的哪一天开始，我就对自己说话了。我怕自己听不见，总是从肺部扯出气力来，斩钉截铁地命令自己："挑水去！""洗衣裳去！""雷打痴了，伙计，动呀，看西南边有没有火情！""不要再喝了，就这一杯，喝死了没人收尸！"

我下去挑水。

水在离瞭望塔两百多米的地方，在一个陡岩下，一个小小的沁水窝；那是从岩缝里渗出的一滴一滴的水，因为水太少，没有多少潮湿的苔藓，又被箭竹和草丛湮埋了，以至于我在此多少年竟没有发现它。大约九年前，林区派了几个人来，发誓要为我找到水，他们拉网似的从塔周散开去，一遍一遍地寻找，终于找到了这个足足让我一个人开销的水源。于是在下面挖了个坑贮水，一天可以挑一担至两担，虽然挑回的水充满了草叶和泥巴，需要过滤沉淀，但这总比到两三公里远的板壁岩和巨锯岩去挑水强多了。而在更远的时候，我吃水都是山下用拖拉机拉来的，半个月甚至一个月拉几油桶来。水太金贵，那时候，我不到下雨是不洗澡和洗衣的；下雨了，便将大盆小盆拿出来接。冬天呢，冬天就化雪水，将油桶放到火盆边，装上雪让它慢慢融化。雪也不干净，这高山顶上的雪，有许多杂质，是天空带来的，越过秦岭的北方冷空气挟带着细密的沙尘，一直漫卷到这里。

我挑了一担水，喘了口气，就打开楼下的发电机房发电，再回塔里打开电台。我有三个电台，一个是801接收电台，一个是转讯的，另一个是用电池的老式小功率单边带短波电台，无锡无线电厂生产的老古董。过去我就用这个老古董，现在，当没有汽油和机器坏了，我依然用一下。如今我用的电台当然是很高级的洋玩意儿了，接收机与林区防火办联系，一个转讯机是与山上的巡护员们联系的——他们上山清山清套（套野兽的钢丝）都带有对讲机。我打开接收机，就听见了陶大沟俏皮的声音：

“老哥，还活着哪。”

“那当然，”我说，“大狗子，什么时候上山来喝一杯？”我叫他大狗子。

“算了吧，老哥，只要你没火情，比喝金六福还高兴。”

“没有，今日早上没有。”

“不过这个季节一定要小心呀，几天内还没有雨，风把人的眼窝都刮干了。”后来他突然说，“差一点忘了大事，老哥，晓得什么大事吧？”

“什么大事？”

“你猜吧。”

“是不是给我找接手的人……”

“对了，你要下山了。”

“你怎么知道的呢？”

“我昨天到局长办公室去，听局长在同一个小子谈话，谈的正是上山的事。”

“是哪个？”

“关门河保护站的小赖，你知道吗？”

“小赖我当然知道，小赖有小孩了。”

“他们准备全家上山。我看那架势就是这样。老哥，你解放了。”

“好啊好啊，人是要解放了，也老蛋球了。”

“你不老蛋球，你跟儿子争媳妇啊？！”

我的心里很高兴，我就要下山啦？我终于下山了，我今年五十八了。我想提前一两年下山，看来有希望啦。我之所以想提前退休，是因为我害有严重的风湿病，眼前有严重的幻觉，脑袋和脸皮因几十年紫外线强光的照射乌黢麻黑，麻木。屈指一算，我待在山顶已经有二十六年了，我的女儿死在了山上，我不能再死在山上，我得下山，过几年有人气的日子。

我上了瞭望塔顶。白色的塔柱像蘑菇柄，又高又细，而塔顶的瞭望台就是蘑菇盖，八个斜下来的窗户就是瞭望孔。天上的云很厚重，有时候太阳会把它们顶开。顶得开，天就晴了；顶不开，天就是阴的，甚至会大雨瓢泼。这全凭太阳一时的兴趣。我总是这样看的。因为太阳尚在沉睡之中，在东边，靠兴山和木鱼的方向，层峦叠嶂的上边，天有一块是红中带青的，这表明太阳在出与非出之间。太阳是个有脾气的红脸膛大汉，而月亮却是一点脾气都没有的谦谦淑女。但是浓云出现了，是从西南面的巴东和长江一带出现的，近处有下谷坪；正西的云是暧昧的青色，西边是四川和大九湖——就是那所谓的几万亩高山平原，其实是一块大洼地，一个大冰斗。西北边呢，是陕西和房县，近处自然是美丽的板壁岩和巨锯岩了。而顺着猴子石走去，靠竹山县，那儿有一片真正人迹罕至的原始森林，那才是最具有神农架特色的地方，现在，那儿有一个山西来的大胡子老张正在寻找野人，长期露天居住，他跟我一样啦，完全不食人间烟火啦。正北是阴峪河、百步梯、板仓，更远也是陕西。现在，就回到东北方向来了，从这儿有小路下山，如果没有车，我情愿走这条小路，穿过闷头沟，到达小龙潭，再到鸦子口。可是闷头沟让人无缘无故地闷头也是一桩难解的事。那儿有浓密的药用植物，灌木丛生，乱石水沟从里间穿流而过，植物的气息和苔藓的气息、腐殖质的气息，让人朣朦难醒，脑壳发胀，甚至会出现被怪兽吞噬的幻觉。

这是神农顶，华中最高峰，瞭望塔的所在地。其实，在正西方还有一座比这儿高出十几米的无名峰，因没有人去，它就只能叫无名峰了。在这四周，有许多超过三千米的山峰，韭菜垭啦，老君山啦，金猴岭啦，巴东垭啦，杉木尖啦。还有稍矮一些的大窝坑、白水漂、猴子石、天葱岭、药棚垭、踏子垭、凉风垭。在它们的底部，响岩河、阴峪河、双沟、落羊河正日夜不息地奔流着，在属于它们的峡谷里狮吼一片。而在山上，当然声息未闻。这山顶太沉寂太荒凉啦，可我就要走了。我的脚下，风起过，四围的箭竹发出干涩零乱的喧嚣，一阵一阵。不知为什么，它们在近几年几乎全死亡了，而新的芽子，正缓慢地、稀稀落落地从死根上萌发出来。冷杉在风中受到了鼓舞，它们总是很容易亢奋和愤怒，在塔的背后，一片巴山冷杉林总是造蛋的先锋。它们装鬼，哭号，它们站得笔直，它们枝丫纷陈，阴森恐怖，它们爱闹事，在半夜里会把你呼醒，然后鬼哭狼嚎，有时候，它们日夜不停地大喊大叫，像一群疯子。我说停下吧，停下吧，难道你们就不累吗，这些鬼树！可它们根本不把我放在眼里。有时候烦了，睡不着，早晨睁开通红的眼睛，我也会爬上塔顶去，与它们对嚎；我大叫，我用双手拢成号筒，“嗷——”我这样叫着，看谁的声音大吧，看谁更恐怖吧。我这样叫习惯了，有时候，我对着夕阳会叫上半个小时，我也不知道是为什么。我叫得喉咙哑啦，气全泄啦，满山遍野都回荡着我的叫声。声音打回来，还是单调的，有时候，我听见我的叫声回来了，忽忽悠悠地回来了，无比地阴森恐怖，仿佛一头囚禁的野兽。我问我：“宝良，你这是怎么啦？”可是后来，我控制不住了，我必须大叫一阵，心里才会舒服些。

风大了，云也浓了，乌云如跑马，重重的山岭突然动了起来，云气呼噜呼噜地往上冒，好像四山着火了一样，在乒乒乓乓地燃烧。可那是错觉，没有烟雾。那只是下雨的前兆。真正的火警可不是这样的。比如云和火烟，都冒白烟的话，云是散漫的，看起来像烟雾，而真正的烟雾是往上冲的，你只要发现往上冲的云，那就是起火了，你就得赶快打开电台报告，那是十拿九稳的。

每天，我要与山下的防火办联系两次，到了秋季的高火险期，可以增加到四次。这是我唯一与外界、与人说话的时候。其余的时间，我就只好沉默或自言自语了。

雨下了起来，同时响起了雷声。在这样入秋的季节，雷声并不稀奇。雷越来越大，雨越来越猛，群山奔涌，天地昏暗，我看到雨打在山坡上，树林里。雾气一团一团地自西向东飘浮，我对眼际这山顶的一切突然感到新鲜起来，因为，我要走了，我的眼光变得忽然好奇了。我就在这里生活了二十多年吗？春去秋来，年复一年？我往塔下走去，我不能扶墙，只好直噔噔地顺着这螺旋楼梯往下走。一到雷雨天气，这墙一摸就双手发麻，整个塔壁都带电。

早上我吃的是懒豆腐，是昨天磨的。我就想，磨子不需要钻了，我得把那把錾子还回去。可是雨下了起来，我如何能把錾子还到阴峪河鲁磨匠儿子鲁娃子的手中呢？我非常急切地想把錾子还过去，我想告诉他们，我要下山啦。我要跟他们告别，我要把山上不能带走的东西给他们。可眼下我想归还那把錾子才是要紧的事，我已经占用人家的这工具太久了。我不停地磨呀磨呀，凿呀凿呀，我想我是不是太霸道了。我就说："鲁磨匠，我给你把錾子还过去了，我早该还了。"鲁磨匠死在我堆杂物和烤火的那个房里。那一年春节，我没有办法，我想回兴山的老家一趟，我记得那一年是我在山上整整过了五个春节之后，而那一年我与我的老婆吵得不可开交，我想趁春节去弥合一下感情，就请了阴峪河给我钻过磨子的鲁磨匠代班，替我守几天塔，反正冬天雪壅得厚，火险很低，不需要开电台与山下联系。我把塔门的钥匙交给了鲁磨匠，还把我儿子提上山的两刀腊肉给了他。当然了，磨懒豆腐的一袋子黄豆也放在那儿。他从家里还带来了不少的洋芋、白菜，又有一大壶的蜂蜜党参酒。鲁磨匠的这个年在塔里没有说的啦。可是我二十天回来后喊门门不开，我只好撬开了门，看到鲁磨匠在烤火的杂物房坐着，手上还端着一杯酒，他早死啦。他不知道这样用水泥建造的砖房是跟他们那四壁透风的土坯房不同的，在这样的房里烤火，把窗户和房门关得严严实实，那是肯定会因为缺氧窒息而死的。恰恰这一点我忘了交代他。

鲁磨匠死了，我没有了钻磨子的人，我还得磨我的懒豆腐，我就借来了他生前用过的錾子，自己学着钻，嘿，竟然钻会了。

雨下得太大，我不能走这样的山路到阴峪河去。在我出门去塔底下抱柴时，我看见鲁磨匠出来送我。我就说：

“我不是给你送錾子去的。你放心，我不会拿走你这把錾子的。”

天色无比地晦暗，雨水挟带来一阵一阵的寒流。烟霭如墨，山影如魅。我想我得吃一只腊蹄子，庆贺庆贺我即将下山。我拿起了柴刀，鲁磨匠的影子就散去了。我得给他祭一杯酒，我在想。我刚才看到的影子就是那红扑扑的脸膛，抹着胡髭上的酒沫星子的样子。我并不害怕他，他满面红光，火气很高，这样的死鬼是无须害怕的，这样的死鬼不害人。他喝了酒就会说阴峪河的事，说这家，那家，那家，这家的事。说打猎、守庄稼的事。他还喜欢说巴东、兴山、四川那边的事，因为他背着大大小小的錾子和锤子到那些地方去钻过石磨，他什么都知道，然后我就说：“鲁老弟，来，再抽一杯。”他就抽了，喝得吱吱响，喝得那个响法，就像酒是玉皇大帝赐的甘露，他喝酒才真是喝得有滋有味哪。跟他喝酒，二两的量可以喝出半斤来，我爱跟他喝酒。那时候，跟他混熟了，他常请我去阴峪河给他的庄稼地看野兽的脚印，守庄稼。我当然得去，有酒喝，而且我的确在行。看野兽的脚印预测它们哪天还会再来。哪天不会来了，不会糟蹋庄稼了。这可是我的一点特别技能，没有谁不服的。跟你说了吧，如果一头野兽在一块田里吃庄稼了，它按原迹返回，这天晚上它肯定会再来，今晚不来明晚肯定来，这两天你得好好地守了；如果它吃了庄稼，再笔直走出田，它就不会再来了，你就不必守了；如果它的脚印跟来时的脚印呈45°角离开，三天后它一定会来，这两天你就不必守了，如果是呈90°角离开，四至六天，最多六天它一定会来。所有的野兽都是这个规律，大致如此。野猪、熊、豪猪、猪獾、麂子、獐子，可能有区别，区别不大，我这里主要说的是野猪和老熊，嘿，它们可厉害了。说到我这点技巧，是多年摸索出来的。我在山上，还包括年轻时打猎，我这人就爱琢磨，喜欢安静。看兽迹我过去主要是为了打猎，所以，我最先琢磨的就是：这兽是啥兽呀，多重呀？是小的是老的呀？是活泼的是快死球的呀。后来，我能一目了然了——这可真神。健康的兽，脚印踩下去，正中间有一个坑，有坑表明此兽足下有一坨肉，证明兽很健康；无坑印，表明此兽正在衰老或正在生病。寿岁呢，看指甲印，指甲一个长，一个短，不健康；一个弯一个直，也不健康，两个起翘的，证明此兽快死了。足印起包不起坑，也快死了。看寿岁，还可以看足距，后蹄子（爪子）踩到前蹄窝里，有一半寿岁；后蹄踩不到前蹄窝，此兽大限到头了，你追此兽，一定能成。

在阴峪河，我看兽迹，那可是这家请那家接的。一年辛辛苦苦的庄稼可不能一下子给野兽糟蹋了。于是这个“宝良哥”，那个“宝良叔”，拉我去喝酒，膀子都拉脱。老的少的，见了我，满目含笑。不过这也只有在秋季，一年只那么一回，其余的时间里，我就一个人待在瞭望塔里，在这方圆几十里荒无人烟的高山上，看着四周的群山，看着森林里的火情，日复一日。

我取下了一只像石头一样的腊蹄子，在炭火上烧了毛，烧了因潮湿和久放而长出的绿斑，用砍刀剁。剁一只蹄子难，煮一只蹄子也难，在这海拔三千米的高山上。我想，反正有的是时间，我放好了佐料：野花椒、芫藿，还有紫苏叶子、辣椒，我再刮洋芋。这一袋洋芋是鲁磨匠的儿子鲁娃子背来的，我给了他两包烟，他推说不要，后来还是收了。我总是吃他们的，我的心里总过意不去。过去，我们是仇人，鲁娃子是准备砍掉我的脑袋的，因为他父亲给我代班熏死在这里了。有几次，他拿着刀，咬着牙齿，守在我的门口，有时候，会一坐一夜，山上的寒露都没把他冻死——那时候，他才十一二岁。他当然杀不死我，但是他的恒心和恨心让我心惊肉跳。这小子，后来，他就给我送洋芋了，送瓜果了，喊我“宝良伯”了。这是以后的事。他说：“宝良伯，我给你拿了点蜂蜜。”“宝良伯，这是刚放的酒。”我一闻，香啊，苞谷酒。我就把鲁娃子让到塔里，给他做吃的，然后，我就托人下山给他买棉袜子，买解放鞋。山上的山蚂蝗太多，穿上棉袜子挡蚂蟥。那一阵，虽然他要杀我，我背着枪还是去了他家，帮他家看庄稼。看庄稼是男人们的事，他爹死了，他还小，我就拿起枪给他们照看，帮他们观察蹄印。我还给他家收庄稼，刨地，出粪。我亏欠他家的。慢慢地，他就对我解开了眉头，拿刀子的手也垂下了。

我在咕噜咕噜的肉香中等待着开锅。我斟好了酒。外面的雨还在稀稀落落地下，风把树上的雨簌簌吹下来，死去的箭竹林发出荒凉的、过早到来的冷噤声，飒飒作响。山上现出了秋意，草甸上的风毛菊算是开了，到处黄艳艳的一片，而紫羊茅、青茅和藁本快枯黄了，柴胡、火绒草藏在它们中间，依然有一些绿意。在东北坡往闷头沟下去的方向，一丛丛的山楂和峨眉金银子正在雨中兀自红着，大红泡在灌木林的深处也暗暗地红着，看上去像洒了一地的血，好似野兽们在那里搏斗过。昨天晚上，有几只九节狸就在那儿呜呜地打斗，它们大约是争食有几个游人丢弃在那儿的食品。总之，秋天来了，而风将更加劲厉，山冈将更加荒凉和冷清。雪虽然不会马上就下——现在的雪向后推迟了，推迟足足一个月。而当年我来到山上的时候，在二十多年前，这山上总是在九月十七号至二十号下当年的第一场雪。我已经摸出了它的规律，大约进入八十年代后期，具体是在一九八六年，第一场雪就推迟到十月了，如今，初雪的日期总是在十月上中旬，而且雪也没有那时候大了。

我开始喝酒的时候雨已经住了，西边开了天，云彩在山谷间浮游，已如强弩之末。我给鲁磨匠敬了一杯，把酒洒在火盆的旁边。我用手指卡着玻璃杯子，我想喝上大半杯也就可以了，可是后来我又倒了半杯。我的牙齿还好，能扯得动蹄筋，我的舌头对那熏出陈年老烟味的腊蹄十分偏爱，加上酒的滋润，我就想说点什么，我说："噢，我要下山了。"我看了看空空荡荡的塔内，一盆火，两张人造革的露出填充物的破沙发，一个茶几，四把柳木椅子。我一个人喝着酒，西天里的红霞正从窗户外反射进来，它们依然离我很远，给我的感觉是，它们在别人的村里热闹着，不管多大的夕阳，不管多大的朝晖晚霞，离我都是远的，我寻思是因这圆圆的塔内太空阔了，而我显得多么渺小，简直像一只蚂蚁。有时候，我甚至忽略了我自己。整个塔内就是风、夕阳、陌生的云雾和空气，它们直往窗户里灌；而在更高的塔顶，在那个蘑菇似的平台上，我就像站在一只怪兽的脑壳里，它有八只眼睛，空洞洞的眼睛，没有眼珠子，它是个死的，是个空壳，它站在这么高的位置，像巨兽的遗骸，被山风和冷雾掏空了，和巴山冷杉，和华山松、山柳、刺柏与花楸站在一起，站在时间之外，在这里，像一座远古的废墟那么挺立着，而我呢，我当然只能是一个幽魂，一个自以为活着的、快乐的、能喝酒和行走的古堡幽灵。

我喝多了，我啃了一地的猪蹄子，我吐着酒气，我又喝茶。我摸索着到塔底去开发电机，我要与陶大沟“大狗子”联系：无事，下雨哪来的火警呀。

通往大九湖和坪阡的路隐隐约约地印在白水漂那儿。我的腊蹄子就是坪阡的人送来的。八百瓦的小发电机在塔底响着，就让它响去吧，在这日近黄昏的时候。我倒在床上，酒让大脑有些迷糊。我望着屋顶，我在想，我回老家与儿子媳妇住一起去吗？我当然要回老家去安度晚年。我还有一点积蓄，我的工资也不错，五百多块钱，他们不会不欢迎的。可是，我碰见了田菊英呢？田菊英也跑来给儿子带孙娃儿，跑来玩呢？那我就回单位，找领导要一间平房也可以的，我没有功劳也有苦劳，我是正式职工，我当然得要一间栖身的屋子。我不愿见到田菊英，我的过去的老婆。我为什么不愿见到她？因为那都是过去的事了，唉，过去的事情。

我是三十二岁上山的。那时候，我在伐木队伐木，林场的领导对我说：“苏宝良，你愿意上山去守瞭望塔吗？你反正一个人，你这人又爱安静。”我说，那就去看看吧。我实在不愿伐木了，一声“顺山倒”，又不知哪一个兄弟被树砸死。我的一个很好的兄弟，在伐场清山时，一根缠着搭挂树的粗大猕猴桃藤把他给弹石子一样弹上了半空，落地时撞到了岩石上，一声不吭地就死了。就在第二天，我答应来山上。我记得那是一个雪天，我和两个送我上山的人背着行李。我们从鸦子口经过大、小龙潭，又翻过金猴岭和巴东垭，到达瞭望塔，山上的雪足有一米厚，十八公里的路程，从早上走到天黑。送我的人说，这还不算最大的雪，最大的雪有两三米深，人一下去就爬不出来了。我进了塔，一切似乎给我备好了，还有千把斤木炭，我说行吧，我就留下来吧。其实那时候我已经结婚了，可是这事我左右没给场里说，我就是这么个人。来年五月开春的时候，我就把我的老婆田菊英接来了。五月的雪还没有化完，山上的冬天足有二百五十天。我的老婆来后半夜不敢出去，把我那洗脸的脸盆拉了满满一盆子尿——那都是吓的！我就说，这像什么话，你要是住不惯，你就滚蛋。她果真就滚了，一个人哭哭啼啼地下了山。她是个刚烈的女人，自以为是，从来不屈服的。也就是从那之后，我们的感情就基本完了。

我上山以后的某一天，风雪弥漫，从巴东垭方向走过来一个人，在雪地里跋涉。他背着两扇磨子，胸前背后各挂着一个。我老远就给他打招呼，我说：“咳，过来歇歇脚。”他就从丁字路口往我的塔里来了。他说他姓鲁，在下谷坪帮人打了磨子的，是个磨匠。他跟我的年龄相仿，人也整个像一副石磨，两只眼睛青乌乌的发硬，就是一双豹子眼；十个指头粗短，右手捏着一把黄桶锤。我说：“你把这副磨子卖给我吧。”他说：“这磨子我跟别人钻坏了，我准备背回去自己用的。”我说：“何必呢，我给你钱。”

我给了他一块五角钱，买下了这副青紫石的磨子。他说："嘿，嘿！"他拿着钱，说："以后我背洋芋给你吃。"他是阴峪河的人。我推了不多久，磨齿就磨平了，有一次他上山来，我就问："鲁老弟，没带錾子来么？"他说："你的磨子要钻了？你一个人怎么这么费磨子呀？"我就说："是你的石质不好。"他就火了："也就一块五角钱，我才不愿背这个冤枉呢，我把钱还你！"山里人的脾气真是大，说话不会拐弯儿，就像遍山的石头说话一样，我就给他敬烟。他看了我的石磨，又看了我一大锅煮的懒豆腐，明白了，说："难怪的，你未必一天到晚在推黄豆？"我就说："一个人待在塔里啥鸡巴事，不推黄豆干什么去？"我不停地磨黄豆，我的豆腐磨得特别细，一锅煮的豆粉儿，竟没一点豆渣，一把黄豆在我的手上，可以磨半天。就是这么，我不停地磨呀，磨呀，来打发时光。

不磨又能干什么事呢？我这人劳碌惯了，一个人坐在塔里，当时又没有什么电台跟下面联系，要是有事，要是发现火情，我就得跑步到十八公里外的山下鸦子口去打电话。我一个人呆坐着，我当然可以去巡山，也就是白水漂到闷头沟隘口的这一段距离。山上的箭竹呀，草甸呀，每一棵正在活着的或死去的巴山冷杉呀，华山松呀，秦岭冷杉呀，还有槭树、花楸、山柳、刺柏和两株罕见的数十米见方的匍地柏，我都了如指掌了，熟悉它们就像熟悉我身上的癞疤。有一次，我在闷头沟那儿挖到了一棵人形的黄芪，我把它放在窗台上，让它陪伴我。这是棵公黄芪，裆里还有鸡鸡。有一天晚上我看见它从窗台上跳下来，摇摇晃晃地在塔里走动，向我笑着，给我点烟、倒茶，还翻跟头逗我乐。后来它就变成了我的儿子乒乒。我就说："乒乒，你干什么呀，你可不要玩火。”我看见他给我点烟的时候拈着一块炭火，把火星吹得满山飞舞，真玄。这自然是做梦。可是醒来后，我就更喜欢上这黄芪了，怎么看，都像我的手臂白亮如藕节的儿子，活脱脱他的一张照片。

我三十岁才结婚，因为伐木队里男多女少，我这种口齿木讷、闷声闷气又成分不好的小镇人没有谁会喜欢。我的父亲最早的时候是县衙的录事，因为得罪了县长，字也写得不咋样，这录事就被开销回来了。后来，在小镇的基督教堂里跟一个叫郭约翰的法国牧师抄写经文。我们那个贫穷的、一泡尿可以屙到头的江边小镇上，竟有两座教堂，一座基督教的，一座天主教的。我的父亲趿着中国的桐油木屐，却穿着一床宽大的牧师袍子，就像裹着一床被单，胸前挂着郭约翰给他的十字架。我的父亲被称为假洋人。在我的童年的记忆中，我的父亲每天在基督像前祈祷，在身上画着十字，他不停地念道：主啊！你是窑匠，我是泥工，我愿受你雕塑，满有你的荣形。靠着生命与圣灵的能力热心行善，成就上主之旨，得众民的喜爱。阿门！他用我们小镇的方言念着那些佶屈聱牙的经文和祷词，真是不厌其烦。在那个长江边的山坡小镇，他面对长江，高声喊道：唯愿公平如大水滚滚，使公义如江河滔滔。其实他曾掩护过地下党，兴山最大的赤色农会组织大刀会，就是在我父亲的教堂成立的，并作为交通点。以后他不知怎么被打成了右派，在我们小镇的制帽厂里学会了踩缝纫机缝草帽。“文革”开始的那一年他患了重病又要拉出去批斗，只好一头扎进了长江。在他留下的笔记本上，他最后的字迹是：主啊，我知道舍去并不意味着缺乏，牺牲并不代表消失。将会使更多的生命随之兴起。我愿效法那一粒默默承受舍去和牺牲之痛的麦子，将生存的希望与快乐留给他人。阿门！他还写道：疲乏的，他赐能力；软弱的，他加力量。我记得这句话，我永远记得。我在想这个基督为何有那么大的神力。父亲给我们说过的一些故事，告诉我们基督怎样降世为人，基督是怎样全知全能，创造万有，基督是怎样复活和升天的，而且基督会再来。关于基督会再来的热望我慢慢地淡忘了，我在家里没有工作，勉强读到初中，因是右派子弟，也不能升高中，更不能安排工作。我的母亲拉扯我们，甚是辛苦，我只能做些小工，比如背棉花匣子啦，给收购门市部打包啦，给食品站下河赶猪啦。有一天，神农架林区在小镇招收伐木工，有饭吃，有工资，我就报名来了。我的老婆是我的街坊，一个长得没有多少特点的、瘦里瘦气、黑皮溜秋的女人。过去没结婚前，我对她没有特殊印象，她的家用石头砌在一个乱石成堆的水沟旁，好像随时要垮掉的样子，一大窝姊妹，父母又邋遢又没有文化。镇上的人给我做介绍，说就是田茅匠的三丫头。我努力回忆起那个三丫头，才从记忆里扒出一个灰头土脸的姑娘来。我说，那就结吧。我大她八岁，我给她家拿去了盒装的点心，草纸包的水晶糕，还有一段花布，加上从神农架带回的一只腌了的麂子，两个麝香囊，乌七八糟的一些东西，就成了家。他们都知道我是右派苏牧师老实巴交的儿子，在神农架砍伐木头，三十岁了还没找对象。每年春节回来的时候穿着工作服，脚蹬大棉靴，在伐木队拿工资，还算神气，虽然有点呆头呆脑，长相老扮。

我的第一个孩子是个儿子。来信说老婆生了，我也没多少惊喜，我接到信，在冰天雪地的伐场里，我一个人坐在雪山上看了家里的信。信是老婆请人写的。让我给儿子起个名字，我就回了信，说就叫苏兵吧。就这样，儿子叫了苏兵。我依然在伐木，早出晚归，睡在伐木队的统铺上，吃着没有油水的洋芋和鱼儿掺沙（苞谷加少许大米）。再后来，我的女儿又出生了，又是来信，要我取名，我回信说看着办吧。我想不出好的名字来，后来我回去女儿都有了名字，叫燕子，学名苏燕。我也没问谁取的，就燕子吧。无所谓，我已经到山上守塔了，我一个人吃着懒豆腐，观察火情，筒着手在神农顶上走来走去，远在兴山的女儿叫什么，那关我何事呢？莫非我是个无情无义的人？不是这样。我一年回去一次，顶多两次。有一年夏天我回去，我发现我那淘气的儿子竟在江边玩水，而我那连走路都不稳当的女儿也在江边扔石子。西陵峡的水是相当急的，我吓出一身冷汗，跳进江里拽上我的儿子就是一顿猛揍。我在想，作为一个父亲，应该每天跟在儿女身边卫护他们才是。那一阵子，我成天提心吊胆，生怕他们又跑到江边玩水去了。可是，我无法天天如此，我又回到了遥远的神农顶上，在三千米的高峰上。我总是朝兴山的方向望着，一闭上眼就是西陵峡黄浆似的湍流与漩涡。然而，过几天我就淡忘了，遥不可及的事情，被眼前我的工作，我的瞭望与巡护，我的磨黄豆和每日三餐的烦事儿给冲淡了。就是这样，眼不见心不烦，我与他们，我的老婆和孩子没有了感情。牵挂吗？没有牵挂。说真的，没有。只有见到他们，我才记起我是一个父亲，或是一个丈夫。在生活的漫长暗示和默认里，我以为我原本就是一个人，没有父母，没有家庭，一块山间的无根云而已。

可是我的女儿上山来跟我做了几天伴，在这儿玩了一段时间后，我发现我是太爱她，爱他们，我的孩子们了。大约在一九八八年的夏天，有一天傍晚，两个去罗圈套和百步梯清山的护林员带着一个瘦筋巴骨的黑皮女孩来到了塔里，两只猴板栗似的褐色眼睛滴溜溜地乱转。我问他们："你们带的是谁呀？"他们说："这是你的女儿。"嘿，我已有两年多时间没回家了，我的女儿当时已经有七八岁，而我最后见到她时，她才五六岁。我哪认得呀，我认不得她了。我的女儿又不喊我爸爸，歪埋着头愤恨地、警惕地朝我望着，手上拿着一个脏兮兮的书包。我说："你是燕子？"她也不作声，只是瞪着我。到第二天她才喊我一声"爸"，那是因为她饿了。她问我："爸，那是什么花呀。"这闺女，她对花感兴趣。我就告诉她那是一种很毒的羊角七的花，另一种却是蹦芝麻，圆筒似的，小酒盅儿，麻黄色。我就爱摘这种植物叶子下到懒豆腐里吃。我还告诉她碎米荠花啦，舞鹤草花啦。我就带她去山上挖野菜，什么地白菜、藁本叶、山马齿苋，都好吃。特别这高山上的天葱天蒜，往往一坡一坡都是的，我们到了天葱岭，空气里全是浓郁的野葱野蒜气味，且长得特别茁壮茂盛，好像是神仙撒了一把种子似的，这么高的山，荒凉无人，那不是神仙种下的葱蒜又怎么可以理喻呢？山上的一切对我那个在长江边出生的闺女来说，一切都是新鲜的：从山褶里飞漱而下的轰隆的泉水，整天在树上窜来窜去的、摘食云雾草和嫩树叶的可爱的金丝猴、松鸡、松鸦、灰椋鸟、苦恶鸟、歌鸫、雉鸡、毛锦鸡，以及偶尔可以见到的麂子、九节狸、豪猪、野猪甚至老熊，到处的鲜花，激浪翻滚的云海，她都喜欢。我们摘了满满一筐的野菜就回去磨豆子。我推，燕子喂。这妮子鬼得很，她先是一把一把地喂，我就说，你能不能少喂几颗呀？她就少了，她一颗一颗地喂。那推什么呀，全推磨齿，磨齿磨平了，豆浆里还全是砂。我说，你能不能三颗四颗那么喂呢？她就数半天，数三颗四颗。我说，大致就行了。她说，你要我三颗四颗嘛。她说，爸，你来喂，我推。她硬要推，推又推不动，磨子也推翻了，黄豆、豆浆全洒到地上。我吼了她几句，她竟不吃饭了，就睡在沙发上，也不进房去睡。山上的夜晚虽是夏天，那可是要盖大被子的，还要生火。我怕她着凉了，我抱她进去，她不去，死犟。我说："那你到塔顶去。"她就去了，嘿，这妮子，那可真是犟木头打出来的。塔顶上没有灯，到了半夜，我怕她着凉，就学鬼物叫。她终于受不了啦，连滚带爬下了楼梯，冲进了房里钻进被子。我说："你只有这大个胆子啊。"我嘿嘿地笑，她就哭。第二天，她还是不理我，要她吃饭，不吃。我说："不吃就滚下山去，回到你妈那儿去。"嘿，又一个田菊英！她这小小的年纪，拿上她的书包，就顺山路走了，我一直追到巴东垭才把她追到，把她抓住了拽回来。我说："山上全是老虎，你走到哪儿呀？"小女孩嘛，一吓，就把她吓住了。可这孩子的气大，像一个汽轮机。只在山上几天，她就得掉一层皮，山上的紫外线太强。她揭去了一层皮，过几天，又揭去了一层皮，嗬，那个油黑脸不见了，蜕了两层皮，细皮嫩肉了，脸红扑扑的。我说："好哇，燕子，换了一层皮，就不再像你妈了。""我要像她，又怎么样，不要你管！"她护着她的妈。她说：衣裳是你给我们缝的啊？扣子是你给我们钉的啊？米是你给我们打的啊？早上去学校是你给我们热饭吃啊？她这么说，我就没话了。我问她，是哪个指使你来的？是不是田菊英说的，要你死到你的神农架爹的山上去。燕子说不是的，是她自己要来的。她问她的妈，说，别人都有爸，咱为何没有爸呀？你看，两年不回去，连我的女儿都把我忘了。她这一说，她妈就说，你爸不是在神农架吗。这样一说，她就硬要到神农架来，要收拾书包去山上看她爸，看我。这样，她妈就给了她车钱，让她一个人到神农架找我来了。先是到我的局里，后来就让巡山员把她给带上来了。她说这个经过的时候我看着自己的女儿，泪差一点掉下来了。这么小一点年纪，还想着她爸，上山找我，还没被人拐走。人都说女儿恋爸，儿子恋妈，这真是没错的。

暑假结束后我把她送回了兴山的家去。我那滚得像泥猴的儿子正拿着手罾在江边捞虾子。就像小时候的我一样，一模一样。可是，我不能回来，不能带着我的儿子去捞虾子，然后，父子踩着慵懒的夕阳走回家去。那一次，我才真正感到了对孩子们的亏欠，感到为人之父其实应该有一种责任。并且，我还知道了，在两代人中间，真的有一种感情，有一种无私的、发自心底的感情。我在内心里说，我爱你们。可是我无法爱这个家。家对我太陌生啦，家使我觉得像住在别人家里一样，根本没有神农顶那个古堡似的石塔自在。我想，我是不是把自己孤立起来了？我是不是像个老和尚了？我的老婆数落我，要我一定调回来，我说我找谁去呀？我这样的一个守山人，又没有亲戚当国家干部，又没有门路。她要我去找那个小镇书记，我又不认识那个人。我害怕与人打交道。我的老婆也是个临时工，找那个不相识的书记要办调动那不是瞎子点灯白费蜡。没有谱的事我可是从来不做的，连试都不试。但有一忽想，我是得调回来才好，我那两个孩子不能没有我。就凭着这一点想法，我与田菊英就去了，好歹把她喂的两只鸡捉去了。那个书记说，你调回来做什么呀。我说在码头上扛包都可以，扫街都行。书记说你在神农架还有工资发，我们这镇上好多单位都垮球了，连吃饭的钱都发不出。人家一口回绝了，我还有什么话可说呢。我就说，菊英，我们回啦。我们出了门，那个瞟花眼书记瞟着两只鸡说：你们把鸡提走。我就把鸡提回来了。我那老婆想拦我也没拦住，说，人家一句话，你就真提上了。书记不晓得吃了别人多少鸡，那是个顺口话。我说，我哪知道呀，我以为他很清廉呢。她骂我是个苕，几十岁了还没开窍。我说什么呢？第二天我只好回到了神农架。我这么舒服地住在山上还拿工资，我凭什么要在那个瞟花眼书记面前低三下四求爹爹告奶奶地调动？而且，我跟我那老婆没有一点感情，我真回去了，与她住在一个屋檐下，天天睡一张床，我如何能受得了！我还记得我老婆骂我是个苕、几十岁了还没开窍的话。我想，算了吧，我还是离婚吧，她带一个我带一个；我带燕子。就这样，我跟她提出了离婚。春节时我回去我是想带点儿什么回去的。大雪封山后的一天晚上，一只几十斤重的麂子因为饥饿和寒冷躲到了我塔底的柴堆里。那时我还有一只老猎枪。我见到了麂子，我就本能地拿起了枪。我要射杀它，那可是太容易了，在伐木队时我打过猎，特别是晚上射鸟，手电筒照到了，一枪一个准。可现在，当我一个人在这大雪封山的瞭望塔里，和一只饿得浑身发抖的美丽的麂子对视，四野无人，也许只有我们两个活物在此了，我失去了射杀的勇气。我端着枪还在想，我春节提几只麂胯回去，给镇上的书记两只胯子煮汤，谁不知道麂子汤是天下最鲜的汤呢，然而我不知为什么垂下了端枪的手。我已经与这山上的一切有了一种依恋之情，就像山下的单位一样，一个人要和领导同事搞好关系，我一个人在山上，谁是我的领导？天空。谁是我的同事？群山、树木、草甸、鸟和野兽，以及无边无际的云海，它们是我的同事。我感到了那隐隐之中它们的灵性，它们的知觉，我可不要跟它们搞反了，我要与它们相处，不能剑拔弩张，拔刀相向。我要在这山上平静，也得让这儿的一切平静。哪一个发了毛，都会发毛，你若害死了它们中的一个，其他的都会来暗害你，它们的魂，都会涌向瞭望塔，而我将多么孤立无助。就是这样，上山后我没再杀死一只野兽，它们是我的邻居。到以后禁了山，我就更没有射杀的欲望了。只是偶尔一次，在帮鲁磨匠守庄稼时，我打死过一头野猪，那是害兽，它要将我守庄稼的棚子拱倒，我才动了枪，那头猪，也作为我对鲁磨匠留下的孤儿寡母的一种补偿。就这么一次，我做了不少的噩梦。

我回到兴山过年空手而回，只带了一斤我自己采的蘑菇，还有我的女儿喜欢吃的一大捆天葱。可我的老婆埋怨我带回的钱不够过年买肉、鱼，开年后两个孩子的学费。我有什么办法，我就那么一点工资，我在山上除了抽那么点烟外，又不嫖，又不赌，莫非让我连一条裤子都不穿吗？而我的老婆说，她跟着我几年都没有一套新衣裳了，两个孩子就是无爹的娃儿，穿得比叫花子都不如。我说："我又吃了什么，又穿了什么？我的头发还是自己对着镜子胡铰的呢……那就离婚吧，你再去找个男人享福去吧。""离婚是不可能的。"她说。我就买了一条红梅烟，在正月初五去了镇人民法庭庭长家。庭长要我把烟拿走，他给我敬的是长"健"烟，他说我只吃外烟。他说，宝良哥，别想那个美事了。我判你们离婚，镇上的街坊不骂我丧尽天良。看一看你老婆娃儿在家过的是啥日子吧。你老婆在家给你拉扯两个孩子，你照了一点闲？她又没什么坏名声，没偷人养汉，你凭什么要把她蹬了？你这个案件我受都不会受理，受理了，一街的人骂我，还以为你给了我多少好处。我走上街就拆了那条烟来抽，我可没抽过那么好的烟。我抽着红梅烟，口里全是苦的。我怎么办呢？哪是我的家呢。我还是回山上去吧。

我永远记得那个正月初六的雪天。我坐车到了木鱼坪，还是一辆个体户的破中巴车，他们才有那个胆量在大雪天开。到了木鱼坪，没有车了，要翻过皇界垭到鸦子口，这段路十公里，然后还有十八公里到神农顶。雪足有一米厚，且又全是上坡，我背着个破旧的大牛仔包，在公路上跋涉，好不容易走到鹞鹰岩道班，一个值班的职工邀我进去坐了坐，烤了衣裳，并给我吃了一碗饭。他听说我要赶回神农顶去值班，便出来送我，为我背牛仔包。当时天已经黑了，北风呜呜地响，气温很底，公路上没有脚印和车辙印，雪越来越深。那人在前面走，他让我踩着他的脚窝。一直上了皇界垭，他已经送了我四五里地了，我要他转去，他却表示一定要把我送到鸦子口，但是天越来越黑，越来越冷，又下起了一阵雪子儿。我对他说，你不回去我就不走了。他只好回转，把包给了我，要我一定注意脚下，慢慢走，不要走到悬崖边去了。我握了握他的手，他的手是那么温暖，我的鼻子一阵发酸，我才想起我还不知道他姓什么，可是风雪吞没了他。我背上包，向皇界垭的南坡走去。我还后悔我没把竹雪橇带着，下山时放在了鸦子口。那竹雪橇太长，有一米多长，是我自制的，把箭竹砍来，用铁丝烧红了穿上，穿五六根即可，然后再配两个竹抓子，在神农顶的雪山上健步如飞。那一刻虽没有竹雪橇，我下山依然还很有劲儿。那个陌生的养路工给了我一股力量；我在神农架碰到了太多的好人，神农架给了我一种亲切感，在风雪弥漫的寒冬也不会有心寒的感觉，不一会就会补充一些暖意，看到的到处是和蔼的眼睛，连树木和天空的投注都是，我爱这儿，我不想到别处去，到哪儿都不如这儿自在，到哪儿我都做不好了。我还是只能做这种活儿，望望天空，守守山林，谛听它们的动静，分清楚云彩和烟火的区别，迅速地报告，或者自己把它扑灭了。

以后的两年我没有回去，一次也没有。虽然有人劝，家里也不断地写信来，但我对没有回去的那种心理扬扬自得，使我在这儿冷寂的山上打发漫长的时光有了一种刺激和亢奋。我因而获得了群山的支持。我仿佛听见了我父亲在念那本经书的祷语，疲乏的，他赐能力；软弱的，他加力量。我最初来到神农顶时，就感到这是神仙居住的地方，而阴峪河的农民说这神是当地的山神，肯定不是我父亲说的那个外国神了。反正是有神的，你看那高山上修剪得平平整整的草甸，那一蓬蓬箭竹大致呈长方形生长，每一蓬的间距几乎是一模一样的，连宜昌城里的花坛都没有布局得这么好，是谁精心栽下的呢？肯定有一个人，有一个神仙，有一群，他们居住在这里。我看不见他们，他们看得见我，我与他们比邻而居，难道这不是一件幸福的事吗？在黄昏时分，我看见过一队一队的飞碟打山尖而过。后来他们说是飞碟，我说是飞星，是神仙乘坐的玩意儿。还有许多晚上，我看见过那山野中出现的强光，刺人眼目，那光比电焊的光还强烈，肯定也是神仙们在玩什么花样。还有，我听到了各种各样的吼叫，是从山腹里传出来的，有时候像牛，有时候像人。这绝不是幻听，我知道，幻听是我熟悉的声音，不是鲁磨匠就是我死去的女儿燕子，要不就是我自己；我有时候发现总有一个人在我耳边唱歌，后来一细听，是我自己，在唱一首从阴峪河学来的民歌，哭一样的：鹞鹰儿，飞得低，一双眼睛往下移，哪有鸡儿与你吃。毛老鼠，眼睛红，看见人，钻岩洞，好比媳妇怕公公。这是小娃儿唱的血附身号子，解咒的。我女儿就问：“为什么媳妇怕公公？”这个小丫头，我如何能跟她解释呢，我就说："她怕打嘛。""可你从来不打我。""我是你爸嘛。""为什么别人的爸就打自己的女儿呢？"嘿，真是的，我真是从来没打过我的燕子。这首歌，就是我给燕子唱的，她死了以后，我还唱，在她的坟头，在闷头沟那长长的长满天蓼和木通的刺沟里唱。

我没有回去，我的女儿又来了，是第三年的暑假。她长高了，又变黑了，我就说："嘿，到我这儿来脱皮的？脱得细皮嫩肉了又回去。"那一年的太阳却不见了，漫长的连阴雨，半个月见不到太阳。山上全是大雾，两米外就看不清任何东西。那可真不是人过的日子呀，人都快疯了，要不是有燕子做伴，我想我肯定会发疯的，加上整个身体的关节疼痛，一双膀子像泡在醋缸里了。天终于晴了，天一晴，万山青葱，萋萋可爱，暖风一吹，雾收了，空气也干燥了，燕子就嚷着要到天葱岭去挖天葱。我得清洗、翻晒塔里的衣物被子，我得与山下联系——那时候已经有了单边带电台。我就说："你一个人能去吗？"她说当然能去。她对这一带都熟悉了，而且胆子大得出奇。我让她带着砍刀，我还教了她许多对付野兽的技巧。比如说遇到老熊了，不要走直线，要弯着腰走"之"字形，在林中与老熊转圈，把它转昏，因为熊走直线。你若碰上大树，赶快拐弯，后面的熊不会拐弯，一头撞上大树，几下之后它就不会追赶你了；我对她说，遇到狼你也不要怕，神农架一般都是独狼，你要冷静，见了狼，站那儿不动，也不要后退，只管凶狠地把眼睛盯着它，盯它的眼睛。你千万不要掉头，不能转脸，不要搞小动作，抬手，抬腿，就那么死盯着它，它蹲那儿多长时间，你盯多长时间，最后，狼就会离开。所以，你只管不怕。野兽却是怕人的，任何野兽，老熊、老虎、野猪，从来不会主动伤害人，哈，不知道吧，一、你不侵犯它的地盘；二、它不在发情期；三、它不带幼崽。如果它在春天，它又带着小兽，它可能会侵犯人，这种时候很少很少，倒是，野兽见了人，往往早就跑了，包括毒蛇。

燕子出去挖野葱，回来对我说，她见到了一匹驴子。“哪儿来的驴子呀？”我笑她，“准是看走了眼。”“没，我听它呜呃呜呃地叫，就是一匹驴子嘛。”我没在意，我以为就是一只麂子，或岩羊，另外就是獐子。但燕子给我描述，没有角，只有耳朵，灰麻色的。恰好那一天鲁磨匠路过这里，我给他说了此事，鲁磨匠吓得碗筷都掉到地上了，看着燕子，说：“她还没被吃了，那是只驴头狼！”驴头狼？驴头，然而是狼？鲁磨匠说：“这不稀奇，还有驴头獐呢。好些年没见了，又回来了，这驴头狼可凶了，见什么吃什么，比老虎还厉害。”这一下吓得我和燕子都不敢出门了。我们就待在塔里，而外面正阳光灿烂，阳光可以晒掉人十几天的潮霉气。

接连的几天，我仔细谛听周围山岭的声音，除了有一两头麂子的叫唤外，什么都没有，山岭依然是岑寂的。这使我放松了警惕。有天上午到塔底下去抱柴，总觉得旁边坡上的那片冷杉林里有一双眼睛在注视我，刺得我惴惴不安，我直起腰，抬头往林子里望去，一头驴子模样的东西正坐在树林里，朝我看着。驴头狼！我操起一根大劈柴，瞪着它。因为我背靠着敞开的大门，我并不害怕，我见过了各种野兽，我于是大声吼它，要它“滚”，我慢慢后退到塔门的台阶上，这下我更有了胆量。我操起门口的一把柴刀，向那条驴头狼示威，半个小时后，那驴头狼才走了。第二天让我完全放松警惕，是在我与燕子到阴峪河去做客之后。路上我们带了枪，到了鲁磨匠家里，就听见村里人说发现了驴头狼。我就想，驴头狼只有一头，估计它现在到阴峪河来了。阴峪河是一条海拔较低的河谷，有东西吃，若老在神农顶，迟早要饿死。通过我多年的观察，神农顶不过是所有野兽的一条过道，它们并不扎在这里。我遇见过几次野人，都是看到它们从与竹山交界的那片原始森林，从南天门再到板壁岩，取道白水漂，然后向下谷坪的低山而去，低山有丰富的食物。不仅我看见的野人如此，一些山上的游客看见的野人，也是从白水漂那儿去了低山。因此，驴头狼也不过取了个道儿，到了阴峪河。又是一天，是个很凉爽的阴天，我和燕子一起到天葱岭去挖野葱，我要她紧紧跟着我，不要跑开一步。可那天，我的女儿竟爱上了马桑果。我知道马桑果能吃，却不知道吃多了会中毒的，会犯迷糊。我看了看四周，好像没有什么危险，闻了闻空气，也好像没有野兽的味道，看地下，也无兽迹。我想我背着枪，我怕什么。我就对燕子说："我在那边挖葱，有什么事你就叫我。"女儿答应了。我挖了一筐葱，却还没见女儿过来，她究竟要吃多少马桑果啊，我就向那片马桑灌木丛喊："燕子，你别吃了，上来啊！"可是没有回音。我的心一阵发紧，我大喊："燕子，燕子！"还是没有回答。我连滚带爬地下到那片灌木丛，找我的燕子，燕子呢？燕子不见了，燕子吃过马桑果的那儿，遗了一地的马桑果柄儿和未成熟的果子。我真的快发疯了，我喊哪，喊，找啊，找，箭竹林子、灌木丛、刺沟，山上、山下，阴坡、阳坡，石头缝缝里都找遍了，喉咙都喊得滴血了，就是没有燕子的影子，也没有她丢下的东西。我又往塔里跑，以为她回了家。然而塔门依然紧锁，前前后后都没有见到她。山冈上静静的，而松鸦、寒鸦和老鸹这些清一色秽鸟的叫声让我感到大事的确不好了，腿一软，坐在了石阶上号啕大哭起来。过了一会，太阳悠悠地滑到了西边，我想我还得去找她，我的妮子，我就往阴峪河跑去，喊几个人来。太阳掉进西山，人才喊来，大家拉网似的搜找，打着手电筒，火把。找了整整一个晚上，第二天上午九点多，我们才在板壁岩下面的一条原始森林遮蔽的水沟底下找到了燕子的尸体。我们先是在一个瀑布的上面发现了一只燕子的泡沫凉鞋，然后在几十米深的瀑布下看到了燕子。燕子的身上几乎没有伤痕，就是喉管被咬断了，一点点小口，又没有血，血大约是被溪水冲干净了，脸上依然有红是白，神态平静，好像根本没有痛苦，也没有搏斗。这是怎么啦，她怎么到这儿来啦，这儿离天葱岭可是有十多公里地。阴峪河的乡亲说，这是被驴头狼咬了的，前些年，有一个被驴头狼咬了的娃子也是这么死的。驴头狼会迷魂。驴头狼跟上了我的女儿，当她迷路后，它一口就把她咬了，咬了并没有吃她。可是，它为什么要跟我过不去啊，我在想，我究竟做错了什么？在这山上，我连一只蚂蚁都没掐死，我整天守护的就是它们生活的山林，为它们——这些野兽照看它们的家园，怕被盗伐了，怕被火烧了，然而到头来，这些可恶的野兽却恩将仇报，咬死了我的女儿。我在那儿捶胸顿足地哭得不省人事，还是阴峪河的乡亲们找来了我女儿的干衣裳给她换了，用绳子把她、把我吊上了瀑布。然后，他们又给我的女儿打了一口杉木棺材，把她给葬了，就葬在闷头沟。起初，他们还不让我知道我女儿的坟地，半年后，他们才告诉我。那时候，我女儿的坟已经被串果藤和楼梯草爬满了。

想到我的女儿就不是滋味，想到我的女儿，山上就大雨瓢泼，这是我试验了多次的；老天也在为我伤悲，为我不平。雨果真又下起来了，又电光闪闪，雷声如锤。我在想，我如何能给鲁娃子去还鋬子呢。现在的雨水如瀑，向山下汹涌地流去，一条又一条汇成的悬河，冲卷着山上的枯枝败叶和乱石，到处是树枝被风吹折的咔嚓声。华山松和巴山冷杉被这样的山地的暴雨冲刷得光秃秃的了，又被厉风刷啦啦地抽打着，阴绿得充满了愤怒和无奈。雨水从年久失修的木窗棂缝里潲进来，塔内一片汪洋，而风在天黑之后的怪嚣使四周的窗户变成了鬼魂的合奏，雨幕已经压到塔前，再也看不清什么了，山岭和小路都被一一抹去，世界又缩小在这潮湿的塔内。

我想清理一些东西。我打开木箱、纸箱，有燕子的书啦，衣裳啦，我的笔记本啦，多年的奖状啦（笔记本也是奖品）。从笔记本里无意间滑落了一张厚厚的纸，叠得好好的，然而已经发黄了，并散发出淡淡的霉味。

是一张判决书。一张民事判决书。

哈，这玩意儿。我凑在油灯下展读它，俨如一个旁观者、收藏者的身份看它：

神农架人民法院民事判决书

（××）民判字第09号。

原告：苏宝良，男，现年四十九岁，汉族，兴山仙泉镇人，现系神农架林区工人，住神农顶瞭望塔。

被告：田菊英，女，现年四十一岁，汉族，兴山仙泉镇人，现系家庭妇女，住兴山仙泉镇。

上列原、被告人因离婚一案，本院依法组成合议庭进行了公开审理，现已审理完结。

原告苏宝良诉称：因本人长期一人在神农架工作，两地分居，婚前了解不够，经人介绍结婚，基本无感情基础，婚后苏很少回兴山，经常因经济问题、子女抚养问题发生争吵。致使苏常常几年不回家，特别是其女在苏处玩时因迷路被野兽咬死后，被告田菊英诬苏有故意让其女死亡之嫌，以便顺利离婚，苏十分愤怒，表示从此不回兴山。在此之前苏曾于 × 年 × 月 × 日向兴山仙泉镇人民法庭起诉离婚，但因苏无正当理由，未能受理，致使夫妻长期分居。被告田菊英称：苏宝良确有故意杀女意图，因孩子由田带大，苏与孩子素无感情，并将其视为离婚障碍，加之有较严重的精神变态，因此，被告田菊英除不同意离婚外，并要求按《刑法》第二百三十四条第二款之规定，追究原告苏宝良犯故意杀人罪的刑事责任。经按法定程序审理，对被告反诉追究原告故意杀人罪之事实不能认定，即恢复了离婚诉讼程序。我院受理此案后，经多次调解和好无效，经依法公开审理，被告田菊英当庭曾向苏宝良承认自己的过错并保证不再提及女儿死亡之事，坚持不同意离婚。原告苏宝良以夫妻感情确已破裂，其心已寒，不能再过为由，坚决要求离婚。

本院认为：原告苏宝良与被告田菊英婚后不能和睦相处，致夫妻分居数年，原告苏宝良应负主要责任，只要双方各自改正不足之处，消除误会，夫妻感情完全能够和好如初。据此，根据《中华人民共和国婚姻法》第二十五条之规定，判决如下：

不准原告苏宝良与被告田菊英离婚。

案件受理费四十元，由苏宝良承担。

如不服本判决，可在接到本判决书的第二天起十五日内，向本院提出上诉状及副本三份，上诉于湖北省十堰市中级人民法院。

审判长　庄大峰

审判员　任光富

审判员　严家启

××××年×月×日

书记员　高　辉

我收拾好这张判决书。那是过去的事了。我依然觉得滑稽，这世上之事。对于婚姻的好坏，我们为什么自己没有决定的权利，而要让几个与你素无了解的法院的人，来煞有介事地、一本正经地对此宣判？他们掌握了我们的婚姻，他们让谁跟谁过，谁就得一辈子乖乖地过，不让谁跟谁过，那才能分开。我上诉了吗？我并没有上诉。我知道上诉也是枉然。我决定不上诉，我回到了神农顶我的瞭望塔里。离或不离对我还有什么意义呢，多年来我就一个人，只是，我不想再见到那个女人，那个诬陷我故意杀死了自己女儿的女人。当时的情况就已经糟透了，当我把女儿的不幸用电话告知家中后，我的老婆就上山来了，拿走了女儿的部分遗物。接着，在一个晚上，两名警察把我从塔里带走了。他们把我带下了山，要我承认我是怎么杀死了我的女儿。我当然不会承认，我没有杀死我的女儿。但是他们说有人报案。我被关了三天三夜。我回来后听说警察去阴峪河调查时，阴峪河的老百姓一致为我做证，说我的女儿不是我杀死的，是迷路后驴头狼咬死的，虽然这事儿有点蹊跷，但苏宝良是个好人，他待他的女儿很好，决不会害死她。在派出所的置留室，我在那三天三夜里暴跳如雷，头脑发炸，大喊大叫。本来我的性格在山上就变得孤僻了，古怪了，不能控制自己。我说我不是杀人犯！我用头撞墙，把头撞得鲜血直流，我还咬自己的手指。我说我出去了肯定要杀人的，他们问我杀谁，我说我杀田菊英。他们怕出事，就用一个车把我送回了山上。可是我出现了严重的幻觉，我每天看到我的女儿，我一坐下来，女儿就指着我的鼻子说："是你杀的，是你杀的！"我说："燕子，你可得把良心放在中间，不要学你那坏娘。"然而燕子不听，我只要一坐在椅子上，女儿就点我的鼻子了，为了躲避我女儿，我只有不停地走动，在塔里，走上塔顶，三十三级楼梯我上了又下，下了又上；我在山坡上，在雨雾里，在风雪中，在箭竹林和草甸的深处，木头一样的不停地走着，然后回到塔里，不吃不喝，倒头便睡。我拿着枪，对着天空、石头和森林砰砰地放枪，我甚至射击我自己的塔门。我对我的女儿说："燕子，你还不回兴山去上学啊！"我一直把她往山下赶，赶下了巴东垭子，赶下了小龙潭、金猴岭。可是，我回来，她又回来了。

真正离婚是在前四年，我的儿子已经结婚了。我的儿子来信说，你们要是不能一起过就不过了吧，反正已经没在一起过了，您把离婚诉状寄回来我让妈签字。我那老婆就签了字。我找了个代理律师办这个事，事就成了。我儿子、媳妇带着他们的儿子到神农架来看我，我说出了想下山的念头。儿子媳妇说，那就跟我们一起过吧。我说，我上山时，儿子才一岁，而我下山时，孙子都有一岁了。我的孙子那可是个调皮蛋，把尿拉得塔里到处都是，非要往我的口里撒尿，说是给爷爷喝酒。说："爷爷，来，喝酒酒。"那是能喝的么，我的孙子没一点教养，就像个野小子，野人。他们走的时候，我真的还喝了一壶我孙子的尿，那滋味，嘿，还真不错。那以后，我老是回味着我孙子的尿，想着想着就笑了，就咂巴着嘴笑成一团。所以说，我要下山啦。

我还清理出了一张病休证明单，是木鱼坪医院的钟大海医生给开的，证明我多处软组织受伤，左眼严重充血，四肢冻伤，需休息一个月。事情的经过当然得从那些从四川下来的采药队伍说起。这些瘦得像知了壳的四川人，总是鬼鬼祟祟地游弋在我们神农架的高山密林中，除了挖贝母、柴胡、破血子、活血珠、红景天这些药铺急需的大药材外，游方郎中们用的小药材也挖，当然，他们更想在神农架的老林中挖到百年黄芪和党参，还想在峡谷的峭壁上采到一种名贵中药金钗。那个秋天我记得是异常地干燥，而人们的情绪也因为天气而变得不可捉摸。当我拿到法院的宣判书后，我的心已经冷了，但又无端地燃起一盆大火。我的心是冷的，而我的情绪却发生了火灾。我每天站在塔顶，望着白色的云海下面的山脚，那个人声鼎沸的遥远世界，那个世界我一点也没有为难过谁，我远离他们，可是，当我下山想告诉他们我不想跟一个女人过时，他们却粗暴地用法律的名义冷冰冰地拒绝了我。在这一点上，我认为我与山下的世界产生了敌意。作为一个一贯恪尽职守的护林人，我对从山下蹿来的人突然愤怒起来，是无端地愤怒，对那些浑身充满了山下人群气息的人，不管是谁，只要他们踏过山下的泥水，抽着山下的烟，带着花花绿绿的山下人吃的方便面，甚至一揿就燃的气体打火机，都成为我的敌人，我无法接受的东西。那天，他们看见我端着枪，跟踪他们。他们拐到吞云垭那儿的一个隘口，我出现在山顶的一块石头上，对他们说："滚，你们放下药袋子，滚下山去！"那些人站在一堆，他们一定看到了我居高临下，头发直竖，屹立在山上的怒气冲冲的样子。他们小声地说："那个塔里的老头儿今天盯上了我们。来者不善，善者不来，我们能不能把他搞死算了。"有一个人肯定地说他有办法，他说看我的吧，我不把这个家伙炸成两截我不是巴蛮子的后代。

"我们没有挖什么。"他们说。

"放下了走人！"我用枪头对着他们说。

"我们没有挖党参。"

"我们连猪苓也没挖到。"

"我们挖的是川地龙，当柴烧也没用。"

"不放下，我就开枪啦。"

"我们今天不升火炕藁本。"

"你们升火就是放火。"

"我们给您两包烟不行吗？"

"两条也不行，滚！我喊一、二、三，丢下了就滚，不然，我就开枪。"

我是怎么开的枪，我记不起了，是因为激动而走火？好在我的枪口在他们头顶，我的子弹滑过了天空，在对面的山壁上撞出了火星。连我自己都吃了一惊，那枪声是十分壮观的，并拖着长长的慑人的尾音，在松林间回荡，惊起了几只松鸡扑棱棱地向别处飞去。可是这些农民并没有退缩，一步都没有。其中一个鼻子不知被什么东西啃掉了半边的人竟然上前几步，对我说：

"我们放下了，里面还有个猪肚子，是准备走亲戚的。"

他们说着拔腿就跑了。

我跳下石岩去拿那几个药袋子，我感到十分诧异，他们跑得如此之快是为了什么，其实我的枪里已经没了火药。我就打开了那个最前面的袋子，一摸，有个铁盒子，揭开盖儿，果真有个猪肚子，不过有些发臭了，但若是卤一下，是完全能下酒的，一半凉拌，一半煮懒豆腐吃。凉拌放蒜汁儿啦，野葱啦，最好放一把用盐渍了的紫苏，我的口水都出来啦，我很少吃新鲜的猪下水，我不自觉地用手去捏了捏猪肚，我的妈呀，是硬的，我当然知道这是什么，这是炸野兽的！野兽一咬就炸！求生的本能使我如此敏捷，一摸到硬块就出手了，就扔向了山坡下。一棵华山松被拦腰炸断了，树叶和枝条四处纷飞，一块带石头的草皮直接击中了我的眼睛，一块石头击中了我的腰部。我被扑倒的时候不知从哪儿冲出来一群人，一把将我按住，对我拳脚相加，然后，捆住我的手脚，把我踢下山坡。我在一个山洼里醒过来时已是繁星满天，秋风劲扫落叶，连粗大的冷杉也凄厉地呼啸着。我浑身疼痛如榨。我当然想站起来，我站不起来，脚已经是别人的了，脚被捆缚住了，手呢，手在后头。我想看一看我究竟在哪儿，我结果看见了我那熟悉的瞭望塔，像一根直通通的柱子，上面盖着个斗笠似的东西，那就是我的家。那就是我多年来住在那里，喝酒、吃饭、睡觉并且守望的家。它在山顶上，山上的斜坡全是茂密古朴的森林，它们簇拥着那个塔楼，使它显示出一种特别的、说不出的气概来，它与山峦和树林牢固地结为一体，又似乎不是它们，是另一种东西，另一种永远也估摸不透的、要与苍穹说话并将继续生长的东西。它温暖，它亲切，它有着空洞的眼睛，无声地瞩望我并召唤我，它的眼睛是女性的，有生气的盲人的眼睛。它站在那里就是一种召唤和激励。我就挣扎呀，翻滚呀。我想找一块石头磨绳子，我坐起来，背靠着一棵树，在树上磨，我把我的双手磨破了，绳子却丝毫不断。一种热切的回家的渴望，使我忘了疼痛，我把手背上的皮全磨掉了，血肉模糊，我还以为我是在磨着绳子。后来，啪嚓一下，绳子就断啦，我又去解我脚下的绳子，那是什么时间了，那是又一个早晨，万物覆霜，激流般的白云像洪荒里的大海，在咆哮，在翻滚，在往下冲刷，在驰骋，无数灰白色的鬃毛飞扬，无数条孽龙在搏斗。远远的山梁上，一棵树蓦然冲出了云海，在无缘无故地猛烈颤抖，摇晃。塔呢？塔突然之间出现在我不远的半山坡上，那是塔的倒影！那是瞭望塔的佛光，清晰地为云海打开了一道门，好像从此走进去，能一窥这云海深处的奥秘！我真的快流出泪来了，我忘了四肢麻木、青紫，甚至淌着血，我的一只眼睛也视物不清。可是，从云海中出现的塔柱的佛光真的给我注入了力量，真的使我从疲乏、软弱、绝望甚至错乱中醒过神来，好像一只手指，伸在我晦暗的目光前面，导引我，让我知道我该向哪儿走去。群山像巨人沉浸在聚散无定的云絮里，它似乎在沉睡，又像在翻身，我知道马上会有一绺光芒穿透过来，果然光芒就来了，从云隙间垂挂下来，在蜃气里飘曳着，群山的巨人拉开了他的蚊帐，下床来，招呼鸟鸣。这一切都表明我将活下去，与晨光、云海和太阳在一起，任何不测都打不倒我，因为，我拥有这一切，我住在那佛光的塔中，沾着千年的祥瑞，我依托着巨大的恩泽，看起来是正在光秃下去的山岭，衰败的荒草和季节，然而在云海之间，什么奇迹都将会发生。我对我说，云海呀，我真的很爱你。灾难对于我这样的人似乎丧失了意义，它能说明什么呢？它恫吓我？威胁我？要我的命？要斩断我与那个山下世界的所有联系？要我把所有的过去都变成惨痛的怀念？这又有什么，嘿！就一个人，这又有什么？冻掉了我的四肢，这又有什么！炸瞎了我一只眼睛，这又有什么！我站在这无人之巅，虽然我伤痕累累，谁能看到我所见过的各种各样的景象呢？有一天我从阳光灿烂的山顶下到红花营去，走出云海，才知道山下已经下了三天的大雨，电闪雷鸣，泥泞不堪，谁又能知道，在万里云海之上，那一轮太阳只照耀着我一个人呢？

我在想着那一次奇怪的云海——我只见过一次。那一天是雨过天晴后，当我从瞭望塔出来，站在塔前的大护坡上，天空万里无云，而神农顶一直到木鱼坪，却是一展平洋的云海，那云海一直在我脚下的护坡边，也就是说，只有瞭望塔浮在云海之上，仿佛一脚踏去，就是无底的大海。没有一丝风，世界是绝对静止的，这实在是太惨了，也没有鸟叫，云海一动不动，太阳照射在云海上，世界在这一刻凝固了，更令人惊叹的奇观出现了——就在这时，水平的云海上突然出现了一个巨大的气泡，它从云海深处钻出来，往上一冲，慢悠悠地破裂了，在破裂的瞬间冲出一个烟圈样的巨大的圆环，那圆环又悠悠地往上浮动，最后消失了，而云海呢，又合拢了，又静止不动。过了一会，不经意在另一处，又看到了一个同样巨大的气泡，从云海里出来，又破灭了，又幻化成一个大烟圈。这是真的吗？这是怎么回事？那一天，我站在这云海的孤岛上面，双脚久久不能挪动，就只晓得搜寻云海之上的那些奇怪的气泡——二十多年，就只见过这么一次，简直像神话！据我的经验，可能在云海下面——也就是大九湖、阴峪河下面说不定正在下雨，上面的太阳照射得太猛时，下面的气压产生一种蒸汽，往上冲，冲出云海，咚的一声破灭了。其实下面下雨，上面阳光普照的情景并不少见，可为什么都没有发生这种大泡泡奇观呢？像这么静止不动的、绝对平面的云海，我在小范围里见过，在某一个山谷，或是某一面背风处，但没有见过气泡；这样的云海一般出现在冬天。冬天的云海是轻柔的，动得缓慢，像猫子走过时的样子。而夏天因受暖湿气流和季风的影响，云海是流动的，变幻急遽，充满着惊慌和朝气，诡谲和疯狂。

有一种云海，是永远恭谦在山尖之下的，它总是让山尖露出来，当地人叫它“云山”。它依山势高低形成，决不淹没山尖；这是夏日常见的一种流云，有风，无风，有雨，无雨，这云都留下一个山尖，从远处看，也就几米高的样子。当你看云时，云海里到处是龟背似的山峰，奶子似的山峰，巨人横卧似的山峰，好像水到了一定的水位，就不会再上涨了，山尖是浮着的，轻如覆瓢。

夏日的流云它又是对神农千峰臣伏的一种云彩。那你说夏日的山是不是有一种煞气呢？我见到过一次万山覆没，而唯有白水漂的一块巉岩从云海里突出来，它并不高，它在山腰，为什么云彩无法吞没它呢？我看到巉岩脚下，小灌木们全都莫名其妙地倒向一边，露出惶悚。等云海散去的第二天，我去了那块石头那里，什么都没有，它跟周围的石头没有两样，也并不凸出，可为什么云彩那么怕它？这其中的奥秘说得清楚吗？只能说，这块石头有煞气。可是云呢，云也是有生命的，它并不是虚幻的东西，它生生灭灭，来去无踪，但它一样会有煞气、秀气、神气、怪气。

有一种云海，是在将雨未雨时，天上的云就下来了，是云，不是雾，雾是灰蒙蒙的，这云却是白的，纯白纯白。它们总是顺着靠阴峪河方向的山脊，一条一条地哗哗淌向山底，不断地滚动，像瀑布，一下子没有了，一下子又流来了。你永远也不会知道，它们是从哪儿来的，为什么会有这么多云。是不是在隘口的那边，有一条云河溃口了呢？这云瀑跟云龙有相似之处，云龙是潜龙，它又怪了，它是从远处的山谷向近处潜游而来的，它摇头摆尾，踢踏着云雾烟尘，吞吐着万千气象，可它只流动在山谷的根部，它在山谷里跟那峡谷的惊涛沆瀣一气，鬼鬼祟祟，使你感到山谷的惧怕和险恶。在阴峪河的峡谷里，在反音梁子的峡谷里，巨锯岩的峡谷里，都传说过有巨大的癞嘟（癞蛤蟆），有水怪，它们眼似铜铃，目光如电，伸出毛茸茸的大爪子，从深潭里跃出来要抓岩上行走的人，它们只要出现，便会妖雾腾腾，黄烟阵阵，整个峡谷都是一片呛人的硫黄味，然后，一定是暴雨如注。只要你拿石头砸它，不出三分钟，冰雹就砸下来了，砸得你浑身伤痕，虽然那时候在百步之外还是太阳如火。而这云龙与它们有没有关系呢？反正，我对那些潜踵而来的云龙是敬畏的，那白色的精灵会带来一股从山洞淌出的腥味，给人的感觉是黏糊糊的。

哈，我还看见过一种云海，也就是当地人说的那种云山形成后，让山尖露出峥嵘后，另外，会生出一层薄如蝉翼的云纱来，像一个玻璃罩子，罩住群山；它们呈弧形。有这样的罩子也一定是雨过天晴之后，而且你必须神清气爽，双眼明亮，你才会看见那一层罩子，如此严密地罩在山顶上，仿佛会有一只手把它揭开，（那又是谁的手把它盖上的呢？）美人似的山尖就躺在那个透明罩子里，啊，让她睡吧，这个睡美人。你在说，在心里说，并且祝福，让这样的“罗帐轻轻”心生柔情。你会记起年轻时在学校里读过的一首古诗，那陈谷子烂芝麻的朦朦胧胧的意境竟出现在你的意识中了，吃懒豆腐的意识，挖天葱的意识，独居的意识，荒无人烟并且衰老、哮喘、胡子拉碴的意识。这真是！罗帐轻轻，后面的词句是什么啦？是五更寒？是被翻红浪？是闭月羞花，沉鱼落雁？你都忘了，你好笑。后来，那个玻璃罩子无形地消隐了，在更远的山冈又形成了。你发现眼睛发酸，并且，使劲眨几下会眨出一颗颗的泪珠儿来。

你别看这云彩无根无基的，软绵绵的，可它发起力来它能变成树，变成旋涡，变成喉咙，千千万万的喉咙。我曾看到过云海里的旋涡，那比三峡的漩涡大多啦，哗哗哗哗地就旋下去了，很深很深，深不见底，那不就是喉咙吗？那是云海的喉咙，接着你就会听见群山奔潮。有一天我真的听见了云潮的吼叫，是云潮，不是风，也不是树，它们往往向一个方向拉直了身子疾驰，你看着看着自己的身子都会倒下，整个群山飞速地往后退，云绷紧了弦啦，云在疯狂地射向一个地方，就像亿万颗流星，横扫千军。云的惊恐是可怕的，它们一定受到了什么刺激。而最安详、巍峨、瑰丽的云就是云林——瞧，它们站起来啦，它们笔立千仞，它们也有强硬的颈脖和身子，跟巴东垭的石林比，云林更高大，高不可攀，直指青空；它们大大小小，千姿百态。早晨起来，太阳像一张喝了蜂蜜灵芝酒的乡长的脸，东边的远天一条条的浓云和薄云交错横陈，浓云成了赤金色，而薄云却是橘黄色，霞光轻歌曼舞地飘曳而下，这时候，云林就突然形成了，形成在山影的上面，你还以为山长高了呢？哪来的这么高的山呀，该不又是蜃景吧？是陕西的山还是四川的山，是湖南的山还是云贵高原的山？都不是，是云，就是云，云被太阳染成了一根根高大的红柱子，它像是石林，又像是一个从未见过的远古的城市的废墟。看哪，在云林的最凸处，全成了泥金的颜色，而烘托它们的山巅的锐齿栎树尖，也像一支支燃烧的火炬，光洁的、蛋壳般的奶黄色在云林的衬景里，使得那低矮的山峦上的树全在混沌之中，既肃穆也惺忪，像期待的墨绿色。这时石林更高，更冲腾，更红，你仰视它，你望着，看它们悄悄地、慢慢地变化，高的变矮，矮的变高，胖的变瘦，瘦的更瘦，然后，太阳成了白金，云林成了絮团，成了奔马或红色的败鳞残甲，满天飞散，而且，它们排列整齐，间隔相似，转眼之间，噢，心境又不同啦。

不过，我最讨厌的是一种阴湿的云海，它们是从山褶里，从山洞里跑出来的，带着苔藓、蝙蝠屎的霉味，它们凝重，湿漉漉的，你碰到它，头发、衣裳就会湿透；它们从山这边流到山那边，又从山那边流向山这边，把山谷一条条灌满。这云海一出现，那就是十天半月的连阴雨了。不过在我看来，最大的云海奇观是头顶上阳光刺眼，脚下的云海里雷声轰鸣。且下着暴雨。你怎么知道山脚下正且雷且雨呢？那就得看云海了，如果周围的云海波涛汹涌，焦躁不安，起伏剧烈，就算是你没听见雷声，山脚下也是雷暴成灾之时。如果雷声大，你可以听到闷闷的雷声，像云海里有人推动巨石。不过，你是绝对看不到电光闪耀的，我一次也没见过。我经常坐在塔门口，晒着毒烈的太阳，听着云海里的雷声，想着山下在田间劳作的农人，想着他们的蓑衣、斗笠、泥泞的村路和泥泞的田垄。这真是两个世界，天上人间。在这样的云海之上，我真的没有感觉到我是一个神仙吗？哈，我这样的神仙，一个即将步履蹒跚的糟老头子，抽着烟丝，衣衫陈旧，每天强迫自己打起精神来的看山人；双臂酸痛，不敢碰冷水，喝起酒来不要命的老鳏夫；我挑着覆满落叶的水上坡、下坡，我不停地劈柴和垛柴，我端着枪无缘无故地在山上像一头狼那样嚎叫，我常常学着野兽的样子把箭竹铰成一个窝躺在那里；在山上的四月到来的时候，可吃的只有箭竹笋，我就与各种野兽争抢竹笋，我混杂在它们中间，挖着，扳着竹笋，熊、野猪、金丝猴和岩猴，还有野人、棺材兽等。你说，这样的神仙不就是一个野人、山精吗？我爱云海，那是真正属于我的唯一的变幻莫测的、令人激动的世界。比起永远是一副不变面孔的山冈、巴山冷杉和箭竹林、高山草甸来说，云海是我的激励。它走了，而山还在，悬崖还在，每当我内心激烈地冲撞过后，看云彩散去，看渐渐清晰起来的近岭、远山、天空，大地是如此的清朗，山崖是如此的结实，我会突然找到便认知于一种支撑。是谁安抚我？与经常出现的幻觉和幻听搏斗，战胜它们，包括战胜想一杯酒把我灌死的那种自虐、懒惰和恍惚。看哪，云彩一朵一朵地擦过悬崖，就像人擦过岁月，生命擦过世界。这动人的云彩，它们被悬崖撕碎了，永远站在那儿的是山冈，你和我，嶙峋支撑的骨头。你让我站在这高高的山上，你能让我相信那些神啊，仙啊，还有父亲说过的什么复活吗？至少我的女儿是不会复活的，我就在天上，我与天空如此贴近，与天空的星星，与云彩为伍。我下山去，我要理发，买两三个好吃的肉包子和馓子，我说，今年的收成怎么样？我的工资又加了吗？然后，我拆开信来，读着家书，一肚子的火，一肚子的牢骚和牵挂，一肚子的叹息，然后，沽好一壶地封子酒，喜滋滋地回到我的塔中家园。

我站着的时候，云彩漫漶到我的脚下，云的波浪舔着我的裤腿，我感觉到，我不是山，也是一块石头。

就这样，我炼成了石头。

什么都不能动摇我，我心似铁，一块死铁，有时候也会柔软的铁，看被谁，被什么揉搓和熔化。

有时候，我会被星空熔化。

这冰凉的星空，可它会熔化掉我。

雨住了。当我清理旧物的时候，星星出来了。星星出来的时候，就像突然结出的果子，就像我窗外的那一树峨眉蔷薇，伸手可摘。就这么近，就像床铺下的满满的一地金豆子，有时晚上外出，一脚踏去，生怕星星把我滑倒个仰八叉。在漫长的总是难熬的一个又一个晚上，对星空的观察是我最美妙的乐趣。那些被称为飞碟的圆的、长的、草帽般的飞星我当然也喜欢，但并不是每天能见，而且它们稍纵即逝，我不太在意。我最喜欢的是看星星打架。哈，这些星星，它们如此地密密麻麻，就跟“文革”时广场开批斗会的人一样多，一样挤。它们每天如此，为了争抢位置，它们总是大打出手，打群架，打得烟尘滚滚。在更远更高的地方，它们打架我看不见，可是那明亮的或模糊的星尘，就是它们整夜不停打斗搅起的尘雾。这就跟一群鸡在粪堆上打架有什么两样呢。你们打吧，打吧，我看见这里还在打，而那里又打起来了，整个天空都在搏斗，肉搏，脚拳相加，不分胜负。真是好看，我在想着它们是什么样的人，用头撞，用肩膀撞，这些圆溜溜的星星，独眼的或者肚脐发光的星星，太多啦，太多必然你啄我，我啄你，打吧打吧，打不赢的就站不住了，哗——滑下来了。有时候滑下来一颗，有时候滑下来几颗，有时候一个晚上一群一群地滑下来，好像整整一大块的星星都没有劲了，疲乏了，嘣嘣嘣嘣地往下掉，你伸手就能接到它们。有一天晚上，陕西方向的星星就垮掉了一大窝，半夜我起来解手时，看见它们还在三三两两地往下掉，我想，那边天塌了，肯定要黑一片了，可第二天晚上，别的星星又占有了那一块地方，又开始打，又满天的烟雾星尘，好像黑社会抢占地盘火并一样。当你看到夜夜满天的星辰你会忧伤无助，无望，惶悚，你会感觉到隐隐的疼痛，来自心上的，你不知道这种没有边际的若即若离的荒凉会发生什么，无端的恐惧会攫住你，牵扯你，它是如此难以化解，除非你有强大的自制力，定眩力。我必须面对它，躲是躲不脱的，我就直视它，直视这密鸦鸦的古怪的星空，寻找它的罅隙，寻找它虚弱的部分下手。我先是盯住了银河，那宽大的、流淌在头顶的愤怒的河流。我找到了那两颗母亲小时候告诉我们的牛郎织女星。我把它们想象成两颗眼睛，而银河就是一条大蟒蛇。“你就是一条大蟒，你能吃了我吗？”我大声地对它说。我对银河说。这条横亘在天空的僵死的大蟒，它正在游向四川，所以，我不能害怕它。它的眼睛紧紧盯着大九湖、巫山、万县、重庆、丰都或者涪陵，我被它忽略了，也许，它害怕神农架，它向另一个地方游去，或者，它正在冬眠。它被星星的乱石峡谷已经磨得气息奄奄了，它在溃逃；它的眼睛变得那么小了，有时候只有一只是亮的，有时候而犯迷糊。让星星的人流擒住它的尾巴，把它打死，剥掉，炖了！红烧这条巨蟒。我还发现了一个巨大的和尚头，我看见这个光溜溜的脑袋非常有气度，他禅定着，瞻望着十堰、谷城和陕豫交界的地方。这个伟大的和尚怎么跑到天上去了呢？那儿就是西天乐土？和尚是安详的，没有苦脸，他长得如此地丰仪万端，胖胖的（胖人总是很可爱），后脑勺的赘肉也清晰可辨，鼻梁端正，嘴巴不大不小，人中长，眼睛炯炯有神，耳朵又长又厚。哈哈，多可爱的和尚，就像小时候我见过的庙里的和尚，和蔼可亲，举止不惊不乍，步态从容。他如何修得这么一副神态，他是我的榜样，是我的一面镜子，是我永远学习的楷模。沉着，冷静，安逸，不怕鬼，不怕死，毫不在乎，吊儿郎当，韬光养晦，能活下去就活下去。你看，我找到了老师啦。我还找到了女人。我找到了一个非常漂亮的女人，长发飘飘，像在水里游泳一样的，眼眸含情，秀气的颈子，大大的乳房，适中的屁股，修长的腿。我真的找到了，我仔细地把她从星群中剥离出来，我花了整整一个夏天，终于把她拽出来了，清清楚楚，正贴在长江、兴山方向。后来我真的很吃惊，兴山不出美女吗？不出王昭君吗？她就是昭君娘娘？她眼睛似开似合，她看见我了？她没看见我？她就那样一副样子，害羞的、若有所思的、心事重重的样子，可怜可爱的样子。有一段时间（甚至几年）我若不朝她看一眼就不能入睡，我非得要看着她，定眼看她的乳房、大腿、下身、屁股时有一点邪念，那只是一晃而过的，并不往心里去的邪念。虽然我一个人在山上，可以无所顾忌地看她，盯着她看，可是，犯罪感依然存在。因为她太美了，她是天上的女人，她可能是一个神女，跟昭君娘娘一样。有一次，我真的控制不住，就用瞭望火情的望远镜去看她，我抱着一种突然而至的下流想法，恨不得看到她肉里去，看个究竟，可是我那五千倍的望远镜里，她却突然不见了，散开了，混入一团糟的星星。再用肉眼看呢？又出现了。我知道她一定生我的气，说不定骂我是个老流氓。后来，我又看上了金磨子。金磨子就是北斗七星。是副手磨，鲁磨匠给我凿的那种。有手柄，很好使力，很灵活，因为那是一副金磨子，金光闪亮的。有一天我在天上发现了这一副磨子，我感觉我的人就在变高，手就在伸长，可以抓到那个磨柄了。我推起星空的金磨，我磨黄豆——那应该是金豆，流出的汁是金汁儿，我煮地白菜、蹦芝麻叶子，那是金地白菜，金蹦芝麻，然后，我放更高的天葱天蒜，放在星空里摘的调味佐料，啊，哪一块星星生长的天葱天蒜？哪一块星星又可以掐一把香味扑鼻的紫苏？天上——那，到处是金色的生姜和蒜头，还有黄灿灿的辣椒，用银河的净水来煮。我每天在塔里磨着沉沉的石磨，想着天上的金磨。金磨慢慢地往下垂去，往北方垂去……啊，冬天来了，一年又将过去了。

为了对付漫长的冬季，我得赶快准备啦，准备油、盐、腌菜、泡菜、大白菜，准备五千斤白炭，因为，至少有几个月的封山，山路上的积雪最厚处达四米厚。那自然不是因为下了这么厚的雪，而是山坡上的积雪被风吹下路基。在这样的高山上，下雪是没有雪花的，全是雪晶儿，雪子儿，它们下了就会簌簌地往路基上滚。这漫长难耐的冬季几乎就没有火险了，路断人稀。整天我就待在塔里，烤火，听听收音机。或者拿出竹雪橇到山上去逛逛。但是，路上也还是有一些行人，山下不远白水漂的路，是鸦子口唯一通往四川巫山和大九湖的路，不管雪多深，也还有三两行人，踏着深深的积雪，背着肮脏大牛仔包向山那边走去，特别是近几年，到了春节临近，就会有大批的人不辞劳苦跋雪而归。他们总会绕几步叩我的塔门，到塔里来坐坐，烤烤火。他们大都头发深长，蓬乱，神色倦怠，所有的故事都是被包工头克扣了工钱，春节回来，身无分文，饥寒交迫。还给我说，谁谁一同出去的，被瓦斯爆炸炸死了，谁塌死了，谁的一只膀子断了。我就把懒豆腐放在火盆上，邀他们吃饭。这些可怜的人，他们比我差多啦，我还能守着一个地方拿工资，可他们能守着什么呢？我让他们好走，我看见他们吃饱了饭，抹着很不容易被食物催出的汗珠，对我一声一声地致谢。我说走吧走吧，有人回来就不错了，钱就去他妈球吧。这些人一碗汤汤水水的懒豆腐就把他们复活了，他们是些山外的野草。他们很容易满足，可是，他们辛辛苦苦地一年，却吃不上懒豆腐。春节过后，他们又要沿着来路出去，他们会给我背来一些洋芋、红薯、芫荽，他们又将怀着新一年的希望，向山外走去。我目送着他们，我的心里既庆幸又悲伤；为自己庆幸，为他们悲伤。在另一个春节来临的时候，他们又会像候鸟准时出现在这大雪深厚的山路上，也会有一个、两个、三五个不能回来了，在山外死了。又是身无分文，又是吃懒豆腐，并说："苏伯，能不能把野花椒和山椒多放一点？一年都没有吃咱们山里的口味了，味寡淡得啥都不想吃。"我当然得满足他们。

那我跟他们比快活多啦。我打发日子的办法就是盯着懒豆腐想主意。在开始的日子里，我真的不知道怎么度过日复一日，日似一日的日子，后来，我发现，懒豆腐总不能这么吃吧，我把它吃出了花样，我对我自己说：这一顿咸一点，下一顿又淡一点。第二天我就说，这一顿我要辣一点了。可是辣得我胃痛，睡不着觉，下一顿我就放弃了辣椒，然后抓起了花椒，说，这一顿麻一点。麻得我口齿不清时，到了又该做饭的时候，看着咕嘟咕嘟冒热气的懒豆腐，我就说：这次干脆酸一点，倒进了醋。哈，太酸啦，再下一顿，我就以酱为主了，放豆瓣酱，黑乎乎的，好吃。再然后呢，放地白菜，再放藁本叶，再放蹦芝麻叶，再吃山马齿苋清火，再煮洋芋果了……不知不觉，一个星期过去了，多容易混呀，找到了这个窍门，再下个星期又这么来，嚯，半个月过去了。我把日子一点一点分割着过，就像小时候跳房子，一步一步地跳。我的锅，如何不是热气腾腾，香味扑鼻？我的酒杯如何不是兴味盎然，碧波荡漾？我的脸膛如何不是红光四射，知足常乐？

我开始磨豆腐。

一宿无话。

早晨起来，太阳扫去了阴霾，阳光像干草堆一样黄爽爽的。我还有许多的东西来不及清理，我想趁天晴到阴峪河一趟，我收拾了一包半新不旧的衣裳和鞋子给鲁娃子拿去，他们出坡干活用得着的。我拿着錾子和包袱出门的时候听到了拖拉机的声音。哟，是养路的上山了，拖着碎石子。难得见到他们上山一趟。我在台阶上远远地朝那路上望着，驾驶室里跳下来一个人，竟然是田菊英，我的前妻！

我站在那里走也不是，不走也不是；锁门也不是，不锁门也不是。

田菊英越走越近，她是朝这边来的，我先是看见她的头顶，她的头上全是白发，在太阳的直射下像一堆冬日的茅草。她提着一个大黑的塑料袋子，里面鼓鼓囊囊的，我老远说：

“你来干什么？”

我的口气也不算生硬，也不算软和。

“我来看看燕子。”

她上了台阶，她径直走进塔里，她没朝我看，她很随便，仿佛这儿是她的家。

“我昨晚梦见了燕子，”她又说，“她说她在那边缺钱花。”

是不是我昨晚也想到了燕子，把信息传给了山下几十里外的她？她现在在咱们保护区管理局打扫卫生。

“我给她烧点纸了就走的。”她说。在她拿出火纸、香签时，又说，“听说你要下山了。”

“这关你什么事？”我说。

“我只是问问。”她说。然后，她拿起火纸、香，又找我要了包火柴，出门向闷头沟走去。

她当然有权利来看她的女儿。这是一桩不愉快的事情。好在今天的阳光不错，整个山岭该黄的黄，该绿的绿，该雾的雾。

我就只好等她回来了。然后我看着拖拉机上面的民工往路上用锹抛石子。

算来，燕子应该是在这山上怀上的，在田菊英第一次来山上时。现在，我们把燕子还给了这座山，我将什么都不带走。我懒得想这样的事。

五年前，局里的领导念及我几十年一个人在山上艰辛守塔的功劳，说经研究决定，让我转一个小孩的户口来局里并安排个合同工。我就说，把我那前妻转过来吧。领导说，你们莫非要重归于好？我说算了吧，我是念及她也失去了女儿，既算是局里也算是我对她的一点补偿吧。我儿子在兴山有个副食门面，我那前妻什么都没有，家庭妇女。她过来了，算合同制工人，有工资，还有点小福利，加上打扫卫生捡拾的破烂，一个月可以搞到四五百块钱，而过去，她分文没有。这边的函发过去了，我的儿子上山来了。儿子说，爸，就跟妈一块过算了吧。我说，你放嗝，不要放嗝了！人怕伤心，树怕伤根。我把她弄过来，是看在你妹妹的分上！我儿子说：那我们尊重您自己的意见。反正妈总是在念您的好，老说对不住您。我说，她为什么早不这样说对不住我？晚啦，我不稀罕啦。我不稀罕别人说对不对得住我，也不稀罕别人说我对不对得住你们。总之，过去的事别提了。

现在，她来了，她穿着皮鞋，穿得干干净净，她拍了拍手上的香灰和泥巴，又去掏那个黑塑料袋子，掏出一件米黄色的毛背心来，好像怕我误解，马上说："这是巧云给你织的，托我拿上来的。这儿还有一封信，我给你带上来了。"她把信和毛背心放在茶几上，然后她说，"我走了。"

我这才朝她的脸上看，因为我听见她的声音有点发颤，她的脸上泪水像雨后的山溪，哗啦哗啦地在流，脸上却没有多少表情。她是在女儿的坟上哭了么？她是在哭女儿，还是在哭自己这一生的命？我的心有些乱了方寸，我忙喊住她，说：

"拿两包香菇、木耳给巧云、兵兵带去。"

这是顺理成章的，媳妇巧云给我织了背心，我当然得给他们点东西，其实我是给眼前我的前妻的。我克制着自己的情绪，我很快就把东西拿出来并用她拿来的那个塑料袋装好了递给她，我说：

"这是阴峪河的人给的，前些天我去给他们照庄稼看了兽迹。"

"你这么会看兽迹，那时候就不知道有驴头狼来！"

她的话好突然，好噎人，还是那么噎人，一如既往，如年轻时一样。

"不要提那陈芝麻烂谷子的事了！"我怒吼。

我看见她踏上那条红石小路下山了，我看见她满头白发，我看见她浑身臃肿。

我忽然惶惑不知所措起来，我拿着錾子。我突然有一种无家可归的感觉，我突然虚弱不堪。我要下山么？我将到哪儿去？这石头，这草甸，这二十多年来朝夕相看两不厌的疏疏密密的巴山冷杉和秦岭冷杉林，这华山松、匍地柏、枯枝梅，这满山遍野的朝雾夕岚，时晦时亮，时寒时曝的天空，现在都向我展示出它们疏离的情分，没有一桩东西是我熟悉的，我再来跟它们打招呼，它们一定不会理我了。而我，在这儿白白过了几十年吗？山啊，山啊，看，这几年满山的箭竹林也死了，它们开了花，它们结了竹米，它们在死亡中站着，混迹于那些碧翠的生命中间，可是，它们死了，多穗石松和七筋姑草正从它们密不透风的死亡手臂里伸展出来。它们六十年一个轮回，它们必须开花，然后死去。莫非这竹子也像人一样，也是有灵有性的。而我呢，我也将六十岁了，我将下山去，被这青翠的群山挤对走了，它们给我的信息就是如此？下山去吧，下去吧，你老啦。

我真的老了吗？我去年观察到的四川的那场森林大火，报告给山下，山下后来反馈的信息是：我比地球遥感卫星探测到的火情报告早了整整一个小时。我的眼睛还好使。而前两年因游客上山野炊而引发的火灾，那时电台没有电，老式单边电台也没有电，我只好噔噔地跑三十多里去报告，只有两个多小时就叫来了几十人，而我除了气喘外，身体没有哪儿不适的。在这三千米的高山上，我没有感到我的衰老，我说过，在四五月间，我会变得气壮如牛，暴烈如虎，在箭竹林里与老熊、野猪、猴子们大打出手，争抢竹笋。这算什么。又到春天的雁阵在凄厉地飞回来鸣叫时，冰雪乍裂，峡谷的河水苏醒了，开始濞肆狂泄，我就做好了准备。我在吞云垭最后一片没有死去的箭竹林里，拿着一尺多长的开山刀，还有一摔即响的土制炸弹，占据了有利地形后，就见一百多只恒河岩猴从吞云垭的石林刷刷刷地从积雪未消的树冠上烟尘滚滚而来。它们稍微比我迟到了半个小时。我知道这群猴的猴首是只独眼，极其凶残，它们知道这山上只有我一个人，所以从不惧怕我。它在东西两边的隘口放了两个哨，与一群公猴嘀咕了一会，猴群就分成了两边，近三十只身强力壮的公猴决定把我围起来，其余的母猴下树抢摘竹笋。猴子们几个月的饥饿，面对鲜嫩的竹笋它们是不要命的。战斗从天上地下同时打响，那是独眼猴王的一个唿哨，天上的猴从树冠扑向我，地下的猴一跃而起抓住我。我用刀背砍，我用拳头砸，我摔炸弹，这当然只能吓唬它们，而不敢真炸，但炸飞的土石如急雨一样射向它们，打得它们哇哇乱叫。我的脸被它们抓破了，我抓破了它们；我的头发被它们拔掉了，我也揪到了一把把的猴毛；我想折断一只猴的爪子，猴也咬去了我的一块耳朵。两败俱伤，腥风血雨，在吞云垭我气势如虹地与一百多只岩猴搏斗，我踏着夕阳而归，背篓里是十多斤翡翠般的竹笋。虽然我两眼充血，面带爪痕，可那些百多只的猴子呢？它们什么都没得到。

这一场人猴大战不过是小试牛刀。我与一头棕黑的老熊争斗才是惊心动魄，有趣万分呢。那是四月底五月头，满山的杜鹃花一下子被阳光和春风点燃了，呼啦啦地燃着，鼓荡着，狂乱着。老熊从洞里醒过来啦，睁眼一看，嗬，好红的花花世界，它舔了舔冰凉的脚掌，把它舔热后，站了起来，它直指吞云垭。它在漫长的睡眠里醒来后还是哈欠不断，惺忪怠倦，所有的关节都锈了，需要阳光和饮食来润滑，还有嘴巴，要通过不停地咀嚼食物来唤醒身体的各种感觉与欲望。但是它想，那个家伙不会让我吃到刚刚破土而出的竹笋，那个家伙也是个食量惊人的东西，饕餮鬼。那个家伙是谁，是我，苏宝良。它一看，果然本人在此。

“滚开！”我说。

我端着枪，我知道此时那老熊就会出动了，这是有规律的。不止一头，可能会有几头。老熊那时还不太凶狠，还没有到发情的季节，虽然杜鹃花的花事在怂恿人，撩拨人干野蛮的勾当，但是毕竟肚腹空空，脂肪不多，筋骨松软，血液太凉。

老熊闻到了竹笋的美妙气味，它的黏涎从嘴角不停地流出来，几十米就闻得到那种十分冲人的恶心的涎味儿。我看见它站了起来。它的站立比我还高，身材宽大，两只前爪已经做好了刨人的准备——这就是攻击的前兆。它这么站立，胸前就露出了一个小碗大的白点，那正是它心脏的位置。

我举起了枪。

熊知道，它的致命的弱点被暴露出来了，它看见了枪，它认识枪。熊是通人性的，它知道什么东西对它有威胁，什么东西对它没有威胁。它知道我不会扣动扳机真朝它射击。这个家伙，它为何知道呢？

它没有发怒，它走了过来。

它把屁股对着我，它那肥硕的蠢笨的屁股。意思是：你掰你的，我掰我的。

可是整整一个冬天我也很少吃到蔬菜，就这一小块竹子了，我不能让它占有我的竹笋。我用枪挑它的屁股，我看它怎样。我并没有想到后果，因为我的心态并不老，我有时以为我还是个小孩儿呢。我就敢摸你的屁股！

我挑了它一下，它的屁股抬了抬，依然折竹笋往口里送。我又挑了它一下，我用枪捅它，捅它的痛处。那是头公熊。我看见它的脸扭歪了一下，感觉到了疼痛，可是它并不在意，依然在抢掰竹笋。最好的竹笋是不能让它吃掉的，我跑过去抵它的脑袋，用手去抓它手上的竹笋。一大把竹笋被我们抢断了，我抢到了一些，老熊却生气地把剩下的竹笋丢到了地下，睁着通红的小眼睛望着我。

“滚开！”我再吼，“你也配吃我的竹笋吗？你以为我真不敢开枪？”

我说。我在它的面前一根一根折竹笋，我用刀砍，一手拿刀，一手拿枪。老熊又站了起来！老熊扒住我的背篓！老熊把手伸进了篓里，抓出了我一大把竹笋。我甩不开它，我只好脱下背篓的背筋，老熊全身伏在背篓上，哗啦一声，把我的背篓压瘪啦，竹片全折断啦。它呼呼地喘气，嚼出笋渣子来，还想寻那瘪背篓里的现成的竹笋。我用枪，用脚一把将它推下山岩。这可需要力气。老熊往山下打了好几个滚，它从一棵野花椒树下站了起来，它被激怒了。它呼呼地就蹿上了坡，简直比利箭还快，一巴掌打过来。我的衣裳撕烂啦。嘿，你别看它还是筋骨酸软，可它的本相一露出来，它还是头真熊！我身手还矫健，我一让，衣裳掉了一块，我正想打一架呢，我憋了一个冬天，我想打，想喊，想发疯。我就不开枪吧，不让开就不开，我抓住枪头，用枪托劈它个狗日的狗熊！我说：“你踏了我的花篓啊！”我一枪托。它站了起来，我死死地抓住它的两个爪子，不让它的牙齿靠近我。我不能开枪，我就不可以用脚踢那个白点，它的心脏吗？我站得很稳，我反正是两只脚站立的，而它站着两个短短的、侏儒症般的后腿就不能伸展用力了。我进，它退；它进，我退。我们在竹林里翻滚，压断了好多清甜的竹笋。我反正不让它的牙齿靠近我，可我时不时踢它的心脏，并踢它的鸡巴。我说：“你这个梦游家伙！回山洞里做梦去吧！”老熊的肚子是空的，那儿一碰就疼，甭说心脏了。把我的衣裳全抓坏了，可是它抓不到我的肉，抓不到我的脸，后来它不想打了，它想跟我做朋友。它坐在那儿，向我伸出手，要我分一些竹笋与它。我收拾着踏烂的竹篓，把竹笋往篓里塞。我回去时，它就跟着我，一直跟到我的塔里，坐在台阶上。为了报复我不给它竹笋，摔坏了我三盆好不容易挖来养着的小丛红景天，然后，呜呜地跑了。它一定是还没有完全从冬眠中醒来，否则，早要了我的命。

面对神农架最凶狠的野猪我也是不怕的。有一次在一个叫一碗水的山谷那儿，五头野猪带着一大窝猪娃拦住了我的去路。它们刚在一碗水的泥潭里滚了泥，浑身舒坦，一个个泥巴裹着硬毛，就剩下一对血红的眼珠和六寸长的獠牙。看我的吧，我像狼一样号叫起来，在几十年的与山中野物的交往中，我自己也变得像一头野兽了：我嘴巴宽大，黑洞洞的，牙齿外露，舌头猩红，我不停地发出比狼还恐怖的声音，足足号叫了一个小时，硬是把这群野猪给唬跑了。在这样的山上，谁能有我如此激昂、膨胀的生命？可是，一旦我下山去，我就彻底地衰老了吗？就一文不值，成了个臭皮囊了？

我拆开养路队捎来的那封信，啊，是河南写来的，一个学生。没有什么。又是不停地问候啦，又是问苏叔为什么不给他回信啦，又是感激恩人啦，并且说，我还要来神农架，我要来看您。可是我将走了，你到哪儿去看我。是哪一年的事，我记不住啦，我的记忆力真的差了，我是不是的确老了？我救了他，一个小伙子，学生，他只身到神农架来，遇到了冰雹，他穿得太单薄，他敲我的门，在晚上十点多，鬼知道我怎么敢开那个门的，难道我就不怕打劫的，不怕是野兽撞门？我记不到我是怎么开的门，我提一把斧头吗？我提着斧头，我说，说不定是个讨歇的人呢，我这里常有讨歇的人，我没有碰见过坏人，只要碰见过一回，别人干掉我非常简单，我睡觉死了一样，躺下就打鼾，把我杀了，把我剁成八块，我可能还在睡觉。我开了门，一个人直通通地倒了进来，都冻僵啦，真像一根柱子，就那么倒进塔里了。他哪知道神农架的气候呀，他穿那么单薄，一件薄薄的夹克，单裤，凉鞋，可外头下了冰雹，那还不冻成冰棍。就这样，我救了他一命，他在我塔里住了一个星期，复原了，走了，经常来信。

我且放下这样的事情，我去了阴峪河。

一路上的红桦向我翻弄着它们的卷皮，这秋天，到处是深紫色的风，遍山吹着，树上是守着果实成熟的椋鸟，树下是等着菌子和浆果落下后腐败的嗡嗡的苍蝇，在这往峡谷走去的路上，比起死气沉沉的山顶，真是热闹多了。庄稼呢？庄稼许多人都匆匆地收了，没有守庄稼的窝棚，没有出坡的人，没有羊也没有牛，甚至没有向生人狂吠的狗。鲁娃子的家紧锁了，有的房子拆掉了，瓦揭下了。我走进一家，总算遇见了一个老人和半大的少年。他们告诉我：老苏，你都忘了吗，咱们村不是要搬迁吗？

瞧我这记性！

的确，说搬就搬了，这里面是保护区的中心，这里的野兽太多，庄稼人无法生存了。有的守庄稼的孩子被老熊吃了，有一个守庄稼的少年半夜翻身，手上拽着的火铳扳机绳子绊动了，正好打到了来换班的父亲……

“鲁娃子呢？”

“鲁娃子不是搬到宜都去了吗？他没到你那儿去？他肯定要

去的，他是太匆忙了，乡里派了车，从九道水和庙包那边上公路的。你要知道，牛他可是自己赶去的，走了五天五夜，听说牛蹄子全走肿了……”

“我是来给他还錾子的。”我没说我要下山了。

“錾子，谁还要这个东西呀，都搬到有电的地方去了，鲁娃子回来说，他们那儿的电是三峡的水电，才五角钱一度，都用了电磨和粉碎机啦。你看看，满村丢的都是磨子，不要那玩意儿啦，你想要，你背十副回去。”

我去村里转了转，果然，到处丢弃着石磨，它们将和这空无一人的村子一起慢慢地风化，长苔，被落叶和岁月覆盖。

可我还在想，我下山了会常来阴峪河村里走走的。假如我再来，除了老熊、野猪和虎豹还有什么呢？还有荒凉的鸟鸣和如火如荼的从堂屋里长出的白蒿吗？

我攥着那把錾子，还有无法送出的包袱，打道回府。

这更加乱了我的方寸。

我在来阴峪河时还在想，我还可以申请在山上待几年，我习惯了这儿的一切，我就这么干吧，而现在我在想，我待在山上还有什么意思呢？那些零乱的、闹哄哄的兽迹还需要我来看吗？我站在昔日被人簇拥的坡田里，老鸹在乱叫着，八哥和斑鸠在啄食没有收净的虫眼苞谷。当我还没有离开，这儿已经物是人非了，我到哪儿去寻找鲁娃子他们并串门呢？村里那苞谷酒的香味还从我的幻觉里传来，炊烟袅袅，人们大叫着我的名字：宝良哥，宝良叔，宝良伯，老苏，狗日的，等等。他们不再需要我了，我也像一块曾经生长过许多沉甸甸的秋天的土地，现在抛荒了。

我回到塔里，没吃，没喝，在黑暗中坐了整整四个小时。

我打开电台，我对陶大沟说：

“算了吧，大狗子，帮我给局长说，我就待在山上吧，我死也死在山上了，都走了，我也不走。”

我不知道我为什么又变卦了。

“嘿，明天车就上山了，人家小赖一家三口都来了，你怎么像三岁的娃儿，屙尿变。”

“我……”

我只好慢慢吞吞地开始收拾自己的东西。

有什么东西呢？我发现我自己的东西好像都是为山上准备的，如果运下山，将一无是处，连我的脸盆，我的茶杯，我穿的长筒雨靴也是为这个瞭望塔而存在的，它们离开了这里，将不再是它们，是另外一些不中用的垃圾，比石头和朽木都不如。那怎么搬呀？塔楼底下的那一大垛木柴，我慢慢劈好积攒的木柴，当我细看它们时，我的天，它们至少可以充裕地烧上五个冬天！在它的里面，可能很有几个鸫鸟的鸟窝。另一些东西是国家的，电台呀，电机呀，望远镜呀，包括那露出填充物的沙发。每年的奖状都贴在塔里了，这算是瞭望塔的荣誉；最大的荣誉被称为“华中第一哨”，省里颁的；还有“预警先锋”“降火金睛”……它们都发黄了，陈旧了，新鲜的，也被我用糨糊牢牢地贴在了墙壁上。窗户朽了，雨潲进来时总是积水成灾，打雷的时候墙上带电，这也是要给小赖交代并要想法解决的，人家一家三口，有很小的孩子。

我等着接班的那一家上来，我每天惶惶地看着那条上山的公路，两天后，拖拉机拖来了那一家。

塔里霎时变得沸腾起来，几乎秃顶的小赖显得很兴奋。他为何如此兴奋呢？他忙前忙后，两块脸涨得通红，好像喝过了酒一样，两颗大金牙龇出来笑得合不拢嘴。他以为上山来就像到北京做驸马么？这有啥可高兴的？这让我难以理解，对他产生了严重的反感。他的老婆呢？一个小女人，瘦瘦丁丁的，要模样没模样，要肉没肉，就像一个上山偷挖药材的四川女人。

“老苏还没有收拾。”小赖对拖拉机上的师傅说。他们不知道把东西放在哪儿。他们把东西放在厅里了，有多少东西呀，全堆在那里，好像把一个家全搬来了，完整的家，甚至还有一副小钢磨，一个小粉碎机。而且，还有两头猪！

猪现在占据着柴垛的一个位置了，猪的叫声和他们一伙腾木柴的吵闹惊飞了好几只鸫鸟。一时间， 瞭望塔里的情形全部乱了。还有一个脸皮糙黑得像驴皮的小女孩在塔里疯疯癫癫地乱跑，从楼上跑到楼下，又从楼下跑到楼上。怎么，这儿俨然变成他们的家，他们的乐园啦？我就大声对小赖说：“伙计，管好你的妮子，不要让她扶着墙上楼，小心雷电，这墙上打雷的时候都带电！”小赖不屑地对我说：“都快冬天了，哪儿来的雷呀。”我说：“冬天也有雷，你知道什么，这山上的事情你什么也不知道。”

“我们晚上住哪儿呢？”他说。他只关心这个。

我说：“我没想到你们来得这么快。莫非要我今天就走，我什么也不教你？领导是怎么给你说的？领导没交代什么吗？”

“领导什么也没交代，要我上山，要你下山。”

“胡搞，胡鸡巴搞，”我说，“你会使用电台吗？你会看山火？你知道从哪里到哪里是归瞭望塔巡视的路线？……”

“老苏，”他说，“你歇歇火，苏伯，那你就让我学嘛，你就教我嘛。”

他们站在我的对面，小赖，他的老婆，他的女儿，还有拖拉机师傅。那个师傅之所以不走，是因为他等着我把东西搬上车去。

天就渐渐黑了。他们做他们的饭，我做我的饭。他们叫我过去吃，他们带了酒。我不过去。我对来客是非常热情的，可是今天不行，我感觉不舒服。我与他们保持着距离。

有一个房间是空出来了，就是鲁磨匠死掉的那个房间，他们全偎在那里面，叽叽喳喳，过一会就没有声息。那个晚上我很久才睡着，脑子里全是群山，我好像在群山之间飞翔，像一只鸟，巡视着神农顶的周围，沟沟壑壑，就像翻一本书，一本巨大的书。我飞翔的时候，好像群山就是我的身子，哪儿都是我；树，悬崖，一望无边的死去的箭竹，都是。

早晨，我像无数个早晨爬起来，打开房门，心态一如既往。可一见厅里的情景，我才记起来我所面临的事情。我往外走去洗盥，上厕所，等我一出门，我看到的一切突然使我改变了我已经作出的决定——它本来就很脆弱。

小赖的小妮子正蹲在我的磨子上，泥泞的双脚踏在上面，上面好像全是湿的，那小妮子正在捋裤子——她在磨眼里撒了一泡尿！

“这是干什么？好大的胆！小赖！你管不管你的妮子！”我发现我的声音是咆哮着的，我突然变得激动甚至愤怒。这样下贱的妮子，我的天！她比得上我的娇娇宝贝燕子吗？

小赖清理着他的东西，他一准被清早这巨大的吼声弄蒙了，他跑过来怔怔地看着我说：“看您……您……？”

“那是磨豆腐的磨子，看她在上面做了些啥呀！”

他终于明白是怎么一回事了，他终于极不自然地哈哈大笑起来：“您还要这副磨子？您不是已经把它掀到外头来了吗？您生这么大的气。”

“我为什么不要这副磨子？我磨了几十年豆腐的磨子，竟让她一泡尿给污了。你去叫领导来，让他们来说说。去呀，你们都去呀！看我的磨子是不是尿罐！”

都应声出来了，一共四个人。我在那儿嚷嚷，驱赶他们，把他们赶出塔外，毫无商量的余地。我看见他们诧异而绝望地向拖拉机上面爬着，他们肯定以为眼前的人是一只野兽，他们四个人，空着手，开着空拖拉机慌慌张张地向山下去了。像一群国民党逃兵。

过了一会，塔里又寂静了下来，跟往常一样。我站在那里，像一根树桩，一动没动。我笑了吗？我笑了一声，像母鸡的打鸣。然后我用发抖的双手在墙角里拿起了扁担，挑起水桶。我迈不动腿。我感到我的一边的腿和一边的手在慢慢麻去，半边脸也突然麻木了。我无法控制住我的愤怒和委屈。我站不稳啦，我扶住墙，我问我自己：“我这是怎么啦？我……”

我的手松垂了下来，两只木桶离开了扁担，咕噜咕噜地向山坡下滚去。好半天，它们撞击石头的声音还在晨雾里沉闷作响。

像白云一样生活

一

齐老和一家住在白莲垭山腰的杉木坪。他有两个娃子，一儿一女；有一个老婆，还有一个老母亲。白莲垭是一座很高的山，那儿终年云雾缭绕，偶尔现出阳光的时候，就会照到山坡上有一块耕耘得平平整整的棕红色土壤——那一定是在九十月间的秋季，苞谷已经收割了，大地露出它的本相，天空澄清，猴子的叫声越来越远。那块地就是杉木坪上齐家的土地。但下雪的时候——那一定很早，在砍掉苞谷秸秆之后，翻耕之后，霜就下来了；早晨起来，白花花一片，那就是霜；有时候霜很厚，你还以为是雪呢，果真念头一闪，雪就下来了。雪飘着，两棵柿子树就脱光了叶子，露出它们身体上琳琅满目的红果子，一颗颗大得冲人，像一块块烧红的木炭挂在树枝上。山下的人知道山上飘起了雪，因为有一条雪线，在十月之后，那条雪线就隔开了两个完全不同的世界。

齐老和一家住在高高的雪线之上——至少海拔两千多米。风雪弥漫的日子，就没了齐老和一家的消息，好像他们冬眠了。到了四月，雪还没化完的时候，村长和会计及一个文书会照例到山顶上去，他们记着那儿有一户人家，是他们村的。他们拿着账本，找那家人去收税收粮。粮是折合了人民币算的。

这家人家农特两税加起来共计一百零三元伍角陆分，粮款加起来叁百伍拾元零捌角。田的面积是二十亩；这田有能收的，有不能收的；阳坡地，阴坡地。所以缴款田亩平均数低得惊人。何况田是估估数，没哪个量，就齐老和报的。也许有三十亩，也许有五十亩，也许……但，就算二十亩吧。村长知道这一家人还活着，主人，主人的老婆，老妈，儿女。

四月的天气行路人就觉得很有些热力了，何况蜜蜂还在飞，菜花、桃、李、杏、樱甚至映山红都往外开放了，黄的瞎黄，红的匪红，紫的骚紫，乱了章法。春天就是个乱了章法的乱哄哄的季节，很好啊，很欢实啊，很灿烂啊。

狗还叫得十分凶。

这是很难得的，狗叫得这么凶，一定有稀客到。猴子也在路边摇着树梢。齐老和见村干部上来了，这是能预料得到的，四月二十三日，或者二十四日。钱早就准备好了，是两百。两百就两百吧，往年都是这么结的，结了，登了记，就喝酒。可今年村长和会计就有些古怪，期期艾艾的。

“两百啊？…… 两百……”他们你看我，我看火塘或神龛上飘着的蛛网。

去年就这么结了，就昧了良心喝酒。去年就取消了农特两税，人家齐老和根本不知，世界上的事情与他没有任何关系，这一家是通过村干部与外界相连的。去年收了，说你少交一百。村长和会计笑笑。齐老和在秋天的九月交纳余款时听说要无缘无故地免他一百，人都快感动得跪下来，那一天，把自己留了上十年的一只虎胯给干部们煮吃了。今年……

今年领导很暧昧，说，唔，两百啊，两百。坐下看房子，问，不漏吧，去年冬天的雪山上下得可大？齐老和说门口有三尺厚，比门槛还高。会计就说，现在还有这大的雪，神农架的雪都快绝种了。看了房子再看人，一家人，都还在。又看庄稼，门口田里的，再拨火（山上还是冷），摸狗（狗已经在主人的接待中知是客人，不吠不咬了，与客人们挨挨擦擦，摇着尾巴），然后就听见厨房里砧板剁猪骨头的声音。

——每年都是这样，齐老和都要为村干部留一只腊猪蹄子的，还带着座刀肉，就是猪臀肉。村长一行喝着茶，轮番甩过来的烟接住了，就夹到耳朵上、手指缝里，就说话、就咳嗽、吐啐，就到了吃饭的时候，就喝酒了。

锡壶斟酒。是造型很有味道的小锡壶，能装半斤，或者更多一点。火锅是铜火锅，很四川的那种，放白炭。酒杯、汤匙、搁汤匙的小白瓷碟儿，完全是殷实人家的做派，很见过世面的做派。每次村长来似乎都是这一套。看来除非是贵客，否则就算过年，他们自个儿也是不会用的。

上了桌，五个男人（女人不上桌），就是五杯——人人敬你一杯，你敬人人一杯。这是一巡。第二巡再五杯。第三巡就是共十五杯了。喝到四五巡之后，天就开始旋了，地就开始转了，话就开始多了，稀奇古怪的事都开始谈了。齐家儿子齐细满就拿出他前些时在山上捡的一块石头，上面有一个很清晰的虫的形象。文书说是化石，还是很珍贵的化石，这么清晰他还没见过，应该叫三叶虫，好像。

“这里有化石山喽！”文书说。

发现了宝藏，气氛更好了，喝得更勤，喝到后来，就分不清谁是谁的杯子了。腊蹄子里面放了些海带，放了些蒿本叶子，还一个劲往里面加肉和山上的嫩竹笋。上菜是用红漆托盘。

村里还没有这么讲究的——指住在山下的人，公路边的人。吃的，喝的，井井有条。可再一细看，看衣服呢，看这家人穿的衣服呢？露肩少扣儿。看头发呢？鸡窝一般。都是在山上劳动的装束，简直像叫花子，一屋的叫花子。酒这么敞着喝，其实也是自己酿的苞谷酒，入口绵润，知情在理，不打头，很有欺骗性。村长一行中的文书就懂行地说细满捡的这石头，卖到外头去值许多钱，甚至是无价之宝，“然后，”文书说，“换了大钱就给你们家一人扯几件新衣服。”可齐老和知道他说的意思，就说：“新衣服有，干活嘛。他们都有新衣服。我妈几套，就舍不得穿……”

喝到嘴麻时，太阳已经从门外斜进来了，会计提醒说，再晚就下不了山了。村长说：“在老齐这儿你急什么，还让你睡地下不成。”

还是走了，恋恋不舍地放下筷子，大拇指指甲上跺跺烟，接燃，走了。过门槛时蹿了一步，差点摔了。回过头怪门槛。门槛是被狗啃过的，时间蛮长了，缺头凹脑，像一个老人稀稀拉拉的牙齿。齐老和的老妈妈就在门口瘪着嘴生气，一脸的恼怒。那与村长他们无关。村长也不想惹这个闲，只是跟老人家打个招呼。每次来都见齐老和的妈生气。她这一辈子就是气多，气多能长寿，总是见她活着。生气的时候打嗝儿，一个接一个：“嗝……嗝……嗝儿……”

“老人家，还精扎着哪。”

“快死了，他们巴不得我快点死……”

“哪里哪里，您儿女孙子们蛮孝顺哪！您可以活过一百岁！”村长说。

“活那久打鬼！没一个孝顺的……”

老人咕哝着，村长他们已经往山下走去了。下山的路是被早出晚归的牛羊和齐家一家人的脚踊过的稀泥路。因为化雪之后，路就烂了。往山上看，山上就一些山，一些树。还有猴子深长的嗅叫，划漾过茫茫的黑夜。

森林像一座巨大的荒坟。

二

更高的白莲垭尖上虽没有人居住，却有一片废墟。就往齐家的后面上山，爬三个小时，就到了山顶——细满的那块化石就是在那儿拣的。很久以前，那儿有一座庙，叫白莲庙。有人看见山上总是盛开着一朵巨大的白莲花，像蓬松的白云一样，后来就修了庙。但后来闹白莲教，官府就把庙毁了。不过以后又恢复了。但一九四九年，从秦岭窜来了一股西北土匪，爬上山负隅顽抗。那山上有庙，有洞，还有一股活水。剿匪的解放军就在对面山上对准白莲垭用迫击炮猛轰，庙炸塌了，人却毫发无损。后来是齐老和的爹给解放军带路，从山后的一条险道摸上去，把土匪一网打尽。二十几个土匪，带又带不走，放又不能放。解放军一个连长就问土匪们怎么死，土匪不愿吃枪子儿，就说跳崖。解放军就给他们一人烧了一碗红烧肉，吃过之后，二十几个人一起跳了崖。——就是从北面那最深处跳下去的，北面的山下还有个天坑，几十丈深。这之后，每逢天阴下雨，天坑里就有鬼魂的汪叫，全是西北腔，齐老和听不懂。

解放军炮轰后，又闹“文革”，公社武装部长一声令下，又把山顶寺庙的残存建筑包括一座塔给砸了，白莲垭就荒芜了。

齐老和在前些年就开始偷偷地搬运山顶寺庙的老瓦回家。瓦是黄瓦，闪光，上了釉的，泛着一种很苍老华贵的气息，就像是殷实人家的老太太。可山路很陡，近些年几乎没了路，路让水冲断了，灌丛、榛莽给覆盖了。空手上下山都难，甭说背一背篓瓦。瓦又沉。齐老和就在山上采药时，放几块瓦在背篓里，像蚂蚁衔食，一颗颗衔下来，这些年集了些瓦，将牛栏、厕所都盖上了这种瓦。他上瓦时还搞了飞檐，像一座小庙，将牛栏、厕所弄得比正房还漂亮。他还得背，虽然背得很慢，可时间有的是。背了十年，盖牛栏厕所，再背十五年，说不定就可以盖大房子了。

就在村长来过后不久，文书又上来了一趟。那一趟上得十分辛苦，还碰上了野猪，提着半袋子石灰，来了是写标语的。标语就写在了新垒的牛棚墙上：

建设社会主义新农村

这白莲垭子上竟然出现了标语，出现了字，可是自打盘古开天地的头一遭。这标语气势蓬勃，一下子把齐老和一家和村里拉近了，山上山下连成了一个整体，人突然就不那么孤单了，山也变矮了。出坡干活，收工回家时，齐老和都要欣赏这一条白呲呲的标语。标语像阳光，照亮了这终年云雾缭绕的垭子。文书上来给他们说：要开始建设社会主义新农村了，现在各村督促县里下达的“三改一刷白”，即改水，改灶，改厕所——上不漏雨，中不漏体，下不漏粪，房子刷白。齐老和问咋改，文书也没说具体，说就是要搞漂亮，水，自来水；灶，不要烧柴了，要烧沼气，最好灶台贴瓷砖；厕所改冲水式，蹲式坐式均可，房子外墙全用石灰刷白。

哪来的自来水？咱要去“月亮窝”挑水咧。烧沼气沼气说是猪粪沤的；厕所就这样了，新，还改什么？坐式？坐着拉屎能拉出来吗？外墙用石灰刷白了咱这高山上单家独户给哪个看去？……

齐老和知道村里说是说，有时来了人也说很多事，都没办，也没哪个再问，就有了经验，管他的，咱种咱的吃咱的，村里的球事与咱没关系。

可这一天早晨，齐老和的妈起来突然吵着要上白莲垭去敬香。这天早晨，天很安静，鸡在笼子里拍打着螨虫和臭气，想走出来见阳光，猫舔着隔夜空空的盘子在做吃早餐的热身运动。空气寒凉，冷杉摇曳，发出司空见惯的声音。齐老和的妈走出她的房间就给大家说她梦见了观世音菩萨，踏一朵白莲祥云往山尖上去了，菩萨显灵了。

一个老太婆被梦中的美丽景象弄得亢奋起来，她头上沾着垫床的苞谷衣壳子，膝盖上有两个整齐的补丁（她自己补的）。这样的人会与观世音菩萨相见吗？可老太婆起了这个心，她有二十年没往山上走了，现在，都八十岁了，两腿像脆皮黄瓜，敢爬这样的山？

“她要去就让她去。”齐老和对翠满和细满说。他知道妈倔了一辈子，老糊涂时，更倔。让她去，有什么事还好些，他这么促狭阴暗地想。

妈就背了几个煮苕要去爬山进香了，还拿了些黄表纸和香。

“你看她怎么走。”齐老和站在门口，对母亲也对儿女们这么说。他有几次背瓦下来，都差一点滚下崖了，主要是没有路啊。

妈前脚去，儿子细满就让爹给指使“跟着她”。

妈还走得很快，总是在山上生活了一辈子，就算拄着拐棍，也比不会爬山的外地人利索。

可是走了一两个小时，齐老和正在家里磨砍刀，就听见儿子急闹闹的声音。

——那个摔得鼻青脸肿的老太婆正哼哼叽叽地趴在孙子身上，狼狈地回来啦。

她的双腿给摔断了。

三

妈躺在床上双腿肿得发黑，弄了好些草药来敷了，女儿翠满说该不要送到医院去看看吧。说是这么说，哪来的钱背一个八十多岁的老太婆看这腿？躺在床上没死没叫就是平安了，维持现状，就是平安。老太婆躺在床上，吃饭、喝水，慢慢就消肿了，睁着一双白内障的眼睛茫然无措。儿孙们就笑她说：“观音菩萨来没有啦？来了要来看你，给你把腿接好啦。”儿孙们说：既然观音菩萨显灵，到了白莲垭，你好心好意去看她，她为何不保佑你，倒让你眼睁睁滚下山来把一双老腿摔折呢？

苞谷拔节的时候，猴子下山了。猴子也是从白莲垭顶上下来的，不过猴子满山乱窜，没个准。但到杉木坪，是看中了齐家赖以生存的那个沁水窝，就是“月亮窝”。月亮窝是一个小沁水窝，后来齐老和把它挖成了个月亮弯儿，能存个一两担水。这水是在齐老和爷爷的那一辈子发现的。有了水，就可种地，就搬上山来了。齐老和在将它扩大之后的某一天，发现水中有了一种生物，螺不像螺，虫不像虫，怪头怪脑的在水底下行走、生存，也不知道吃什么。这东西肯定是水中的生物了，可这一带方圆数十里没有水，这生物是从哪儿来的呢？更巧的是，今年的第一场春雷刚过，有一天儿子细满去挑水，竟发现水中游动着几尾小鱼！这更奇了，齐老和百思不得其解。你说人能在这样荒无人烟的高寒山上存活，是因为有两只腿，有腿才爬上山来的，鱼呢？飞来的？

现在，已经有很长时间没下雨了，猴子满山找水吃，闻到了这儿的水腥味，就来了。这还不说，还有一只青羊也找到了这月亮窝，一只青羊与一群猴子在傍晚时分，为争夺水源打得嗷嗷大叫，把水的主人一家全然不放在眼里。猴是一群泼猴，前些时在水边发现咬死的雉鸡、竹鼠，后来才知道是猴干的。今天却要打跑一只百多斤的青羊。挑水去的翠满见猴子与野羊子打架，也生好奇，手上拿的石头也没用，看它们打得飞沙走石，清汪鬼叫，最后把一窝水给糟蹋了。

必须把猴赶走，不仅把水弄脏了，而且可能会在秋天让你颗粒无收。水是有限的，一天就沁出来一两担；粮食也是有限的，你要在这高山上生活，就不允许其他禽兽在这里生活，这是十分无情的。猴们就是些猕猴，书上叫恒河猴，而齐老和他们叫毛猴。

把猴赶走没什么别的法子，就是灭它，灭它没有枪，可有用笼子捉猴的办法。在 20 世纪六七十年代，村里就上来经常捉猴。——做一个巨大的木笼子，笼门是机关，绳子牵到远远的一个隐蔽茅棚里。笼子里放上瓜果、苞谷。刚开始猴是警觉的，决不会随意进笼去吃那些诱饵。但过几天就会有饥饿的小猴往笼子里钻。第一只钻，吃，你不能关。第二只偷吃，也不能关，等到一群猴子都进去了，再关上笼门。灭了这些祸害庄稼的猴子，还可以卖给河南人，将它们拴链子训练了去讨饭要钱。如今河南耍猴的猴，不晓得有多少是神农架的猴子猴孙。

当齐老和想要用笼子关猴时，翠满、细满姐弟俩都说是胡扯，不现实。找谁打笼子？打笼子的木料哪里来？

那就下套子。齐老和下了几个钢丝套，套到了一只猴子，就在月亮窝边大张旗鼓地剥猴。把肉剔了，把骨架子丢进自己的酒坛里。猴骨酒是治风湿的良药。

再套一只再剥时是在屋场上，他妈已能拄着拐杖在门口看景晒太阳了。见儿子剥猴，一时尿失禁，大骂儿子"遭天雷劈的"。

可这天猴群们发疯了，把齐老和田里弄得一片狼藉，啃断了不足一米高的苞谷，还拖走了三只鸡。儿子细满去撵猴，被猴抓伤了手臂，当晚就肿得像包子，还发烧。猴子是有毒的，喝了些排毒清热的大青叶茶，又吃了七叶一枝花碾成的粉，才有了好转。

青羊在这个早晨，与争水的猴子展开了一场血战，竟把猴子打败了，至少让两只猴子折断了猴爪，还用角挑开了一张猴脸，把一只猴眼挑瞎了。

青羊在那儿喝水时，对这百十斤的一堆野羊肉，齐老和是下了决心要把它杀掉。青羊长得很健壮，一身灰毛，喉部有一块淡黄色的毛斑。青羊因为这一向与猴搏杀，已经精疲力竭，有一只腿瘸了，且不防人，就像是这个月亮窝水源的主人一样。齐老和只要憋足劲，有一个帮手，就可以用挠钩钩住它，再然后用大砍刀猛敲它的头，一阵风工夫，青羊就成囊中物了。

儿子因为被猴抓了，还在恢复，女儿也不愿配合，说："爹，说不定它蹄子会好的，让它走吧。”

“问题是它不走。”

“那就不走。”

“混蛋！”

在这山上住着，不可能把水让与野兽。他拿着刀，大砍刀，猎刀，缺头凹脑的刀。刀是父亲传下来的，曾经在这山上杀过无数野牲口。在山上，要刀，沉手的刀。刀一直是他在这儿生活和做梦的基础，是枕头的高度之一。人睡在刀上，就像睡在故乡。如今，这刀总是一个劲地生锈，不行，刀打不起精神来，刀要血洗洗，要洗出它的浩气来！

齐老和一个人接近了青羊。

他是想把它打死的，他肯定是想把它打死。他看见青羊的乞怜，那双眼睛——当面前的人手拿着挠钩和大刀，而不是挑着水桶或背着背篓出现在它面前时，它有些惊异，它扬起头打量着他，而齐老和也在打量着它，只要把它钩住，一切都好说了。可是这个傍晚让夕阳沉重，齐老和在青羊那神秘的眼睛里看到了一片深邃穹远的群山和森林。它虽然装着一副受难的样了，可它的那种冷冷的沉静中，它眼里的地方，那是我们无法到达的。它翕动的吻豁似乎在嗅吸着什么，在揣摩着什么，并且想说出话来——这是个灵异之物啊！但是对于青羊火锅和它的鲜汤的渴望已让齐老和顾不得许多了，对野牲口的怜悯只是一过性的，他从来就没手软过，这次也一样。他将那挠钩挥起来钩去！

青羊身子一扁，钩到了那只瘸蹄子，可钩也钩脱了，青羊一个趔趄跪在水边，又很快爬起来。齐老和又钩。但是从坡上跑来了儿子细满，是从田里回来的，背篓里背了大堆猪草，飞似的跑着大喊：

“放了它，爸！放了它！”

猪草在散落，儿子的头发在飞扬，石头一样光滑的脸嫩生生的，双手抓着背篓的背绳。

青羊跑了。跑掉了。

齐老和望着细满，他忽然对自己的儿子感到一阵揪心的陌生，好像儿子从没跟他生活过一样，是一个新来到这山上的人，一个别家别地的娃子。他可是个男儿啊！……

“它就是想喝口水……”

“你不想喝水啊！”他大吼，冲着儿子。那样子恨不得朝儿子甩一挠钩，把他剥了皮。

不管怎么，第二天，他还是要守着这月亮窝，守到青羊，要它的命！

月亮窝边没出现青羊，出现了一个人，一个陌生男人。

四

那人见到了水，就像见到了母亲，扑上去就把头埋进水里，贪婪地喝了起来。他咕噜咕噜吸水时，凡是能运动的肌肉都在收缩，提搂，好像要把嘴下的水窝，把整个杉木坪都吸进他的体内。

这个渴得狂乱的人用山上的这窝水泼熄了肚里的火，果真把一窝水吸得一点不剩了，嘴边沾着鲜红的泥巴，打着饱嗝，还吐出不能吞下去的东西——估计是那不明不白的带壳水生物，就跟齐老和打招呼：

“你好！你好呀！”

齐老和见来了生人，既惊喜也警惕，因为听山下说偷牛贼很多，在山上也得小心一点。

“啊！啊！……”齐老和说。他不晓得怎么跟这个突然闯进来的陌生人说话。

“您家姓齐？齐师傅，您儿子是不是叫细满？是他让我来找他的。”

哦，齐老和想到就在前天，儿子去了山下一趟，因为家里没了粮和洗衣粉，还差一些搭盖猪圈的铁丝，就把一个麝香包让他拿下山去卖了换东西。麝香包是去年大雪时捡的一只冻饿而死的香獐，从其身上取下的。他背回这只獐子后，将毛拔下来，套进老母亲的枕头，可以治头风，然后卸下香囊，挖出麝香，用油纸包好。有时，人要提神，就往烟锅里揞点麝香，那香逢了火，异香扑鼻，满口生津，提神醒脑。在漫长的无可奈何的冬天里，几乎麝香是必不可少的东西。一家人猫在火塘边，眼睛熏得红肿流泪，仿佛死了一万个亲人。除了擂苞谷，炕苞谷，就是吃饭喝酒打瞌睡。春天来了，麝香就得换钱换物。细满这孩子也有十七八岁了，是个腼腆的娃子，胡子眉毛倒还粗，喉结也很突出，山里啥样的活儿都能做，也能使枪吆狗，但很少去打野物，心地善良，没做过什么坏事，山上没啥坏事可做啊。年轻时在神农溪河里推过船光着屁股拉过纤嫖过娼的齐老和认为，男人不做坏事不能算男人，不做坏事就还没成男人。儿子连个女人的腥味也未舔，所以更不能算个男人。

可是儿子竟然有山下的人来找他了，而不是找老爹齐老和。

那就找他吧。齐老和就喊出儿子。

儿子说可能是向索子给介绍的。向索子是山下卖化肥种子和日用品的老板。一问，果然是向索子说叫来的，因为细满给向索子说到化石的事。

来人一进屋就要看化石，可他说不知放他姐哪儿了，要等他姐翠满回来，姐去山上薅草去了。那人又说还有宝的，说你还有铜钱。说你挖了半缸铜钱。

铜钱倒是有几枚，都年代很久了。有一枚还吊在细满裤子上。

“这一枚。”细满说。

“我早就知道了。”

细满把那铜钱取下来，那人就把它抢了过去，看那枚铜钱。

“这个不值钱，还有呢？还有很多啊？”那人说。

“我就是要买的，我不买我上来干什么？”那人拿出了一个手机，说，“这山上没信号。”

等细满把自己的所有宝贝都拿出来了，那人看了后没什么惊喜，说这些铜钱都是大路货，不值钱，并问是不是在墓里挖的？说山下都在传你挖到了钱缸，说是过去土匪埋在山上的。

细满不太爱说话，只是摇摇头否认。后来翠满就回来了，就把那个三叶虫化石给那人看。那人看后有感觉。齐老和盯着那人的表情，看到了明堂。那人就说卖给他。可细满沉不住气，说你愿出几多钱？这话本应是来人说的，来人问细满，细满才答。细满经验不足。

那人被突然问住了，还没想好开价，但又不得不答，想了想，看了看面前的几个山里人，揣摸他们的见识和底线，就迅速地说了：

“我出……五十……到一百块钱！不就是个石头么？我以为

还是个什么宝石呢。”

“很少有的啊，”齐老和要说话了，“这石头肯定不只这个价。”

“我也不懂，”那人说，“我反正觉得这好玩。我也不是专门玩石头的，向索子说这儿有宝贝，我就来了，就是块石头，我背回去若一钱不值就丢了，不过也就百把块钱嘛，也算跟你们交个朋友。看……”

细满看看爹，看看姐姐，就摇头。

这必须漫天要价，人上来了，要东西的，货在我手上。

“那你们究竟想要个什么价？”那人有些着急。

“不想卖，留着自己玩的。”齐老和在正欲说话的儿子前头说了，因为他觉得有来头。也许可以慢慢给来人熬价，吊吊他的胃口。驾过船的齐老和知道看风行船，见风使舵。

“可是已经晚了，下不了山了，我得在你们这儿住了。”那人很急躁。那人又说：

“或者你们帮我扎两个火把我连夜赶下山去。”

“我们电筒没电油了，你带了手电筒么？”齐老和问。

那人摇摇头，说：“我以为不远的，向索子说十几里，起码三十多里四十里！这哪儿像有人住的地方啊！”

齐老和就挽留他在这儿住一夜。

“好好好。那就吵闹您们家了。”那人无可奈何地说。

晚餐是腊肉炒鸡蛋，腊肉火锅煮洋芋。

“……神农架的洋芋就是好，怎么煮也不趴（烂），也不糊汤。”那人说。

还喝了两杯，说不能喝，说好了好了，再喝就醉了。

那人就洗盥。自己带了毛巾和牙刷牙膏。晚上还要刷牙。那人在幽暗的窗子下的椅子上拉开自己提包的拉链时，在深处找他要找的物件时，偶然——给他打水的细满看到了那包里一沓很大票子的钱。钱是有特殊气味的。听说城里的小偷有特殊的嗅觉，一嗅，就知道钱在哪里。那气味究竟是一种什么样的味道呢？钱的确是一个很奇怪的好东西。

钱。

山上的夜十分安静，有娃娃鸡的几声啼叫，像娃儿哭闹，又走散了。鬼瞪哥（猫头鹰）也凄叫一两声。很远的麂子也会应和两声，在山谷里。

细满没有睡着。那人睡在他的脚头。那人把衣裳全脱了，说是怕虱子。细满怕碰男人的光肉，碰了有一股排斥。他一动不动，像一根树筒子睡在被窝里。睡不着，想那人提包里的钱。

钱在眼前闪着鬼火般的光，一张张散开又回拢，像一副自动洗的扑克，展开又回去，还翻动，一张一张。细满突然有了强烈的想法……他突然想到了山上……

五

第二天早晨起来一触到化石细满就说白莲垭一个垭子上全是化石嘛。那山顶上好多过去修庙的台阶都是些化石，他还说，不光有你说的震旦角化石、鹦鹉螺化石，什么草啊虫啊很多，你搬得动？

那人与齐家将那块三叶虫化石的价谈妥了，三百，带他上山去看了之后，一手钱，一手化石。就说要细满带他上山去看看。

睡了一夜，那人脸红红的，早晨吃了些酒，又一个腊肉洋芋火锅。那人问了到山顶要几个小时，说那样可以在天黑前下山去。

那人催促着细满。齐老和说不能去，可细满要去。细满还小声给他爹在灶门口说了，说我捡三叶虫化石的地方不会告诉他。那人要细满把化石带好。

细满的姐姐翠满也附和说可以去看看，谅他也把山搬不走，并要细满把开山刀拿着，机灵点。细满说：他不给钱想走脱？他不是我对手！

就这么，细满背上背篓，就与那商人一起向山顶走了。

到了下午，细满一个人下山来，背篓是空的，脸是白的，没一点血色，白中带青，像见到了鬼一样。好久没说话。他姐就问他那人呢？碰到了啥家伙？细满就说：我把那人……推下去了。

他说推下去了，声音很小，不平静。他姐翠满一听就愣了，就去喊她爹，齐老和。齐老和在锯木头，使斧头。

“什么？推下去？下去？下哪儿去？……”

丢下斧头过来的他爹站在那儿，只穿一件秋衣，额上淌着汗。从山上下来的儿子没淌汗。汗已经干了，脖子上和手上有抓痕。

“究竟怎么了？！”做父亲的大喊。孩儿们的妈在灶前揪着被烟熏酸的鼻子也冲出了脑袋。

“究竟咋了？”

事情已经很清楚了。天黑了。

一家人闷闷地吃饭，孩子们的奶奶一瘸一瘸地在屋里走，不知道气氛为何如此凝重。她耳闭。

家人也没再问细满，事情的经过。没问，好像不敢问，好像那儿是一个疼痛的灌脓的疱，一碰就要让天地惊叫，世界变色。

细满躺在黑暗的帐子里，眼前全是厮打的画面，那儿的声音，山上的风，树，泉水哗哗的流淌声……

……那人说的是“很好很好”，那人看到一个粪池里砌着的一块和尚的石碑，说很好很好。那是一个百年的粪池，里面有石蛙和无名的山顶生物。可我跟他打起来了……我无意间踢了一块石头进粪池，溅到了那人的脸上和头发上，那人很和气的，脸却变了，说，你可得小心一点呀……那人好像骂了一句——他一直爬山都那么骂，也不定是骂哪一个人，嘴里带点渣滓，也就是一个口语，城里人嘛。……你究竟想不想买呀？细满是这么问的。——哪个不想买，还黑你一块石头不成，那人说。——妈的山和尚。那人说。哪个是山和尚？哪个当了和尚？欺我找不到老婆？——哪个山和尚？细满问。两个人就不知怎么纠缠到崖边上了。——这里根本就不可能有三叶虫化石，谁知道你是不是水货，假的。那人非要细满拿出那石头再给他看看。可细满说你把钱给我我才给你看。后来……他的大脑一片糊涂。反正那人就掉下去了，反正，推推搡搡中他出现了血痕，一定是拉扯过的。——你鸡娃子赖鄙！城里来的赖鄙货！不然人家怎么叫“街鄙子，街鄙子”呢？他一定这么骂过，骂过那人。后来那人消失了，无影无踪了。手上的化石也不见了，好像是被那人抢夺走了……

六

又一个早上。起来的时候他爹已经准备了一大捆绳子。那是爹到崖上采药打金钗（石斛）用的。他爹说：

"翠满也去。"

都去?

还带了条狗。狗呜呜地叫着。是到天坑那儿去的。

到了天坑口,他们望着头顶高高的白莲垭,有些云,被山顶的树给吞走了。他们准备绳子,爹是要下到天坑去的,细满也要下。

天坑像个巨大的黑洞,一个巨大的嘴巴,像是一个巨人踩了一脚,四壁白瘆瘆的,坚硬得十分无情。那是个无底洞啊,下到那里就是地狱,谁也不知道有多深,里面有些什么。有人说有怪兽,有人说有长毛的巨型癞蛤蟆,它一打哈欠就会生雾。正想着,雾就从底下腾起来了,像一口滚滚的锅。

那怎么下?从来没有人敢下到坑底。坑底离坑口少说百丈高,悬崖陡壁。在半壁上打过金钗,爹做过,把细满也带下去过。爹打金钗的时候不会讲什么,爹口紧,不讲奶奶给细满讲过的二十几个土匪的事,还有他亲见过的家里两匹猎狗的事。那是在细满还很小的时候,家里有两匹威武的猎狗。有一次跟猎,在刺棵子里咬出了一只兔子。兔子东躲西藏,最后给逼到光秃秃的天坑口,没了路,就往天坑里跳。那两匹猎狗也就跟着往天坑跳。死了那两匹猎狗,爹在天坑口一个人闷闷坐了一天,像块石头一样。

人要顺绳子下去,这似乎是不可能的,似乎只有死路一条。可爹朝都没朝儿子细满看。他只是整理着绳子,让翠满在上头照看点,自己就下去了。

绳子打了十几个结,因为长度总不够。估计还是不够。绳子一点一点地在往下溜去,就像一条无头无尾的长蛇,一点点往下爬去。

“爹！”翠满喊。时不时喊。

可爹没有回应，但绳子有力，往下在溜。

下了很长一会，就听见下面传来喊声，要把绳子拉上去。那声音似乎并未到坑底，可那声音悠长、浑沉，整个天坑都有一种爆发似的共鸣声，仿佛一个人在地狱底下的呼号，让人听了有一种凉森森的恐惧感。

把绳子全拉上来了，那就是细满要下了。细满也没想什么，挺着牙齿，捆住自己的腰，就往下蹚去。这是没有可说的行动。他只有往下去。谁逼的？不知道。

他姐很有经验，也有一把力气。绳子在一棵百年老树上缠了三圈，一个人基本可以控制了，姐还把绳子踩在自己脚下。

“过点细啊，细满。”姐姐叮嘱。姐的声音像送别，永久的送别。

这是一条十分新奇的路。就是冒险。打过金钗的细满知道怎么走，看着脚下，找有些平缓的地方下脚，有灌木的地方可以用手抓上一把，减轻绳子的力。

一步一步地走，走扎实；一步一步地下。与爹没有回应。他想爹肯定在下面等他，或者已经找到了那个人。

天坑。天坑啊，天坑。

坑壁上些许的灌木是黄栌，还有响叶杨，有盐肤木，乌桕，还有人血草。为什么靠近坑底的地方有这么多人血草，黄英英的花开得漾漾的，精神抖擞，这是为何呢？掐断了一根，流出鲜红的血来。跟坑外的人血草没有两样。

坑底下，对，就是坑底下，他能望到的地方，胜利在望的地方，一片一片的人血草，一片一片的晕晕的黄！往下看，就像看到四月的菜花地，让人浑身躁躁的，黄得让人要发疯的颜色，就像蹚下去就是去蹈一片火海似的。

后来想想那天有多难呢，一股强大的坠力要把你拽下这万丈深渊。绳子被乱七八糟的树枝阻挡纠缠，石头磨着随时欲断的绳子；看见了蛇、鹰窝、老鼠、飞鼠——就是那常说的催生子，还有青麂。再陡峭的山壁上都有青麂攀爬的影子。也有很罕见的草药，有金钗（一般的金钗兰）、蜈蚣钗，还有小丛红景天、灵芝、一大窝五灵脂（就是飞鼠屎）。有几次坠下去的是石头，可下面爹没有喊话。他可能躲得远远的，在观察着半空中的儿子哩。

后来绳子依然不够，但可以看到爹为他踩出的一条路。那也很险，有的是贴着崖壁走的，滑溜，像是万年没人踏足的，本来就是万年无人下去的天坑啊！

后来呢？后来他就丢开上头连着姐姐的绳子，好像丢开了世界，下到另一个世界去了。爹依然没有吭声。他想象着坑底的情景，那万年无人涉足的下面，毒气四溢，爬动着千万条毒蛇和老鼠——这是他梦中遇到过的险隘世界。那里有冤魂，有鬼魅……已经被树枝和石头划戳得伤痕累累的细满就这样软着双脚下到了踏实的坑底，他小心出脚，寻找着爹的影子。

那天坑底下，跟天坑上头又有什么两样！阳光一样暖热，清风吹拂，人血草灿烂辉煌，灌木丛生，高大的乔木也千姿百态。天坑口圆溜溜的罩在头顶，坚硬的光秃秃的坑壁在阳光的炙烤下现出骨头般的颜色和质地——就是一块块站立的骨头，一扇扇骨头般的墙垣！气势磅礴，高不可攀，让人生出渺小似蚂蚁的感慨来。可也是另一番天地，让细满感到这白莲垭还有如此雄壮的景象，这可是从来没有过的。

他终于看到了爹。爹正在草丛里寻找着什么，蹲在那儿。细满走近去，他看到了爹的面前是两副兽骨。细满一下子就记了起来，那是两只狗骨，完整的狗骨架。脖子上套着的皮套还没有腐烂。爹把那个皮套拿起来，细细地看着。在不远处，细满看到了一堆散乱的人骨，人的骷髅。那是不是奶奶说的那些土匪呢？还有许多骨头，兽骨，巨大的骨头。大得像是传说中的怪物的骨头。还有许多奇怪的脚印，大的，很大的，细满紧紧跟着他的爹，手拿着开山刀，防备有什么袭击他们。听见了水声，有一个洞，山洞。洞也很大，洞口水淋淋的，长满了厚厚的青苔。他们走进去，看到了洞里也堆着一堆堆骨头，像骨头，也像石头。许多闻所未闻的兽的头埋在泥水里，浮土中。他们出来了，像在地狱里游了一遍。细满吐出一口气看头顶，白莲垭高耸入云。那望断颈子的山顶，无数的水珠子正从上面飞腾下来，像一些鸟或者树叶，声音凄厉，又看到有许多人也坠下来了——水珠子变成了人……

忽然听见了人声——人的呻吟声！

毛骨悚然的细满看到毛骨悚然的他爹。他爹的头发都竖了起来。他爹拨开人血草就朝那呻吟的地方跑去。

淌了一地的血，那人静静地躺在一片人血草中，胸腔里发出若断若续的声音，无数大黑蚂蚁爬在他的身上、头上吮吸着他的血。那人一定是爬动了的，身后留下一条血路，压趴了一片片的人血草——他是想找一条路上去。想逃离这个天坑。就在细满下来时，就看到一具人骨，靠在崖壁的一棵树上，未脱节的手骨还紧紧抓着树干——那可能就是几十年前的土匪或是哪年不慎失足的采药人，人都有求生的愿望。那人面孔朝下，爹去拍他，小心翼翼地，想把他翻过来，仰面。可搬动时那人浑身的骨头发出嘎嘎的响声——他骨头都摔坏了。他一定是坠落途中被树拦住了才没死。“快去找水来！”爹喊。细满就去找水。他摘了片叶子，接了水来，爹给那人喂水时，嘴却怎么也掰不开。“你醒醒，喂！喂！你……”那人睁开了一下眼，眼已经散了光，接着头一歪，就死了。那人手里捏着什么，死死的。细满爹去掰他的手，是那块三叶虫化石，化石已经碎为三块，可依然紧紧攥在手里。细满接过那块化石，把它们放进兜里。接着爹去动那人背着的包。包拉开了，钱。那些钱。爹把它们一张不剩地拿出来，有很多，新的。爹用双手拢了拢，拢在一起，拢成一沓，再把它折了，解开衣服，放进内衣荷包里去。爹也没看细满一眼，自己做着。细满听到那些新钱哗哗的声音，很清脆。爹就站了起来，准备走。那包没再看。可细满记起那包里还有一个手机的。他想要手机。可他爹却喝住了他：

“别翻了！”

细满不干，他想要那个东西，想拂逆爹的意旨。他就去翻了。包里还有一些乱七八糟的东西。那人头上有黑色的白色的干结的血块，它们曾是液体，从脑壳里流出来的。蚂蚁太多，正在那儿狂乱地爬着，吮吸着那些血块和脑浆。

他还是把那个手机——那个包里的硬家伙摸出来装进了口袋。他做这些的时候他爹在另一边扯草。他不再翻那个包。他爹也许知道他做完了，就抱来人血草，覆盖到那个人的身上。细满也照爹这么去做。父子俩拼命地扯人血草，手都被那鲜红的汁液染红了，终于用人血草把那人“埋”了。爹就走了。细满跟爹走。

他先上，爹让他先上。

他们上来了，来到人的世界。鸟语花香。

七

这一夜细满感觉到爹妈一宿未睡。起来小解的时候看到爹妈在厨房里，烙着香喷喷的浆包馍，还有火烧粑粑。

细满早晨迷迷糊糊起来，洗脸时，爹就给他说：

“细满，出外去躲几天，躲些时。”

爹拿出了一沓钱给他，让他放进荷包。都是些新钱，那人的钱。

细满知道这一刻迟早会到来。他二话没说，就背上爹妈为他准备的衣物和干粮。包是爹年轻时在河里推船用过的帆布拉链包，里面塞得满满的——不是吃的就是穿的，可以当背篓背起来。爹说：

“下山先去剃个头。”

爹说了这些就不说了。细满看到他的妈在角落里抹着眼泪。他想去劝几句，觉得没必要。就大声给姐翠满说：

“姐，我走了。”

姐大约已经知道，已有准备，就问：

“你要到哪里去？”

姐说这些也望着爹妈。她知道这是爹妈的意思，主要是爹的，爹就说了：

“出去几天，等没事了再回来。”

细满去奶奶的房里告辞。奶奶睁着眼问他去哪，细满就说笑着说是给奶奶去买黄豆酥回来吃。奶奶虽然八十多了，可牙齿很好，能咬得动油炸的黄豆酥。前不久，细满还真给奶奶带回来半斤黄豆酥，是在向索子店里买的。

细满觉得自己是大人了，应说走就走。于是就迈出了门槛。狗嗅着他，挨挨擦擦，细满就赶狗，不让狗跟上来。狗在坡上就站定了，昂着头翘着尾，送他。细满向狗招手，向杉木坪上的树招手，向杉树招手。杉树很高，有紫杉、麦吊杉和巴山冷杉，麦吊杉像钓鱼竿一样站着，只长个头不长身材，瘦丁丁的，上面笼着绿色的针形叶；巴山冷杉却发出灰绿色的光芒，像铁汉子一样站着，跟山上风的凌厉的姿势一样。

家慢慢看不见了。

细满在山道上走着，有力地走着，头也不回。这一定是出远门，他很敏感，知道了爹的意思。人死了，他要走远一点，在人们的视线里消失，包括在山下那些村里的人眼里消失，消失一些时间，等……

他走得太急，气喘，汗也滔滔不绝地出来了，黄豆大的汗珠，揩了又出来，他一口气走了十几里地，在一棵树下吹风。他想着坚决不朝后头看的，可他还是看了。

白莲垭又远又高，挤在很荒凉的天边，白雾紧锁山腰，好像有山火喷出，青烟滚滚——那是云雾。山有些模糊了，像罩着一层薄纱，像往事。

细满突然放声大哭起来。他坐在地上，手抚着父亲用过的那个包，向山冈和森林，向着峡谷，大放悲声。

哭是一种卸重。他轻松了，开始想往哪儿走，应该怎么照顾自己。他开始数钱，是十张，一千元。他看三叶虫化石，想要找瓶胶水把它们粘起来，山下修鞋的那种胶水很好。他开始吃东西，并且喝水。他找水喝，他想要安排好自己的生活。

他开始往长江走。

鱼峡口是一个不错的地名。他看到了浩浩荡荡的长江。敢情这世界上还有这么多水啊，并不只有无尽无头的大山。细满有些兴奋，很兴奋，非常兴奋，一路的阴影都忘了。听说是因为修三峡大坝，所以这河口，这长江，都宽了。河底下过去是一个小镇哩，现在全淹了，崭新的房子搬到现在的山上，成了新镇。

他看到了江上行走的巨大游船，洁白的身子，漂亮的造型，像神话中的宫殿。像水面上逡巡的巨大的鸟。不止一两艘，江面上，来来往往有许多艘。江风也开阔啊，水腥味浓密，两岸的山峦就像图画。

前面终于看见了传说中的三峡大坝，如一道空中巨墙，横亘在万顷波涛之上，把长江捆了个严严实实。人可以把长江弄成这个样子？山外的人有这么大的能耐？！——山和尚。他听见有人在贬损他。山和尚是一种鸟，叫戴胜。说你山和尚就是指你没有见识，就是藏在山里的一个连老婆都讨不到的和尚。山外的人应该骄傲，应该翘尾巴。山外的人大气磅礴，山外的人不与山里的人一般见识。

过船闸，船在那水闸里慢慢下降，好多好多船都赶进闸里，有大游船。大游船上有黄发蓝眼睛猪皮肤的外国人，男人女人。好多外国人，他们是来看中国的风景的。我看到了这么多外国人，我要回去将这些所见所闻讲给姐姐听，讲给奶奶听。

船降下去了，降到了另一个水位，另一条江，而上面大坝关着的就是三峡水库。细满看着，仰头回望着，那高高的大坝，比山还高的大坝。他就到了宜昌。

轮船码头可是个大码头，好多来来往往的人，好多店铺，好多商店。他突然看到了穿警服的警察，心就一惊。他就往人多的地方挤，想将自己消失进人群里。后来，他到了街上，不知道往哪儿走。他要吃东西了，想买点水喝，还想买点烟抽。不知怎么，他想抽烟，有个烟，有个打火机，像爹一样，人就能平静下来，无事一样的，身上的零钱花光了，那就要用爹给他的那一千块钱了。他找了个隐蔽无人的地方，从内面拿出那一千块钱来，飞快地抽出一张，把剩余的钱放好，就去一家铺子买东西，烟、打火机和喝的水——唉，水在城里也要钱买啊。

他点了一包两块五的红金龙烟，打火机一块、水一块，共四块五，他把那一张百元的递进去。是个上了年纪的老人，跟爹差不多。那老人将钱看了看，摸了摸，又看了看，又掸了掸，又照了照，对里面喊：

"快来，这里有人用假钱！"

细满抢过钱拔腿就跑，像只受惊的兔子。

他跑啊跑啊，手上捏着那老头所说的假钱。他拐了几个弯，终于跑到一个有树和花坛的背阴处，感到安全了，就把那钱展开。他很少经手过一百元的钱，这辈子也就两三次。他认真地摸了摸，看了看，好像是有假，再把那其余的九百元拿出来，都是一样的。他有些疑惑。他的内心很惊雷，发出很空洞的响声，仿佛一个梦破灭了。——他全是拿假钱来哄骗我们的啊！我把他推下去，竟是一堆假钱？

一种很荒谬的感觉油然生起，连自己的躲避也没有意义了。他决定再一试，用另一张。于是他盯着了一个街头卖报纸的小孩。他随手拿了一本很花的杂志。没看清楚是什么名字，就把钱递过去让他找；那时他候在一边，瞅着没了人他才过去，那是一个空档。那小孩把钱就那么一看，一摸，说：

“不要。”

“为什么？”

“不要就不要。”

“为什么？”有时间追问。

“假钱，你哄不了我。”

细满的心彻底冷了，身子全部软了。是假钱，所有的，那个人的全是假钱！

八

一个揣着假钱的山里娃子，带着绝望和愤怒在城里行走着。他已有两天没有吃东西了，靠喝路旁店家水管里的自来水生活。这一天他实在饿得受不了了，就找一个卖烤红薯的讨红薯吃。卖红薯的看他饿得失魂落魄，就给了他一个小红薯。细满连皮都吃进去了，可没填到牙缝。牙缝里全是沙子。红薯这玩意儿在咱们神农山区是喂猪的东西，可在城里，还卖一两块钱一个。

卖烤红薯的是安徽人，两人交谈起来，卖红薯的就指着前面街上一排店铺，说那里会要人的。

身无分文的细满就到那边街上，一家一家问，问到一家敲敲打打油漆味刺鼻还有切割机疯叫的五金焊结店子。老板在，拿着铅笔和钢卷尺在量钢筋，也是个穿得脏兮兮的人，手上全是污垢。还有一个跟细满差不多大小的娃子在调油漆刷钢网。那店子里还有老板娘和一个乱跑的小妮子。老板说，反正要也可，不要也可。就要了，一个月……那老板说，做了再说，你做不做得了？

这是一项繁重的活。可再繁重，刚开始也能做。等着吃饭的时候来临。来了，给了他一个碗，一大碗饭，跟老板一起吃。老板搛一碗菜就跑到门口一堆钢筋、窗户、铁门堆里蹲着吃，那个同样是帮工的也是，细满也就这样。菜搛得很少，怕人家说他只会吃。

吃饱了饭，拉了一泡尿，就睡。他跟那个同龄帮工睡在用铁棍搭的铺上，在半空中的地方。下面的床睡老板一家。上面只有一米高，人只能钻进去，里面有脚臭味，鼠屎臭味，说不定还有一些见不得天日的烂虫。

细满终于能睡了，能伸展四肢慢慢想事了。他就想事。就算是狗窝，也能舒坦地、安静地想事。

逼我出来了。脚头的胎皮——就是老板的亲戚娃子在听收音机。他叫胎皮。胎劈？胎逼？“楼”下老板一家在看电视。街上有汽车在呼呼地驰过，隔一会一阵，隔一会一阵。我出来了。我刷锈刷漆切割钢筋和钢板。这是一个累得像骡子的活儿，学也能学点东西。可人血草会在他闭上眼睛的时候燃烧起来，像火，照亮了他的梦魇。高高的人血草，人血草的坟冢……模糊、混乱、亢奋的争吵声……那人骂着……那人掸着一张张让人愤恨万分的假钱，假钱一张张飘落成黄色的人血草……使假钱的定葬身天坑！是的，用假钱哄骗山里人的只能葬身天坑！我爬出来了，我爬出了天坑，我没有干过坑蒙拐骗的事，天坑是地狱！坏人才进地狱啊！

九

细满第一次跟着老板去人家家里装防盗网。

那也就是个六楼七楼。老板要他跟胎皮一起爬出窗台，腰里捆上绳子去打洞。

绳子么？就绳子。家里所有的绳子，爹搓了几年准备去卖的绳子。绳子就是绳子。他系着绳子。他突然想到，爹是要他明白一些事理，要用这种残忍的方式教训一下他：杀一个人是要付出代价的！不要轻易杀人，然后，让你下临深渊——进入无底的天坑。

要下便下。就跟当时爹要他下一样。可是，当他吊上了绳子，朝窗外一看，不知怎么，一阵大汗就铺天盖地而来。没有预兆，没有防备。那汗水就像雨一样往下淌，每个毛孔突然成了"月亮窝"，比月亮窝沁得还厉害——就是哗哗往外流。

"你是怎么了？"老板阴沉着脸看了他一眼，"你这是害怕？"

老板又多说了一句："你不是说可以吊的吗？"

从来没有这样淌过汗的细满只好往窗外爬。这是另一个天坑，一个更难受的，像山一样压来的天坑。爹说过，能忍则忍，你争个什么呢？爹是在心里"说"的，他有灵犀。他悔恨，他理解了。能忍则忍。

他流着汗，快哭起来。他不会哭，咬着牙吊下去，死死地抓着防盗网，打孔上膨胀螺栓。他咬着牙干活，让汗淌，淌完了，身体里的水淌干了就好了。

后来身体里的水真的淌干了，他安着防盗网，在空中。在家里，在此时——假如没发生那事，现在，我在杉木坪那红棕壤的坡地上赶牛犁地，旁边有狗和羊子，有白云。苞谷秆发出碧绿色的声响。我躺在地上，蓝韭和苔草如垫絮，气味芬芳，云影流动。更远的地方在我不想去的地方，河流、村庄和公路。我住在神仙住的地方，像白云一样生活……

像第一次无来由地流过滚滚大汗以后，又安装了两次又流了两次滚滚大汗，让老板恨不得把他赶走。可他可怜的样子，老板又不好说出。老板是个沉默寡言的好人。

第一个月，细满拿到了一百五十块钱。竟一晃就去了一个月，细满竟坚持了一个月。一双手被油漆泡得稀烂，眼睛因为反复被电焊弧光刺伤，红肿得像桃子。可钱是真钱。挨过老板和老板娘骂，可那是真钱。老板那小妮子，用尿滋过他的脖子，可那是真钱。他追求真钱，他微笑着，能忍则忍。他追求真钱的响声和手感，追求真钱的自在、宽厚，追求真钱的安静、瓷实，追求用难以忍受的劳动换取真钱的沉甸甸的重量。那只有他掂得出来。

他把那一张真百元的放在假百元上，压住假钱，掩盖假钱，不让假钱露头。

十

老板长着尖尖的脑壳，灵活的眼睛，可是不看人，老板用自己不停地干活，来催促学徒们不停地干活。

老板也不故意刻意地教你，说，把那根焊焊。细满就捉住电焊钳也戴上老板的黑眼镜，在钢筋上啄着火，就去焊了。就这么会了。老板说，下二十根一米三五的。细满就拿了卷尺去量，就在切割机撕心裂肺的切割下，把二十根一米三五的都下了，就会了。

老板就是这么个人，要做的事，只说一句话，多一句都不说。拿了绳子，就要你下天坑。那是在惩罚你，给你烙饼，也不告诉你，第二天说，躲躲，就把你赶出了家门。老板跟爹一样。

从家里带来的衣服全被电焊烧出了洞，全被油漆涂成了硬壳壳，问爹，我还躲几天？爹不回答。爹不在身边。穿着那么脏的衣服，与老板一个锅里夹菜，老板和老板娘只当没见着，只当跟叫花子进餐。一屋的叫花子，一屋的破铜烂铁还有电线，还有个猪窝般的铺。

细满不害怕，奔真钱去的，可惜太少。那一段时间，生意出奇地好，老板做出去的防盗网还需要重新加固，因为城里盗贼太多，刚做好的网窗就撬了，剪了，扳弯了。老板心里真高兴，常常喝酒，炒猪顺风，说，强盗有吃的，少不了咱一口。有人找他扯皮，说下的钢筋细了，稀了，做门的钢管薄了。那就得加钱，加真钱。老板没一次碰到假钱。

细满找他学识别假钱。胎皮也会，什么线呐，水印呐，变色呐，摸上去粗粝呐，还有暗字呐（要用一种特殊手电筒照）。细满学了这些，摸着假钱，在黑暗中牙齿咬得咚咚响，可你丢了命，你为这几个假钱露了富，丢了命。是我杀了他么？——他问自己。

胎皮在黑暗中不数假钱，手淫。把那空中的铺弄得打摆子一样摇动。然后用一个瓶子接淫水。细满说：你不动好不好。半夜，脚头的胎皮动得一塌糊涂，像梭子在机杼上来回跑动。

天气又热，上头没窗户。细满就知道了胎皮的毛病，也不想管他，就到下面，在门口摆了个木板睡。看夜空。城里的夜空光秃秃的，灯光把星星全枪毙了，天空死干净了。可山里，咱那杉木坪上，星星满空都是，挤得像从电影院出来的人群。还有满坡满林子的萤火虫——到了夏天，萤火虫出来了，空气里浮动着一浪一浪的萤火虫，闪闪灭灭，人就浸泡在萤火虫的水波里，就像在梦中漫游……爹，我还躲几天就回？……

汗流多了，他只有不停地喝水。

铁网生意做到了二十层楼的高层住宅里。

如果……他看到胎皮没精打采地站在二十层楼的楼顶，系着绳子，还要放防盗网下去。他的淫水快要流光了，可他营养不良，甚至便秘。恶心的胎皮，他站在二十层楼的楼顶——如果他就掉了下去，一头栽了下去，是我还是他自己失脚掉下去的呢？……他忽然想起：是那个人自己踩滑了掉下去的！——那个人要看石头；胎皮在摇栏杆；石头松了。栏杆连根拔起了……他喊“你要当心”；他给胎皮喊：“你要当心！”他结结实实地喊了一句。那胎皮回过头看了他一眼，很奇怪的眼神；——那个人也回过头来看了他一眼。后来就不见了；胎皮不见了，下去了。——他抓住了他的手；——他抓不到胎皮的手。胎皮说：“你做么事？”——“我抓你。”——“你下来啊！”胎皮喊。

细满大汗又滚滚而下了。老板出现说：“啊？！”

我没有推他，现在证实了，全想起来了！是他自己下去的。我站在这儿没动。他在那儿也没动，是一种不可能失脚踩滑慌张掉落下去的样子。他也不可能被我推下去，因为他脚站得铁稳，他站在那儿像脚下打了二十个膨胀螺栓似的，就是台风也撼不动他。没有人可以把他推下去。没有人能推胎皮，推那个人。没有人能推一个人，在这个世界上。

——他想。

那我躲几天就回。顺爹的一口气。爹是恨我哩。没有。——我会给爹解释的。用心，必要时也要发言，用说话。

——就是个骗子，推了又怎样！心想横了，爹用大棒打我，我就这么说。

——把天下的骗子杀光！我这么说。我这么想。

在高楼上安装的时候，系绳子的时候，胎皮总会说：

“你怎么这般看着我？”

细满不说话。

“喂，小齐，你究竟为何这么看着我？”手淫分子胎皮声音颤颤地说。他很害怕。

细满就去做别的事了，走开了。

“你未必想把我推下去不成？”胎皮大声喊说。

有一忽他真的觉得他是可以推一个人下去的。二十层就是天坑口。

他实在记不清那个人的长相了，他只记得那黄英英的人血草花，那人血草冢。他记不清人血草花下的那个人了。有时他看胎皮就像那个人。那个人就像胎皮，胎皮的爹或者叔叔。

十一

他到大街上到处去回忆那个人。通过别人的脸相回忆那个人。很多人，他看，分辨。他揣着那块已经用强力胶水粘好的三叶虫化石。在少有的空闲时，他手捏着三叶虫化石，到大街上去寻找那个人。那个人会爬起来，爬出天坑，回到城里来。他是城里的人，城里才有假钞，还有手机。细满不会用，一边荷包里捏一件：手机和化石。

有一天，他来到了一个专门卖石头的街，叫奇石街。他问一个老板：

“这个值多少钱？”

那人接过细满捏得热噜噜光溜溜的三叶虫化石。三片黏结成的化石。那人的眼珠子就瞪圆了，像狗卵子。

“假的。”那人说。

细满要抢过来。这像掘他的祖坟。像杀他。

“这个是做的假，不值钱。”那人又说，不让细满夺，还继续细看。

“那就给我。”细满不让那人看。你既说是假的，就没有资格看了。

“你想要几个钱？”那人问他。

可是假的你凭什么要买？你做生意的死精，会买啊。细满把那块石头夺过来了。他气愤，夺过来了，不跟他讲价。

可他不知道多少价，不知道能不能卖钱，气鼓鼓的，四处走。再走到少人处，有僻静的店铺，终于看到了化石，也是一些鱼呀虫呀还有鸟呀什么的。问价，几百，上千。

“我这个……”

那老板两撇小胡子，一双鹰眼小巧玲珑：

“哪来的？”

“我家里的。”

“你是哪儿人？”

细满想了想，说：

“秭归。”

“别说秭归，整个三峡地区都没这种化石，这石可能……是做了手脚的。现在孔子鸟都做得像真的。”

又来否定他！

“不是，这是真的，摔破了呢。”他说。他气愤地说。

“所以更有欺骗性。”那人说。

“你这里明明有哩。”细满指着一个三叶虫化石说。

“你那叫星形三叶虫……越没有的越造假。”

“是真的值多少钱？”

“这个不好说，”那人抽着烟，鹰眼从烟雾里挣出来，“一百？两百？一千？两千？不好说……你若卖，放我这里，卖多少是多少，三七分成，你七我三；卖一百你七十……要碰到瞎买的，比如老外——外国佬。哄上船了就瞎卖……”

“我知道你卖了多少？我又不在这里。”细满说。

“人要有互信嘛，互相猜忌还搞××合作。那就现在你卖我，二十块钱走人！”那人干脆地说。

“二十块钱？……”

“就二十块钱。”

二十块钱一条人命？可这是一条人命……这去了一条人命。不可能，一条命只有二十块钱？！你他娘的，这是人话啊！

“你长得漂亮些！”他讽刺那人。

他走了。他记住了什么“星形三叶虫”，那口气，是稀有的，因为他说了越没有的越……高山上长大的娃子，机灵着哩。他听进去了。他在高山长大，在白莲垭还从没有见过这种石头的，有一天，他在山上瞎玩，寻药材，他就捡到了这块石头。山上有各种各样的石头，山上净是石头，可没见过这号石头。……这是真的，是稀罕物，我要换回个人回来！就只当是从天坑爬出来了，摔昏了，醒了，几天之后醒了，就爬出来了……天坑如一口蒸锅，云雾腾腾，是能把人托起来的，像水……天坑口如一个巨大的井口，天空是灰蓝的，汹涌的气流托着鹞鹰飞腾，像托一片树叶，那人就坐着鹰的翅膀一起飞升起来了……

十二

胎皮，这家伙，人还挺好的。给他买雪糕吃，五角钱一个的，不是雪糕，是冰棍。吃得凉嗞嗞的，甜得腻歪歪的。他知道细满有一块怪石头。细满说，你对我这么好，等我把这石头卖了，我请你吃肉丝面。可有一天这石头让老板的小妮子看见了，非要玩。这是断然不能玩的。小妮子哭了，并凶狠地要用尿滋他。细满心里恨得想长出几百颗牙齿要咬人。这也就让老板知道了。老板强行要细满把那“宝贝”拿出来看看。老板看了，“哼哼”地说，这玩意儿，我以为是什么宝贝呢，一块破石头。

是块破石头，可一条人命啊！值不值钱无所谓的，这是一条命，我不会换钱的，除非换一条命来，把那个人，从那深深的天坑里换回来——那个人回来了，说，我爬上来了，只是睡了一觉，摔了一跤，风一吹，雨一淋，就醒了。

天气太热，老板给他们的“狗窝”装了个改装电扇，声音之大，举世无双。睡不着，睡不沉，就到下面的大门口摆门板睡去。胎皮巴不得他走。可是有一天晚上细满要上去拿衣服，发现胎皮在翻他的包。

“你翻我东西干什么？”

胎皮不紧张，还笑嘻嘻地说：

“嘿嘿，你有好多新钱还有手机。”

“你怎么能动我的包呢？”

“嘿嘿，你的钱是假的。”

“是别人放我这儿的。”细满说。

几天胎皮都没问什么。几天后老板一家人要回乡下有事把店子交给了胎皮和细满。没了生意，就是守店。晚上，胎皮要细满与他一起去看三级录像片。细满说不想看，胎皮就神秘地说：“我给你把假钱用出去。”胎皮敢想敢干，细满就跟他去了。胎皮去买票，被人抓起来了，细满就跑。回到店子很久胎皮还没回来，细满坐卧不宁，感到凶多吉少，就收拾好东西连夜跑了。

有一个热闹的打电子游戏的地方，可他不敢待。他进去了又出来，感到有许多鬼鬼祟祟的人都是来抓他的，要收缴他的假钱并问出处——还有九百元的假钱，这是一条命。他走在街头灯光昏暗的地方，天气燥热，没有下雨，身上黏黏的，像爬满了蛞蝓，令人恶心。

他走着走着来到了江边。江边是个公园，有许多树和长凳，有一些与他年龄相仿的男女在那儿成双成对地抱在一起，有并肩的，有靠着的，有躺在男人怀里的，有躺在女人怀里的，有哼哼叽叽的，有做着淫秽动作的，有散步的。

那是别人的事，细满到了水边，还有人夜泳哩。他就涉到水里，拿出毛巾来洗脸洗身子。看别人也脱了裤子，自己也脱了裤子洗了，换好衣服。江面上是一些眨眼的灯光，那叫航标灯，也有船的灯光。有大轮船，拉起呜呜的航笛，向他来的方向溯水而上——那儿是他的故乡，很远，很远的山里，很高的山上，白莲垭，杉木坪，有狗，有猫；狗有黄狗黑狗。有数只鸡，有自己的床。有火塘——这会儿，在咱们高山上，有西瓜吃的时候，还得生起火塘，山上寒。一阵风一吹，雾就漫上来了，也就是云。云漫上来了，冷飕飕的，围着火塘吃西瓜，也吃腊肉火锅，吃烤的红薯与板栗。板栗煨在火里，会爆响，爆响后就开口了。开口的熟板栗。还有茶，新茶泡出来，也是一股子熟板栗味……

他想奶奶。奶奶的腿不知好了没有。狗想跟他走，后来撵回去了。他一个人，走着世界，在宜昌。

江水滔滔，拍岸汹汹，夜凉如水，心如迷途。他找到了一张条椅，枕着爹用过的帆布包，拢上肚子上的衣襟，竟很快进入了梦乡。醒来天已经亮了，有清扫公园的大嫂在那儿唰唰地扫着地，只当没看见他似的。

肚子咕咕叫，去江里洗了一把脸，漱了口又喝了一肚子含沙的江水，看见世界平静，就到小巷里去买吃的。

有个大排档街上有的店打开了卖早点，有一家细满与老板给安装过铁窗和烟道的，有个女孩跟他讲着相同的话，他吃着面，就看到她提着一大提篮菜来了。他朝她看着，故意跟她打招呼。在这里，找个老乡不容易，他太孤单了。可他上次没承认，说自己是秭归的。

他说："你是阳日湾的么？"

那女孩说："你咋知道？"

他就说了，他说了真话："我是白莲垭的。"

那女孩也很高兴，说："给我讲假话啊，上次，"又问，"你这是回去？"因为她见他提着包。

他说："我没事做了，想找个事做。"

那女孩就说："我给老板说，他们缺个择菜的。"

细满就在那儿等。过了一会，女孩就要他去见她们的老板。老板大黑牙，像个流氓，说：

“一个月三百。”

三百就三百，比那儿的还多呀。细满喜，惊喜，暗喜，就捋起袖子择起菜来。

女孩大他一岁。女孩叫王红霞。女孩长得怪机灵的，一看就不是山里人，跟谁都亲热，这样的妮子成人家媳妇是人家家里的福气。

“你们那里种水稻。”

“是啊是啊。”她说。

“咱们吃苞谷，”细满说，“没吃过米。”

“你现在吃米。”

“我现在吃米不习惯，想苞谷糁子，想浆包馍，想火烧粑粑，还有荞麦粑。”

“荞麦粑苦死。”王红霞飒辣地说。

她的声音很有主见。

大排档闹哄哄的，晚上全是喝酒的人，一直到转钟两三点。都是火锅，流着汗赤着膊吃着火锅，摆在大街上，辛辣的气味甚是好闻。细满也就吃上了。很辛苦，也就吃上了。有点白莲垭的味儿，放花椒和尖辣椒，一把把的大蒜，咕噜咕噜冒辣泡的锅，开啤酒瓶和碰杯及嚼鳝鱼牛蛙香辣虾的声音，还有摔破瓶子的声音、斗酒声。细满累着，吃着，一双鞋水淋淋的。他与王红霞老乡说话。王红霞照顾他，给他买雪糕吃；是真雪糕，不是冰棍，一块钱一个的，还给他买洗头发的小瓶的飘柔二合一。她说他的头发像牛屎坨，取笑他的。她还长得很丰满，洗菜洗碗的时候，给客人上菜的时候，都可以欣赏她时隐时现的胸脯。可以放肆地欣赏，不像在家里，害怕看到姐翠满的稍微暴露，就浑身不自在，仿佛自己做了什么丑事似的。店里的很多女孩都很丰满。这可能是吃了重油火锅的缘故。手泡在油里，鼻孔沉浸在油烟里，加上吃，就这么吃得油胖了。

他把白莲垭都忘记了。

他爱上了王红霞。

他总是想她，仿佛所有的活都是为她做的，干什么都不累，择全宜昌的菜也不累，杀全宜昌的鳝鱼，也不累，宰全湖北的鸡，也不累。干二十四小时，也不累。

人真是个怪东西，人真是个贱东西。

下了班还可以到王红霞租住的地方去聊天，坐，给她修床，给她换锁，给她逮老鼠，逮老鼠下夹子，就像在白莲垭下“铁猫子”逮羊逮猴逮九节狸一样。一共逮了十只老鼠，吓得王红霞浑身打战，细满把老鼠用铁丝串起挂在树丫上。还陪王红霞去看了一场电影。

当然是他买的票。看电影时他肩挨着她，拿着她的手。王红霞说看电影看电影。

究竟看了什么电影细满记不清了，一出了电影院就忘记了，却记得了王红霞的气味，软绵绵肥嘟嘟的手。王红霞说，我比你大一岁。细满说这有什么要不得的。细满说你十八？王红霞说：你这么小，哈哈哈。

细满给王红霞买了一把牛角梳子，还有个小镜子，在地摊上买的。王红霞就收下了。

有一天晚上细满突然遗精，梦中的对象就是王红霞，也有一半是姐姐。他要忘记姐姐，就要找王红霞。他要把王红霞娶到家里，娶到白莲垭的杉木坪上去，把她从宜昌娶回去，从一个吃稻米的平原娶到吃苞谷的高山上去，从不长雾气只冒柴烟的地方娶到白云飘飘的地方去。他就说白莲垭的好话。春天，杜鹃花盛开，杜鹃是长在大树上的，不是山下的小杜鹃，有什么秀雅杜鹃、毛肋杜鹃、粉红杜鹃、红晕杜鹃，一场雨一下，一场太阳一来，野苦桃花也开了，杏花也开了，蔷薇也开了，山楂花、野樱桃、珙桐花也开了，夏天咱那儿没夜蚊子，凉爽宜人，青草遍地，茶叶飘香，接着又开了马桑花、旋覆花、沙参花、龙爪花、杓兰、芍药、火棘、桔梗、党参……蓝的、白的、红的、紫的；秋天百果成熟，吃不尽的甜味，打不尽的果实，山楂果、五味子、石枣、火漆果、红枝子、四棱果、八龄麻果、你们山下少有的八月炸、猫儿屎、猕猴桃，漫山遍野都是。五味子一嘟噜一嘟噜，蜂蜜一缸一缸，接着就是核桃熟了，板栗熟了，野柿子熟了，榛子熟了，松子、锥栗、蔷薇果遍地都是……咱山上你听说过那活血化瘀的江边一碗水，消肿止痛的头顶一颗珠，止血生津的文王一支笔，清热解毒的七叶一枝花？花叶吃虫子你见过么？花像一个笼子；鸟只有蜜蜂大你见过么？——叫蓝喉太阳鸟。还有山凤、松鸦、苦荞鸟、苦恶鸟，算命鸟你见过么？还有九头鸟，九个头，都能叫，还有红腹锦鸡、白雉鸡、角雉、灰雉——就是娃娃鸡，叫声跟小娃子哭一样，挺好玩的。还有会唱十几种歌的乌鸫、黄莺，还有鬼瞪哥——就是猫头鹰，在林子里晚上瞪着眼，像鬼一样；还有山和尚，就是戴胜鸟，头上一撮毛像古代的官帽，还有旋木雀，用嘴钻树洞像电钻那么旋转；咱山上的洞有冷热洞，夏天冷冬天热，冬天打赤膊在里面也不冷；还有潮水洞，洞里涨潮像长江哩；还有一层一层的白云，一片一片的森林，山上有麂子，有獐子，有野猪、熊、麻羊子、娃娃鱼。冬天下套子，想套什么套什么。现在不许套了，所以野生动物多了，在云彩上面，到处是蹦蹦跳跳的野羊，抵角呼唤，一道道瀑布从山上挂下来，到了冬天，瀑布就凌冻住了，像满山满山的玉石。接着就到了春天，从泉水洞里涌出成群成群的鱼来，不知道这鱼从哪儿来的，在哪儿长的，一色的白鳞，一色的筷子长的鱼，煮火锅放几把南风盐菜，那个香哪！……

细满说这些时仰着头，就像望着高山上的云彩。他第一次向一个外人说自己的家乡，他发现他叙说的家乡是如此之美，像一个童话世界——他也第一次从自己的叙说中，从别人的聆听中，发现了自己家乡的美丽，高山上与众不同的美丽。真是美呀，奶奶，我想你，爹，妈，姐姐，黄狗黑狗，鸡和猫，羊，山坡上唱的山歌子，野樱桃树，我想你们……他给王红霞唱了一个高山的歌，他唱道：

高高山上一扇岩，岩嘟古抬起望郎台，姐在台上望到在，哪晓得你从半路来……

他又唱

高高山上一窝汤，一窝汤里出蚂蟥，蚂蟥叮到鹭鸶的脚，要得脱来不得脱

山上有许多山蚂蟥，专往人的裤腿里钻，还有一种竹虱，往

人的毛孔里钻，你若用手拍打，尾巴断了，头还在里面，要痒死你三天。你只有用烟头烧，一烧，那竹虱就退出来。他没给她讲这个。山上会把人的鼻子冻掉，一年有五个月下雪，人不得出来，就像进了棺材一样。他把这些都忘了，只有蓝天白云，青草山坡，只有猪牛羊，桑麻茶。只有把酒话桑麻，结庐在仙境……

王红霞就听着，看着看着快感动了，可王红霞咯咯地笑着说：

“人家说山上的人像野人。”

“谁说的？”

“凭什么人家说一个人蛮不讲理说是‘山下赶下来的野东西’呢？”

“那是指野兽不是人。”细满说。

细满就要吻她，他要忘记梦中一半的姐姐。王红霞让他吻了，让他摸了，又推开他说：

“我比你大哩，你要叫我姐姐，不行的，不行的。”

细满没洗手，也没吃，没喝，品味着口中的滋味，拿手在鼻子下拼命嗅着，闻那手上留下的王红霞乳房上的味道，身体的味道。细满发着抖热着身子说：

“管他哩，她嘻嘻哈哈的，我还是要把她娶到手。”

十三

大排档每天十几个小时，累死，王红霞还烫伤过一次，可老板狠心不给钱治。有一天去老板家讨钱，那老板要强行对王红霞非礼，王红霞就跑了。王红霞跑了，细满寻她不着，气得要死，就把菜不择干净，让顾客在白菜里吃出泥巴来，在空心菜里吃出蚯蚓来。老板就扣了细满半个月工钱。

有一天王红霞就通过别人传话，要他到江边去与她见面。

见了面，细满发现王红霞满手的洗发水味，一双手也让洗发水给泡烂了，还肿。王红霞说，在洗头坊给人洗头。细满就给她说为报复老板扣掉了一百五十块钱。王红霞就哈哈地笑，很开心的样子，就摸细满的头，说，好弟弟。王红霞说，我学会了理发和染发，我就回去开一个小发廊，自己做老板，让人剥削划不来。细满说还不如到咱们山下的君山镇去。要不，我也去学美发。王红霞摇头说别学，说你去学，到美发学校要一两千块，你哪儿有钱？王红霞就说，来，细满，我给你干洗。就用双手刨细满的头。细满靠在她怀里了，后来她靠在细满怀里了。细满说，我会弄到学费的。

细满就去奇石一条街，去卖那块化石。对化石他已经慢慢淡薄了，见着它不会想别的——想那遥远的事情。化石就是化石，卖个好价钱了学一门技艺，既然出来了，就得学点东西。

到了奇石街，找了一家出价最贵的，卖了七百块钱。细满觉得这是很多钱，够了。以后回去再捡，能捡到第一块，就有第二块，还有第三块第四块。

还有个手机，摔坏的手机，去了二手手机市场，别人只肯出一百元买，还要备用电池和充电器。细满就没卖成。他回到宿舍，就拿出那些假钱来，心想是真钱就好了，就能交学费了。可惜那是假钱，有九张，九百元。

细满在街上左看右看，看到女人的花花绿绿的东西，就动了想给王红霞买点什么的念头。他选择了半天，买了一条围巾，一条很洋气的围巾，金黄色的，很长，砍价只要二十八元，又不贵，又拿得出手。就找了一个公用电话给王红霞的手机打了个电话。王红霞来了，见到围巾，很高兴说谢谢你呀细满。细满握着王红霞那一双被劣质洗发剂泡烂的手，心疼地说，洗烂了。王红霞说，洗一个头提成三块钱，脚都站肿。脱开鞋给细满看，果然是肿的，两只脚，肿得像熊掌。

细满不能帮她，王红霞也没想细满帮她。王红霞只是说，我日他妈的！——王红霞野了。

又过了一个月，王红霞再见到细满时，染了指甲，染了头发——成金黄色了，涂了口红，还上了假睫毛，那睫毛长得怪难受的，就像是猫的睫毛，很恶心。王红霞说，好困。——王红霞打着哈欠，说，给我买块烧饼来吃。细满给王红霞买了块“掉渣儿烧饼”，王红霞还要喝牛奶。喝了牛奶，吃饱了，王红霞打着嗝，说，有烟没，给支我抽。王红霞做着要抽烟的样子，两只手指夹动着。细满内心惊骇，问，你这一段在做什么？王红霞说，你千万不要给任何人说啊，说我在发廊里做保健。

细满就完全知道了。细满是个明白人。洗头是洗头坊，很正规的，而发廊，发廊是个脏地方，做坏事的地儿。发廊里的女人叫小姐，小姐就是做坏事的，跟男人睡觉的地方。王红霞坚称：我告诉你了我肯定没做那种事，我是绝对不做的，只是正规按摩保健，不信你可以去看。

但王红霞不告诉细满她做事的地方。分手时她让细满先走，先上车，她再上车，然后不知去向。细满试图跟踪她，却是一无所获。

细满相信她，又不相信她，心里惴惴不安，老想着王红霞跟男人按摩时，与男人脱光了睡在一起。细满忍受不了这种幻觉和想象，他想要制止她，又想要睡她，以检验她是不是黄花闺女——这个他懂。

见面很难，总算有一次答应见面。见面后看着王红霞穿得低低的上衣，恨不得把乳房端出来给世界看，就抱住她要跟她发生关系。可王红霞说，细满，我那手机太老了，拿不出手，能不能借点钱给我买个彩屏能照相的手机？

细满就想到他手上有个手机，胎皮说过这手机很好，但能不能照相他不知道。细满就去了手机店修理，师傅要五十元，手机包修好，还说是可以照相的，相素还不低，一百三十万的。细满就答应了。

手机很快就修好了，很快很快。手机是彩屏还是什么和弦。细满就打电话给王红霞。王红霞就来了，见了手机，就像见到了亲娘。细满就说是他姐姐给他的，至今未用，给她，要她去配电池。细满拉着王红霞睡觉，没见红。细满就说，我不会让你干那种事了，我们回去吧，回神农架去！王红霞不干，说，跟你到高山上喝西北风去啊？我可不想回去了，就是死也死在城里。

细满睡了漂亮的王红霞，可没有快感。只有回忆起来才有一丝快感。但没出几天，他就发现下身红肿了，拉尿难受，还从尿道口里流出些脓样的东西。细满不知道怎么了，在这方面他还没有太多的经验，他只有惶恐，并且不敢找人问。不过他隐约感到这是很羞耻的事，难以启齿的事，与坑蒙拐骗，偷盗抢掠是一类的事，甚至是比它们更丑恶的事。在白莲垭，好多事情不问也可以过去，凭他自己的琢磨。比如有一年他开始遗精，姐姐帮他洗短裤，也没有说什么，似乎眨眼间都知道了这是为什么，因为他们都长大了；比如处理包皮过长——过去他并不知道包皮还是个问题，但看到每天报纸上割包皮、割包皮、割包皮的铺天盖地的广告，才知道城里人都包皮过长，从小就要挨一刀的。仔细研究了他人的包皮（在上厕所时），发现自己的包皮正好，与王红霞做那个事时，十分懂这个的王红霞也没说他包皮过长，那就包皮正在尺寸上。现在，下身出现了问题，倘若在家里，他就会给爹说，爹就会带他去找医生。可他想，在家里，是不会得这些怪病的，拉的尿清长清长，鸡巴就像没有一样，能把它忘掉了。可现在鸡巴成了一个负担，他就想——按报纸广告上说的——是不是霉菌？他就跑到一个没人的屋顶，将裤子脱下一点，对着太阳晒那个东西，想把“霉菌”（或者细菌）晒死。

可脓依然在流，他就去找王红霞。王红霞在发廊里自称是秭归的王红霞。王红霞不在，包在，一翻，翻出身份证，王红霞也不是神农架的王红霞，是保康的王红霞。王红霞说了假话，保康与神农架阳日湾很近，怪不得王红霞对阳日湾那么熟。

王红霞来了，细满怒气就来了，拉着王红霞到一个角落说：“我下身出事了。”就褪下裤子给王红霞看，短裤上全是那种脓水，龟头又红又肿。王红霞没有说话，王红霞很紧张，说：“你找我干什么？”细满说：“这是你过（传染）给我的。”王红霞否认说：“我过给你？这是什么呀？我又没病。”细满说：“你为什么骗我？”王红霞说：“我骗了你什么？”细满说：“你是保康的。”王红霞不急不慌，倒笑嘻嘻地说：“那又怕什么。细满，我把什么都给你了，我警告你，你不要到处乱说呀！我都给你睡了，我又没要你什么东西。”细满说：“手机就不是东西？”王红霞说：“还说手机哩，来路不明。有人打电话给我问我这手机是怎么来的。”细满一听头就轰的一炸：“哪个打电话给你？”王红霞说：“哪个晓得！是个女的。”细满心乱成一锅粥，像有大难临头的不舒服，叮咬着王红霞说：“我这样子你说我怎么办？”王红霞见摆不脱他，说：“我给你睡了我还犯了法啊？”王红霞就跺脚走了。

细满求助无门，欲哭无泪，心想只睡了一次就这样子了，这女人究竟有多大的毒？城里究竟有多大的毒？

又拖了两天，拖不下去了，就按图索骥，找到一家什么专科门诊，鬼鬼祟祟进去，见过一个鬼鬼祟祟的老医生，老医生鬼鬼祟祟地看着他，要他到后面一个屏风去。这里还有几个人在鬼鬼祟祟地求医。轮到细满细满就去了，脱下裤子，老医生拨弄了他的下体两下，甩手说：“这是淋病，要打针哩。你是不是在外面找了小姐？”细满知道“小姐”的意思，只好点点头，也就默认了王红霞是“小姐”。“那就对了，”老医生说，“如果是女朋友，那就要一起来检查治疗，光治疗一方是不行的，要双方同治。”问了问，打一针要两百多块。细满只有两百多块，只开了一天，就去打针。

细满从来没有打过针，有了病就是弄点草药煎水喝，要不就是让妈刮痧，什么猪毛痧，牛毛痧。爹常说山下的药太贵，没想到城里的药更贵，按医生的说法，不花去两三千块钱这病治不好。

细满希望一针就把人治好，就恨王红霞。想到城里的病就是多了。

他回去的时候，听到有人喊他“齐细满”，他不由自主地答应了一声。两条黑影就突然向他扑来，把他压倒在地下，就给他戴上了手铐。

十四

细满被人压下的时候脸给狠狠地锉在水泥地上，脸就擦走了一块皮，流血，手臂也给人扭得像折断了一样，头发被人抓掉了不少。他记得他被推进一辆车里时两个警察左右喘着气，像跑了许多路的样子。他看了看车窗外，嘈杂的声音，乱成一锅粥的马路，人与车子慌张而有序，都自由自在，手都没被铐住。

在派出所，他惶恐地看着他们，那些警察。他看到了那个手机，送给王红霞的手机，还有那些假钞。他一急，就感到裆里哗哗地流着脓水。一切都是因为王红霞。当问到手机是怎么来的时，他大声喊着：

“我没有杀人！”

他说，是他自己掉下去的。

在细满的这十七岁里，他只与警察打过一次交道。有一次他下山去买农药，看见一个姓王的乡警，他跟那乡警说过一句话。乡警谈不上和蔼，问他是哪儿的，就这一句话。但眼前的警察不停地问，将他按在地上，让他住在许多魔鬼一样的人住的屋子里。那些人像山上的野兽，林中的鬼魅，一个个长得怪头怪脑，细满觉得他迟早有一天会与这些鬼怪关在一起，被他们打，被他们抢去饭碗的。在抢过几次饭和挨了两顿打之后，细满就说：老子杀过人的！——这里的人只有说出你干过最坏的事，别人才会怕你。有一个还碎过尸将尸体煮了给左邻右舍喝汤呢——他成了狱霸。细满说他是杀人犯，那些人包括碎尸的狱霸才对他住了手。——老子是神农架的土匪！他说。他横了一条心。

不承认杀人也不要紧，警察让他站在亮爽爽的灯光下，站着，不许睡觉。还不让他抓裆里；他裆里痒，他们让他举着双手。有一天细满就承认了。恍恍惚惚的。承认了就让他睡觉，还让他去医务室打针。

去指认犯罪现场的那天他是在路上翻供的。看到了熟悉的青山绿水，他才记起来车是往白莲垭开去的。心里一阵轻松，又一阵恐惧。杀人是要抵命的！而且他将回去看到亲人和乡亲——他要押到山下的村里——他是一个杀人犯，一个裆里流着臭水长着奇怪疮疙瘩的龌龊人……后来他头脑一阵一阵发热，快发疯了，想喊叫，身体像要爆炸，神经要错乱了！他手上戴着铐子坐在车窗旁，看着这囚笼般的车、警察和同样是警察的司机。

“我没有杀人！我没有杀人！！”

他终于疯了！他要用声音冲破车顶，要让自己的身体和思绪冲出去，冲向山野，砸掉手铐，获得自由。

他疯了，那些警察就来把他按住。他被按在座位上，身子一阵一阵狂抖，被堵住的嘴巴还在喊，喉咙和胸腔里全是喊叫，喊叫不得出来，在胸腔里、肚子里、肠子里、五脏六腑里乱窜。后来他像一只被擒的野羊，四肢软了，可肚皮和胸膛仍在大起大落，同时喉咙里发出咕噜咕噜的喘息声。

但是他并没有屈服，正待解押的警察庆幸制服了他并喘一口气时，他们看见了细满的嘴里流出血来，而且血越来越多，越涌越多。有经验的警察扳起他的头来，知道了他是在自残，这是犯罪分子逃脱打击的一种伎俩；他们看到，随着血呼地涌出了一个东西——那是半截舌头。细满把自己的舌头给咬掉了。他还是疯的，并没有清醒。警察在椅子下找到那截舌头，捡起来包进一个手帕里，就要司机掉转头，朝宜昌开去，开回去，到医院去。

舌头算是接不上了，离开身体时间太长。原因是他们在途中遇上暴雨，暴雨冲毁了道路。在暴雨的山道上行走的那种感觉本来是十分安静的，人可以在车上睡一个好觉。车碾轧着雨水的声音和两边阴郁的森林都有让人进入深度睡眠的欲望，并使人觉得特别疲倦，特别需要一把靠椅在摇摇晃晃中投入梦乡。车却翻了。

一个警察身负重伤，一个警察身负轻伤，把那截舌头也给弄丢了。第二天又一拨人来寻找舌头。在深沟的烂泥里终于找到了那个用手帕包着的舌头，爬满了蚂蚁，已经被蚂蚁啃噬得千疮百孔。而那车里的扶手上面，一只警察的断手还骇然攥在上面！——就算没被虫咬，但也令医生无回天之力。

细满连起诉都没有，就糊里糊涂地释放了。有人告诉他，那个死去的人是个盗卖过国家一级文物又用假钞骗人的惯犯，公安机关已接到好几起报案，都是关于这个人的。加上细满已不能说话，且不满十八岁，就这么放了。

细满回家先是在山下打尖，山下的人说他的奶奶早就死了，埋在白莲垭上，是爹用背篓背上去的。他奶奶留下遗嘱要埋在垭子上，可以看见菩萨。山下的人见细满不说话，怎么追问也不说。细满就是不说。细满说不了。细满在向索子的小店买了火纸和香，还有一对蜡烛。他往山上走的时候，鸟语花香，天蓝得像假的。他想起奶奶要去山上见观音菩萨的举动，心里想笑。心里一笑，仿佛一切都回到了从前。他终于开口说话了，他说："奶奶，我来看你来了！"那话只有他自己能听清楚。"啊！啊！啊！……"他叫起来，他发现他自己终于变成了一只不会说话的鸟。可鸟的叫声悦耳动听。他一路跑一路叫着，仰望着头擦汗时，他看到了一朵巨大的白莲在山上飘浮着，盛开着，莲花上站着一个人，像他的慈祥的奶奶……

八里荒轶事

风雪弥漫。这当然是冬天。森林像巨大的围网在黄昏里窥伺，在这块荒凉的、乱石滚滚的八里荒，农妇端加荣拄着牛舌镢，看着自己开垦的田地——它们翻开了身子，就像一只只小兽躲在新覆盖的雪下，雪的气味和新土的气味在寒冷的空气里依然强烈，这她感觉得到。“我已经开了十一块了，”她说，“有两亩多地了，我一定要开出五亩，开出二十五块半，我就不求村长也能维持我和两个女儿的生活了。”端加荣抽着鼻子，脸上因为兴奋而被风绷得紧紧的，眼睛发胀。不过她已经快冻僵了，脚上的套鞋就像是双冰鞋，特别是在停下时。她搬运最后一块石头，要砌石堰；石头上有些人工雕凿的纹饰，如蝙蝠纹、万字纹——这是墓石砖。这证明当年的八里荒是有人居住过的，但已经不知是多少代之前。在不远的某一年，听当地人说，一个大队干部带着五个武汉知青要在这儿开垦，学大寨人大战狼窝掌，结果没几天那五个知青都在这儿挂树自尽了。不过那时候端加荣还没出生，或者说刚刚出生。端加荣今年三十五岁。

这是块有鬼气的地方，有人这么说。端加荣往回走。狗在窝棚那儿朝着风雪和黄昏吠叫，告诉她回家的方位。家就是个窝棚。她让二女儿二丫先回去了，刮洋芋煮饭。她往窝棚走着，却看不到窝棚。风雪太大，在挨黑时更加迅猛颠狂，好像拿着个雪筐子往你头上倒一样。雪还砸人，砸得人头上脸上生疼。这雪不是雪粉，是霰子，像猎人的枪弹。在这样的高山上，雪都变成了霰子。她从树丛里穿过去，树是些高山海棠，长着苹果样的小果，极其酸涩，人不能食。这些小果在雪的猛砸下簌簌往下掉落，就像掉冰块，就像有一群爱闹的山鬼，在树上嬉戏。

可以想见端加荣回到棚子里的愤怒：二丫和小丫根本没等自己，已端着碗在那儿有说有笑呼呼大吃。端加荣的愤怒到了极点，她突然真想挥起她的镢头一镢砸过去，把两个讨债鬼打烂脑袋，她真是这么想的，有一种玉石俱焚的绝望，打死她们，自己就找根绳子往树上一吊算了。她哪会有这么恶毒的想法？她就强忍自己，知道不会做这种事的，就放下镢头自己去锅里添。洋芋也不多了，加上汤汤水水，添到碗里，就这么闭上眼睛往嘴里塞。还咸，就像盐不要钱，在雪里扒的一样。吃着，咸着，心就软下来了。二丫也才八岁，八岁就煮饭，还与她一起早出晚归地搬石头挖土，鼻头就酸了。吃了个半饱，就趴到地上去吹火，火塘里的火半燃不燃，熏得人直掉泪。还真从心里掉了泪。

“放下，我来收。”她对二丫说。她收碗筷。看着二丫那肿起的手背和一串冻疮，她说。

她也有冻疮，可这不要紧，她是大人。就在给二丫泡脚的时候，二丫强烈反抗，当脚被摁进热水里去时，二丫发出了惊天的、旷世的尖叫：“啊！……”这叫声在这个窝棚里像是杀人一样，这叫声让人不停地打战。

“讨债鬼，不要叫啊！一叫把野牲口叫来了！”她说。这双脚不泡咋办？肿了，烂了，流水。八岁妮子的脚，整天穿一双水鞋，跟她一样，跟在她屁股后头，泥一身，水一身，在泥水里滚啊，爬啊，为了开出那些荒地，为了开出五亩共二十五块半田来，让明年咱有吃的。我必须这样，我只能这样，我只能狠心。她给二丫抹着蛤蜊油，就等于像糊泥巴一样往那裂口处糊。一个小妮子，脚上的裂口深不见底，谁见了都会掉泪。可端加荣不掉泪，她自己也一样，也有深不见底的裂口，蛤蜊油不够再糊猪油——猪油是洪大顺拿来的，除了吃，还能滋润手脚，这是端加荣的发明。

二丫噙着泪噎着喉爬上床去，小丫给她让开了一个地方。风声像哭，山和森林更深了，河水更远了，天气更寒了。

端加荣进了被窝之后，她细细听着山里野兽的嗅叫，还有那像丢失了亲娘的娃娃鸡的叫声，觉得自己还是幸福的；一点点的幸福，被圈囿在这个暖暖的窝棚里，人比兽还是幸运一些。

“你们听见了什么吗？”后来她问，问两个女儿。

也许她不该问的，孩子还小，就算有什么，也不能让她们知道。何况这只是疑惑，一个大人的疑惑。这么一问，就把问题在心里明晰起来，就等于自己吓自己。在这里，可不能自己吓自己，她已经吓怕了，吓得太久，吓麻木了。可她正在迷糊和混沌之时，正往梦乡滑去的途中，好像听到了苍凉的嗥叫声。人啊？兽啊？鬼魂啊？——狼？！端加荣是这么想的，心里咯噔一下子，人又清醒过来。是梦里听到的声音吧？

“坏了！”她又想起来，尿盆还搁在外头，没有拿进来。尿盆是一个狗食盆。白天让狗吃食，晚上人拉尿。端加荣想寻找棚子里的替代品，没有，就一个脸盆，又洗脸又洗脚的，不成。几个碗，一口锅。不成啊，就这么些东西，这哪是家，就是个栖身的小窝，跟自然界的鸟雀一样，再有就是三只背篓了，两只小花背篓，两个女儿的；一只揸背篓，大的，自己的。还有几件筋筋缕缕的衣服，搭在一根竿子上。

端加荣咬咬牙起身去，从门闩里抽出刀（防贼又压秽），拉开闩子，冲出去就拿上装满了雪的破盆，再接着闪进来，把门又死死地关上。这个过程简直只有两三秒。

盆子放下的声音惊醒了狗灰灰，没有吠叫，倒是摇摇晃晃从床底下走出来，走近盆子，嗅嗅，残雪。狗舔了几下盆沿。狗总是饿着肚子，在这里，狗跟人一样，半饥半饱地生活着，饿了就去林子逮蚱蜢和蚯蚓吃，有时候啃木头。

现在，风在外呜呜地吹着，风的叫声一片混乱。我把所有鬼魅都关在了外头。这没有什么可怕。她想着第二天开荒的事。人一醒来就睡不着了。在阴风中怒号的就是阴魂啊，而不是什么野物。这儿，这儿有往年生活的游魂，有山野精怪，有那五个武汉知青的阴魂。那么，他们也在这里搭过窝棚？可我没有发现，连个采药人烤药的茅棚也没有；那三男两女为什么要吊死呢？是不是他们也夜夜被这阴风惨惨的黑夜吓得绝望了，觉得没了路了？——夜夜都是这样。白天安静的荒野，一到了晚上，就会狂暴无常，各种稀奇古怪的声音一起朝这儿猛泼过来。可在深处，在那些混乱的、危险的声音深处，端加荣发现了有从未出现的一种声音——就是虎狼吧。这不是野兽下山的春天，它们应该往山里扎去，扎到巴山和秦岭那边去，莫非它们也没有东西吃，在满山乱窜寻找着可口的食物？

天亮了，一切都好说了。鸟在雪地上乱叫。

“二丫，二丫呀，起来呀！”

雪天易晴，要赶在晴天多挖一块，要挖到二十五块半。可是二丫不肯起来，缩着小狗一样瘦丁丁的身子，那身子也许还没有一条小狗重。拉开门，雪已把门封了，至少有两尺深的雪。这样的雪如何挖地？这么大的雪还没见过哩，至少在这几年，在二十五块半坳子里没见过。从窝棚檐上垂下的凌钩子有几尺长，大地一片封冻，只有鸟在早晨嚎叫，那也是因为饥饿。

那就不上工吧。让可怜的二丫休息一天，我这就下去背苞谷种，也要去找找村长，要到田——如不需要开就不开，有现成的田撒种就行了，这苦不吃就不吃，娃们吃不得了，自己又有妇科病，肚腹使力就疼，整个阴部都下坠得厉害，胀痛难忍。

“我把门锁上，你们就不要出来啊。”她吩咐两个孩子。三下五除二，给孩子们煮好了洋芋，收拾东西。那双给老大王天的棉鞋已经纳好了，放进揸背篓里，想又能见到十二岁的大儿子，心里漾过一丝幸福。大儿子离婚后判给了他爸。他爸也就是前夫的鞋我就不管它了，这个人不是人。再说，给大儿子的鞋也花了她不下一个月，都是收工后晚上一针一线纳的，棉花还是找二组的李登凤讨的，两个丫头的棉鞋说做说做，到如今还没做，可见她心底里还是向着儿子。儿子没妈在身边，跟着那个无能耐的前夫有什么好日子过啊。

太阳真的出来了。太阳只是晃了一下就落进森林。她得快快走。她估算着到二十五块半就到了中午，再背着一背篓苞谷种上来，至少要到五六点才回来，这儿的夜路一个妇道人家可不敢走，就算你拿着刀。

她要先到草浪坪，就是二组，就是洪大顺、村长和李登凤他们住的地方。雪太厚，跋涉了三里地——两个坡，一个垭子，才到了草浪坪。草浪坪卡在山缝里。走到李登凤的家时，已经是一个雪人。李登凤开门时看见端加荣，吓了一跳。端加荣要她帮忙去喊洪大顺。李登凤说，不行啊，加荣，你这样不到他家去，他父母不肯认你，他也下不了决心的。端加荣看到李登凤一副不情愿的样子，心想人情冷暖啊。可端加荣就笑，说，我是有别的事找大顺，放个钥匙在他手上，让他帮我看看两个娃子。李登凤说，放我这儿不行么？端加荣说不行的。端加荣就走了。

其实，端加荣是个有心人，这两年为求得大顺和他爹妈同意，也给大顺的二老做过棉衣棉鞋，还给他们一人买过一双带毛的高帮力士鞋——这种高级鞋她自己也没穿过。端加荣病病歪歪的，却总能做出一些温暖的东西来暖洪大顺和他爹妈。可尽管这样，尽管洪大顺对端加荣无反感，非常同情（如这个窝棚就是他相帮搭建的），但与端加荣母女合一家的事，也曾点过头（可能是酒话吧），却有许多解不开的死结。比方村长说，端加荣不管跟谁结婚，都得先结扎，也就是说就算能生育也不能生了。洪大顺是个独子，他父母还要抱孙娃传宗接代的。就算他全家点了头，那第一道就是结扎，她这副病病秧秧的身体如何能结扎？不结扎就要交一千五百元保证金，保证不生育的。这笔钱端拿不出，洪也拿不出呀。一道一道的坎就这么拦住了她与洪大顺的结合。何况她还大洪大顺十岁。女大男十岁在乡下是个惊天数字。就算洪大顺喝酒喝醉了或者与她缠绵时说要与她合一家，端加荣也会婉拒说：你待不得我的。两个娃子，凭什么你给养？就算这一切都不是问题，前夫王昌茂还要搅局哩，他说了，哪个敢娶端加荣，他就杀哪个。有几次，有好心人给她介绍了外村外县的男人，但听说了王昌茂在村里的放言，谁都不敢贸然行事，怕真有个三长两短。

端加荣来到洪大顺家。他爹妈明显冷淡，说洪大顺不在，话不肯多说，也没让她进屋烤烤火的意思。后来听了一句好像是说上山了，听说山上下雪有岩羊子。有羊子却没有说狼。反正下套子逮羊这事让端加荣有了一些安抚，男人总有对付野牲口的能力，不像女人家怕这怕那。女人呀，总归是女人。

端加荣像根霜打过的黄瓜在大顺爹妈眼里看到了怜悯和绝望。她能给他们什么呢？能给他们儿子什么呢？她来，就是让大顺到他这辈断种的么？还要养两个仇人的娃儿，王昌茂的娃儿。后来王昌茂把大顺另一只腿也快打断了。大顺有次说我要到了你前夫借的钱就跟你合一家。他去找王昌茂要钱，要那些过去欠他的贷款（有六七百元），王昌茂扯起棍棒就朝他打，说老子还赔你个 ×× 钱，你把我老婆都勾跑了，让老子妻离子散。世上有杀父之仇，夺妻之恨，老子不找你算账你还倒找老子……

端加荣是想把钥匙给洪大顺让他去打打两个女儿的照扶，怕自己在下边耽搁了，赶不回来。两个女儿没有她那就塌了天，还是反锁在棚子里的。看见了村长的家，心就烦了，就闯了进去，她一腔的怒气就倒在了村长身上，巷子里赶猪——直来直去地就问村长究竟几时给她划地？——本来，她就是蓄了火去找村长发的，她已经给逼到悬崖上了，她想无论她发多大的火，都不是她所期望的那个温度。村长烤着火，刚从床上起来或是从厕所回来，有准备下一步吃喝的悠闲打算，披着羊皮袄，满脸是枕头上压出的肿迹。村长说：你若是把二组的所有人思想做通了，我就给你划地。

——他还是那句不进油盐的老话。他就是不划。准确地说：不调，不把她的地从三组的二十五块半调到二组的草浪坪来。

“村长，这大的雪我来求你，你又不让我结婚又不给我地，把我往死里逼啊？把我们母女三个往死里逼往崖下跳啊！”端加荣鼻头一酸就哭起来。村长的老婆和媳妇都来劝她，给她端来茶水，要她坐下烤火烤烤鞋垫，说不急的不急的。

“你们去看看我们娘母子过的日子吧！八里荒除了鬼就是我们娘母子三人……”

“可你是自讨的端加荣，你是自讨的你为什么不回去咧？”村长说。

“王昌茂把我往死里打村长您不是不晓得，他见了我就要扒我裤子跟我睡觉像赶鸡子一样，我过得下去我不过吗？村长你为什么不给我划地不让我结婚？”

“不是我不给你划地，不是我不让你结婚，”村长说起狠话了，“像你这么胡球乱搞，整天告状，还想怎么便怎么？！”村长进了房里，把门关上了。

“我，我胡球乱搞哇？”端加荣往二十五块半走去的时候木木地问自己。她是第一个踏今天雪路的人，雪有时没过膝盖，她在雪地里艰难地爬行。她揩着泪，泪已经风干了。

“我胡球乱搞？我是胡球乱搞的人？”农妇端加荣抽泣着，咬着牙问大地，问雪野，问天上那厚厚的云层。雪没有下了，斑鸠闷闷地叫着。扑通一声，她踩到了虚处，滚下岩去。“我是找你们解决问题，不是告状。我没有胡球乱搞，我不是胡球乱搞的人！……”

等她爬起来的时候，背篓都压瘪了，脚也崴了。她还得继续上路，她不想哭了，只有愤恨。对村长，对前夫，对这个世界。

她走了近三个小时走到二十五块半，看到了自己曾生活过的家，这个十几户人家的自然村子里有鸡叫，有狗咬，有烟囱里热情爬出来的炊烟。她不想让人看见她，她往小路上走。她不想让人看到她这一副失魂落魄的寒碜样子，像被土匪赶出来的。在这里，她不会这么在下雪天行远路背着个揸背篓。她现在一样在火塘前吃着茶，纳着鞋底，四平八稳地唤猫狗。或者在门口腌腊肉晒豆皮，或者从邻居家出来，手上拿着一碗别人给的酱菜。

现在，她背着揸背篓，作为一个外人，来找前夫要苞谷种的。

“王昌茂！王昌茂！”

这已经不是自己的家了，她踏进去时故意让一种回忆的亲切感远离，她因为愤怒而鼻塞，像一个冷冰冰的仇人喊她的前夫。

王昌茂不在，屋里冷冷清清，这么冷的天大门大开，屋里没有生火，风在屋子里呼呼乱响。

接着她的冤孽出来了，那是她的老大，大儿子王天，一个硬生生的少年。这个衣衫褴褛的少年出来就向他的亲妈大骂撵她滚：

“你个不要脸的，又来了！滚！滚啊！”

王天用他茅草般的头一头向端加荣撞来，牙齿龇起有五寸长，就像一个狰狞的猴王。端加荣没防备，被王天撞得朝后一倒，后脑勺撞在了门上，一阵苦疼。等她让开这个小杂种后，抓住他的头发就劈手一巴掌，打在他的嘴巴上。

“小狗日的你反了不是！啊！啊！”端加荣声嘶力竭地阻止儿子的疯狂举动，想把他打醒。不是王昌茂这时候闻声进来拉住王天，还不知会发生什么哩。

“个狗杂种！”王昌茂死死拉住了王天，拉住了要操门背后一把猎叉的王天，缴了他的械，把他一掌推出了后门，推进了后面的菜园子里。

接下来，王昌茂就像狼看见了羊一样，惊喜地把端加荣的背篓下了，把他往房里拉。

“你干什么啊王昌茂，我是来背苞谷种的！……”

端加荣本来就恨他，今天更甚，饥寒交迫，连一星火也没见着，她今天就是死也不从。

“王天，王天，你进来呀！”她这么喊。

王昌茂的欲火就是这样被端加荣弄熄了，像个泄了气的皮球，像个打蔫了的茄子，说——正正规规地说：

“你今日想背什么背什么。”

“我只要苞谷种。我只要‘铁籽白’，不要‘五花糙’！”

“五花糙也能吃，二丫小丫也能吃。你不吃，你金贵些，你他妈是贵人，是贵人咋生到这深山老林里扒土种地，瘦得跟鬼似的！”

“那你就不沾我，不缠我，我快死了，我就是鬼，我端加荣快死了，我死了你才高兴咧！”

端加荣把背篓里的东西拿出来，是一双灯芯绒面子的厚厚的棉鞋，是王天的。她把它放到地上，两只并排放在一起，抹着泪，无声地抹着泪，打开黄桶，到里面去装苞谷种。

“你哭啥哩？又没哪个打你。”王昌茂怔怔地说。

“俺哭自己的命。”端加荣说。

端加荣不敢装，可今天王昌茂却主动给她装，装的全是做种的铁籽白，“多装点，要吃哩。二丫小丫还好吧？”

“她们好不好关你什么事？是死是活由不着你来假充善人。”

“她们是我姑娘我咋不心疼？回来吧加荣，我去接你们……”

“回来？你把我名声败了，你把我打惨了。”

“我败你名声？二十五块半哪个不知道你跟那跰（瘸）子鬼搞！你这婆娘还猪八戒上城墙倒打一耙！你搬到八里荒不就是想跟跰子结婚吗？你休想结婚！你要结婚，我让跰子过不了年！”

“不许你胡说！不许你跟跰子过不去！你把我整得这个样子了，为什么还不放过我？啊？！”

“我不放过你？我家破人亡妻离子散我不放过你？你自己跑的，想去享福的……”

“你逼的，王、昌、茂！”端加荣把她前夫的名字一个字一个字塞进牙缝，用冰水冰了，再一个一个吐出来。

“贱！女人就生得贱！……村长说了，说不给你土地。”

“是的，村长说了。”端加荣说。她想，不给土地我也要过下去，我绝不回来。

端加荣就这么离开了二十五块半吗？她就这么离开了二十五块半。连儿子都不理解她，她还不离开吗？雪还是雪，还那么深。雪后风冷，风从山背后冒出来，就像一瓢瓢凉水往你内衣里灌。二十五块半，她嫁到这里来时对这个地名还抱有好奇，怪哩，还带有憧憬。二十五块半是很久以前一个从秦岭来的开荒人开出的，他开了荒，数数只有二十五块，咋丢了半块呢？后来一拿开自己的斗笠，哟，盖住了半块。这就是二十五块半村民常常呱天的内容。当年，二十五块半的王昌茂还不是像现在这样邋遢糟糕，那时的王昌茂整齐的中山装上口袋里，还插着一支钢笔，还能在村小学的水泥黑板上写板书——他当了两个月的代课老师——还有人见了他的面喊他王老师。跟王老师结婚后只有两个月大家又喊回了他的原名。王昌茂想富哩，什么都干过，熬过黄连素粉，打过“金钗”（一种名贵草药），还下河炸过鱼；有一次炸鱼，把同行的一个伙伴——就是吴老发的三儿子炸死了，以后再不敢干了。可不敢干生了三个娃子，要吃要喝。眼看家底子越来越薄，三个娃子连墙都要啃穿了，他找不到生财之道，就想有几百块钱可以买些椴木棒子来种香菇、木耳，慢慢发展兴许弄成气候，能每年赚个一两千块钱，只要把生活过过去也就行了。

可王昌茂哪有资格贷款呢？因为王昌茂无还款能力，村长不给盖章，他只有干瞪眼。一个没有还款能力的人想贷款，他必须要攻破驴脚拐代销店那个跛子洪大顺。洪大顺有一年把脚给摔了，就摔跛了，他就在峡谷口驴脚拐开了个代销店，后来银行不知怎么让他的代销店成了信用店，就是信贷员，搞小额贷款。因为洪大顺是初中生。洪跛子——大家都这么背着叫他——自当上了信贷员，那个代销店的生意也就好了。他一脸白净，梳着三七开分头，早晨分头用山溪水洗了，丝毫不乱，两只手戴着蓝色的袖套，坐在用柳木板拼成的小店里，待人和蔼，彬彬有礼，就像是从城里来的工作同志。因为是跛子，也没有哪个女人找他，或者说他还瞧不上一般的女人呢。一个单身汉，嘴上刚刚长毛的毛头小伙子。王昌茂想了想自己家里，想尽了一切，都拿不出什么攻破洪跛子这个人。后来，有一次，他看着自己的老婆端加荣，看她洗澡穿衣时，胸前多出来但已下垂的两坨肉，清瘦的髋骨和平坦的阴部，他心头一亮：只有这个虽然生育过度但多少还有点年轻的老婆了。算一算，老婆大洪大顺十岁，但老婆的眉目间还是有魅力的。征服一个百事不晓的毛头小子，应该是不难的。——心头不算很亮，也有了七八分的把握，不过心还是虚，就怕老婆不肯……

老婆成为他改变家庭环境或者说实现一点小致富计划的牺牲品。一分钱难倒英雄汉，人到了穷处就没什么顾忌了，唉。

这一天王昌茂到驴脚拐——离二十五块半有三四里地，他凑了几天凑了一块五毛钱去买了包纸烟（他抽叶子烟），给洪大顺说对不起呀，上次赊你的一包烟，过几天再还。洪大顺这跰子是个好人，也没找他讨要，给了他买的烟，说行的行的，不碍事。“大顺呐，你可是这个——”王昌茂伸出大拇指来，他又说，“明天到我家吃饭去。”

第二天晚上，王昌茂精心安排的晚餐就开始了。杀了一只生蛋的鸡，要儿子提了些四季豆去到下面喊洪大顺来吃饭。一锅鸡和一壶酒这就拉拉扯扯吃到了九十点钟，又下起了小雨，又出现了罩子（雾），王昌茂精心地把二十啷当岁的小伙子、心地单纯的残疾人洪大顺灌醉了。灌醉了就留宿，让他到客床上歇息去。从来就只知顺从丈夫的农妇端加荣并不知道丈夫恶毒的计划。那应该是一个冬天，端加荣只记得她收拾完后脱下棉衣要上床睡觉了。丈夫王昌茂说：“加荣，给跰子送点水去。”“我要睡了，你送去吧。”端加荣累得只想上床歇口气。伺候酒饭，灶前灶后，桌上桌下，都是她一个人忙，王昌茂是甩着手不干的。可这天王昌茂不让她睡，把她往床下推，并说：

“我又不欠他的鸡，我是想贷点款，去林场买些椴木棒子，花栎木也行。你去再加加温。”

“咋个加温？”端加荣被丈夫推下床了，懵懵懂懂地问。

“你不会来事啊！”王昌茂吐着酒气埋怨说，“人家的老婆啥都赶不上你，还把村长乡长哄得团团转！伤 ×× 心！”

端加荣这就愣住了，说她迟钝也不至于迟钝到什么也听不出。她听出了，要她去哄他。我咋哄他？我咋个样来事儿？端加荣一脸茫然地站在那儿。

“就要我给他送茶啊？”端加荣问。

“走啊，去啊！像截呆木头！……”丈夫拍着床沿小声而严厉地说。

端加荣披上棉衣，就去找杯子找水瓶。她提着开水推开客房的门，那个姓洪的年轻的跸子早就醉得睡过去了。端加荣说我给你送点水来的。我怎么哄他呢？我笨嘴笨舌，再给他说说贷款的事？……端加荣没有五分钟就回到了自己的房里。可丈夫说:“你咋就回来了呢？”端加荣说:“天冷哩，我不回来我怕冻凉了。”丈夫说:“你去呀，你缠缠他，把咱们贷款的事搞成……啥事咧，你让他怎么都成，我说得还不明白吗？老婆，你头脑咋就不开个窍呢？”

到这时候，王昌茂把话说明白了，端加荣也就全明白了。他是让我去陪他睡觉，把他勾引了，拉下水，贷款就成了。端加荣看着自己的痛苦的男人，看着眼前这个跟自己生活了多年的男人，她没想到他会这么黑心，把自己的老婆当诱子去达到他的目的。

“孩子他爸，这可不行呀，咱就是不要这个款也不能这样……”

“莫非咱就天生的穷命，噢？为咱家，为三个娃子你就胆大一点不行吗？又蚀不了个什么！”

“孩子他爸，你说这话，这可是你亲口说的……”

“是我亲口说的，别争了，去去！……”

丈夫霸着床沿，不让她近身，端加荣那是第一次发觉自己无家可归，就像不是这屋子的人似的。她在这个屋子里结婚生子，生了三个娃子，每天里里外外，忙了田头忙灶头，忙了白天忙黑夜，忙了丈夫娃子忙猪子羊子鸡子狗子，可她发现她在这个屋子里连栖身的自主权都没有，这个男人一句话就可以把她赶走。可怜的端加荣就是这样怅然若失失魂落魄地再次进到客房的。丈夫怂恿我跟别的男人……在眼皮子底下……农妇端加荣进去浑身都在战抖，那是天冷或者心冷。她把那个客房的闩子插上了，她走到洪大顺床前，灯捻得很小，洪大顺说是哪个？端加荣说看你喝了茶没。她说话喉咙哽哽的，发硬，说不出来。她坐到了床沿，抓到了洪大顺的手，洪大顺醉醺醺地说：大姐你是咋的啦？他发现她抖得厉害，手冰凉。端加荣听他问更加抖，她知道丈夫要贷的那三百块钱就押在她身上了，让她做那种她从没想过的坏事，坏女人干的事。端加荣还是说你你你喝了么？洪大顺说茶我喝了谢谢你了。端加荣不知道下一步应当怎么做，就把他的手抓起来贴到自己胸前，隔着一层内衣。男人应当喜欢那里的，当初王昌茂与她相处最早就是去那里，摸那个东西，以后娃子们从肚里一出来，眼都没睁就抓那个东西。现在那个东西稀稀朗朗了，不再是做姑娘时那么有分量了。一次又一次地哺乳，增大、缩小，增大、缩小，增大、缩小，虽然她才三十岁，可那儿已经松弛，就像被掏空了一半的面袋子，但那时候她还在给小女儿哺乳，也不至于太难看。这里果真管用，洪大顺就把手伸了进去。就是这样，端加荣挨着他躺了下来，甚至无耻地把那个东西送到他嘴边去。端加荣心里咚咚地，直想哭。洪大顺把那个东西叼住了她还是想哭。洪大顺吮着她急切切地说："昌茂哥睡没？"端加荣说睡了。可洪大顺虽吸了几口，却兴趣不大，端加荣去摸他下身，他说："我还是个小娃子，不会做这样的事。"

当然，这样的事端加荣是会做的，就这样，端加荣把洪大顺的童贞给缴了，洪大顺的童贞丢在了端加荣的身上，就在她丈夫王昌茂的眼皮子底下。

端加荣回房去的时候鬼头鬼脑的王昌茂还没睡，还脸朝着里面的墙壁唱歌："姐儿住在三岔溪，相交哥哥打铳的，听到对门枪一响，姐在房中笑嘻嘻，晚上又有鸡子吃……"

"王昌茂，你唱啥啦？"

王昌茂嘿嘿笑说："我唱'晚上又有鸡子吃'……"

就这样，王昌茂的三百块钱就贷到手了。第二天，端加荣找邻居借了两个私章——洪大顺说要几个人的章一起贷，王昌茂一人贷村长不批，就把钱从驴脚拐代销店拿回了。

王昌茂拿着这些钱，甭提有多高兴了。手头活了，能干事了，抽烟抽纸烟了。得意忘形之际，跟洪大顺一个乳臭未干的娃子称兄道弟起来，经常接他上来吃饭，还时不时让端加荣和孩子给他送些蔬菜下去，让端加荣给他洗这洗那。有时候高兴了，就对她说：晚上你就别回来了。这人不是没了人味吗？王昌茂的确就没了人味。可村里的人都服他，他是怎么跟洪大顺这个毴子搞好的？要想找洪大顺贷款，都得找王昌茂去说个情。端加荣当然晚上还是回来，可渐渐地，村里就传出了风声，没有不透风的墙。洪大顺成了王昌茂家坐上客，端加荣经常在代销店出入，人家也不是傻瓜，长了眼睛不会看！这就有了闲言。加上贷款的次数多了，洪大顺就躲端加荣。端加荣被指使了去贷款（就是借款），赊烟，她不想去，王昌茂就发狠地说："你去不去？你还不去呀，你这么厉害！"端加荣知道他恫吓她的理——自己的软捏在了他手里。他又从不说穿，就是要她去，一次比一次凶狠。只要去，就容忍她在洪大顺那儿待的时间。端加荣哪敢多待，村里的议论她也感受出来了，她是个敏感的人。而且，去洪大顺那里，一次比一次难开口。洪大顺一次比一次不情愿，甚至不愿近端加荣的身。端加荣知道洪大顺是在嫌弃她，她这个样子，清醒时的年轻小伙，是不会对她感兴趣的。可就是自那一次，端加荣勾引醉后的洪大顺那一次，她就在王昌茂面前没了说话和做人的狠气与底气。因为她做了丑事，做了一个良家妇女不该做的事。有时候王昌茂跟她睡觉时，酸酸地说：你莫有了洪蹿子把咱甩了呀！端加荣发现自那以后每一次睡觉他越干越狠，像干别人的老婆一样，在她身上疯狂。端加荣见他这么酸酸的，说："王昌茂，你说什么啊！咱们是夫妻！"王昌茂说："人家年轻呀，有钱呀，人都想吃口新鲜的，我是老鸡巴一条了，你没兴趣了。"

——从此后，端加荣不能拒绝王昌茂的要求，例假也不行，妇科病也不行。如拒绝，就是那种带暗刀子的话，就说："跟别个有兴趣，跟老子没兴趣！"

洪大顺终于要钱来了，要他还贷了。你猜王昌茂是什么反应？王昌茂是从端加荣口中听到要钱这个话的，他当即摔了碗，破口大骂道：

"你 × 都卖了，他还敢找老子要钱？"

原来，他认为那个钱就是不还了的，是端加荣卖 × 的钱。端加荣一听到他这么恶毒地把话说白了，就急了，说：

“你说话咋这么难听啊，孩他爸？”

“你不是卖了 × ？你的 × 就白给他这个跰子捅的，他就不付钱？”

“没有！你不要瞎说啊王昌茂！”端加荣否认，她当然要强烈否认，可她的否认是无力的，明显中气不足，后来求饶似的对他说，“都是你闹的，你的鬼点子。当着孩子们的面，你可要小声点呀！”

“要钱没有，要命一条。”

端加荣就还是厚着脸皮去找洪大顺，她说：“你我发生关系，王昌茂知道。”她只好使出了吓唬他这一招。

洪大顺说：“知道，他写的有条子，你也要还。不还我的账抟不拢。”洪大顺不在乎，洪大顺就是要他们还钱。

端加荣有什么办法呢，只好回去。她没能完成任务。她记得就是那天晚上，一个又雨又潮又冷的日子，她与王昌茂又为这事吵了起来，王昌茂终于动手了，不仅说话恶毒，而且出手凶残，拿起扁担就砍，将端加荣腰砍伤了，头砍出了血。那是往死里打，几个娃子一起呼天抢地。王昌茂不让娃子们拉他，边打边还骂：“打死你个骚 ×，你这卖 × 的偷人货！”

端加荣若是跑得不快，那天她就会死在王昌茂手上。她跑了出去，往二组跑去，跑到好友李登凤家里去。娃子们的呼叫被她狠心地掷开了，越跑雨越大，越跑山越陡，越跑路越滑。可是李登凤不在家，回娘家去了。端加荣站在大雨里，无家可归。她在黑咕隆咚的山道上又溜又滑又摔跤。摔跤不算什么了，爬起来又走，浑身泥水，腰更疼痛，头上的伤口在冷雨中仿佛凌迟在刀刃上，头皮像被人掰开了似的，脑髓给雨水泡烂了……山林里雨水轰响，那是山溪发出的惊天动地的吼叫。到处是泥石流崩坍泛滥的碰撞声，到处是野兽失魂落魄的嚎叫声。端加荣在山里喊哪，喊自己的亲爹娘，亲爹娘太远，隔了几个县，不会管她了，她已是嫁到这深山里有三个娃子的女人了，娘家已经越来越淡越来越远了。端加荣就是这样跑到了驴脚拐，没摔下河摔下岩没被野物啃掉，拍开了代销店的门。

可是，洪大顺没有把她拒之门外，给她烧水洗，给她包扎伤口，给她把泥浆衣裳鞋子也洗了，升起火塘给她烤衣服。年轻的跰子洪大顺是可怜她。她躺在洪大顺有着男人酸臭味的被子里，在屋子的融融火光中，疼痛和惊悸被这个年轻娃子慢慢抚平了。洪大顺给她洗衣服，可王昌茂从来没给她洗过一次衣服，没有，仿佛洗衣物天生就是端加荣的事情。自嫁到二十五块半来，生成了一辈子就是要洗男人和娃子所有衣物的，生就是王家的奴狗；洪大顺给她端茶喝，热气腾腾的茶水端到床头，可王昌茂从没在她生病或坐月子期间给她端过一杯热茶，都是自己下地自己倒着喝的。端加荣要说感谢，洪大顺说，什么也别说了。

她发现她喜欢上了这个细心体贴的残疾小伙。这小伙腼腆，她勾引过他，不错，她夺去了他的童贞，她是一个荡妇，这都不错。可这不是她的错。她欺负了他，可她感觉到这小伙子的善良、单纯、不谙世事、小娃子般的可爱。她后悔，有负罪愧疚感。

可是，当王昌茂得知那天晚上端加荣是在代销店借的宿后，厄运就落在了她身上。不仅打她，还要与洪大顺拼个鱼死网破。

有一次，李登凤请客，把端加荣和洪大顺都请去了，吃到结束时，王昌茂赶了去。洪大顺知趣出来，还是让王昌茂从背后给了他一石头，打破了脑壳，当即倒地。端加荣上来制止，也被王昌茂给打翻在地，踏上一只脚。洪大顺毕竟年轻，爬起来与王昌茂对打，将王昌茂身上也多处打伤，让他歪着腰哼哼叽叽地踉跄去乡派出所报案，说是他捉奸却被洪大顺打了。这样的事，派出所见多了，按惯例，双方各罚五十元，还要写下保证书。这也就是：凡是这样村民斗殴打架的事报案，派出所都会稳赚一笔，至少一百元，两败俱伤，让他们从此害怕警察，不再找上派出所的门来。王昌茂交了罚款，洪大顺也赔了钱，没有正义，无所谓对错，谁伤谁倒霉。这以后，就不找派出所评理了，王昌茂就报复，见到洪大顺与端加荣在一起，就邀人去打，打洪也打端。洪反击，也邀了一些亲朋打王，不再找警察公断，只凭自己的拳头，自己打死自己埋。打得洪大顺再不敢找端加荣，端加荣也再不敢找洪大顺了。打端加荣是关起门来打的，谓之关门打狗，打得端加荣三昏六醒，五青八紫。可他自己呢，常言说得好：好打架的狗子没张好皮。王昌茂也被洪大顺打得够惨了。乡警不管，村长也管不着这三个人的烂事。直到有一天，背着大红国徽的法官来到村里，宣布端加荣和王昌茂两个人离婚。这个婚离得村长也舒心了一大截，离得端加荣看到了一线人生的阳光。从那个设在村长家的法庭里走出来，端加荣该是多么轻松啊！她看到的是天高地阔，白云朵朵，是红花绿叶，她如脱笼之兔，离绳之犬，终于摆脱了王昌茂的魔掌，自己能成为自己的主人了。虽说断给她两个女儿，可精神轻松了，魂儿又回到了体内，生命和希望像一双强劲的翅膀，借着这高山的气流，要开始自由自在地飞翔啦。

可是她高兴得太早了。她还是得住在二十五块半，还是得住在王昌茂家隔出的一间屋子里，共一块菜园，撇成两半的田地还是连在一起，只是端加荣自作主张用石头垒起了个田界。一起下地，一起收工，一起做饭，一起喂猪；同一条路，同一个屋场。这哪儿是离婚哪，这就是两口子怄气。刚开始，端加荣还无法犁地，无法使牛，要耕地使牛，还是要求王昌茂，就要丫头去喊；病了，她挑不了水，只好请王昌茂挑。儿子王天吃饭，有时还是过来吃，甚至王昌茂死皮赖脸也过来吃；背重的，端加荣背不得，被王昌茂打残了（基本上残了），只好要王昌茂背。王昌茂也残了（被洪大顺打得吐过血，躺在床上半个月），可毕竟是男人。王昌茂瘦，瘦得有骨头，端加荣瘦，瘦得像根筋。问题是：只要求王昌茂帮忙干活，王昌茂就要跟她睡觉。离婚以后，王昌茂性欲更旺盛了，就像跟别的女人偷情，田头山坡、竹园牛栏，都是王昌茂的发泄场，不睡不给干活。高兴时性交，不高兴时就打，跟婚内一样，甚至比婚内更残暴。说要把她打死，谁要她离婚跟洪大顺的。

有一天，她喊道："救救我！"这是向天呼唤的。端加荣，向天呼唤着救命人。有一天，她带着两个娃子，来到了二组（她不是来投奔洪大顺的，是想离李登凤近一点，李登凤的娘家跟她娘家是一个村的），想要村长给她母女三口调一下田，调到二组来，躲开那个像鬼一样缠住她的前夫。可是，没调，不给，端加荣就只好到八里荒搭了个窝棚，决定自己开荒养活自己。

端加荣受了儿子的气从二十五块半出来，在雪中哭着走着，她想到乡政府去。她想找乡长评理去，要乡里解决她的土地问题。当她踏上另一条去乡政府的路时，又记起了钥匙在自己手上，两个娃子还反锁在窝棚里。如果现在去乡政府，晚上断是赶不回来了，就要到路上讨歇。她没有办法，背着苞谷种，只好先往八里荒赶。

现在，就来说说这天晚上所发生的事吧。端加荣总算在天黑前赶回了八里荒的“家”。两个孩子在棚子里哭得昏天黑地，特别是小丫，她姐姐二丫打了她，因为她尿了床。想生火，又没有软柴，门被锁了，不能出外寻柴。两个女儿你抓我，我打你，在地上滚得像两个泥人，敞着衣，赤着脚，锅朝天，碗朝地，狗也被心烦的二丫打得嗷嗷乱叫，也是因为饥饿。家里像遭了劫一样，心也烦得吼，各给了两个女儿两巴掌，就生火，做饭，烤衣，喂狗。好在从二十五块半背了些蔬菜和懒豆腐，一锅煮。

正吃着时，听到了敲门声。问清楚是洪大顺，开了门，洪大顺掰着腿背了块血淋淋的岩羊肉裹着一身风雪进来了，且脸色苍白，一副紧张惶恐的样子，进来就迅速关上门说：“不好了，有野牲口跟上我了！”

听说有野牲口，屋里大人小孩三个人都瞪大眼看着他。端加荣问：“你咋知道的？”洪大顺说：“进了八里荒垭子口，林子里就有响动，有个野牲口一直跟着我。”

“是啥哩？”端加荣问。

“好像是狼。”

“是吧？！”端加荣说。她想起昨天晚上听到的声音，这更加证实了昨晚她的感觉是对的。八里荒虽然有些鬼鬼祟祟的野物，可白天是安静的，晚上也相对安静。有一天端加荣在地里收工晚了，拿着工具正准备回家时，曾看到过一头小熊在林子边打量着她。不过她一声大吼就把熊给吓跑了。不管怎样，野牲口总是怕人的。特别是那些獾啊狸啊山猫啊野羊啊，见了人就跑。

“你这两天是上山下套子去了吗？”

“是下套子去了，几个一起去的，是听说狼来了，大家去套狼，从秦岭那边过来的，套到了几只岩羊子。”

“你这么背来，狼闻到了腥味哩，”端加荣说，“你不该这么背的。”可一想，他是给她们母女背点肉食来的，他是一片好心。可好心看来办了坏事。昨晚的狼兴许是在这一带游弋，没吃的就走了，下山也好，去巴山也好，秦岭也好，反正八里荒没啥它可吃的。这下，狼来了，问题就难办了。

端加荣心里乱乱的，洪大顺就劝她不要着急。今天反正是招了狼，不能回了。当晚就把那岩羊肉煮了，棚子里的四个人还吃了一顿羊肉宵夜。棚子从中间拦了一道，前边用木桩子搭了个客铺。端加荣与洪大顺睡在客铺上。雪应该是住了，风也停了，外头正悄悄地、精心地冻着凌，把大地冻成一块死尸般的冰壳。可是，他们听见棚子外头有什么走动的声响，并且，窝棚壁子有什么扒动的声音。

“果真啊！果真啊！”端加荣说。可傍着一个男人，端加荣没有很害怕，手只是紧紧地箍住洪大顺，箍住洪大顺温热的腋窝。

“不要怕。不要怕的！它陪我来的！”

“果真啊，是狼？”

狼见过，可狼今日在八里荒。好在有一个男人，可也正是这个男人，把狼引来了。事情就是这么，你感激他，你埋怨他。

狗很灵敏，狗叫了起来。

“不要怕的，我说了，就是狼，明天我喊村里的人来，它也不得活的。”

“妈，妈呀！”两个女儿在喊。

端加荣只好去照顾两个女儿。两个女儿吓得抱成一团，往被子深处拱。洪大顺睡不了，他也有点恐慌，寻刀，又去火塘拨火，把火烧大，抽烟，说：“狼见了烟火味，就会走的，它不得活的。”他反复说。

端加荣说：“这么大的雪，它们肯定没吃的，见了这些肉，它们哪不想吃一口呢，肯定不是吃咱来的。”

洪大顺说：“肯定，是啊，它咋吃你们呢，人这么容易把它吃！”

端加荣问：“没有拦你的路啊？”

洪大顺说：“我照见林子里有两只牲口眼睛，绿莹莹的。它不敢轻举妄动，就证明它没有成群。”

“一只？”

“就一两只，我估死了，狼跟虎豹一样，都是独心独肝。不要怕的，不得活的。狼现了身，在这里不得活的。”

“可这不是在草浪坪，是在八里荒呀！当初你为何不把肉甩给它算了？”端加荣说。

“人都没吃的给它！”

“现在咱把煮熟的甩出去喂它行么？”端加荣问。

“不行的，喂白喂了，明天先看看再说。”

后来，洪大顺看着端加荣，看着这个大自己十岁的女人，看着这个棚子里的一切，说：

“住这里，也不是个事。”

这时候，狼，狼的叫声真的清晰地传来，是在风中，起风了，河谷在低低地吼叫，荒野浩荡，那声音像一把剑横扫过来，发着寒光。

“那又住哪里？我愿意的么？我疯了！有地方住会往这里跑？我不开荒翻过年我们娘母子三人吃啥？村长又不调换地儿，你说我能住哪儿去？”

她最后一句话是想洪大顺接茬的，如果洪大顺下了决心，把她们母女接走，接到草浪坪他家去，那不一切就解决了吗？

洪大顺不接茬，他欲言又止。端加荣故意这样说的，让他很不自在，逗逗他，有时，让他弄得浑身不自在，端加荣会在心里笑，笑过之后轻松些。洪大顺毕竟是个小青年，整整他的蛊。端加荣见洪大顺又卡住了，就说：

“大顺，我不是逼你呀，你不消吓得。”

洪大顺说：“我又不是吓大的，我晓得，反正……反正你们住在这儿总让人捏一把汗……我要是接你们走呢？”

端加荣说：“你搁不得我的。大顺，算了，我知道自己的命，我就这个命。你这么说，理不直，气不壮，声音打战哩，我不会当真的。”

她这么说，洪大顺就越觉理亏，就越想把那句话铁板钉钉决定算了，可……

“我来这儿，又不是像别人说的，是来投奔你的。我住这离你那么远，我不住草浪坪，我住孤魂野鬼住的八里荒，看哪个嚼舌根子去！你接我我都不去的，我就要争这口气！”

他们撕着苞谷，他们听着外头的风声。雪不知还在落没落，雪落是无声的。

“明天，我到乡里去！”端加荣说，“大顺，明天劳烦你照看娃子，就打一天照扶。”

“还开不开荒呢？”洪大顺问。

“开呀，咋不开？没看我苞谷种都背来了么。”

“你果真要在这儿长期住下去？”

“我说了一百遍，长期。”

“换给你田也在这儿住？”

“也！”

女人的声音有点嘶哑，可很绝决，干脆。这个女人！……

早上一打开门，就看见了雪地上有零乱的兽迹。端加荣喊出了洪大顺来看，洪大顺看后，果断地说：“狼的，说不定不止一只哩！”

“那它们去了哪儿呢？或是藏起来了？”端加荣问。

洪大顺掰着腿，踏着狼的脚印看了一段，指给端加荣看说：“它们去了北边的林场，估计是那儿羊多。”

“林场养的羊子啊？”

“正是。”

这么说，端加荣心就放下了一点。不过她依旧放心不下，问：“它们还会不会来呢？或者，藏在对面山上的林子里了？”

——那儿，离端加荣开的荒田不远，那儿也有些兽迹，乱七八糟的。

“甭怕哩。”洪大顺不在乎地说了这么一句。他又补充说，“昨晚咱一个，还背着这么好的肉，它也没敢上来，兽总是怕人的……”

端加荣就无话了，就要去乡里。

雪没有化的意思，踏在上面像一个硬壳，每踩一步都要下很大的劲，好像要踊破一层玻璃似的，令人心惊肉跳，还格外吃力。路上已有些脚印，路两边的雪地有许多神秘野兽的脚印，大的，小的，零乱且多，雪下过之后，通过这些脚印，清楚地感觉到昔日死气沉沉的山林里是很热闹的，熙来攘往。不过也平添了一份寂静的恐怖。她就这么去乡里。她过去就没有去过乡里吗？去过一百次，可乡长是县里派来的（不是当地人选的），三天两头找不着，人家住县城里。就算找着了，事儿多呀，这点调田的小事就打回村里去，要村里解决。听说现在新调来一个乡长，这就让端加荣下了决心再去找一次，人与人总归不同的。但我该跟他咋说呢？……我要说，我不是"搬"到八里荒，我是"逃"。我是逃跑的，从前夫非打即骂、整天追你强奸的魔掌里逃到八里荒的。我是在村人的指指戳戳甚至是家人的误解下逃离村庄的。是呀，我不再有能力承受那样的流言蜚语，我内伤严重，精神崩溃，走投无路，最后跑出了人们视线，跑到山林里，成为野人，带着我的两个女儿，成为与野兽为伴的山林孤客，没有亲人，没有田地，没有住处，无家可归。我先是住山洞，后来洪大顺和李登凤见我可怜，帮我搭了个窝棚，可也四壁透风。前不沾村，后不靠店，每天对着荒山，太阳，在石头缝和荆棘丛里开荒寻地，垒石填土，过的是比野牲口都还艰难的日子。我躲避了，心情轻松了，身体完蛋了，两个娃子嗷嗷待哺，上学更是奢望，可村长还说我是自讨的，是胡球乱搞，我这样一个形同叫花子的女人莫非是个坏女人？……

端加荣想得心潮澎湃，想找一个好乡长倾诉一下，积郁太深，心里要发泄，要找人评评理，让世人明白是非曲直，好坏善恶。

可是，乡是个小乡，进入乡政府小院的门口两边，是几家农户的猪圈牛棚，散发着稀奇古怪的臭味，每来乡里，心情就坏了，乱了。乡政府院子里断砖遍地，野草深深，雪没人扫，走了进去，没见一个门是开的，没一点声气，没一点光明，几只铜嘴八哥在雪地上寻草籽吃，发出苍老的叫声。雪地上有几串黄鼠狼和大山猫的脚印。

澎湃的心海骤然间止息了，冲口而出的火炭般的话语咽下了，跑了，无影无踪了。脚下冰冷，头昏眼花，找个人问问都不行，拍门，无望地拍门。走到前面的农家——一个代销店问问，代销店的老板是人称“瞟花”的斜眼老孙，他家里其乐融融，老伴正抱着被大红大绿毛毯包着的小孙子笑呵呵，儿媳刚生过娃子，脸红红的。看看别人的家，看看别人的幸福与温暖，端加荣的眼泪都快掉下来。可她忍了忍。这家人家知道她来的意思，说这大的雪还鬼的人上班，公路不通，封了山，汽车开不进来，都躲到县城去了。——又是一个从县里调来的乡长！端加荣几近绝望，就去选镢。她还要一把镢头。就选个镢扳，镢柄儿要洪大顺配配。

老孙他们知道她目前的处境，还是同情的，看她选镢板的那双手，那双比男人还糙还破，血痂累累冻疮片片的手，就说，田总是村里的事，总不能没田还让人活吧！端加荣笑笑说，你活是你自己的事。她眼是肿的，红的，嘴上都有裂口，血水嗞嗞往外渗，舔舔是咸的。可这一切她并没在意。她精心选好了一把镢，又买了两盒蛤蜊油，还把那柜台上的棒棒糖抽了两个下来，给两个小女带回去。她背上揸背篓，迎着风就开门走了。

“这不算什么。”她鼓励自己。

“这根本算不得什么。”她对自己说。她想着那个蓄得白白胖胖的媳妇，那个抱孙子的大娘，那一家人，泪水流了出来。“这没有什么，”她揩着泪说，“我也会有幸福的，以后，我也会挣来我的幸福……”

天色晦暗，前面碰到一个在雪路上赶羊的人，跟她打着招呼说了几句含含糊糊的话，那话被风抢去了；那话在那人匆匆的走过后让端加荣回忆了半天，说的好像是狼。狼？！

狼与这风雪，这天色，这羊和挥鞭赶羊的人……

端加荣是走到她的八里荒地头遇见一只狼的。本来她可以迅速地回到她的窝棚，可她看看自己戴的电子表，时间还早，虽然天色看起来快近晚了。她在路上想着如果我不去这么求他们，如果我自己能刨出二十五块半不求他们，刨出五亩——我现在已刨出了十一块了，我还有劲儿，心中的热望还没冷却，希望还没死去，我就省得这么一遍一遍热脸贴冷屁股找各级领导被他们看轻被他们羞辱，被他们误认为神经病。因为我拥有了五亩地，又离前夫王昌茂远了，就算洪大顺不答应，他家不认我，我也不靠男人能生存了。要男人干什么呢，我所见到的男人，想依靠也依不了啊，他们哪叫男人啊，就像是些没有目标的野牲口，像些没头苍蝇，你无论怎么努力也难换来一个男人对你的温热，不是让你遍体鳞伤，就是让你声名狼藉，遇事了就用酒来麻木自己，或打老婆娃儿出气。我如果努点力，拼点命，我会比他们活得更好！……这么想时，她就站在了自己这一个秋冬搬石挖土砍树根垒起来的一片田地面前。可是，她看到了田头蹲着一个黑乎乎的家伙，那家伙眼又闭着，使你看不清它是个什么活物，仔细想想该不是自己砍的来不及火烧的刺蓬吧？可记忆不会这么糟糕，我的田块里从来收拾得干干净净。就算不干净，蒙了雪，也不会黑乎乎一片。就想到鬼。这八里荒是有鬼魂的，还有山精木魅，山混子，野人“家家”（外婆）；有那五个武汉知青的冤魂哩……这样的念头都是一闪而过的，端加荣的判断最后只在野牲口进而在熊瞎子和狼之间，最后的意识定格在“狼”上面。

“哪个？！”自己的寒毛已经竖起了，话一吼出口，身子就提紧了，就拿出那个买的镢头。

没有回音。那东西还是那么蹲着，蹲在白呲呲的雪地里，透着诡诈的森凉。

“我砸啦！”她这一声喊去，手上的镢板也就狠狠地掷去了，可惜没有打着，打在雪地上，溅起雪粉，那东西倏地就跑。端加荣从喉咙深处发出了比野兽更恶躁的嗷叫：“嗷呀——”她同时跑过去捡镢板，从那雪地上摸到了镢板，又朝前面奔跑的东西砸去，又捡石头，一块一块地向林子里砸去。

后来，她害怕了，腿软了，连镢板也不要了，拔腿就向自己的窝棚猛跑，边跑边喊：“大顺！大顺来呀，打狼呀！……”

端加荣发着高烧，洪大顺给她烧了一碗姜汤端给她喝，还给她的颈上和背上刮了痧。这个女人的颈上、背上全是骨头，皮肤黄黄的，松松的。他去摸她的脉，脉跳得凶快，就像是跑了几天几夜没停下来似的。还说着胡话，喊“娘”，喊“爷老子”，喊“王天”和村长刘绍五的名字。这个女人张大着嘴巴，像一条旱坡上的鱼喘气，气急，带着死亡的呢喃，基本上疯了，认不出人，眼前金花四溅，被鬼魂缠身。两个女儿睁着小羊般的眼睛望着乱喊乱叫的她，不停地颤抖。

这个屋里鬼气袭人，叫天天不应，叫地地不灵。深夜的风在林子里放大了声音，像一群发病的病妇，像端加荣们，在外头与她呼应。洪大顺端着那个散发着辛辣气味的碗，看着这屋子里病的病，小的小，他掰着脚不知如何是好。有时候同情心大增，有时候又恨不得抽腿拍屁股跑了。

后来床上的病人渐渐平息下来了，世界安静了。洪大顺翻出来两根棒棒糖，给两个小女说："你们的妈给你们买的。"

他看她们吃糖，小心翼翼地吃糖，四只巨大的眼睛像四颗寒星，可可怜怜地瞅着他。洪大顺直打瞌睡，对她们说："你们睡吧。"

第二天，端加荣醒了，可头依然沉，像有千斤磨盘压在头上，昨夜的经历像梦一样。可她的烧退了。洪大顺就说他有事要回去一下，到时再给她弄些生姜来。洪大顺说："那我走了，你们小心一点。"端加荣知道留不住他，可没一个男人，她毕竟心虚。她发现，在这样的地方，身边不能没有男人。她想错了，没有男人你会十分可怕的。

"走吧走吧。"端加荣不耐烦地说。

洪大顺心里想飞跑，可脚步又期期艾艾，欲行又止。这样的男人真是难受。她又说了一遍："走吧走吧。"

洪大顺满脸歉意，加上没睡，年轻的脸上蜡黄蜡黄，眼睛充血，就像用红色染过一样。

"你今天就别出去了，特别是晚上，要把门关好。"

"晚上你不来啊？"她问。她傻乎乎地问。

“晚上……”洪大顺总是不想来的，洪大顺说，“晚上再看吧……我去田头转转。”他拿起了一根当柴烧的树棒子，“肉还有，我到时拿些白菜来……”

狼就是他的肉引来的，是洪大顺引来的。可他不会这么说。他也是好心。端加荣和两个女儿吃着在吊锅上煮的野羊肉和一些杂拌菜，想着下一步怎么办的事。她当然还得去搬石头开荒，她不能因为狼就把她的宏大的计划给中断了。她不会这么容易半途而废，落荒而逃。她咬着牙，每当这时她就要紧咬牙关挺过去，不能打退堂鼓。

“回去吧，妈。我们回去好么？”二丫突然对她这么说。

“不。”

她的二女儿已经背上背篓了，双手揽在背绳上，手上的冻疮看着都心疼。

“不。”她又说，这是对自己说。她背上背篓。

那个她恨的男人，那个她的前夫，如果把他叫来，对付一阵子，也就好了。把两个女儿送回去，她一个人在这儿？这当然也好，可是，她就打败了，就等于是向前夫屈服了。为了争这口气，她要把两个无辜的女儿绑在这儿，绑在一起，成为悲壮的胜利者。

有一会她真的是想下去叫前夫王昌茂的，可当女儿这么一说，她却打消了这个念头。

这个晚上，发生了一点事。

这天因为风雪又起，刚出门的端加荣又回来了。到了下午，洪大顺顶着风雪给她送来了白菜。她的心一热，她的心很热。洪大顺脚一颠一跛的，在这么大的雪中，走这么远的路又跑来，给她送白菜和生姜，着实让她感动了一阵子，就赶快做饭给他吃。还有酒，是洪大顺自己带来的。正开锅喝酒时，她的前夫从天而降，推开棚门，是一个被白雪覆盖了全身的雪人。是来看她们的，提着一只毛锦鸡，是只死的。

“你？！”

“你！”

两个男人就这样怀着微笑的仇恨打过了招呼，两个人一个站着，一个在木桩凳子上拿着筷子，抹着嘴，却动弹不得。

两个女儿就去喊她们的爹。这一喊把紧张的气氛就冲淡了。端加荣就说：

“你吃饭了没啦？”

他就坐下来，王昌茂就坐下来，就望着洪大顺的筷子和酒、咕噜咕噜的锅里。

“那就吃啦。”

端加荣拿来杯子，给前夫倒酒。

两个生死冤家的男人这就坐下来一起吃酒，一起喝。这种一起吃酒的时候过去有过，过去王昌茂要贷款时经常这么吃过，喊洪大顺跰子这么吃过，还碰杯，杯子碰得咣当响。今天没碰杯，也没有发生战事；发生战事过去也多了，两个人打得死去活来，鼻青脸肿，动锹动扁担，打得两个人都瘫了，加上端加荣，都瘫了，瘫在床上像快死的病人。今天各自喝了几口，搛各自的肉吃，王昌茂就要把沉闷的、快爆炸的气氛冲破。王昌茂张着牙齿说：

“毛锦鸡吃了饭我给你剐，我给刘村长也提了两只去了的，我要他一定不给你调地！”

他大声地说，大大咧咧地叉着腿，在洪大顺洪跸子的面前。

端加荣知道他从大雪里进来，火烤了，酒喝了，暖过来就要闹事了，他肯定心想不见不见自己的仇人，可恰恰在这里见到了仇人，见到了最不想碰见的人。也恰恰，端加荣心里大呼悲兮——咋就在这里让他们两个碰上了的！

“你为什么还要管我？不让我调地？”端加荣问。

“我就是不让你调地，不让你到二组去。我说你搬出来就是为了他，果真你就是为了跟他在一起。”

“他就给我拿了两蔸白菜来，就走的。”

“这肉呢？这野羊子肉未必是你偷来的？”

“你姑娘在吃咧，不是我一个人在吃咧！”端加荣提高了嗓音。她要镇住王昌茂，她生气，他一次次阻止她，阻止她的幸福，像一个恶魔缠住她。为什么还给村长去说这个？村长的口气会慢慢松的，可他这么一闹，调地不就要彻底泡汤了吗？

洪大顺不说话，洪大顺不说话是对的，吃着，还烤着腿上湿湿的裤子。他不说话，却不能走，走了王昌茂就占了上风，说不定会闹起事来。他不走，就可以镇住王昌茂，至少与他形成对峙。洪大顺那么吃着，搁着酒杯，很少喝。王昌茂喝去了几杯。

“你不让村长调地，是不是想逼死我们娘母子三个？逼死了有你哪一点好？啊？”

“老子就是不准你跟别人。我今天把话说在这里，哪个想跟你，我就跟哪个拼命！”王昌茂说。

“嘿嘿！”洪大顺笑了，主动跟王昌茂碰杯，“来，把这个干了。”

洪大顺今天拿捏得很准，没让王昌茂发炸，这样就把场面控制住了。洪大顺说狼，他转开了话题，说端加荣你昨天让狼吓了，对王昌茂说她让狼吓病了。

“狼？”王昌茂当即脸就变乌了，说我还不是今天要到这里睡的。那是撵洪大顺快些走。他看他不得，看了就不舒服。

洪大顺把酒倒进了嘴巴，还只吃了个半饱就说走了。

可天黑了，本来洪大顺是可以在这里住下不走了的，这么晚的天，冰天雪地，又出现了狼，他一个跰子走夜路那一定是危险的。洪大顺本来就不打算走，也可以照顾照顾端加荣母子，可王昌茂一来，就没他的位置了。

洪大顺要走，端加荣就赶紧说：“王昌茂你跟他一起去，去登风家讨个歇。”她这么说，是想让王昌茂给洪大顺做个伴。可王昌茂一听跳了起来，说：“啥？赶我走啊？我是娃子们的爹，狼来了，我不护住她们谁来护？你野老公来护？”

“不要你，这里不要你！这里我哪个都不要！”端加荣说。她打开门，要发誓把王昌茂让出门去，让他跟洪大顺一起走。

风呼呼着灌进门来，人禁不住簌簌发抖，那是旷野深寒的雪风，带着阴森森的气息。

“走啊，你们都走啊！”端加荣喊。

王昌茂就只好走了，两个男人都走了。端加荣给了他们一个竹子扎的火把。两个男人举着火把，踏进雪原，火把将那条隐约的雪路照得通红。雪野里，那个火把燃烧着，两个男人深一脚、浅一脚地渐渐消失了，消失在火光的尽头。连同火光，一起被黑暗吞噬了。

端加荣又感到自己突然寒战起来，牙齿咯咯地打架，连锅碗都没收就赶快钻进被子里。闭上眼，眼前又出现了各种各样的幻觉：鬼、神、兽、妖……

没大一会，就听见棚外出现了呵斥声，端加荣从迷糊中清醒过来，仔细一听，确是外头发出的声音。有什么人在外头争吵。她披上衣服跳下床，到门缝里朝外看，感觉到是两个人，听那声音是前夫和洪大顺，打开门，用手电筒往那边一照，在雪地里，果然是王昌茂和洪大顺在厮打，打得雪粉纷飞，打得衣衫褴褛。端加荣看到这个情景，就冲了出去，对两个男人大喊：

“别打了，你们别打了！”

两个男人还是恶狠狠地踢打着，在雪地上翻滚，爬起来又打。手电筒照处，两个人脸上都淌着血，头发零乱，敞着怀，张牙舞爪，打得难解难分。

端加荣上去死死地拉着他们，想把他们拉开。后来终于把他们分开了，让他们站在两边，两个人喘着气。端加荣又说：“你们为啥要打啊，有什么话不能好好说啊！……快进去呀，在外头要冻死的！……”

两个男人发恶地吐着血水，捋着袖子，跟着端加荣进到了窝棚里。这两个男人，端加荣看到洪大顺一只脚已没有了鞋子，穿着尼龙袜子站在地上，太阳穴那儿有一道深槽，正从鲜肉那里沁出血来；王昌茂的棉袄已经破了，拉出一挂棉絮来，脖子上她过去给织的毛线衣也拉开了一道口子，露出肮脏的球衣领。

“为什么要打！酒喝多了发酒疯是吧？！”端加荣泪水四溅，大声嚷嚷。

两个男人现在心平气和了，互相指责。王昌茂说洪大顺他在后头砸树，吓掉他的魂哩，干脆就是拿石头砸他，他以为是狼。洪大顺说他走不快，在后头走，看到树上有只灵猫，以为是豹子老狼哩，就拿石头去砸，砸下来的树叶掉到王昌茂头上了，王昌茂就恼了，跑过来就与洪大顺打起来。

“你们都滚！都给我滚啊！”端加荣听后发起了脾气，赶他们走。

“你们这些吃多了没事干的，给我滚远点！我不要你们，都不要，一个也不要！看见你们烦！”

端加荣不管他们衣衫鞋袜，不管已近深夜，就把他们往外推了。两个女儿在床上哭着喊：

“不要让爸爸走，爸爸太远了！”

王昌茂可能喝高了，酒醒了，醉了，这时蹲下去，在雪地上大声地呕吐起来。吐够了，气息奄奄地站起来对端加荣说：

“好，我走，我走。让你跟蹶子享福，在这里享大福！”

王昌茂摇摇晃晃地走了。洪大顺呢？洪大顺用一把干茅草包住了脚，那只掰脚，也没给端加荣打一声招呼，抹抹额头上的血，也走了。留下端加荣在那儿哭喊着：“走吧！都走了就留下我一个，都走光了才好！让我一个人在这里，我一个人待在这里！……”

可这时候，王昌茂又摇摇晃晃走回来了，对端加荣说：“你提醒我了，我想把二丫小丫带走一个，这么晚了，总要有个人做伴。”

端加荣不干，说这么晚了让一个孩子跟你行夜路不行的，我不会让她们跟你走的。王昌茂一定要带走一个孩子，说是你说的么就留你一个，说她们跟你在这里受的是哪门子罪啊。不饿死也得冻死。王昌茂就要上床去扯小丫。说：“小丫，跟爸爸回去，回二十五块半去。”端加荣说：“二丫小丫判给我了，与你不相干。”王昌茂说：“你养不活的，我给你减轻负担还不行吗？你看看她们手上脚上的冻疮吧！”端加荣说：“到你那儿冻得还狠些。”王昌茂哄着小丫，小丫竟心动了。王昌茂再一次被挤出大门后，小丫竟哭着下了床，大喊着“爸爸，爸爸”，光着脚丫子追了出去。端加荣气不过，追上去，给了小丫一巴掌，把她提起来就拽回了棚子，把门砰地关上了，任王昌茂怎么敲也不开。

第二天，天放晴了。

端加荣睁开吃力的眼皮看看门外，天已晴了。蓝色的天与白色的雪就像一个脸盆的底和沿，干干净净，一尘不染，昨晚两个男人的打斗没留下什么痕迹，有一些脚印，也加入了一些兽迹。两个男人是死是活这又关她什么事呢？没有他们，心里还一阵别具一格的轻松，就像跟这干净的天空和雪原一样。经历了这些，她更加坚决了要尽快开出那剩余的十四块半来，要在八里荒，凭她一双手，不，还加上不到八岁的二丫的一双手，母女的四只手，重又开出一个二十五块半，在八里荒，造出一个村庄，只有她一家的村庄，在这里建造她的幸福的生活。不要男人，她也应该有幸福安宁的生活。

二丫被她强行拉起来了，强行拉入空气依然凛冽的荒野中。假定两个男人都死了，冻死了，讨虎狼狗熊吃了，那不更好吗？端加荣就是抱有这种让人畅快的恶毒的想法，背上背篓和镢头，走上大石坡。

那些大大小小的石头像披着孝衣窥视在雪原中的怪兽，像一群吊丧的精怪。而那天晚上那只狼蹲的地方，只有阳光在那儿红红地印染着，后来的风雪已经把那儿抹平了，仿佛没有任何野物光临过。风摇动衰草，石头拖出阴影，更远的山坡下，森林晶莹剔透，树挂雍容华贵……

端加荣一镢头刨下去，就刨出了一个吼子（竹鼠），在洞里伸出两颗大啮齿朝她大吼，蓝闪闪的毛皮煞是好看。

“我得惊扰你们，快搬家吧！”端加荣刨地，扒开积雪刨地。她不想打死那只吼子。

二丫搬石头的手套有几只指头伸了出来，端加荣见状，就把自己的手套拉下来，戴到她的手上。自己就光着手，刨石头挖土。

上午真的挖得很快，流了一场大汗，身子竟然好多了。挖出了一大堆草根树根葛藤，又点火烧着了，端加荣和二丫在火边烤火。将这些东西烧了，又会成为肥料，一举两得。当火噼噼啪啪在棕红色的新土中燃烧起来，周围的雪野都似乎映红了，雪地上出现了蹦跳的小松鼠，火焰腾到高空，仿佛春天就要来了，泉水就要解冻，冰雪就要融化了。如果我一开春种上三亩地的苞谷，两亩地的洋芋，在石缝田边种些南瓜、蛾眉豆、刀豆、芝麻，那一定是一幅兴旺的景象。到了秋天，再搭一个守秋的棚子，人住在高高的棚子上，望着自己成熟的田地，晚上睡在厚厚的茅草里，看着八里荒格外明亮的星星，通红通红的森林，雪白雪白的瀑布，满山的野葱野蒜；有猪，有狗，有鸡，给女儿们讲着古老的故事，唱个山歌子。如果身边还有一个能疼自己爱自己的男人……没有男人那也是十分惬意十分美好自在的生活啊！……端加荣在火焰燃烧的幻景中看到了自己的未来，不禁泪水涌出。

可是这一天她总有一点惴惴不安，心里好像有什么隔着一样，好像有谁催她回窝棚去，窝棚有什么唤她回去，当她匆匆拉着二丫回窝棚弄中饭吃时，还没到窝棚，就看到窝棚顶上升起了一股青烟。她飞快地跑向窝棚，打开门，棚子里烟雾弥漫，床上已经着火了！是床上，她冲进烟雾，同时喊小丫，听见了小丫在壁角那儿哭泣。她向水缸冲去，菩萨保佑，还有半缸水，她用脸盆舀水向床泼去。终于将火泼熄了，可被子和垫絮都烧掉了半边，棚子里一片狼藉。问小丫究竟是怎么回事，小丫呜呜呃呃哭诉说她冷，就吹火想烤烤火，把火星子吹到床上去了，燎到了床沿的茅草，火就烧起来了。

端加荣只有庆幸，得亏回来得及时，否则后果不堪设想，窝棚没了，连小丫也会烧成灰的。

看着这个“屋子”的一片惨状，欲哭无泪，娃娃还小，打也无用，大难不死，就是万福了。只好收拾屋子，烤那未烧光的被子，好在客床上还有一条被子，晚上还能有个栖身的地方，有个东西挡挡寒。

下午，当她再一次出去的时候，小丫就不干了，不要一个人被锁在家里，跳着脚哭着紧紧抱住端加荣的大腿，要跟她一起去。端加荣怎么也脱不开身，怎么哄也不行。她心软了，只好给小丫的头上围了一条枕巾，把她带到山坡上去了。

野外的风就像锐利的镰刀，砍得人身上生疼，热气全无。小丫又不能站在身边，碍手碍脚，看她冻得清鼻涕直流，就找了块避风的大石头，又给她抱了些上午砍的枯草葛藤，点燃了，让她烤火，并吩咐她不要乱跑，就在这里好好坐着。之后端加荣就和二丫一起干活去了。

下午的进度非常快。端加荣搬运着土石，甚至忘了大石头后面的小丫。有一会，当她想歇口气时，陡然想起了小丫来——那边没有冒烟，火定已熄了，可小丫没吵没嚷的没了声息，怕不是睡着了？这地儿是不能睡的，气温太低，就踅到大石头后面去。上了个坡坎，一抬头，在离石头不远的粗榧间，看到了一个野物，狼！是狼！那狼一身灰白色的短毛，且很零乱，两颗眼珠子像要射出的子弹瞪着她，蹲着，就跟前天晚上看到的姿势一样！而且狼的嘴边和嘴里到处是血。那血鲜红鲜红的，就像狼的嘴被人撕开了一样，就像衔着一枝红梅花！

"狼！狼呀！"

端加荣看四处竟没有可抓的东西，抓起一把雪朝狼掷去，雪在空中就散了，狼惊了，猛地向后退去，退进粗榧深处。

端加荣"狼呀狼呀"地喊着就朝小丫坐着的石头后头跑去，火熄了，柴散了，哪还有小丫的影子，就一条枕巾散落在地上，血却是格外鲜明的。端加荣嘶喊一声："小丫！小丫呀！"就顺着血迹去赶，在另一块石头边，小丫还在，倒在那里，半边脸已经啃得没有了。

"小丫呀！我的小丫呀！这叫我怎么搞啊！"端加荣和闻声跑过来的二丫抚着小丫的身子哭喊着，号啕着。她抬起头要寻找咬死她小女儿的仇人，那只狼。一下子就在不远的石头边，看到了那只灰白色的狼。它还没走，它还在原地，等着人走后它继续来吃这个小孩的尸体。

"狼！打死你！"

端加荣冲到田里，拿起了她的牛舌镢，对不知如何是好的二丫说：

"快去叫登凤阿姨来啊，死鬼呀！"

端加荣不顾一切地朝狼扑去，狼紧闭着血糊糊的嘴，向远处逃走。端加荣拔腿就追，她要与这只狼拼个你死我活。要把它打死，为小女儿报仇！

一口气追了两个山坡，一个深沟。她发现她紧紧地跟着它，没有让它跑掉。在雪地里行走，雪太厚，一步一步都很吃力，她吃力，那么轻快的狼也好像很吃力，走得太慢。风把眼泪滳干了，眼睛越来越明亮，她终于看到了那只狼毛色很差，许多地方都脱掉了毛，而且极其瘦弱，就像副骨架，瘪着肚子，走路打瘸。这是只饿极的狼，而且，她断定是只老狼。走了一会，她还突然感到，这是只孤狼，没有同伴。

狼叫起来。当它爬上一个山坡时，向着山里发出悠长、急切的嗥叫："呜——"

可是，狼的叫唤换来的不是狼的回应，倒是传来了人的应声。是不是有人来了？可是那声音很远，很远很远，但却给了端加荣一种支持，一种希望。

狼继续走着，偶尔回过头来，睁着红红的眼睛（因为吃了人肉，它的眼睛是红的），带着警惕，甚至乞求、无奈、绝望的眼神看着她，希望她饶了它。

我不会饶了你的，你在打什么鬼主意呢？

狼隐隐地，不声不响地走着，时不时转头看她。这情景又持续了至少三里地，进入了林子，进入了一片野生的蜡梅林中，里面榛莽丛生，到处是常绿灌丛，也没能甩掉她。可也让端加荣的脸上、手上划得伤痕累累。

狼啊，我与你无冤无仇，你凭什么要咬死我的女儿？我是个苦命的女人，一心想在这里躲开前夫的虐待，村人的指戳，开一点荒，过一点清静日子，没沾惹你，你凭什么下这种毒手，掐断我的希望，把我往死路上逼啊？狼，都说人毒，人再怎么毒也不敢杀死我的孩子。我死了孩子，我活着还有什么意思，拿什么给我的亲人交差？拿什么去堵村人的嘴巴？……

走到一片高坡处，她知道这是雨行崖，过去这里总能听见从高顶上飞下的泉声，但现在飞泉全冻成一片冰瀑，晚霞亮了，照到这里，像是花开冰崖。她看到那狼确确实实是一只又老又饿的狼！这更加坚定了能杀死它的决心。我要割断它的颈子，喝它的血，吃它的肉！我要报仇，我要把它撕成八十八块才解恨！

那狼四腿叉开，站立不稳的样子在那儿喘气，嘴巴发出含混的、呜呜的吼叫。好像是烦了，好像是绝望和痛苦。它好不容易跳上一块石头，想拉长脖子大声嗥叫，端加荣大喊一声“杀死你”，就将镢头朝它砸去，那狼吓得蹿下岩石，又朝前头跑去。

这时候，看见了如血的晚霞，照在白雪皑皑的群山之上，端加荣突然感到一阵虚脱，直冒冷汗。这两天本来人就昏沉，发着低烧，一点劲都没有。女儿被狼咬死了，人就垮掉了半边，又这么一步不停地在雪原上追撵了十几里地，已达生理极限。气喘吁吁，胸腔里的心脏好像要爆炸了，血已经涌到眼睛边上，要从眼眶里往外喷出。而且下腹疼痛难忍。天快黑了，要二丫去喊登凤的不知喊了没有，会不会还有狼在那儿，把二丫也吃了？……她不敢往下想，害怕，快疯掉……如果就这一只狼，如果她喊上了登凤……可登凤一个人也不会来，会喊上她丈夫，或者喊上洪大顺。可洪大顺是个瘸子，走不快……登凤一定会去喊王昌茂的。我叫二丫喊登凤，其实是想让她们叫上王昌茂来。是他的女儿，是他的女儿被狼吃了，昨天他还要小丫跟他回去的，小丫也赶她爸的路要回二十五块半的，咋就不让她跟去算了呢，跟去就没这个事，命就不会丢了！命丢了，王昌茂会放过我么？他会不会打死我？……

天黑了。天暗下来了。天青似镜，一轮明月从镜子的中央垂挂下来，像一个圆溜溜的气球。……有一次上街，小丫要买一个气球，我硬是没给买的，要三角钱，我哪会花这么多钱给买个吃不能吃喝不能喝的空心玩意儿……现在小丫死了。小丫呀小丫，我可害了你了，你妈为争一口气硬拗着到这八里荒把你给弄丢了，弄没了，你妈我该死呀！可也是他们逼的，他们把你妈逼得没了路，我想走出条路却又把你走没了，哇嗬嗬！……

过了鹰窝嘴。她知道过了鹰窝嘴，这狼把她引向何方呢？这狼要到哪里去呢？这狼已经快死了，却又不死，是想把她引进狼群？这狼是不是要逃到秦岭去？

狼的眼睛盯着她时，绿莹莹的，时不时嗥叫一声。它快死了，她也快死了。这两条生命在比着脚力，比着生命的长度，比着韧性。她拄着镢头，连镢头都背不动了，可没有镢头不行，要打死狼；镢头还要开荒的。我是要开荒的，是不会退却的！

雪地的反光刺得她眼睛生疼，她感觉到前头的狼越来越慢，就从心底聚积力气，想在这儿下手，将狼打死，或者与它搏斗一场！她这么想，当狼几近停下来时，她终于从喉咙深处爆发出憋了一生一世的力量，大喊道："杀死你！"就挥起镢头向狼夯去。

那狼突然将身子掉转了方向，将屁股对着她，四肢奋起，刨出一股雪粉来。

这山上哪来的雪粉，全是雪子儿，黄豆大一颗颗的雪子，像霰弹一样向端加荣飞来，端加荣完全没有防备，被打得疼痛难忍还迷住了眼睛。强行睁开眼一看，雪子落下处，没了狼的影子。

她揩了揩被雪子砸出眼泪的眼睛，靠着一棵大树四下看着，终于在前头又看到了那一双狼的眼睛。我不会放你走掉的，就是要追到天涯海角，我也要杀死你，替我的女儿报仇！

在月光下，静默的山冈，鬼域似的森林，深深浅浅的雪原……

已经是半夜了，端加荣困得不行，头沉如石。

一个大草垛！不知到了哪一个村子的边缘，狼绕过一个大草垛。她小心跟着，却迎面撞到一棵树，那树齐眉的地方刚好被人剁了几根树丫子，就像一把利剑朝她刺来。要是她躲闪不及，一双眼睛就要捅穿了！好险呐！她暗中惊叹。走着走着，又是一棵树，又是一排树枝桩子，刚好砍到眼睛那儿！又躲过了，脸却不小心拉开一道口子。定神一看，就是那棵树，狼牵着我在草垛边转圈哩！毒呀，这老狼！她就知道了，就停住了，手举起镢头，躲在草垛边，只等狼再转过来。

可狼没有转过来，狼不见了。

杀死那只老狼是在第二天。端加荣迷迷糊糊地跟着那只狼，不知不觉已走到东方发白。狼快走到生命的尽头，不停地哼叫，却又时常爆发一两声凄厉悠长的怪嗥，歪歪欲倒。端加荣也歪歪欲倒。她快倒下了，可她告诫自己，不能先狼而倒下。眼看着东边的山上露出了一线红光，端加荣在嘴里塞满了雪，又用雪擦了一把脸，可是她突然感到胸中一阵憋闷，一阵浓郁的植物气息扑面而来。一看看四周，这不是迷魂塘啊？

后面有喊她的声音，这也是在此刻突然出现的。那声音她没听出是谁，逶迤在远处，可精神为之一振，但是，植物和浓郁的草药的气息浓得化不开，将她熏得头闷闷的。这就是迷魂塘，有许多奇怪的草药和植物，许多采药人都是在这里失踪的——它迷人的魂！在雪没能完全覆盖的沟坎间，那冬天依然郁郁葱葱或半枯萎的硕大无比的虾脊兰、开口箭、八角莲、忍冬、苦参、鬼桑子、醉醒花草，密不透风。端加荣心想这狼可有心计，把她引向这个鬼地方，这不是要她的命吗？——就是借刀杀人！

端加荣双手握着镢头，想扒开那些植物，却见植物上红烟袅袅，上面浮出一个红衣女子。那女子驾着烟雾竟跳上她的镢头！

端加荣记起村里的采药人讲过，那都是死里逃生的采药人，说是在迷魂塘会遇见红衣女子，敢情就是这个，这是人被这里的气味熏昏了，产生的幻觉！端加荣要让自己清醒，她记得采药人说过千万别理这女子，是迷魂塘的秽物下的幛子，你若与她拼命，几天几夜会打得没完没了，最后丢了命。

她分明听见也看见那女子在撩惹她，在唤她，糟贱她。端加荣把镢头猛挥，想用镢头夯死她，可夯了几下，烟雾散去，那女子依然在镢头上。

我是在追狼哩！端加荣忽然记起了自己的使命，我是来与狼拼命的，狼吃了我的女儿，我是杀狼的，你这妖魔女子，走开些！

端加荣强令自己清醒，跟着那狼。可狼和那女子在眼际迭现，有时狼就是女子，女子就是狼。沟越走越深，雪也越来越深，而且头更昏沉，幻觉频现，林子里竟然有野兽的骷髅在飞来飞去……这都是幛子，狼下的幛子，狼借了沟里的瘴气下的幛子。这沟里密不透风，这样寒冷的季节也没一丝风。她用咬嘴唇让自己清醒，再看那狼，狼正在吃一种草藤，吃沟坎下吊挂的一种草藤。端加荣也跑向前，去抓狼吃的草，拼命往嘴里塞，一顿猛嚼，一股辛辣味立马窜入大脑，石头一样的头顿时清醒了，廓开了。漂飞的骷髅不见了，红衣女子不见。再看那草藤，原来是钩藤子。

不仅清醒，而且力量猛增，她知道机会来了，狼没吃多少这钩藤，正倚着一块石头喘气，身上肋骨毕现，快站立不稳了。她用尽全身力气大吼道："打死你——"那一镢过去，却松松地落在了狼的尾脊上，镢头震掉在地上。她自己也快倒下了，可她不能放过狼。那狼从镢头下爬起来，正待再跑时，端加荣猛地扑上去，用最后的力量，死死勒住了狼的脖子。狼歪过来的嘴巴咬住了她的棉袄，牙齿进入了端加荣的皮肉深处。一阵巨痛，可她绝不会放手，她更加用力勒狼的脖子，死死掐住，掐住，狼终于松开了口，身体的挣扎踢蹬也在慢慢减弱。端加荣用一只膝盖抵住狼的肚子，张开嘴，嗷地大叫一声，就咬住了狼的颈子，她咬住，往深处咬，死咬，终于咬断了狼的喉咙，一股骚腥的液体冲入口中。她听到了越来越近的喊她的声音，她用眼角看到了后头一个一步一掰的人，是洪大顺。洪大顺拿着一把猎叉。

她依然死死咬着狼的喉管。

他们把那只狼和小丫埋在了一起。在端加荣开垦的田边，用石头垒了一个小小的坟，让狼垫在小丫小小的棺木下面。作为陪葬。端加荣在那天呼天抢地地哭着，没谁能拉住她。端加荣拍打着雪、冰碴、泥土和石子掺和的坟堆，哭说着：小丫呀，你可就守着咱们的地儿了，你就在八里荒扎下根儿了！你这小不点儿的妮子可啥也没看啥也没吃啥也没喝跟着我托了回人生几年就去了，我该死呀！你奔着我来投我的胎就是让我带你在这儿让狼咬一口的儿呀！……

村长说你甭哭了，哭也没球用了，人死不能转来，就只当少生了一个，这个也是个超生，该罚的款你们还挂着哩，这就了啦，你们也少了笔账了。乡里会来人的，你先搬到二组去住。

“不，我是不会搬的，除非给我调田，把田调了我就搬！”

“你这人，再被狼吃我可不管你啦！”村长愤愤地说。

大家都骂村长是一个乌鸦嘴。正在劝端加荣搬家的时候，两天不露面的端加荣前夫王昌茂来了，而且还有他的姐夫、妹夫、妹妹，加上儿子王天，一大帮子人。他们不是来跟死者告别的，是来抢人和找洪大顺打架的。他们把小丫的死迁怒于洪大顺头上，认为端加荣是鬼迷心窍被洪大顺哄骗了到这儿来的。不过这一次他们是连端加荣一起打的。

这伙人一来就揪住了洪大顺，把这个走路不利索的人打了个半死，当着村长的面。又有几个围住端加荣，对她也是一阵拳打脚踢。村长去劝架，被打折了两个指头。村长只好不管了，并且甩下一句恶话说：“都是一伙胡球乱搞不守本分的家伙，让你们狗咬狗。”

洪大顺被几个人按在雪地上暴打的时候，王昌茂找他要人，要死去的人。说你这个跰子真搞得老子家破人亡了，我今天不打死你我不姓王。洪大顺被打得吐血，端加荣怕出人命，不顾一切上去护洪大顺，说这事与他无关，要杀要剐她担了。那些人又扑上来打她。不仅打她，并且要抢去二丫。

这已是她唯一的孩子了，身边的唯一的孩子。儿子王天已不属于她，今天又参与了对母亲的殴打，虽然被愤怒的李登风拉开，但还是在一旁骂骂咧咧，完全向着他爸那一帮子人。二丫不能给你。当他们把二丫带出窝棚时，端加荣冲上去紧紧抱住她，忍受着那些人雨点般的拳头。

“不，你们休想把二丫带走！不！不！……”

二丫被两边的人拉得嗷嗷大叫，虽然王昌茂和那几个男将女将一起来夺，可端加荣抱着二丫就像用铁箍扎住了桶，任由他们打击，就是不松手。

“王昌茂，这是我的娃儿，是判给我的，是我的！你们不能让我什么都没有！”

王昌茂说：“让狼也把她吃掉？你这个臭婆娘，跑到荒郊野地跟男人玩，把我的娃子玩没了！”

端加荣怎么也不放手，二丫就像长在她身上一样。她给二丫说：“二丫，你不要离开妈呀！不要走！跟妈在一起！”

“你们不要妄想，除非把我打死！二丫就在这里！”她的头和背像被人击鼓一样擂打，咚咚直响，可休想把她那双手掰开。

“你们杀了我吧！杀了我，我就把二丫给你们！……”

没有谁敢杀她。夺不走二丫，他们就让她没有栖身之地，就一把火把窝棚烧了。

他们点燃了火，他们走了。他们抢走了她们的生活用品包括那个脸盆，一把火，就把窝棚给点着了。

这是要把她逼上绝路的，要你心回意转，没了路，回头乖乖地回二十五块半去。

可是不！那个赖以栖身避寒躲兽的窝棚在大火中呻吟时、缩小时、爆响时，端加荣疯一样冲进了火海，任何人都扯不住她。她抢出了半背篓苞谷种铁籽白。她一个一个把苞谷抢了出来，有烧着了的，有没烧着的，有烤熟了的，有没烤到的，有半生半熟的。她后来一颗颗抠那还能做种的苞谷籽，她知道哪些埋进土里还可以发芽。她抢出了苞谷。在窝棚坍塌、化为灰烬的一刹那，她站在自己的土地上，抢出了那些做种的苞谷。她的头发和眉毛都给火烫焦了。

还有女儿二丫，这是唯一陪伴她的亲人了，还有小狗灰灰。有一个女儿，有一条狗，有种子。端加荣笑了，抱着二丫和苞谷种子，笑了，含泪笑了。她遍体鳞伤，笑了。她站在废墟旁，青烟袅袅。那个过去有些微欢笑的简易屋棚，有炊烟和门的屋子，透风的屋子，门口有农具和一条狗叫唤的屋子，面对着永恒寂静和山冈的屋子，没了。那个窝棚是她一镰刀一镰刀割来的芭茅搭盖的，还有洪大顺从家里背来的杉料，有他破篾扎的架子，有两个女儿一块石头一块石头捡来压好的边檐……现在都没了。不要紧，你们吓不倒我的，掐不死我的。

就是在这天，在两个人歪歪倒倒、瘸瘸拐拐去乡里报案的这一天，在结冰的路上，洪大顺忽然提出来要跟她结婚算了。她是要坚持去的，去乡里，她要找到正义，要向领导申诉。哪怕打成这个样子了，走不动了，爬也要爬到乡政府去。这个人别人都说她有神经。她就走了，把二丫交给洪大顺就走了。洪大顺又将二丫交给李登凤，掰着腿去追赶她。

这是个北风呼啸的傍晚，滴水成冰。端加荣这个瘦丁丁的农妇要爬向十几里外似乎从来就不见办公的无人住的乡政府，去凭说道理报案告状，她刚死了女儿，追了两天狼，房又烧了，一无所有，噙着一辈子悲愤屈辱无处诉说流淌的泪水，要去那个挂有××乡政府小牌的小院找人主持正义，一般人是不可能也不会去做这种傻事的。洪大顺对李登凤说："她呀！"

他是去拉她转来的，没有用。即使要这样，也可以歇一宿再说，再去不迟。李登凤说端加荣是被逼得这样的，快逼疯了，你一定要拉她转来。洪大顺就是这样去追端加荣。这样的女人十分可怕。她咬死了狼。她像石头，在风中越锉越硬。你就是把她打死，她也不会低头。可这几年她为什么会变得这样呢？刚开始，他与她认识时，她并不是这么的，是个逆来顺受，被丈夫指使，要她向东不敢向西，要她赶狗不敢撵鸡的驯善女人。可现在，她那几根就剩下的骨头成了铁。前几天追她，她要与狼拼个你死我活，胆子比擂椒钵还大，就是不顾一切了。可她战胜了狼，一个人把什么都豁出去了，就什么都不怕……洪大顺追到大岩口时，依稀听到了夜的深处传来的救命的声音。他找呀找呀，在大岩口的深沟里，找到了摔下去的端加荣。

毫无疑问，如果不是洪大顺，那一夜，无论端加荣是铁打的还是铜铸的，都会冻死，冻成一根柴火棍子。

端加荣走得很快，那不是逃走。她明知道去乡里等待她的是什么，可没有办法，她当时的冲动就是往那儿走去，那是政府，她相信政府，这最后能给她一个解决问题的地方。每次她都是这样。被那个冷冷清清的小院拒绝一百次，一千次，吃一万次的闭门羹，她一万零一次也要往那儿跑。她自己笑自己：路都跑成槽了。别人也笑她：路都跑成槽了，腿都跑细了。就是这么，她要往那里跑去。整个胀坠的下身和闷痛的右腹部因为追狼而更加严重。因为结冰，走几步就会滑倒在地。那个手电筒她花去了多少电池，她不记得了。从泥土里扒出的几个钱都买了电池。没吃没喝都买了一号电池。如今的电池寿命忒短，打着打着就变成了红火，就朦朦胧胧了。一步没踩稳，就摔进了深坑。她醒来的时候发现是在深坑里，四壁滑溜，她就喊呀喊呀，救命呀，救命呀……她后来又冻得昏死过去，坑并不高，就差人拉一手，结冰后的坑壁就像玻璃，想找块石头垫脚，石头全冻在冰雪下。可她也没有绝望。脚是摔坏了，脚踝像被人砍过一样。她不停地在坑底走来走去，大喊大叫，拼命喊叫。直到再一次昏迷……终于，她的救星来了，她预感到会有人来找她的，在她的身后，有个人一定会出现。在她追狼即将倒在迷魂塘的时候，那个人出现过。她用她的毅力，感动了这个人，这个人现在与她难解难分，不会坐视她一个人向危险的路途走去。这个小伙子，对她有了一丝依恋，他们快成为命运共同体。终于，她听见了唤她的名字，一个男人。在快与死神相会的时刻，那个人，看见了她，向她伸出了一双手。那个人终于把她拉了上去，并用自己瘦弱但还是热气腾腾的胸膛暖她，暖她的手、脚。那个人说："加荣，你是为何哩！你何必要这样哩！你吃这样的苦不划算哩！……"那个人捏着她的手、脚，想把她捏到阳世间来，那个人说："不就是要让我答应吗？我应了，我应了还不成吗，回去吧，回去吧……"这个人掰着腿扶着一拐一拐的她往回走。端加荣胜利了，她得到了他，意外地收获到了他，在八里荒的荒山老林里。这也是一种耕耘。两个人伤痕累累，可她收获了最好的东西。那个人说："有个二丫就行了，我不要别的了，不生也行，你这身子也生得累了，活着就不易。"她紧紧地抓着他，生怕他跑了似的，抓着他并不宽厚的肩膀，可这个人实在，不打她，这就够了。后来她大哭起来，快到洪大顺的家了，很少流泪的她像小孩子一样号啕大哭："我不去，我不去你家，我要回八里荒！我要回我的窝棚！"看到家了不知端加荣为何大哭起来，这让洪大顺很诧异。他提醒她说："不进去咱们两个都要冻硬了。"三十五岁的端加荣却死活不走，像个小娃儿一样坚持要回到八里荒去。“那窝棚不是没了吗？小丫不是走了吗？八里荒什么都没了，你去那儿干什么？”“我就是要回八里荒去！我要我的那十一块地！我要回那儿去，我要去看二丫、小丫和灰灰！……”她像个小娃儿撒刁。洪大顺把她没有任何办法，问她：“是不是怕我爹妈不认你，赶你出来？”端加荣不回答，紧紧抱住洪大顺，生怕他飞了似的，依然说：“我要回八里荒我的窝棚去！……”

她是回去了。第二天。她要在她开垦的土地上重新开始她的生活。她什么人的话也不听，洪大顺的也不听。她喜欢上了八里荒，而不是草浪坪。虽然，草浪坪要接纳她。她要守着小丫，也让小丫伴着她，在早晨和晚上，让她的小丫能看到她的身影，能看到妈妈的身影。她在那烧毁的废墟上重新搭起了她的窝棚。依然是芭茅为顶，依然是当地人说的千脚落地的剪夹棚样式，但对付常常落下的大雪最有用，不会因雪厚而压坏屋顶。令人不可思议的是，村长也送来了杉料，态度来了个一百八十度的大转弯。因为新来的乡长亲自指示要解决端加荣的问题；这一次，派出所也破天荒没罚洪大顺的款，而是只罚了王昌茂的款，且是一百元。王昌茂把一头小猪卖了才交了这个钱。一个警察去二十五块半还让王昌茂写了保证书，并且说那一百元就算取保候审了，再犯就抓走。如果他再聚众斗殴，行衅滋事和对前妻打骂的话。端加荣的土地问题，乡里将派人来调查，与村里协商解决。

我就住在这儿！如果再没有前夫的骚扰，端加荣就会有安宁的生活；如果身边有个男人，那么狼和熊又怕什么呢？八里荒能开垦出二十五块半的五亩甚至十亩，到处是庄稼，到处是鸡飞狗跳，炊烟袅袅，狼和熊就不敢来了，她也不怕了。她是这样安排自己在这儿的未来的：我买一条犊子，有牛，养几只羊，两头猪，弄一把猎叉。灰灰也会慢慢长大，它是条猎狗。再不成，还弄条赶山狗来。种下苞谷、洋芋、红苕、芝麻、刀豆，在窝棚四周种上葫芦和南瓜，让它们爬满棚顶。弄一张小桌，在夕阳西下时，将小桌摆到棚门口，我、大顺和二丫，一家三口好好地吃着自己种下的菜，喝一杯自己酿制的苞谷酒；过年杀一头年猪，一年四季都有肉吃了。当然，还可以下套子套一点与他们为害的野牲口，糟贱庄稼的毛雀子。到了春天，这儿到处是野菇、野笋、野蒜，都可以采了晒干，以备日后吃喝下酒。我与大顺都有痨伤，经常喝点酒可以除伤痛……

端加荣美滋滋地想着，在继续开荒中等待着乡里派来调查情况的人。

在她等了半个月，开到十九块地的时候，一个硬丁丁的乡政府办事员终于等来了。这个人头发快掉光了，脸色青黄不接，看上去年龄并不大，却架子蛮大的，一副公事公办的样子。他像伟人一样叉着腰在八里荒的山坡上张望了一会，摸摸树，又踩踩端加荣新垦的土地；接过洪大顺递去的烟却又怪异地、从上至下地打量了洪大顺两眼，再打量了端加荣两眼，问："你就是那个咬死狼的女人？"然后居高临下道，"哪个批准你们在这儿乱挖的？"端加荣感到来者不善，不是来调查她土地要与村里协商给她调田的吗？那个人问，你叫什么？你叫什么？多大年龄了？你家里有些什么人？你为什么要上访？你们是怎么认识的？你跟王昌茂离婚后，发生关系没有？你为什么要和洪大顺结婚？你的腿是怎么跰的？王昌茂找你贷了多少款，还过没有？你们一共打过几次架？交代你的简历（确实如此！）？你把与端加荣发生男女关系的情况再重讲一遍。到现在为止一共开了多少亩荒地？是哪个同意你们在这儿开的？村里给了你几亩地？……那人将记录稿重读一遍后，让端加荣和洪大顺在最后写下：上述情况属实。并在记录错了、涂改、添加的地方按上手印，然后签字。

不对吗，像审犯人似的，这是为什么呢？我无家可归，生活无着，我自己开荒种一点吃的也不可？你才管得宽哩，非但不同情人家反而指指点点。可你有什么权力批评我在这鬼不生蛋的乱石缝里刨点土出来种庄稼呢？土是搬了许许多多的石头从深处挖出来的，到处是鬼魂的野山里，莫非你们想把我赶走？

端加荣在忐忑中猜测着结果，她并不相信就这个阴阳怪气的人来了就完了，她与洪大顺的结论不一样。洪大顺说，可能有麻烦呢，没吃上狐狸肉，惹了一身臊呢。她去找村长问情况，乡里不是来人与您协商了吗？村长说你等着吧，等着就是了。

端加荣还是要在田里搬石头。天气十分寒冷，每天早晨开垦过的田里结上了一层冰，土垡冻得像石头，石头冻得像铁。她依然要把土和石头都刨松，然后一块一块，一层一层垒石堰，以免日后水土流失。她垒砌的石堰就像城墙一样，就像过去土匪的寨堡，路过的打柴人采药人看了哪个不说这石堰垒得，就像铁打的围桶荆州城啊！

那同样是一个没有阳光也没有暖意的日子，山上冷得应该是更加瘆人，风就像老虎跑过时的样子，卷起雪粉，横刀砍杀着世界。就是在这呜呜的北风中，几个人出现在八里荒。为首的是一个乡林业站的什么头头，穿着羽绒服，后面跟着三个五大三粗的比野人还高的巡山员。这三个人穿着迷彩服，手上拿着棍子。那个林业站的头头来了就对端加荣和洪大顺说："你们必须马上停止毁林开荒，从这儿搬走。"

那人指着端加荣的鼻子说："你破坏和违背了《森林法》《水土保持法》，滥伐树木，破坏地表植被。现在是法治时代，依法治国，你知道啵？要依法治你们这些毁林开荒的农民！"

端加荣只知道天一下子黑了，这儿，这些辛辛苦苦挖出来的十几块土地将不属于她了。而且那些人要她马上搬走，不能在这儿搭建房屋。

"可不要啊！"她说，"鬼都不愿意住的地方我才来住，碍着你们什么事了？"

她后来说："这样吧，我不要你们调地，把我二十五块半的地拿了，抵这儿的地，我开出的地，算村里调的行么？"她几乎是哀求地说，她差一点就给那几个人跪下了。

后来村长也赶来了。村长说："没有办法，他们要你回到三组去，王昌茂已经答应悔改了。这是乡里的意见。咱也没懂法没学法，以后都要好好学习呢。"又压低声音对她说，"活祖宗，你在这儿悄悄地种悄悄地收就是了，你自己反映到乡里去把事搞砸了嘛……"

"我不回去！打死我也不回去！我不能回去！……"端加荣面对着那些要拆掉她第二次搭起的窝棚的人，怒吼起来。她看见那些人要用木棍撬掉她的屋顶，要卸下她的门——门上还有被火烧过的印迹。

"你们不要动我的房子！这是我的房子，我的房子呀！"

她挣脱了村长和洪大顺的拉扯，站在自己的窝棚门口，手上操着她开荒的牛舌镢，打过狼的牛舌镢，深身颤抖着，保卫她的屋子，不让那些人上前一步。

那些人看着这个瘦小的女人要以死相拼，就胆怯地往后退去，不敢轻举妄动，以免那个女人的镢头落到他们头上。

那个头头说："没判你刑，没把你抓去就不错了，你犯了这么大的法，还不配合我们，真想逮进去吧？！"

"你们判我，你们来抓！你们只要动一动我的屋子，我不要你们抓，我今天就死给你们看看！"

"就是不拆，你也休想住这儿，必须恢复这儿的植被，县里下达的硬指标！你开的荒交给村里，开春后补种树苗……"那个穿着羽绒服的人把颈子恶狠狠地从羽绒衣领里伸出来，暴跳如雷地说。

事情已经这么了，无可挽回了。就这么剑拔弩张地僵持到天黑。那几个人一直怀着想冲过去把端加荣按住的冲动，可是没有得逞。村长只是点头哈腰吭吭着说照办，不时喊话要洪大顺劝端加荣。村长跳着脚说："洪大顺，就是你瘢子把端加荣害了！"

端加荣说："这与大顺无关，是我要来这儿的，与任何人无关！……"

就是在这一天的晚上，天晴了，一轮满月像灯笼挂在八里荒的上空，林子像镀了层银子，雪地上反射的光芒就像燃烧着某种焰火。八里荒在寒冷的空气里就像白昼。端加荣背着镢头来到了她的田头。她在小丫的小坟头坐了一会儿，积雪把她的女儿抱在怀中。在更深处，那里有她亲手杀死咬死的狼。那是复仇。可是，在多年前，我是个爱鼠常留饭，怜蛾不点灯的女人，现在我可以用牙齿咬死一只狼。看看这大半年来我与二丫挖出的土，砍出的灌丛，垒砌的石堰，在月光下，它们像一家家房屋的山墙，衬出棱角分明的投影。这相当于我建起了一座又一座房子，甚至正在垒起一个村庄的雏形……我这么干究竟是为了什么呢？不，不仅仅是为了给自己开出一片未来的生活，我就是要赌一口气，就是要做给人看看，我端加荣不仅仅是男人手上的一样农具，用时捏在手上，不用时扔在墙角里……可我为了争这口气，现在，这所有付出的心血都将白费了，田将不成为我的，为了争这口气，小丫也付出她小小的生命。我以为这块自己开垦的土地会成为我幸福的归宿，它却成了比过去的一切都不幸的坟墓。我付出的代价太大了！不！田我不能交给他们，不能把我的劳动拱手让给他们。这是我的血汗换来的，是用生命换来的。我不可能就这么轻易地交到你们手上！

一股愤怒的激情在这寂静寒冷的夜晚越烧越旺，她忽然操起镢头，朝那坚实的石堰刨去。又是刨着，又是撬着，那些石头纷纷向坡下滚去，土石纷飞。她大声地吼叫着，像一匹母兽发出的沉痛的号叫，像是恫吓和申诉，又像是撕心裂肺的噎泣，就这么，她像疯了一样毁着自己的劳动成果。她浑身发抖，同时喊叫道：

“不给你们！不给你们！”

阒寒、高远的夜空里全是她可怕的喊声，那声音一直震荡到远处的森林和山谷，叩击着满天冰凉的星星。

当洪大顺打着火把寻找到她的时候，她还在继续毁灭着她的“工程”。她在月光下像一个荒林中的女妖，披头散发，猛烈地与石头和土地对抗，镢头在石头上迸射出一串串火星，好像她在与整个世界战斗。

“加荣，别！你在干什么呀！别这样！”洪大顺喊道。

她无法停下来，她，端加荣，这个孱弱的女人现在变成了一架毁灭世界的机器。可是，他也看到了这个女人瘦小的身体中所散发的能量，同样让他震惊。“不给他们！不给他们！”——那团愤懑狂乱的影子在他走近时，在手上火把卷燃的火光中，越来越长，越来越大。那拒绝的吼声在这片荒凉的深夜石坡上，就像是阴魂的呼号，被带向月光的深处，变成了山峰和传说。

大约过了一年以后的某一个春天，万物花开的时候，端加荣穿着整齐的、漂亮的服装来到了这儿；有人看见了她，出现在八里荒。这一年，有传言说，有人看见端加荣和洪大顺在十堰市开了一个副食商店，就在火车站不远。八里荒的这个窝棚并没有拆掉，倒是成了采药人和放羊人躲雨避风的极好的地方。不过那片毁弃的田地已新种上了树，是一种长势十分凶猛的笔直的日本落叶松。这松树的叶子连羊都不吃，吃了会浑身浮肿，甚至死亡。有人看见端加荣在她小女儿小丫的坟前扯着草，并且挂上了一串彩色的气球，气球就系在一棵小树上。她还烧了一个是塑料的好像是汽车的玩具，并且供上了果冻、糖果、娃哈哈酸酸乳等一堆吃食。当然，还有一双漂亮的翻毛皮鞋。那可是真正的皮鞋。

春天在八里荒充满芬芳，银莲花、报春花、驴蹄草花，花葶高挑娇嫩，就像孩童。就像孩童的身子，散发出浓香、郁香和清香。有人看见端加荣一个人在这里悄悄地哭泣着，抬起头来，站起来，她胖多了，脸色也有了红润。

就是这一次，听说她将洪大顺的爹妈，也接去了十堰。

她在更远的地方找到了她的幸福。

图书在版编目（CIP）数据
神农架. 金鸡岩 / 陈应松著. 一北京：中国工人出版社，2019.6
ISBN 978-7-5008-7194-1
Ⅰ.①神… Ⅱ.①陈… Ⅲ.①中篇小说一小说集一中国一当代 Ⅳ.①I247
中国版本图书馆CIP数据核字（2019）第107759号

智识 | 趣味 | 无用之魅

神农架. 金鸡岩

出 版 人　王娇萍
责任编辑　宋　杨
责任印制　黄　丽
出版发行　中国工人出版社
地　　址　北京市东城区鼓楼外大街45号 邮编：100120
网　　址　http://www.wp-china.com
电　　话　（010）62005043（总编室）（010）62005039（印制管理中心）
　　　　　（010）62379038（社科文艺分社）
发行热线　（010）62005049　（010）62005042（传真）
经　　销　各地书店
印　　刷　三河市文通印刷包装有限公司
开　　本　880毫米×1230毫米　1/32
印　　张　12.875
字　　数　190千字
版　　次　2019年9月第1版　2019年9月第1次印刷
定　　价　46.00元